ESSE CORPO LAMENTADO

Tsitsi Dangarembga

ESSE CORPO LAMENTADO

Tradução
Carolina Kuhn Facchin

kapulana

São Paulo
2022

Título original: This mournable body

Copyright © 2021 Editora Kapulana Ltda. – Brasil
Copyright © 2018 Tsitsi Dangarembga
Published in agreement with Graywolf Press and Casanovas & Lynch Literary Agency
(Publicada por acordo com Graywolf Press e Casanovas & Lynch Literary Agency)

Grafia atualizada segundo o Acordo Ortográfico da Língua Portuguesa de 1990,
em vigor no Brasil a partir de 2009.

Direção editorial:	Rosana Morais Weg
Tradução:	Carolina Kuhn Facchin
Projeto gráfico:	Daniela Miwa Taira
Capa:	Mariana Fujisawa

Dados internacionais de Catalogação na Publicação (CIP)
(Câmara Brasileira do Livro)

Dangarembga, Tsitsi
   Esse corpo lamentado/ Tsitsi Dangarembga;
tradução Carolina Kuhn Facchin. -- São Paulo, SP:
Kapulana Publicações, 2022.

   Título original: This mournable body.
   ISBN 978-65-87231-22-8

   1. Ficção zimbabuana I. Título.

22-133859   CDD-Zi823

Índices para catálogo sistemático:

1. Ficção: Literatura zimbabuana Zi823

Eliete Marques da Silva - Bibliotecária - CRB-8/9380

2022

Reprodução proibida (Lei 9.610/98)
Todos os direitos desta edição reservados à Editora Kapulana Ltda.
Av. Francisco Matarazzo, 1752, cj. 1604 – São Paulo – SP – Brasil – 05001-200
www.kapulana.com.br

ESSE CORPO LAMENTADO

Parte 1 — REFLUXO	11
Parte 2 – SUSPENSA	125
Parte 3 – CHEGADA	217
AGRADECIMENTOS	343
A AUTORA	345

Dedico este livro a meus filhos,
Tonderai, Chadamoyo e Masimba

Sempre há algo que se pode amar.

Lorraine Hansberry, *A Raisin in the Sun*

Parte 1

REFLUXO

CAPÍTULO 1

Há um peixe no espelho. O espelho fica logo acima da pia no canto do seu quarto no pensionato. A torneira — água fria apenas nos quartos — está pingando. Ainda deitada, você fica de barriga para cima e olha para o teto. Ao perceber que seu braço está dormente, você o move para frente e para trás com a outra mão até que a dor exploda numa confusão de picadas agudas. É o dia da entrevista. Você já deveria estar de pé. Você levanta a cabeça e cai novamente no travesseiro. Enfim, porém, você está na pia.

De lá, o peixe encara você com suas órbitas arroxeadas, sua boca escancarada, as bochechas caídas como se estivessem sob o peso de escamas monstruosas. Você não consegue olhar para o próprio reflexo. A torneira pingando deixa você irritada, então você a aperta antes de abri-la novamente. Uma ação perversa. Suas entranhas se eriçam com uma satisfação enfadonha.

"Vamos, vamos, vamos!"

É uma mulher batendo na sua porta.

"Tambudzai", ela diz. "Você vem?"

É uma das outras pensionistas, Gertrude.

"Tambudzai", ela chama de novo. "Café da manhã?"

Passos se afastam. Você a imagina dando um suspiro, sentindo-se pelo menos um pouco chateada por você não ter respondido.

"Isabel", a mulher chama agora, voltando suas atenções para outra pensionista.

"Oi, Gertrude", Isabel responde.

Um estrondo lhe avisa que você não estava prestando atenção. Seu cotovelo bateu no espelho enquanto você escovava os dentes. Será que foi isso? Você não tem certeza. Não sentiu nada.

Mais especificamente, você não tem como fazer constatações conclusivas, pois a certeza vai lhe condenar. Você se esforça para obedecer às regras do pensionato, mas elas dão risada da sua cara. A Sra. May, governanta do pensionato, está sempre fazendo você lembrar que quebra a regra da idade. Agora o espelho despencou do preguinho torto na parede e caiu na pia logo abaixo, resultando numa nova quebra. A próxima queda vai fazer os cacos se desprenderem da moldura. Você o levanta delicadamente para manter os fragmentos quebrados onde estão, já pensando numa justificativa para a governanta.

"Bom, mas o que é que você estava fazendo?", a Sra. May vai querer saber. "Você sabe que não é para ficar mexendo na mobília."

A governanta está lutando por você, ela diz. Ela lhe conta frequentemente como o conselho da administração fica reclamando. Não sobre você especificamente, mas sobre sua idade, ela explica. A prefeitura vai revogar a licença do pensionato se descobrir que mulheres tão antigas residem lá, mulheres que estão muito além da idade permitida nos estatutos do Twiss Hostel.

Você odeia aquele conselho de vadias.

Um triângulo se desprende do espelho, cai no seu pé, depois desliza para o chão, deixando uma mancha vermelha escura. O piso de concreto é da cor verde-acinzentada de um lago sujo. Você espera ver o resto dos fragmentos caindo, mas eles permanecem.

Lá fora, no corredor, Gertrude e Isabel asseguram uma à outra que dormiram muito e bem. Várias outras mulheres do pensionato se juntam a elas, iniciando sua conversinha interminável.

O piso do corredor brilha, embora seja feito de cimento e não de esterco de vaca. Você escrevia folhetos turísticos na agência de publicidade da qual se demitiu há muitos meses. As brochuras de viagens que você compunha diziam que as mulheres nas aldeias de seu país esfregavam seus chãos de estrume batido até que brilhassem como o chão de cimento. Era tudo mentira. Você não se lembra de brilho nenhum. O chão de sua mãe nunca brilhou de jeito nenhum. Nada nunca reluziu ou cintilou. Você se afasta da pia e abre a porta do guarda-roupas. O peixe incha até ficar do tamanho de um hipopótamo na tinta branca oleosa que cobre os painéis de madeira do móvel. Você se vira, não querendo ver a sombra arrastada que é seu reflexo.

No fundo do armário, você encontra sua saia de entrevistas, aquela que você comprou quando tinha dinheiro para comprar alguma coisa que se aproximasse dos anúncios de moda em revistas sobre as quais você se debruçava. Você adorava a saia-lápis e sua blusa combinando. Agora, espremer-se nela é um grande ataque a este paquiderme. O zíper morde sua pele com dentes traiçoeiros. A Governanta May arrumou esta entrevista para a qual você está se vestindo. É com uma mulher branca que mora em Borrowdale. Você se preocupa que vai ter sangue na sua saia. Mas ele coagula rapidamente, como a linha vermelha em cima do seu pé.

Gertrude e companhia andam ruidosamente pelo corredor. Você espera até que o som das mulheres jovens indo tomar café da manhã desapareça antes de sair do quarto.

"Gente que nem você! Sim, você", a faxineira murmura, alto o suficiente para você ouvir. "Sempre pisoteando e trazendo mais lama antes do piso secar." Ela se curva para sair do seu caminho e seu balde bate contra a parede. Espuma suja respinga para fora dele.

"Meu balde te fez alguma coisa?", ela sibila baixinho atrás de você.

"Bom dia, Sra. May", você diz.

A governanta, na recepção, está rosada e empoada; ela parece um enorme casulo fofo.

"Bom dia, Tahmboodzahee", ela responde, levantando os olhos das palavras-cruzadas no jornal *Zimbabwe Clarion*, que está na mesa à sua frente.

Ela sorri quando você continua: "Como você está hoje, Governanta? Espero que tenha dormido bem. E muito obrigada por tudo."

"Hoje é o dia, não é mesmo?", ela diz, ficando mais bem-humorada ao pensar numa vida em que não terá de discutir com o conselho em seu nome. "Bom, boa sorte! Vê se lembra de falar de mim para a Mabel Riley", continua. "Eu não vejo aquela lá desde que ela saiu da escola e a gente seguiu a vida e nos casamos e nos ocupamos com nossas famílias. Diz que eu mandei meus cumprimentos. Falei com a filha dela e ela disse que tem certeza de que vocês vão chegar a um acordo sobre a casinha."

Você recua com o entusiasmo da governanta. Ela se aproxima, confundindo o brilho em seus olhos com gratidão. Você o sente, mas não tem certeza do que esse brilho significa, se é apropriado ou se é uma ousadia de sua parte.

"Tenho certeza de que tudo vai dar certo", a Governanta May murmura. "Mabs Riley era uma monitora maravilhosa. Eu era só um pouco mais nova, mas ela era um amor."

Partículas de pó saltam de suas bochechas trêmulas.

"Obrigada, Sra. May", você diz baixinho.

O arbusto sempre verde nos jardins da pensão pulsa em roxo, branco e lilás. Abelhas percorrem o ar e enfiam seus probóscides nos focos de cor clara, mais clara, muito mais clara.

Você para no arbusto no meio do caminho, para evitar esmagar um besouro da sorte ousado. Além dele, a sebe de hibiscos está coberta de uma fúria em escarlate. Anos atrás, você não quer se lembrar de quantos, você arrancava os besouros de traseiro gordo de seus buracos arenosos entre risos e baforadas descuidadas. Quando o inseto era exposto, você jogava formigas no buraco e observava as pequenas gladiadoras lutarem e morrerem nas mandíbulas de seu algoz.

Você vira na Avenida Herbert Chitepo. Os pedintes pensam que você é uma madame e imploram por doações.

"Tambu! Tambu!", uma voz chama. Você conhece aquela voz. Deseja que tivesse esmagado aquele besouro.

Gertrude vem balançando em cima de saltos altos, Isabel vindo logo atrás.

"A gente está indo para o mesmo lado", Gertrude, que se chama de Gertie, informa. "Então agora a gente vai poder dizer bom dia e descobrir como você passou a noite, afinal de contas. A Isabel e eu estamos indo no Sam Levy's."

"Bom dia", você murmura, mantendo distância.

Elas se colocam ao seu redor como policiais, uma de cada lado. Seus passos alegres deixam você irritada.

"Ah, eu não sabia", Isabel continua, apressada, como se, para ela, a fala não precisasse ser precedida de pensamento. Você acha isso um pouco engraçado, e sorri. Isso encoraja a menina.

"Você também está indo no Sam Levy's. Você adora as promoções, que nem a gente. Não sabia que gente velha gostava de moda."

Os seios das meninas se projetam, elas forçam os ombros para trás para exibir os peitos do melhor jeito possível.

"Não estou indo no Sam Levy's", você responde. Os olhos delas estão focados além de você, examinando os carros na estrada e os homens de meia idade que estão nos volantes.

"Minha tia mora lá", você declara. "Estou indo na casa dela, em Borrowdale."

As duas moças retornam suas atenções para você.

"Borrowdale", Gertrude comenta. Você não tem certeza se o espanto dela se deve ao fato de você ter uma tia ou ao fato de uma parente sua morar em Borrowdale. No entanto, satisfeita pela primeira vez naquela manhã, você permite que um sorriso se arraste até seus olhos.

"E tem alguma coisa especial nisso?", Isabel dá de ombros. Ela ajusta a alça do sutiã vermelho que escorregou pelo braço. "Meu babamunini, irmão do meu pai, tinha uma casa por essa área. Mas ele perdeu porque não conseguiu mais pagar. Imposto, alguma coisa assim. Então ele foi para Moçambique, pelos diamantes, acho." Ela mexe o nariz. "Agora ele está na cadeia lá. Só pessoas assim vão para Borrowdale. Idosas!"

"E quem é essa parente, Tambudzai?", Gertrude pergunta.

"Não estou falando das que nem você, Sisi Tambu", Isabel interrompe. "Estou falando daquelas bem velhas mesmo."

Há uma aglomeração que se estende até o meio-fio na esquina da Rodovia Borrowdale com a Rua Seventh.

"*Vabereki, vabereki*", um rapaz grita da porta amassada de uma kombi.

O veículo vira em direção ao meio-fio. Todos encolhem braços, pés e cabeças. Você recua com a multidão. Um segundo depois, você avança com todos os outros, usando os cotovelos para empurrar o maior número possível de pessoas para trás. Mas é um alarme falso.

"Meus velhos, a gente não vai levar vocês", o jovem condutor da kombi grita, com um sorriso jocoso. "Estamos cheios. Entenderam? Cheios."

O motorista está sorrindo. Corvos revoam em zigue-zague para fora das árvores flamboaiã mais para frente na estrada. Eles berram para longe da nuvem de fuligem que arrota da barriga da kombi.

Em pouco tempo, todos avançam mais uma vez. Aço e borracha gritam quando o motorista de outra van pisa no freio. As rodas batem no meio-fio. Rapazes se acotovelam e pulam. Você se esquiva sob braços e entre torsos.

"Meus velhos, podem entrar. Vamos entrando, vai, meus velhos!", o novo condutor grita.

Ele faz um escudo com seu corpo para segurar meia dúzia de crianças que estão amontoadas no espaço do motor. Você passa, espremendo-se; sua coxa roça as partes íntimas do condutor, e o contato faz você se sentir envergonhada. Ele dá um sorrisinho. "Ei, Mai! Mamãe!", uma criança grita, esganiçada.

Você pisou na ponta do pé dela com os saltos Lady Di bicolores feitos de couro europeu de verdade, um presente que você recebeu há alguns anos de sua prima que foi estudar no exterior. Lágrimas escorrem dos olhos da criança. Quando ela se abaixa para cuidar de seu pé, sua cabeça bate no traseiro do condutor.

"Ah, essa gente, *vana hwindi*", Gertrude comenta, arrastando as palavras. Um de seus pés está no degrau da kombi. Sua voz é tranquila e confiante.

"São só umas criancinhas. Você nunca foi criança? Essas crianças não são filhas de bode, viu", ela diz naquele mesmo tom desinteressado.

"Se você veio para cuidar das crianças, tudo certo, mas não vai fazer isso aqui. Quer atrasar todo mundo?", um homem grita do fundo da van.

"E ela falou com você, por acaso?", Isabel pergunta, entrando depois de você.

Passageiros ofendidos sussurram sobre suas companheiras.

"Essas meninas não sabem do que estão falando."

"São jovens que não têm nada na cabeça. Não sabem que Deus nos deu uma mente para pensar e calar nossa boca."

Feliz por ter se encaixado num assento, você não diz nada a princípio.

"Talvez as nossas jovens estejam pedindo", o homem no fundo diz. "Pedindo para que alguém dê uma lição nelas. Se elas não se cuidarem, alguém vai dar e elas vão aprender."

"Essas crianças têm que recolher os pés", você diz momentos depois. Pois você faz parte dessa massa que está na kombi.

Isabel não fala mais nada e encontra um assento. Gertrude também para de lutar pelas crianças e se levanta. Ela dá um tapinha na cabeça da menininha ao sentar-se no último lugar em frente ao condutor.

"Ela é a melhor", o aluno sentado ao lado da menina diz a Gertrude. "Ela vai correr no torneio da escola. Quando ela está bem, a gente sempre vence."

Ele olha para baixo, desapontado.

Tudo é desconforto. Há pessoas demais na kombi, todas amontoadas. O motor ferve sob o bumbum das crianças. O cheiro de óleo quente se infiltra no ar. Suor escorre de suas axilas.

Em alguns instantes o condutor está recolhendo dinheiro e anunciando as paradas: "Avenida Tongogara. Força Aérea. Robôs."

"Meu troco", implora uma mulher na Avenida Churchill. "Eu te dei um dólar." O peito dela é como um colchão, é o tipo de mulher com quem nem os homens se atrevem a discutir.

"Cinquenta centavos", a mulher implora, olhando para o jovem condutor. Ela é uma das pessoas que riram das provocações dos jovens rapazes.

O jovem faz uma cara. "E onde que eu vou conseguir troco, mãe?"

"Ninguém tem cinquenta centavos nessa van?", a mulher continua implorando ao descer. "Não posso deixar meus cinquenta centavos aí." Mas o condutor bate no teto e a kombi se move. A mulher desaparece numa explosão de fumaça escura.

"Haha! Ela não entendeu que não tinha troco?", o homem do fundo diz. Sua boca é uma lua crescente de diversão.

Suas colegas de pensão descem nas lojas em Borrowdale.

Você vai até a Polícia de Borrowdale e faz o seu caminho entre os postos de gasolina BP e Total. Na beira da estrada, você tira seus sapatos Lady Di. Você pega os tênis plimsoll pretos e enfia os sapatos na bolsa.

Você teme que as pessoas naquele bairro chique a vejam com tênis de lona, especialmente porque carrega um par muito melhor escondido na bolsa. Portanto, é um alívio quando você chega à Rodovia 9 Walsh, onde a viúva Riley mora, sem esbarrar em nenhum conhecido. Você se senta no meio-fio perto da cerca para enfiar os pés de volta nos sapatos de salto.

A boca é só o que você vê a princípio, e fica apavorada. Pés inchados presos em seus sapatos Lady Di, você se coloca de pé. A boca está disposta num rosnado que se estende em torno de dentes amarelos. Eles pertencem a um pequeno terrier de pelo desgrenhado.

"Au, au!", o cachorro late, indignado com a sua presença.

"Quem é você?", uma voz esganiçada e trêmula rompe o ar matinal. "*Ndiwe ani?*", a mulher repete. Ela usa a forma singular e coloquial para se dirigir a você. Já que uma pessoa que vale qualquer coisa é plural, no que diz respeito a quanto você vale, essa mulher concorda com o cachorro.

"Nem pense em chegar mais perto", ela avisa. "Se ele alcançar você, ele vai comer você, é sério. Fique aí!"

Suas palavras fazem a cauda do canino se lançar para o ar. Ele galopa para cima e para baixo pela cerca. Seu focinho está salpicado de espuma. Sua língua está de fora e ele sai correndo de vez em quando para circundar a pessoa que falou, que se aproxima.

Bem cheia e oval, a mulher aparece de trás de um cacto de figos da Índia. Ela vem andando bamboleando, pela estradinha de tijolos.

"Fique aí, que nem eu te disse", ela avisa.

Ela desamarra as alças de seu avental de algodão e as amarra com mais força ao se aproximar de você. O terrier tem um olho nela, o outro em você, e cai num rosnado gutural.

"O que você quer?", a mulher exige saber, olhando para você do outro lado da cerca. "Pergunta para aqueles meninos jardineiros que ficam no fim da rua", ela continua, sem deixar você responder. "Se perguntar, vai entender que eu não estou sendo ruim com você. Estou avisando para o seu bem. Pergunta para os meninos e você vai descobrir quantos já tiveram pedaços arrancados, por causa desse animalzinho aqui."

Ela continua a examiná-la. Você não olha para ela. Seu ar é tão imponente que você voltou a ser uma camponesa, diante de um mambo ou chefe da aldeia.

A mulher se amolece com seu silêncio.

"Até eu ele já mordeu, *nga*, do nada, como se quisesse me comer", ela conta, mais gentil. "Agora, me diga, o que você quer? A Madame Mbuya Riley, ela disse que alguém ia vir aí. Você que foi enviada pela filha da Vovó Riley?"

Você faz que sim, ficando mais animada.

"A viúva não se dá bem com a filha", a mulher diz. "A Filha Madame Edie está sempre mentindo. A gente está bem, a Madame Mbuya Riley e eu. Sou eu que trabalho aqui e a gente não precisa de ninguém mais."

Você tira da bolsa o pequeno anúncio que a Sra. May lhe deu. "Estou aqui para uma entrevista", você explica. "Tenho uma recomendação."

"Mas não tem trabalho aqui", a mulher diz. Uma faísca de suspeita brilha em seus olhos. "Então não tem entrevista. Pode tentar aí no fim da rua. Eles estão contratando na feira. Batatas, ou talvez batatas doces. E do outro lado tem alguém criando galinhas."

É a sua vez de ficar indignada. "Não estou aqui para um trabalho como esse. Tenho um horário marcado", você explica, lentamente.

"E uma entrevista para quê?" a mulher dá um sorrisinho. "É para um trabalho, não é? Você não vai entrar aqui com essas suas mentiras."

O cachorro rosna.

"Olha, se você puder seguir seu rumo", a mulher diz. "Porque este cachorro é doido. Todo cachorro que a Madame Mbuya teve foi assim, desde a guerra. E a Mbuya Riley está quase lá, exatamente como este cachorro aqui, isso se não for ainda mais doida. Então, vai, tome seu rumo!"

Cobras, aquelas sobre as quais sua avó falava quando você era criança e perguntava a ela as coisas que não podia perguntar a sua mãe, as cobras que seguram seu útero dentro de você, abrem suas bocas ao ouvirem falar da guerra. Todo o conteúdo em seu abdômen escorre para o chão, como se as cobras tivessem liberado tudo ao abrirem suas bocas. Seu ventre se transforma em água. Você fica ali parada, sua força aniquilada.

Um buraco se abre numa parede de trepadeiras que estrangulam a construção que fica no fim da estradinha de tijolos. A mulher que está falando com você dá um passo à frente. Ela agarra a cerca com força. Ela exala ansiedade, tão forte quanto o espírito de um ancestral.

A Viúva Riley, a mulher que você veio conhecer, se aproxima. Suas costas são corcundas. Tanto os ossos quanto a pele são frágeis, quebradiços e translúcidos como conchas. Ela vem cambaleando pelo pavimento de tijolos irregulares.

O cão solta um ganido e salta para ir ao encontro de sua dona. "E agora, o que vou dizer à Madame?", a mulher sussurra. Ela fala com intimidade, como se fosse a uma amiga. "Olha! Ela já está achando que você é uma parente. Parente minha. A gente não tem permissão, nunquinha, nem quando a gente sai de folga. E agora é o pior momento, porque minha folga é só no fim de semana."

"Uma entrevista. Para uma acomodação", você sussurra de volta. "Um lugar para morar." Você está tão desesperada que sua voz sobe no fundo da garganta.

"Ela vai chorar", a empregada de Mbuya Riley sibila. "Vai dizer que estou trazendo meus parentes aqui para matar ela. Quando a filha dela vem, é isso que elas falam. É assim desde a guerra. É só sobre isso que elas concordam."

"Tem uma casinha", você diz. "A governanta disse que combinou alguma coisa. Não é caro."

"Você está ouvindo o que estou dizendo?", a empregada de Mbuya Riley continua. "É impossível quando ela chora. Eu tenho que dar comida para ela, ou ela fecha a boca e não aceita comer nada. Que nem um bebê! Vai, agora!"

O cachorro está ganindo no fim do caminho. A frágil mulher branca cai no chão. Sua cabeça, com sua auréola de cabelos brancos e macios, repousa sobre o pavimento como um enorme dente-de-leão. Ela estica o braço em direção a você e a mulher de uniforme.

"Olha lá!", a empregada reclama. "Agora eu vou ter que me abaixar e carregar ela para cima, mesmo que as minhas costas estejam me matando."

Ela vai apressada pela estradinha, jogando acusações na sua direção por cima do ombro.

"Pode ir para bem longe da casa 9. Porque se você não for, eu abro o portão e se você conseguir se livrar desse aqui, não vai adiantar de nada, porque vou soltar o grande."

A mulher se abaixa até a patroa. O pequeno terrier choraminga, lambe o braço da viúva.

CAPÍTULO 2

O homem tira os olhos da janela para falar com você.

"Ah, pai, não queria te incomodar."

Você deixou os sapatos de couro nos pés ao se afastar da casa da Viúva Riley. Andou rápido, sem saber bem por que a velocidade era essencial. O asfalto estava quente. Seus pés estão inchados, com bolhas. Você tira os sapatos Lady Di na kombi que está levando você de volta para o pensionato. Você procura seus tênis. Acaba cutucando o homem ao seu lado várias vezes, uma vez, vergonhosamente, perto de sua virilha.

"Você vai ter que esperar", ele diz. "É melhor só ficar aí sentada, seja o que for. Assim como todo mundo."

"Esses sapatos", você informa, numa indireta. "Eles são europeus. Não são como os feitos aqui. Eles não vão cedendo que nem os daqui. Eu devia ter usado uns sapatos nacionais mesmo quando saí de casa."

É a resposta que ele merece. O passageiro inclina a cabeça e o ombro contra a janela. Ele não é um homem, você pensa: já está acabado.

"E o lugar de onde você está vindo, é seu?", o homem pergunta. Sua voz estremece com um novo interesse que ele se esforça para esconder.

"Sim", você mente.

"Os terrenos lá", ele diz. "Quando você para numa extremidade, não consegue ver a outra. Não é qualquer um que consegue um lugar assim."

Você sorri, concordando.

"Você está trabalhando com hortas para as feiras?", ele pergunta.

"Isso mesmo", você responde, balançando a cabeça com firmeza.

"Que bom", o homem suspira novamente. "Já que o governo começou a dar terras para as pessoas em lugares que a gente achava que eram só para os europeus."

"Era a casa da minha tia", você responde. "Ela recebeu do patrão dela. Ele foi para a Austrália."

O homem junta as mãos no colo e olha para elas. "Então, o que você cultiva?", ele pergunta.

"Dálias", você diz com orgulho. "Sou a única que consegue. Ela não conseguia fazer essas coisas, minha tia; coisas que você tem que ter cérebro e dizer para as pessoas o que elas têm que fazer", continua. "Então nossa família disse, Tambudzai, você estudou, você pega essas terras antes que ela tenha um derrame ou algo assim, antes que ela vá para onde ninguém pode seguir."

"Ah, horticultura", diz seu companheiro de viagem. Sua voz está melancólica, com uma admiração que ele agora está confortável em mostrar. "Um dia eu vou trabalhar com isso também", ele promete com uma pequena explosão de energia. "Frutas, no meu caso. As pessoas precisam sempre encher a barriga, então encher as delas vai encher a minha também."

"São amarelas", você diz. "E cultivo rosas, também. As que são chamadas de rosas-chá."

"Opa!", seu companheiro acena. "Já trabalhei num viveiro. Lá tinha rosas-chá. Eu cuidava delas."

"São azuis", você responde. "As rosas que tenho são azuis."

"Azul", o homem repete. Sua energia parece ter sido drenada mais uma vez. Ele cai contra a janela novamente. "Rosas assim! Nunca nem vi uma coisa dessa."

"Suécia", você diz. Você fica aliviada ao injetar um fato no absurdo que está espalhando. Tirou vantagem de um momento de glória na agência de publicidade, quando criou uma campanha para uma empresa sueca que produzia máquinas agrícolas. "Tenho muitos clientes na Suécia. Para as cores amarelo e azul. Essas são as cores do país. Eu envio as plantas para lá por via aérea", você conclui, imaginando que o que você está dizendo um dia será verdade.

"Eu podia ser jardineiro", o homem diz. "Ainda tem alguma vaga lá?"

"Ah, vou lembrar de você", você responde. "No momento, já temos muitos."

"Se não fosse por aquele El Niño", o homem suspira. "Essa água e o vento não deixaram nada para tirar o sustento, para a maioria de nós."

Seu companheiro pede uma caneta. Ele rabisca o número de telefone do vizinho no canto de um recibo antigo que tira do bolso.

Você pega o papel.

"Pano! Armadale!", o homem diz.

"Aqui! Armadale", o condutor informa ao motorista.

Ao desembarcar, o homem curva os ombros e se afasta.

Você deixa o bilhete cair debaixo do assento. As pessoas entram. Você vai para o lugar do aspirante a jardineiro, encosta na janela. A kombi para na esquina do pensionato. Você deixa que ela te leve adiante.

A Praça da Feira é a última parada da kombi. O chão entre as barracas está coberto de cascas de banana e pacotes de batatas fritas gordurosas. Sachês de plástico incham como as barrigas de bêbados. Cascas de laranja se enrolam no asfalto esburacado.

Um pedinte chupa um sachê como se fosse o mamilo da mãe. Outro menino agarra o saquinho. O primeiro senta-se no chão e fica na calçada quebrada. A manga de sua jaqueta é um trapo puído. Ela boia na sarjeta. Sob o pano, pequenos amontoados de camisinhas usadas e pontas de cigarro formam poças grossas de água cor de carvão.

Há uma fileira de kombis. A sua dá uma virada brusca e para triunfante. As janelas vomitam cascas de batata-doce e embalagens de balas. Homens e mulheres resmungam com raiva e se dispersam.

Enquanto os passageiros saem apressados, uma mulher comenta: "Eles não viram nossa van chegando? Então, por que ficaram ali parados? Por que não saíram do caminho?"

As pessoas na fila para descer se dobram ao meio. As que estão na fila esperando para entrar começam a discutir.

O condutor pergunta para onde você vai. Você dá de ombros e ele lembra: "Helensville."

Seu desdém é silencioso. Por sua educação, você sabe que o subúrbio se chama Helensvale. O Vale de Helen.

"Helensville", o condutor diz, sem demonstrar a impaciência que deve estar sentindo. "É para lá que essa aqui está voltando."

Ele pula para anunciar aos passageiros: "Meus velhos! Quem precisa ir, vamos entrando logo. É só quem está entrando que vai."

Você desliza em direção à porta aberta do veículo. Mudando de ideia, desliza de volta para a janela. Muda de ideia novamente e acaba no assento do meio; meio aqui e meio lá, onde não há necessidade, nem de decisão, nem de ação.

Dois passageiros entram.

"Essa aqui para as lojas e para a delegacia", o condutor grita.

Uma mulher se vira e rosna para um homem parar de se esfregar nela. O homem ri.

Outra kombi chega, cuspindo fumaça. Todo mundo se engasga e quando o ar clareia novamente, todos ficam boquiabertos com uma jovem que está abrindo caminho entre as barracas de frutas e legumes em direção às vans.

Ela é elegante em saltos altíssimos, apesar dos entulhos e das rachaduras no asfalto. Ela projeta todo pedaço do corpo que consegue — lábios, quadris, seios e nádegas —, para alcançar o melhor efeito. Suas mãos terminam em unhas pontiagudas pintadas de preto e dourado. Ela segura várias sacolas que gritam "NEON" e outros nomes de butiques em letras enormes. Ela balança as sacolas languidamente, como faz com seu corpo.

Você encara tanto quanto as outras pessoas, reconhecimento se agitando. A jovem vai até uma kombi. Vush-vush, ela vai, assim, todas as suas partes se movendo com a segurança de uma mulher que sabe que é linda. A multidão muda de lugar e se reagrupa. Homens dentro e fora das vans suspiram alto. As janelas ficam embaçadas. Você se sente incomodada também. Sua respiração para na garganta quando finalmente identifica a recém-chegada. É sua colega de pensionato, Gertrude.

Ela agarra o assento de ferro dentro de uma kombi para entrar no veículo. Acostumada, ela joga as sacolas para atrás das nádegas para evitar bisbilhoteiros indesejados. Ela escorrega e agarra o material barato que cobre o assento do veículo. O estofamento se rasga, expelindo espuma enquanto ela cambaleia para trás.

"Joelhos! Joelhos!", uma voz rouca grita com sua colega de casa. "Deixa os joelhos juntos!"

Todos caem na risada.

"Tem um peixinho. Vai mostrar o buraco da boca, como faz quando fora da água", um homem grita.

Gertrude finge que não está puxando o vestido para baixo ao voltar para a rua. Mas por baixo das sacolas, é isso que ela está fazendo, com muito afinco. Em sua outra mão ela agarra, como que por segurança, um punhado de enchimento do estofamento.

A multidão se agita e se comove, zumbe e murmura, achando graça. Uma energia exala dessa alegria. Faz você deslizar do seu assento para o chão e para o meio da aglomeração. O grupo gargalha. Você também. Ao fazer isso, você cresce e cresce até acreditar que é muito maior do que é, e isso é maravilhoso.

A mulher esfrega os braços e passa o peso de uma perna para a outra, desconfortável.

"Ei, seu motorista", um homem grita. "Use os olhos para descobrir o que ela está fazendo com seu carro."

O homem bate no para-brisa e coloca as mãos nas laterais da

cabeça, numa expressão de indignação exagerada. Você ri com todo mundo ao assistir a essa performance.

"Vai, *mhani*, vai. Esse tipo aí é um problema", exclama uma jovem vestida de vermelho e verde, o traje da Congregação Apostólica. "Um problema", ela jovem repete, empurrando todos para chegar a uma kombi.

"Um problema! Um problema!"

A multidão agarra a ideia e a cospe do fundo do estômago. É como o alívio do vômito, quando tudo que está reprimido é expelido. A multidão avança com sua nova e inesperada liberdade.

"Alguém abre as pernas dela", um homem diz. "Pode fazer por ela, se ela não quiser!"

A multidão pega o novo refrão. Você o joga na Gertrude e no mercado: "Abre! Abre!"

Um pedinte pega uma espiga de milho do lixo na sarjeta. A espiga faz uma curva pelo ar como uma foice. A satisfação se abre no estômago de todos quando o míssil passa pela cabeça de Gertrude, levando fios de sua peruca 100% brasileira com ele.

Gertrude se joga e encontra um ponto de apoio no degrau da kombi. Agora sem pensar no comprimento de sua saia, ela avança.

Todos riem e o motorista da kombi zomba: "Qual é o seu problema? Desde quando pessoas peladas podem entrar na van?"

Um grupo de operários ali perto descansa contra os andaimes e ajusta os capacetes em suas cabeças, observando. Seu riso não contém ameaça nem alegria, nem ódio, nem desejo. A risada diz que qualquer coisa poderia brotar de suas profundezas.

A voz única composta de muitas solta um urro de antecipação.

O som desperta no motorista o desejo de ver alguma coisa a mais acontecer.

"Vai! Minha van quer sair", ele grita para a mulher do seu pensionato. "Com pessoas que se prezem! Como ela vai sair agora, se está cheia de mulheres peladas?"

Tensão exala de você e da multidão. Sua risada paira acima de você. Lá em cima, onde não é de ninguém, estala e explode como relâmpago. "Ahn!", o motorista se gaba. Ele examina Gertrude. "Quem te disse que a minha kombi é um quarto?" Agora as pessoas estão gritando sobre os buracos em seu corpo de mulher. Elas compõem uma lista de quais objetos já foram ou devem ser inseridos neles, e as dimensões dessas cavidades pertencendo às parentes de sua refém. Uma voz esganiçada declara que sua colega de casa está desperdiçando sangue e envergonhando a luta de libertação, pela qual os filhos das pessoas lutaram e morreram.

O pedinte se abaixa para a sarjeta novamente. A luz do sol reluz da garrafa que ele joga. "Quem ela pensa que é? Agora ela vai tomar", o menino desnutrido berra.

O arco da garrafa exerce uma força magnética. O poder leva você além. Você se sente triunfante. Alcança a crista da trajetória do míssil como alcançaria o cume de uma montanha. A multidão na Praça da Feira sobe, gemendo, até esse lugar alto com você. É um milagre que uniu todos.

Sua colega de pensionato vira a cabeça de um lado para o outro. Ela está desesperada para escapar.

Os operários caminham em direção a Gertrude. Aqueles que estão de pé passam a mão em suas braguilhas disfarçadamente, pelas costas das mulheres, enquanto os pedreiros passam. A fome se move, flutua como névoa sobre tudo. Você agarra sua bolsa para garantir que não vai perder seus sapatos Lady Di.

Você vai com a multidão em direção à sua colega. Ela sacode suas belas pernas e luta para entrar na kombi. O condutor estende os braços e as pernas para os quatro cantos da porta, impedindo-a de entrar. O motorista abre e fecha a mandíbula, nervoso. Ele quer que qualquer ato de vandalismo seja realizado fora de seu veículo.

"Socorro!", Gertrudes grita. "Eu imploro, alguém, por favor, por favor, socorro!"

"Ajudar é o que a gente está fazendo", uma mulher responde, zombando.

Um operário caminha até Gertrude. Ele estende uma mão e arranca a saia de seus quadris. A jovem desesperada cambaleia, fica suspensa na boca da kombi por um momento eterno. Todos suspiram, irritados, quando ela coloca os braços ao redor do condutor.

O jovem se contorce ao sentir seu toque. Ele quer removê-la, mas não se atreve a afrouxar as mãos e os pés do batente da porta, caso a multidão avance.

Mãos levantam Gertrude da rampa da kombi. Eles a jogam no chão, onde ela cede com o choque. A multidão respira fundo em preparação. A visão de sua linda colega de casa enche você de um vazio que dói. Você não recua como uma mente em sua cabeça deseja. Em vez disso, você obedece a outra e avança. Você quer ver o formato da dor, traçar suas artérias e veias, arrancar o padrão de capilares do corpo. A massa de pessoas avança. Você agarra uma pedra. Está em sua mão. Seu braço sobe em câmera lenta.

A multidão geme novamente. Dessa vez, é um gemido de decepção. Um homem está ao lado de Gertrude e joga uma jaqueta jeans puída sobre suas nádegas. É o motorista de uma das outras kombis. O sol reluz em seus dentes e também em seus óculos de sol. Ele se vira para a multidão com um ar de compreensão. Gertrude olha para ele. Seus olhos estão arregalados e brancos demais. Parecendo sentir isso, ela desvia o olhar.

"Tambu", ela sussurra, identificando você no grupo.

A boca dela é um poço. Está puxando você. Você não quer ser sepultada por ela. Baixa os olhos, mas não se afasta porque, por um lado, está cercada pela multidão. Por outro lado, se voltar à solidão, cairá dentro de si mesma, onde não há lugar para se esconder.

"Me ajuda", Gertrude implora.

Ainda sorrindo gentilmente, o jovem motorista sussurra para Gertrude. Ele tira a camiseta para usá-la como uma cortina. Gertrude puxa da lama os pedaços de sua saia e os amarra ao redor de seu corpo. Ela coloca a jaqueta e a fecha para cobrir os seios. A multidão se enfurece mais uma vez, desta vez por causa da gentileza. O pedinte joga uma lata de Coca-Cola. Ela pega as costas do jovem e rola para longe, mas ele parece não sentir. Ele estende a mão para Gertrude.

"Rapaz, você não consegue encontrar uma decente? Bonito assim como você é, sim, você consegue", uma mulher guincha como um espírito sinistro.

"Ou pelo menos deixe suas putas em casa", um operário diz.

"E apenas veja se dá um jeito de ela não atrasar as pessoas que não querem ver nada, que só querem ir para onde estão indo", um homem resmunga.

"Sim, vou dizer. Pode deixar que vou fazer ela entender." O rapaz sorri, ainda segurando a mão da sua colega. "Sisi, você ouviu o que eles disseram, né?", ele pergunta.

Quando Gertrude fica lá tremendo, a cabeça baixa, e sem responder, um operário berra, a voz cheia de nojo: "Agora que você está decente, por que não entra logo?"

A tristeza se instala no rosto de Gertrude. Outro pedinte atira uma garrafa plástica contra a kombi, sem muito entusiasmo, enquanto a moça entra no veículo.

"Iwe! Você sabe de quem é essa kombi? O que eu vou fazer se te pegar?", o motorista grita para o mais novo.

O rapaz se afasta correndo, os dentes brilhando, segurando as barras desfiadas de seus shorts esfarrapados para longe de seus joelhos. A pedra cai de sua mão.

CAPÍTULO 3

Naquela noite era como se o pensionato tivesse apertado ainda mais os braços cruzados contra você. Você sente a atmosfera assim que entra na sala de jantar e vê Gertrude. Ela está sentada à mesa com seu grupo, em que as moças conversam sobre os batons da moda e competem umas com as outras para saber quem é a mais amada ou mais violentada por seus namorados. Você nunca se senta à mesa com elas.

O rosto de Gertrude é como um daqueles mapas de relevo que você examinava na escola nas aulas de geografia. Montanhas e rios entalhados em cortes e hematomas, marcas de pés, alguns descalços, alguns calçados, alguns de bota. A luz noturna lança sombras em sua pele, engrossando os nós inchados, aprofundando as lacerações.

Isabel passa as costas de um dedo na bochecha de Gertrude, delicadamente, com tanto cuidado que com certeza toca apenas os pelos no rosto da outra mulher. Gertrude se encolhe e agarra o pulso de Isabel; mesmo este toque tão gentil já é demais. Elas ficam ali sentadas por um tempo, de mãos dadas. As cinco ignoram o creme amarelo escorrendo por cima de uma sobremesa marrom em pratinhos em sua frente.

Seu povo diz: não perca o apetite por causa dos problemas de outra pessoa. Com isso em mente, você está ansiosa para sentar-se e fazer sua refeição. Você se move até as moças brancas, sentadas mais ao fundo, perto do bufê. Elas estão conversando entre si. Derramam molho feito com cubos de caldo pronto em cima de fatias de carne e batatas assadas. Sua colega de pensionato e suas companheiras levantam o queixo quando você passa, movendo as cabeças para um lado como se fossem uma só mulher.

No dia seguinte, você se desculpa com Sra. May por ter estragado a entrevista com a viúva Riley. Pede à governanta que guarde o jornal *Clarion* todo dia para que você possa procurar um quarto nos classificados.

A governanta concorda. Ela deixa o jornal enrolado no canto da mesa da recepção todas as noites. Você dá um jeito de sempre chegar a ele rapidamente para evitar que outras moradoras o peguem.

"Quarto grande com viúva temente a Deus."

O anúncio chama sua atenção alguns dias depois. "Em casa grande, atraente e bem cuidada. Para um jovem sério, solteiro e temente a Deus."

Você propõe a Deus um acordo sobre seu gênero e chama isso de oração.

Na cabine telefônica, você adiciona a seu apelo o fato de estar desempregada e o número de décadas que já andou sobre a terra, e disca o número informado.

"Tenho parentes que falam que nem você", diz a viúva após alguns minutos de conversa. Com isso, ela pergunta de onde você vem.

"Das montanhas", você responde. "Manicalândia. Mutare." É a verdade, e pelo menos dessa vez a verdade parece ser a resposta certa.

No dia da entrevista, você encontra a propriedade e sacode o portão. Demora um longo tempo para a viúva aparecer. E mesmo quando sai, a primeira coisa que você registra é a voz dela.

"*Mwakanaka! Mwakanaka, Mambo Jesu!* Você é bom, você é bom, Rei Jesus", ruge uma voz de contralto.

O sol reflete em você do que parecem ser milhões de dentes. Eles são muito grandes e muito pontiagudos. Você sorri, sufocando o instinto de sair correndo. A viúva abre o portão e gesticula para você entrar.

"Boa tarde! Estou tão contente, tão contente por você gostar da minha casa", sua senhoria em potencial declara.

Os olhos dela deslizam para seus dedos nus na extremidade do aperto de mão. Você os retorce em suas costas, desejando ter pensado em comprar um anel de casamento falso na feira.

A mulher se abaixa para deslizar o ferrolho do alto portão de ferro de volta para a terra. É o segundo esforço que faz em poucos minutos. Quando ela se endireita, suor brota de seu nariz e escorre por baixo de seu lenço verde e roxo no estilo nigeriano. Ela se abana. Uma manada de rinocerontes se move em volta de seu dedo indicador num anel de ouro grosso. Ao lado, no dedo do meio, reluz uma esmeralda pesada. Uma aliança matrimonial de dois elos se projeta, grande, mas sem brilho, do quarto dedo da outra mão. Há sujeira endurecida nas fendas de suas joias. Todas precisam de uma limpeza.

"Sim, que maravilha você ter ligado, e agora está aqui", a viúva diz. Ela flutua até a rampa de entrada. "Tenho que ter cuidado quando falo com as pessoas no telefone, e preciso saber de onde elas são. Não dá para acreditar em nada que as pessoas dizem hoje em dia."

Ela se move lentamente sobre sandálias pontudas e aparentemente delicadas, a moda ditada por Nollywood na televisão. Você percebe que está prestes a ultrapassá-la. Você ajusta o ritmo para ficar sempre um passo para trás.

"Você já ouviu falar, não ouviu, que estamos no Fim dos Tempos", sua senhoria em potencial comenta. "Todos os grandes profetas estão falando disso. Sim, chegou a hora, porque hoje, nesses dias horrorosos que estamos vivendo, você recebe quando dá? Nunca. Você perde tudo. Você fica com nada depois de fazer uma doação."

Você abre sua boca e a fecha novamente, compreendendo, aliviada, que sua resposta é irrelevante.

"E até eu, mesmo que eu seja viúva do meu marido", sua companheira segue tagarelando, "você nem imagina as coisas que as pessoas vêm aqui dizer. Que querem trabalhar ou querem um lugar para morar. Só para descobrir o que eu tenho e achar um jeito de roubar tudo. Essa gente está usando a inteligência concedida por Deus não para multiplicar, mas para reduzir o pouco que o VaManyanga me deixou. Estou tentando multiplicar, engrandecer, como a Bíblia diz que deve ser quando um mestre se vai. Mas essa gente aí, eles querem que tudo que eu tenho diminua."

Agora sua respiração está curta. Você engole saliva, de repente amarga. Percebe que tem medo dessa mulher. Não sabe dizer por quê. Você ri silenciosamente de si mesma por se permitir tal covardia.

"Mas você disse que está em Harare há algum tempo", ela prossegue. "Srta. Sigauke, eu não queria perguntar pelo telefone. Não importa quantas coisas os brancos tenham trazido, algumas coisas não podem ser ditas desse jeito. Mas agora você está aqui, e isso é bom. Me diga, você está trabalhando?"

Você tem certeza de que alguma coisa a entregou. Isso apesar dos sapatos Lady Di que sua prima mandou, combinados mais uma vez com o conjunto de saia e blusa do seu passado que você está vestindo mais uma vez para esta nova entrevista.

"Trabalhando? Sim, claro. Não sou dessas pessoas que consegue ficar parada. Sou uma trabalhadora, de verdade", você responde com só um pouco de hesitação. "Eu conheço o trabalho desde bem menina."

"Isso é bom", a viúva diz.

"Depois de trabalhar nos campos quando criança, fui professora — temporariamente. Mas agora tenho um emprego na agência de publicidade Steers, D'Arcy & MacPedius. Sabe. 'Lá no Honey Valley, onde nascem os melhores e mais frescos alimentos!'. Esse é um dos meus. O Zimbábue inteiro conhece."

Você cantarola o jingle da conta e se pergunta quem está escrevendo para eles agora.

"Ah, você está lá?", sua senhoria em potencial exclama, reconhecendo a melodia após um momento de reflexão.

"Estou entre o trabalho de professora e uma coisa melhor", você garante, pois é claro que esse é o tipo de coisa que ela quer ouvir.

"Uma empresa grande! O que você faz lá?", a viúva pergunta.

"Você canta?"

Você sufoca o descontentamento em sua voz. "As palavras", você explica.

"Ah, você canta as palavras! Que nem eu. Na igreja, sou uma das melhores na equipe de Louvor e Adoração."

Ao se aproximarem da casa dela, a viúva interroga você sobre sua moral: Você está num casamento de união estável, ou está considerando a possibilidade? Você tem amigos do sexo masculino ou tem um que gostaria de visitá-la por um tempo? Isso não é permitido. Pois, ao contrário do que você vai ouvir os vizinhos dizerem, ela não gerencia um bordel.

Você murmura algo sobre não ir muito à igreja, preferindo orar sozinha.

A viúva Manyanga responde que é uma guerreira de reza e desemboca numa litania de pessoas que curou, os milagres que já alcançou. Você sobe degraus de pedra lascada, passa por um portão de segurança enferrujado numa varanda escura.

"Bem-vinda, Srta. Sigauke", a viúva diz, segurando a porta aberta. "Você está na casa de uma família temente a Deus."

"Está vendo aquilo ali?" Ela inclina a cabeça em direção à parede adjacente. Empurrada contra a parede coberta de bolhas de tinta está uma fileira de mesas. Há um telefone em cada mesa. "Isso", a viúva começa. Ela para com uma mão apoiada numa mesa, para pegar um rolo de cabos do chão. "Isso é a colheita da revelação."

Poeira sobe por suas narinas. Você espirra e pede desculpas por suas alergias.

"Essa revelação não veio a mim", a viúva continua. "Foi entregue a VaManyanga. Meu marido. Falecido. Mas veio enquanto eu estava orando com ele. Então foi por minha causa que ele teve essa revelação."

Você acena com a cabeça enquanto examina os arredores e consegue parecer agradecida, já que as circunstâncias da viúva, embora duvidosas, são muito preferíveis às suas.

"Esses telefones que você está vendo aí", a Sra. Manyanga explica, "são uma das muitas coisas em que meu marido estava trabalhando quando me deixou. VaManyanga não era como os outros homens, nunca! Ele fazia essas coisas para os universitários, porque depois de ter a revelação de que foi chamado para fazer algo por alguém, ele não sabia para que pessoas fazer o quê. Então eu decidi ajudar o meu marido. Eu disse, VaManyanga, tem cada vez mais estudantes porque o governo está educando os jovens. Então, não é isso que você tem que fazer, não tem alguma coisa que possamos fazer por eles? Sim, fui eu. Fui eu que disse!"

Você espera num corredor escuro e abafado enquanto sua companheira procura a chave certa num chaveiro de metal do tamanho de um pandeiro pequeno, que ela remove das pregas de seu traje do oeste africano.

A primeira chave fica emperrada.

"Não se preocupe", ela diz. "Não se preocupe com nada. Todas as portas estão em perfeito estado. VaManyanga queria as coisas assim. Tudo perfeito. Era isso que ele queria."

Ela insere outra chave após uma caçada breve. A fechadura estala. A pesada porta de teca se abre.

"Eu agradeço a Deus", anuncia sua senhoria em potencial, continuando. Uma vez dentro do cômodo, ela faz uma pausa para se localizar. A sala de estar estava trancada há muito tempo. O ar cheira a mofo. "Sim, sim, agradeço a Deus", ela declara, "pela dádiva que tive, um marido perfeito".

A sala está abarrotada de tudo um pouco, como uma loja de artigos usados: com mesinhas e mesas de centro de origem Tonga, da Colônia do Cabo, Pioneira, e Colonial, bem como algumas do tipo que você podia comprar na beira da estrada de vendedores e tecelões; e sobre elas havia todo tipo de estatueta. Poltronas pesadas e sofás, e pufes de pele de cudu preenchem os espaços restantes. Sua senhoria em potencial se equilibra com a mão numa cadeira enquanto avança.

Ela aponta para uma poltrona. O assento solta uma névoa de poeira quando você se senta.

"Sim, era óbvio para qualquer um que tivesse o espírito certo para ouvir as instruções divinas, Srta. Sigauke, que algo precisava ser feito para os nossos jovens na universidade. Quantos deles têm carros? A maioria não tem. Então, a maior parte deles não está sofrendo? Não é assim que as coisas estão acontecendo?"

A viúva se larga num sofá. Você se inclina para ela; agora ela tem sua atenção. Sofrimento! Daqueles que não são mais crianças, mas ainda não são velhos: a viúva definiu seu próprio dilema. É reconfortante, embora ao mesmo tempo alarmante, ter sua situação examinada, revirada de um lado para outro e dissecada por alguém que você não conhece.

"Sim, Srta. Sigauke, veja", a viúva diz, encorajada por sua atenção. "Olhe para sua situação. Você tem um diploma." Com isso ela volta aos alunos, encorajando você a olhar para eles com olhos cristãos. "Agora, pense naquelas jovens pobres. Quando vamos às reuniões da União de Mulheres, nos parte o coração saber quantas meninas da universidade estão se entregando por nada. Tenho certeza de que não era assim no seu tempo."

Você concorda com a cabeça. Você acredita que ainda é virgem, embora tenha havido alguns incidentes que não lhe dão certeza: será que conta se, acometida pelas circunstâncias, você inseriu um absorvente interno para garantir que não ia engravidar?

Esse corpo lamentado

"Mas agora", a viúva prossegue, fervorosa, "as jovens dessas universidades se deitam o tempo todo, com qualquer pessoa.

Então, já que a universidade é logo ali, onde estão essas meninas, eu disse a VaManyanga quando ele teve sua revelação, eu vou ser como uma mãe para essas alunas angustiadas. Eu disse, sim, vou cuidar bem delas."

Ao longo da entrevista, você descobre que VaManyanga, estando envolvido com muitos outros interesses comerciais na época, desejava começar a agir lentamente de acordo com sua revelação. Por outro lado, Mai Manyanga, que poucos meses antes havia sido promovida de secretária executiva a esposa, não queria perder um instante que fosse. Transbordando de entusiasmo, ela imediatamente colocou uma laje de concreto nos fundos da propriedade de dois hectares. Um pedaço de ferro corrugado pregado num poste curto ainda estava no jardim dos fundos, proclamando que a laje de concreto estava destinada a se tornar a "Vila de Estudantes SaManyanga". Ao mesmo tempo em que o veneno de cupins era derramado nas fundações dos quartos, para garantir que suas futuras inquilinas pudessem se comunicar livremente, Mai Manyanga começou a investir em telefones públicos, o empreendimento que agora estava espalhado pela varanda.

"Ah, aquelas pobres alunas." Sua senhoria em potencial balança a cabeça e olha para suas memórias. "Que baque para elas! Será que elas sabiam que meu marido seria arrancado delas daquele jeito? Quando não havia problema. Nenhum. Nada. Íamos até receber as alunas. Moças como você teriam se beneficiado, Srta. Sigauke. E elas estariam seguras. VaManyanga nunca ficou por aí com qualquer coisa que se deite! Não, não era isso que VaManyanga fazia, como outros homens, então eu não via problema em receber as alunas."

Suas palmas estão úmidas. Você está ansiosa para que a entrevista comece de uma vez ou termine logo. Suas axilas estão pingando dentro do traje apertado, mas ao mesmo tempo você

43

quer que a viúva continue falando, jogando cada vez mais para o futuro o momento da decisão sobre você ser adequada ou não.

"Ah, você está reconhecendo eles", gaba-se Mai Manyanga.

Você evita uma negação direta: "É uma fotografia linda."

A fotografia, para a qual você casualmente olhou de relance, está colocada grandiosamente no centro da cristaleira de enfeites da viúva. Ao seu redor estão meias esferas cheias de água contendo pequenos flocos brancos e estatuetas das torres encontradas em várias cidades europeias.

"Você não vê? A semelhança? Deve estar vendo, sim", a viúva diz. Ela abana sua mão coberta de joias para se refrescar. "Tenho certeza que você sabe quem são eles."

Quando você dá um sorriso gentil e silencioso, para não arriscar uma resposta inoportuna, a viúva se levanta do sofá, passando por figuras de bronze, latão e cobre que estão em suas mesinhas.

As portas de vidro da cristaleira balançam em protesto, mas depois de algum barulho obedecem à viúva. Ela retira duas xícaras grossas de porcelana e seus pires, parte de um conjunto que ocupa a prateleira superior junto com um serviço de chá de prata que agora está cobreado e manchado. Abaixo do bule, numa velha moldura de lata Kamativi salpicada de verde, está a fotografia que a viúva ordena que você reconheça.

Seu rosto é bem barbeado, de pele clara; ele tem estatura mediana, e seu traje imaculado inclui uma casa de botão e um lenço no bolso do peito. Ele segura uma maleta mais alto do que o normal para um homem de pé. Ele a agarra com as duas mãos, como se tivesse sentado primeiro, depois solicitado a ficar de pé, mas decidiu manter a bolsa em sua elevação anterior. Ele segura a alça tão firme que faz emergir os tendões nas costas de suas mãos.

Ela, no entanto, aponta suas covinhas sedutoramente para a lente. Uma mão cheiinha está sobre o braço que segura a pasta. A outra repousa levemente no encosto de uma cadeira de madeira na qual brilha uma bolsa bem polida com estampa de imitação de cobra. Ela está usando sapatos plataforma e um vestido reto, cuja cor é incerta na foto em preto e branco. Acompanhando a imagem em ambos os flancos, e nas prateleiras abaixo, estão amontoados vários outros ornamentos: um gato de quartzo rosa sem uma orelha, uma caneca grossa solitária de um lugar chamado Kings Arms. Há placas de cobre representando proteas, cabras-de-leque e gloriosas, a flor da Rodésia, bem como escudos proclamando o ano, local e propósito das muitas conferências a que o Sr. Manyanga compareceu.

A viúva passa por um relógio cujo pêndulo balança, pesado, mas não marca o tempo. Colocando as xícaras numa grande mesa de mogno, ela anuncia que vai fazer um chá para você. Ela gostou de você. Apesar de sua necessidade fervorosa de ser sempre a preferida, seu coração afunda. As cobras em sua barriga bocejam. Você sente como se seu ventre se contraísse. Está ficando desconfiada por essa mulher gostar de você, pois sabe que não há nada em você que possa ser gostado. O desprezo por tudo inunda seu peito. Espreita logo abaixo de seu rosto enquanto você observa essa mulher que gosta de você. Ao mesmo tempo, seu fascínio por ela e pela vida que ela criou para si cresce, de modo que você sorri para afastar a sensação de perplexidade.

"Aqueles meus rapazes não conseguiram quebrar nenhum desses", a viúva diz quando retorna para colocar na mesa uma bandeja de ráfia desfiada sobre a qual há uma chaleira de porcelana, um açucareiro, e um jarrinho de leite. Ela serve sua bebida e aponta com a cabeça para uma prateleira baixa que exibe seis copos idênticos pintados à mão, brilhando por serem espanados regularmente.

"Estão todos ali. Nenhum deles se quebrou", ela diz, orgulhosa. "Mesmo que nós os usássemos em todas as nossas comemorações em família. Hoje em dia, só uso quando meus filhos vêm visitar. Mas eles vêm tanto quanto deveriam? Não! Filhos são assim. Os meninos são assim hoje em dia. Nem visitam suas mães!"

Você empilha seis colheres de açúcar na xícara que a viúva lhe entrega. A energia se derrama por seu corpo e você sabe que vai aguentar a jornada de volta ao pensionato.

Você quer outra xícara de chá quente e doce. Assim que você coloca sua xícara na mesa, porém, a viúva começa um *tour* pela casa. Ela abre cortinas grossas de cetim roxo importado para apresentar o desfiladeiro abandonado de uma piscina, seus azulejos pretos de mofo.

"Agora que os meninos se foram, ninguém mais usa a piscina", ela explica. "Claro, nós ensinamos os meninos a nadar nela."

A cozinha deve ter sido, bem recentemente, linda. Você descobre que foi inicialmente reformada sob a supervisão do Sr. Manyanga. Ele só tolerava porcelanato de um local: Itália, em apenas uma cor: ocre dourado. Mas desde a sua morte, os azulejos caíram. A argamassa seguiu. Colônias de baratas residem nas rachaduras sujas. Uma lagartixa corre sobre uma crosta escura de óleo de cozinha. Você anseia por atacar tudo aquilo violentamente com produtos de limpeza.

"Este aqui", a viúva informa enquanto você olha para um quarto mais mofado e abafado do que o anterior, "era para ser o primeiro quarto alugado para as estudantes universitárias. Concordei com o meu marido quando ele disse que para fazer a coisa do jeito certo a gente ia ter que fazer um teste antes. Eu não queria discordar dele e de sua revelação. Eu disse, não sei nada de teste nenhum, mas Deus sabe. Falei para meu coração de mãe se acalmar. Sabe aquele coração dentro de toda mulher? Ele queria fazer muito mais por aquelas alunas."

A viúva caminha rapidamente pelo pequeno cômodo, apontando para a janela, que tem um canto que dá vista para o pátio, embora a maior parte dê para a garagem. Ela admira uma velha mesa de centro cuja borda traseira está apoiada em pilhas de revistas *Parade*, e aponta para um varal escondido por cortinas de cetim rosa amarelado, atrás das quais pairam nuvens de teias de aranha. A viúva pede desculpas por ter feito você esperar na entrada do jardim.

"Fazer uma coisa dessas", ela diz, indignada por você. "Logo eu, que tenho um jardineiro contratado. E pago ele sempre. No dia certo! Não tem um mês que eu não pague. Mas eu já sabia no dia da entrevista com ele", ela confidencia. "Mas o que eu posso fazer com esse meu coração de mulher? Toda mulher é uma mãe no coração, Srta. Sigauke. E toda mãe é também uma mulher. É por isso que eu disse, venha, eu vou te pagar um salário, quando ele era só um pedinte."

Você fica em silêncio, renovando seu acordo com Deus e também invocando seus antepassados.

"Eu falei para ele hoje de manhã, vai embora quando ela chegar, eu vou receber uma pessoa hoje. Mas ele me deixou para descer sozinha e abrir o portão, foi embora mais cedo porque é sábado. Eu disse, espere a Srta. Sigauke. Devia ter dito que ia receber homens para essa entrevista."

Você sorri mais abertamente, aliviada por saber que não há homem nenhum ali. Mai Manyanga, no entanto, parece arrependida.

"É por isso que eu sempre digo, por favor, por favor que seja alguém do campo. Uma pessoa que vem daqueles lugares secos onde nunca chove. Essas pessoas reconhecem quando Deus oferece uma coisa boa. Porque essas pessoas sabem o que é sofrer."

A viúva avaliou você tão perfeitamente. Ela está ciente disso. Você aceita os termos dela imediatamente, pois não há chance nenhuma de você voltar para a propriedade na aldeia de seu pai.

Ela se oferece para conectar um dos telefones da varanda e fica satisfeita que finalmente a revelação divina de VaManyanga seria cumprida. O aluguel já estava muito alto, tendo sido calculado com base no salário de um jovem rapaz trabalhador. Você recusa a conexão, mesmo que a viúva comente que um meio de comunicação nesse preço é uma pechincha. Você garante a si mesma, enquanto caminha de volta à estrada, que um dia, de alguma forma, de qualquer jeito que seja, você vai desfrutar do luxo de um telefone ao lado de sua cama. Enquanto faz sinal para uma kombi, você promete a si mesma três telefones, um na cozinha, um na sala e um no quarto de sua futura casa. Sentada na van, considera um quarto aparelho para o banheiro.

CAPÍTULO 4

Mudar para a casa da viúva é um grande erro. Quando você chega, o cheiro do seu quarto está ainda pior do que antes. Sra. Manyanga fica em cima de você. Ela diz para seu nariz torto: "Sim, Srta. Sigauke, seu Deus está ao seu lado. Agora você está em casa. Mas, será que o privilégio maior não é meu, uma pobre viúva, podendo abençoar alguém assim?" Um vazamento no telhado pingou no colchão, fazendo com que mofo se espalhasse pelo tecido e teto. Será que sua senhoria não tinha visto?

"Tudo está bonito e limpinho agora", ela explica. Esticando um braço por trás do varal, a viúva puxa alguns filamentos de teia de aranha. "Tinha só um buraquinho, que nem aquele lá em cima no telhado. Só umas telhas que saíram do lugar por causa do vento, mas assim que eu decidi e soube que alguém ia estar dormindo neste quarto, veja que eu já consertei", ela diz, limpando as palmas das mãos.

"Sabe, Srta. Sigauke", ela continua, "ainda estou procurando uma moça. Uma menina decente para fazer isso e aquilo para mim lá em casa. Mas isso seria na minha casa mesmo. É só lá que eu preciso da ajuda de alguém. Aqui eu dei uma arejada neste quarto. Todas as janelas ficaram abertas todos os dias desde que você esteve naquela porta. E eu vinha fechar todas elas à noite, porque sabe que quando você tem uma coisa que é boa, todo mundo só pensa em roubar de você."

Sua senhoria informa, com orgulho, que tirou as cortinas de cetim e as lavou com as próprias mãos.

"Sabe, Deus é bom. Sou viúva e meus filhos também já saíram

de casa. Mas recebi tanto poder. Não para mim, mas para outras pessoas. Deus continua me banhando em Suas bênçãos!"

Você não consegue decidir se fica feliz ou não quando ela vai embora.

"Mwakanaka, Mambo Jesu", você a escuta cantar enquanto atravessa o jardim para chegar em sua própria casa.

Organizando suas coisas em gavetas encardidas, você jura que quando chegar o momento de ir embora, você não vai sair pelo portão da viúva do mesmo jeito que entrou — com nada.

Você passa a maior parte do tempo sentada em sua cama, remoendo seu mais novo erro de julgamento, refletindo sobre o quanto já odeia o lugar. Em outros momentos, você se impressiona com como consegue abafar o sentimento de estar fadada ao fracasso. Você se esforça para inventar desculpas plausíveis para não sair para o emprego que disse que tinha, caso a viúva pergunte.

Seus três colegas de casa não fazem você se sentir melhor. Todos têm emprego. É melhor nem tentar se aproximar deles. E o que você quer dizer com isso é que é melhor eles não quererem se aproximar de você. Você planeja maneiras de evitar qualquer contato, especialmente com o homem no quarto ao lado do seu, que troca de namorada com mais frequência do que de calças. A mulher quieta acorda mais cedo, normalmente antes do galo cantar, para garantir que vai ter água quente. Ela toma banhos muito longos. A mulher grande entra logo depois. O homem no quarto principal acorda por último, porque tem uma suíte. Seus preparativos para o dia a acordam; quando eles saem para pegar suas vans, você não consegue voltar a dormir, pensando em seus escritórios, contratos e salários mensais.

Você se aventura com pouca frequência para pegar um ar no jardim ou sentar-se nas raízes corcundas dos jacarandás perto do portão. Quando está lá, você se esforça. Uma vez na vida, ter crescido na aldeia é uma vantagem.

"Olá, como vai seu dia? Como estão as coisas, está tudo bem na sua cidade?", você cumprimenta os transeuntes. Por falar tão raramente, você se assusta com o som de sua própria voz e, por isso, não sorri. As pessoas passando também não. Às vezes elas nem respondem. Numa semana você vai fazer compras num pequeno mercado de aparência tão deprimente quanto você se sente. Ao sair do quintal, você se força a colocar um pouco energia em seus passos, a andar como uma mulher que tem muitos dólares no fundo da bolsa. Dentro da loja, o fingimento faz você se sentir sufocada, como se estivesse usando um corpete apertado demais. Após terminar suas compras, você não quer sair novamente, porque sua bolsa está abarrotada de garrafas plásticas de tamanho econômico, sachês de água, e caixas de comida pré-pronta. Óleo de cozinha, glicerina para a pele, velas para os apagões, fósforos — tudo anuncia sua pobreza.

Você guarda seus produtos num cantinho do armário da cozinha, longe dos pertences dos outros residentes. Economizando comida do mesmo jeito que economiza o dinheiro da época na agência de publicidade em sua conta-poupança, você vive segundo o princípio de que "menos é mais": comer menos é gastar menos, o que significa mais dinheiro no seu extrato. Mais dinheiro no seu extrato mensal significa mais tempo para resolver a sua vida. O café da manhã é uma gororoba de mingau de milho que você quase nem consegue comer, já que o fogão da viúva não serve para cozinhar nem ferver nada. À tarde, você mistura o mesmo mingau até engrossar, para seu *sadza*. Você começa a pegar vegetais para usar como acompanhamento, algumas folhas por dia, da horta da viúva.

No resto do tempo você se senta na janela, olhando para além do material que um dia foi rosa-bebê e agora está amarelado, para o gramado ressecado de sua senhoria. Quando isso se torna insuportavelmente tedioso, você vira um pouco o corpo e olha para a laje que o Sr. e a Sra. Manyanga instalaram para os alojamentos de alunas. Às vezes, depois do concreto, você vê a sombra da viúva indo de um lado para o outro em sua sala de estar.

Você se preocupa que vá começar a considerar acabar com tudo, já que não tem nada pelo que viver: nem casa, nem trabalho, nem laços familiares. Esse pensamento induz um pântano de culpa. Você não conseguiu conquistar nada na sua vida, mas sua mãe lida com circunstâncias muito piores do que as suas, enterrada naquela aldeia miserável. Como, com toda a educação que teve, você acabou passando mais necessidades do que sua mãe? Acabou sendo menos mulher, tão derrotada pela vida que ela acabou tendo que buscar apoio em sua segunda filha — uma filha que, ela mesma, precisa de apoio, depois de perder uma perna na guerra, e agora sustenta duas crianças frutos das lutas de libertação, suas sobrinhas, que você só viu uma vez, quando ainda eram bebês. Seu tio, que interveio para impedir que você tivesse a mesma sina que sua mãe, mandando você para a escola, está numa cadeira de rodas, transformado numa vítima da Independência por uma bala perdida de uma salva de vinte e um tiros que se enterrou nas membranas delicadas de sua medula espinhal durante as primeiras celebrações. Você se esforça para nem se lembrar de seu pai, pois só pensar nele já lhe enche de desespero. A única pessoa que pode ajudar a situação que você e sua família enfrentam é sua prima Nyasha. Mas ela emigrou para o exterior. A última notícia que teve dela foi quando ela enviou os sapatos, felizmente numa época em que os correios ainda encaminhavam os pacotes em vez de furtar seus conteúdos. Você não consegue se lembrar de quem é a vez de entrar em contato com quem, ou mesmo se você enviou uma carta para agradecê-la.

Você foi perdendo amigos nos anos desde que saiu da universidade, porque não conseguia acompanhar o estilo de vida deles e não queria que rissem de você. Anos mais tarde, depois de sua saída abrupta, você se afastou de seus colegas da agência. Você se tortura, em seus primeiros dias na casa de Mai Manyanga, com a ideia de que não tem ninguém além de si mesma para culpar por ter deixado seu emprego de redatora. Você deveria ter aturado os homens brancos que colocavam os nomes deles em seus *slogans* e rimas. Você passa muito tempo se arrependendo de ter cavado a própria cova por uma questão de princípio. Sua idade impede que você consiga outro emprego na área, pois os departamentos criativos agora são ocupados por jovens de cabelo moicano e brincos em sobrancelhas, línguas e umbigos.

Uma distração de suas preocupações lúgubres chega num domingo, algumas semanas depois de você se mudar, quando um antigo Toyota azul vem passando por cima dos cascalhos da viúva.

Numa nuvem de fumaça do exaustor, o veículo para em frente à garagem coberta, exatamente no lugar que impediria qualquer outro de estacionar.

Você levanta os olhos da revista que levou consigo da agência de publicidade, que está lendo pela centésima vez, e vê pernas fortes saindo pela porta do motorista. Um longo braço musculoso desliza pelo ar e se atrapalha com a fechadura traseira até que a porta se abre.

Meia dúzia de crianças pulam para fora do veículo.

"Mbuya!", elas gritam.

Elas fazem o possível para não destruir a horta da viúva. Mas sulcos desmoronam debaixo de seus saltos. Videiras se quebram.

"Ei, cuidado aí! Espera só quando alguém vir o que vocês fizeram", seu pai grita, saindo rápido do carro. "Vocês vão levar a maior surra da vida de vocês. Se a vó de vocês não quiser bater, pode deixar que eu bato."

As crianças riem e gritam e correm rápido para ver quem chega antes para bater na porta da viúva. "Mbuya!", elas gritam de novo quando a porta se abre e a viúva as convida para entrar.

Esta chegada é uma dádiva, trazendo-lhe um homem a considerar. É um trampolim para uma vida que você anseia, longe deste lugar nenhum e dos dias vazios escancarados às suas costas. Você não pensa em amor, obcecada apenas com o que o cavalheiro poderia fazer por você, como o filho da viúva será um seguro contra sua queda inevitável.

Você chupa a saliva da boca, como uma pessoa mordendo um limão, quando uma mulher desce do banco do passageiro. "Não vou ficar neste carro", ela diz. "Estou falando, não vou."

O homem tem pernas e braços muito longos. Eles se desenrolam como uma esteira, como se sua cartilagem e ligamentos fossem grandes demais para seus ossos. Ele planta pés enormes no cascalho e dá alguns passos, antes de esfregar as palmas das mãos na camisa amassada. Apoia-se no carro, acendendo um cigarro com a cara emburrada.

"Hoje eu vou conhecer ela", a mulher insiste. "Não interessa o que você diz, hoje é o dia."

Você recolhe de suas profundezas o desprezo que a puniu nas semanas desde que chegou à casa da viúva. O escárnio do homem torna-se pungente e satisfatório e o seu se esvai e se mistura com o dele, e tudo se derrama sobre essa mulher.

Um momento depois, há um grito no portão. Os parafusos ressoam e um Volkswagen Passat longo e baixo vem em direção à casa.

O homem e a mulher são arrancados de suas insatisfações. Sorrisos cortam seus rostos e eles se voltam para o veículo que se aproxima.

"Larky!", o homem de membros muito longos grita para o recém-chegado. Ele dá um passo à frente e joga o cigarro longe.

A mulher cruza os braços mal-humorada e encosta as nádegas envoltas em jeans no Toyota.

Larky baixa a janela e mostra todos os dentes em saudação.

"Ah é, Praise!", ele sorri, indicando o Cressida azul. "Então é isso aí! Esse é o tesouro que você me falou?"

O outro homem também sorri. Mas a ansiedade deixa seus lábios abertos demais. "Esse é novo", Larky diz, saindo do carro, ainda com um grande sorriso no rosto. "Isso é um lixo, irmão! Por que você desperdiça seu dinheiro importando esse ferro velho japonês?" A mulher deixa os ombros caírem. Larky estende a mão para ela. Os dois irmãos ficam ombro a ombro. "Eu estou bem, mano", Larky diz, virando-se para assegurar que sua voz seria ouvida. "Sabe, comprei mais um, o terceiro. Um extra para quando os outros dão problema. A mãe das crianças usa a Mercedes. Eu fico com a BMW. Mas não nos fins de semana. Nada de japonês mais", ele se gaba. "Só coisa legítima. Carro alemão."

"Os japoneses são tão bons quanto", Praise diz. "Até melhores. Eles entendem como a gente faz as coisas."

"Como vai, Babamunini?", a mulher consegue dizer.

"Mas você está na direção certa", Praise reconhece, falando mais alto para abafar a voz dela. "Espero ver esse seu número três, se é tão bom quanto você diz."

"Vai lá! Vai lá ver", Larky ri. "Não vai sumir por muito tempo. A gente faz um churrasco. Traz as crianças."

Os homens batem os punhos fechados. Balançam os braços para frente e para trás, rindo.

"Fica esperto, mupfanha", Praise diz. Mostrando todos os dentes novamente, ele se vira para a mulher.

"Babamunini! Babamunini, eu tenho que te dizer uma coisa", ela começa.

Os dedos de cada mão arranham o braço oposto. Ela deixa os ombros curvados porque é uma mulher que não tem jeito, do tipo que dedura o marido para seu irmão mais novo.

"Mbuya, aqui, aqui! Eu, eu!", as vozes das crianças podem ser ouvidas. Os gritos ficam mais altos quando a porta da viúva se abre e elas correm para a varanda.

"*Mwakanaka! Mwakanaka!* Você é bom, Rei Jesus Cristo!" A voz da viúva atravessa a tarde.

"Mai, não vai deixar esse rebanho passar por cima de você. A gente está indo", Larky diz. Ele dá um passo à frente, forçando as covinhas nas bochechas dramaticamente. Você fecha a cortina provisoriamente.

"Então é isso que vocês fazem?", a viúva diz. "Quem sabe vocês vêm me cumprimentar agora, hein, Praise e Larky? Ao menos essas crianças sabem o jeito certo de agir, que têm que cumprimentar a vó delas."

"A gente está indo, Mai. Agora mesmo", os homens prometem. "A gente não está aqui? É para ver você."

"Escutem, crianças, adivinhem o que eu tenho aqui?", a viúva pergunta.

Ela está segurando alguma coisa. É pequeno, um pacote.

"Salsichas!", uma criança sugere, esganiçada.

"Das vermelhas!", outra grita.

"Quem aqui quer salsicha?", a viúva fala a plenos pulmões, como se estivesse no momento de Louvor e Adoração.

"Ini! Eu, eu!", os netos respondem.

Os sons vão se acalmando enquanto as crianças se concentram em morder e mastigar.

"Como estão todos? Como está a Maiguru?", Larky cumprimenta o irmão. No silêncio quase total, ele diz: "E aquele menino? Você disse para o Ignore que a gente quer ver ele?"

"Tudo certo, e com você e todo mundo?", Praise coça a cabeça. "Nosso menino? Sim, onde ele está? Você não ligou para ele?"

Larky puxa sua bermuda neon para cobrir sua barriga de boxeador.

"Por que eu? É para o Ignore que você tem que estar perguntando por que ele não está aqui. Por que você está me questionando como se não fosse o mais velho, o que devia organizar as coisas?", ele diz com alguma irritação em sua voz.

Praise puxa outro cigarro mentolado da carteira. Fumaça sai de sua boca enquanto ele olha para a propriedade decadente. "Enfim, o que o Ignore está fazendo que não pode vir aqui?", Larky diz.

Praise coça o topo da cabeça novamente antes de oferecer um cigarro ao irmão. Larky aceita. Espirais azuis sobem pelo ar.

"Ah, então agora vocês se comportam?", Praise grita para as crianças. "É o que vocês estão fazendo agora. Não falei?"

Os homens se juntam para acenar e fazer expressões paternais para as crianças sentadas nos degraus da entrada de casa.

Inserindo-se na distração dos dois homens de forma certeira, como uma faca, a mulher de jeans se afasta do Toyota de Praise.

"Você vai ver só, Praise", ela diz quando já está longe o bastante a ponto de a viúva conseguir vê-la. "Hoje já é demais, para mim chega. Mesmo que ela esteja me ignorando, eu sei que é porque você disse alguma coisa para ela. É agora que ela vai saber que tem outra muroora, outra nora. Hoje de tarde eu vou conhecer a sua mãe."

A viúva Manyanga dá as costas, um gesto resoluto, para as pessoas na garagem.

"Eu te disse, hoje não." Praise se vira para a mulher.

"Mentiroso!", a mulher rosna.

Ela levanta um dedo, balançando-o no ar. Seu corpo acompanha o ritmo, equilibrando-se em sapatos de salto alto.

"Você está mentindo para mim e sabe muito bem disso, Praise Manyanga. Eu só não sei por que você está agindo assim. Por que você mentiu assim para mim, hein, Praise? Quando você disse que seria da próxima vez? Mas agora, na frente do seu irmão e da sua mãe e dos seus filhos também, você quer me fazer de idiota.

"Da próxima vez, da próxima vez, da próxima vez, da próxima vez", ela repete numa voz cada vez mais esganiçada. "Você vai mentir de novo e negar? O tempo todo você mente para mim. É por isso que a sua família me ignora!"

"Mainini, eu estou feliz que você está aqui. Eu fiquei contente de ver meu irmão mais velho, só isso", Larky explica.

Ele abre os braços, esperando um abraço.

"Vamos, é isso que você quer?", ele pergunta. "Fazer essa cena triste? Quando meu irmão agiu muito bem e reuniu a gente para essa visita?"

"Fazer o quê?", a mulher diz, baixando a cabeça como um touro prestes a atacar, mas logo depois recompondo-se. "O que você está me dizendo para não fazer? Sou eu que tenho que parar de fazer alguma coisa?"

Ela estica seu lábio inferior e, quando ele não desce mais, ela permite que Larky lhe dê um abraço. Ele guia seu corpo até o Passat e uma vez dentro de seu veículo, ela permite que ele dê tapinhas em suas costas. O motor pulsa. Você sorri fracamente, julgando que essa mulher não será uma forte concorrente.

"Quem quer o que eu tenho aqui?", Mai Manyanga grita para as crianças, outro pacote de salsichas viena numa mão. Na outra ela segura uma faquinha.

"Praise, e então? Você não chamou o Ignore?", sua senhoria pergunta, virando as costas para as crianças, numa voz de coro de igreja alta o suficiente para ser ouvida no quintal vizinho.

"Pergunta para o Larky", Praise responde.

A viúva enfia a faca no novo pacote de salsichas, abrindo-o.

"Não vai me dizer que você não falou com aquele meu filho?", ela retoma a conversa depois de entregar a comida para as crianças.

"Não se preocupe, Mbuya Manyanga! A gente também quer comer as delícias que você preparou", Praise responde, cruzando os braços. "Assim que esse aí que você está falando chegar."

Você escuta, sonhando acordada sobre como, depois de dar sua investida, você será um membro dessa família.

No fim das contas, o Volkswagen de Larky não vai embora com a infeliz mulher "amigada" com seu irmão porque um carro cor de mel, achatado como um sapo, vem rastejando em direção à garagem. Você percebe que este último é o melhor dos três veículos, pois o barulho no pátio quase nem muda quando ele para, cutucando o para-choque do Passat.

"Ei mhani, Ignore, se comporte como um ser humano", Larky diz, colocando a cabeça para fora da janela.

"Sem problemas! Tem algum problema, Larky? Praise?", o terceiro homem dá de ombros, saindo do veículo e sorrindo. Os outros homens olham para o carro com cobiça.

Ignore acena com a cabeça para a casa da mãe, mas Praise enrosca um braço nele e o puxa para frente até que suas testas se toquem.

As crianças acenam suas salsichas, ou tentam morder as que os outros têm nas mãos.

"Vou trazer mais", a viúva Manyanga anuncia. Ao desaparecer segurando o pacote vazio, ela grita: "E vocês vão continuar não cumprimentando a mãe de vocês agora que o Ignore chegou?"

"Estou indo", Ignore grita.

As crianças correm para a casa atrás da viúva. Larky sai de seu carro. Os homens se aproximam, acenando com a cabeça.

A mulher é transferida do Passat para o Porsche. Ignore entra de volta no carro, e retorna alguns minutos depois — para sua felicidade — sem a mulher.

"E aí, meu irmão mais velho", Ignore diz ao sair do carro pela segunda vez, "me diz de que lata de lixo você tirou essa sua mulher."

"Que irmão mais velho?", Praise retruca. "Por que você está falando de latas de lixo?"

"Você tem que examinar, ver onde estão os peixes", Ignore encolhe os ombros. "Assim você experimenta todas as águas. Mas examinar não é a mesma coisa que comer. Mano, qual é? Você está examinando ou comendo?"

Praise coça a cabeça.

"Como ela está?", Ignore pergunta, olhando para a casa da viúva.

"Feliz", Larky responde. "Primeiro, ela deu comida para os netos. Agora, você está aqui."

Larky puxa uma caixa de papelão do banco de trás de seu carro. Praise tira caixas de Coca-Cola, Fanta e Stoney Ginger Beer do carro dele. Os meninos Manyanga estão sentados na laje olhando para a horta da viúva. Eles levantam garrafas e bebem, e quando o nível de líquido nas garrafas já está mais baixo, eles completam os recipientes com destilados.

Larky faz uma pergunta a Ignore sobre um advogado.

Ignore serve um *shot* e diz: "Kamuriwo."

Eles conversam sobre o advogado. Sua mente viaja para a revista de dois anos atrás, da agência de publicidade, que está no seu colo.

"Um corretor imobiliário?", Larky pergunta. Você compara sua companhia atual, uma revista manchada de óleo, com esses homens que já receberam uma herança uma vez e estão prontos para receber outra no futuro.

Lá fora, Ignore parece desconfortável, mas não oferece uma resposta.

Larky se levanta, bebida na mão. Ele observa a laje, a cerca afundando, o caminho certo para a ruína.

"Esse é o problema", ele diz. "Eu falei para você quando o Baba morreu, não foi? Eu falei que a gente tinha que ficar em cima desse lugar, para ele não apodrecer. Para continuar valendo alguma coisa."

Há certa tristeza em sua expressão ao falar da casa da mãe. Seu discurso é pontuado por palavras como *cozinha* e *desperdício* de dinheiro. Pouco tempo depois, Ignore começa a rir. Praise balança a cabeça, perplexo.

"E aquele granito preto que eles quiseram colocar na piscina."

Larky continua, sua voz mais alta e trêmula. "Eu falei, eu disse,

Mai, Baba, vamos começar com aulas. De natação. Não com uma piscina! É assim que se começa. Mas esses nossos pais, eles escutam alguém? Quantas vezes eu consertei essa piscina? Eu estou de saco cheio de ficar responsável pela manutenção desse lugar se ela não consegue fazer nada sozinha!"

"Depois do acidente, eu fiz a minha parte e consertei os carros", Praise diz. "Larky, não é justo você dizer que faz tudo sozinho."

"A propriedade", Ignore continua, ainda achando graça. Ele diz que conhece pessoas e vai agilizar a assinatura de alguns papéis.

"Se ela não assinar agora, o que a gente faz?", Praise pergunta. Ele coça a parte de trás da cabeça.

"Esse filho aqui", Larky indica Ignore. "É como ele está dizendo, as pessoas que ele conhece vão fazer acontecer."

"Um comprador?", Praise relaxa e se espreguiça.

"Quando tivermos um comprador", Ignore diz, "Praise, o que você vai fazer com ela?"

As crianças, que estão novamente reunidas na varanda, terminam suas bebidas geladas. Elas jogam as latas numa goiabeira.

"Talvez a gente devesse pensar melhor", Praise sugere. "Ela alugou aquele quartinho. A inquilina não quis a opção com telefone, mas pelo menos deixou três meses como caução."

Você prende a respiração ao perceber que a mulher de quem eles falam é você. Está suspensa entre um pensamento e o próximo, ainda em formação. A pulsação em seu peito acelera, uma batida pela esperança e a próxima para mais um desencanto. Você deseja que não fizesse diferença, que nada importasse.

"Vamos vender esses telefones", Ignore está dizendo. "A gente consegue algum dinheiro. Posso encontrar alguém que queira comprar."

"Ela ainda está interessada no negócio de telefonia", Praise objeta, com um estalido frustrado da língua. "Ela quer trazer alguma parente para ajudar a cuidar da coisa toda com ela."

"Vamos vender", Larky repete, firme. "Ou vamos todos acabar indo à falência."

Você inspira e expira devagar. Decidiu que não faz diferença para você quem vai comprar a casa. A mulher de jeans se foi, deixando os meninos Manyanga disponíveis e desejáveis para seu recém-criado projeto de acabar com o desmoronamento da sua vida. Não há nenhuma esposa à vista, o que significa que esses homens não valorizam muito suas mulheres, ou que as esposas têm pouco tempo para seus maridos. Seria fácil competir com esse tipo de mulher. A vida estava sendo gentil com você, finalmente. Colocou você na família certa. Você escolhe Larky como seu primeiro alvo, porque ele é o mais poderoso.

Alheios ao que você tem reservado para eles, os homens encerram a discussão. As crianças gritam saudações quando o pai e os tios saem da laje para irem até a casa da mãe.

Você entra no banheiro, onde consegue ter uma visão melhor da casa da viúva. Mas a porta da frente se fecha quando você olha para fora, e depois disso há apenas sombras passando em diferentes passos e ritmos por trás das janelas e cortinas.

Você espera, os dias se transformando em semanas, por uma oportunidade de seduzir o filho de sua senhoria. Quando não aparece, deitada em sua cama de colchão flácido no quarto de babados cor-de-rosa, você reconsidera suas opções e cria um sistema mais sábio para maximizar suas chances de sucesso passando por todos os herdeiros, começando pelo mais velho. Você sonha com a casa em que vai morar, na qual não haverá babados cor-de-rosa nem uma cozinha amarela. Você foca seu coração e sua mente na piscina de granito preto, para ter certeza de que estará esperando por você. Enfim vai fazer valer a mentira que contou aos seus colegas quando saiu da agência de publicidade, dizendo que alguém havia sussurrado "É você!", e que iria se casar.

CAPÍTULO 5

A energia que animava sua senhoria se esvai depois da visita. Ela sai de sua casa com menos frequência nas semanas seguintes à reunião com os filhos. Evita a sala de estar que antes exibia tão orgulhosamente. Fala menos de seus filhos quando se depara com você no quintal ou corredor. Quando tenta entoar um hino religioso, sua voz sai fraca. As melodias escorrem dela como o fluxo cansado de um rio assoreado. No meio da noite, ela é uma sombra ereta no cômodo da frente, como se não pudesse suportar a dor de ficar sentada, e quando todas as luzes se apagam, suas tentativas de cantar dão lugar ao silêncio ou gemidos baixos. Depois de algumas semanas, ela carrega um braço enfaixado numa tipoia. Você desvia os olhos. Ninguém na casa fala do assunto, mas quando você a vê, estremece.

Em seu novo silêncio, a viúva a surpreende várias vezes no jardim. Você explica por que está colhendo os vegetais dela. Ela mal escuta, os olhos fixos na laje onde seus filhos haviam se sentado, mas quando você termina, ela arranca um punhado de folhas amareladas da base grossa de uma planta. Ela as entrega a você, encorajando-a, com toda gentileza, a colher alguns ramos de vez em quando antes que o jardineiro negligenciasse tudo completamente e transformasse seu quintal em selva.

"De vez em quando" logo se transforma em todos os dias. Você continua a servir-se da horta de sua senhoria com remorso decrescente até o dia em que ouve duas vozes brigando na casa dela. A essa altura, a viúva não examinava sua propriedade há mais de uma semana, nem se sentava ao sol em sua varanda. A discussão se eleva e incha como uma canção feliz, como se as envolvidas estivessem entusiasmadas com a oportunidade de destruir uma a outra, de reverberar sua raiva em vozes selvagens ecoando por toda a vizinhança.

"Esses telefones são antiquados", a adversária de sua senhoria insiste.

"E daí? Você veio para falar das minhas coisas? Um telefone é um telefone. Me mostra onde tem data de validade!"

"Eu não estou aqui porque você me convidou", a visitante diz. "E também não é porque eu quero estar. As pessoas que me mandaram disseram para eu vir cuidar de você. Não falaram: vá e dá um jeito de ela perder tudo que o marido deixou. Por causa de todas as bobagens que ela está fazendo!"

"Aposto que você ia amar me ver perder tudo", a viúva responde. "Mas eu não vou. São minhas coisas. Eu também trabalhei por elas." A malícia em sua voz estala no ar, insistindo na submissão. "Enquanto você estiver aqui, você vai fazer o que eu mandar. Ou pode voltar para aquela aldeia de onde você saiu."

Medo, seu receio recorrente de não ter progredido o bastante em direção à segurança e a uma vida decente, acorda como alfinetes com a menção da palavra "aldeia". Você desviou desse medo por tempo demais — por toda sua vida, desde que se lembra. Agora, mesmo aqui na casa de Mai Manyanga, você está presa nele. Você se repreende por não ter começado a investir em Praise, colocando em ação sua estratégia de iniciar pelo mais velho. Por causa de sua inércia, os meninos Manyanga podiam vender a casa antes de você chegar a uma posição desejada, expondo-a à possibilidade de ser despejada. Você se anima menosprezando sua futura sogra. Jura que não vai se deixar intimidar por uma avó cuja imagem está definhando diante de seus olhos. Como evidência desse declínio, você havia roubado seus vegetais, preparando-os em seu próprio fogão e consumindo-os em sua cozinha por um longo tempo sem o conhecimento dela. Para que seus planos se

Esse corpo lamentado

concretizassem, você precisava tomar cuidado com a recém-chegada. Ela poderia influenciar a viúva de várias maneiras, causando estragos em seu projeto para uma vida respeitável. "Eu não vou voltar. Esse assunto já está encerrado", a recém-chegada diz numa voz mais baixa. "Sim, pelo menos vir para cá me tirou daquela aldeia. Vou ver o que eu encontro para fazer até esses assuntos estarem resolvidos. Mas nem perca seu tempo me mandando fazer isso, porque eu não vou encostar nesses telefones." Você conhece a companheira de sua senhoria naquela tarde. *"Mwakanaka, Mambo Jesu!"* Você escuta a viúva se aproximando enquanto cozinha as verduras que colheu de manhã. *"Vasikana!* Meninas!" Mai Manyanga chama as inquilinas quando chega no corredor. "E irmão Shine também. Hoje eu quero ver todos vocês."

Você não ouve respostas dos outros inquilinos, então decide ficar em silêncio também.

A viúva parece energizada pela discussão com a outra mulher.

"Tenho certeza que os quatro estão em casa", ela comenta com sua companheira. "Foi por isso que combinei de você chegar no sábado. Bertha! Mako!", ela chama novamente, sua voz subindo em frustração por ter que gritar tantas vezes para apresentar uma visita.

Seus passos param numa porta no corredor. Há batidas que ficam sem resposta.

Sua senhoria e sua companheira continuam pelo corredor, permitindo que você saia da cozinha.

"Boa tarde, Mai Manyanga", você chama na voz adocicada que usava para falar com a governanta no pensionato. "Você precisa de alguma coisa?"

"Ah, Tambudzai", Mai Manyanga responde. "Você devia estar fazendo muito barulho na cozinha com essas panelas se não me ouviu entrando."

A viúva aponta para a mulher ao seu lado. "Estou aqui com minha parente, para apresentá-la para vocês. Não quero que ninguém se assuste com nada e acabe chamando a polícia. Para dizer que tem uma estranha na casa. Fazendo isso e aquilo. Então todo mundo tem que vir aqui e dar um oi para ela."

Bertha, a mulher grande que toma banho depois da outra inquilina mais tímida, abre uma fresta na porta. Ela se espreme pela fenda estreita para assegurar que Mai Manyanga não entraria em seu quarto.

"Essa é a Christine, filha do meu irmão", sua senhoria anuncia, enfatizando a palavra *irmão* com orgulho. "O primogênito da nossa família. Ela é filha dele. Sim, filha do primogênito dos meus pais. O pai dela foi morto quando pensávamos que Deus tinha sido misericordioso, tinha trazido ele da guerra quando tantos outros estavam morrendo, sendo mortos ou pelos soldados ou pelos camaradas. Ela é chamada de Kiri."

A viúva fica quieta por um momento, como uma mulher que se afastou para sentar-se ao lado de um irmão. Suas palavras abrem um rombo do qual saem os seus mortos e feridos. Você observa suas memórias de longe, e, por fim, dá as costas.

"Sim", a viúva diz depois de um tempo. Um tremor passa por seu corpo. "Meu irmão sobreviveu à guerra, mas o monstro que anda entre nós estava só deitado. Ele ficou de pé novamente e engoliu meu irmão lá em Bulawayo."

Após mais um minuto, Christine cumprimenta todo mundo. Todas trocam gentilezas.

"É assim, Tete?", Christine pergunta depois dos cumprimentos. "Você apresenta uma pessoa, mas só fala do pai dela. E de coisas de que ninguém pode falar lucidamente neste país."

Segue-se um silêncio constrangedor, pois todos ali são membros de uma nação que ama a paz. Vocês não falam sobre como alguns cidadãos discordaram e seus corpos horrivelmente desconfigurados foram jogados em poços de minas desativadas e varridos para vagões de trem como destroços lançados num redemoinho.

"Você está dizendo que é mentira, que não existiu alguém que eu chamei de irmão, Kiri?", sua senhoria diz num tom de voz que faz com que ninguém ali consiga pensar em mais nada. "Sim, se não fosse por aquele ciclone lá de onde aqueles Ndebeles vêm, ainda existiria alguém para quem eu poderia correr nesses tempos que estão tão ruins que ninguém nem comenta. Você, Kiri, você não seria uma mulher diferente, uma mulher que tem pai?"

Então Mai Manyanga se lembra do motivo da reunião no corredor e comenta numa voz ofendida: "Bom, onde está aquela outra moça, a Mako?"

Mesmo que a viúva diga "Mako" em voz alta e todos esperem uma resposta, não há nenhuma.

"O que está acontecendo aqui?", sua senhoria pergunta. "Eu ouvi ela se mexendo lá dentro quando bati e pensei, ah, isso sim é uma moça bem-educada. Ela está se levantando, se preparando para nos encontrar."

"E o Shine?", diz Bertha, que ainda está bloqueando sua porta. "Mai Manyanga, aquele rapaz não foi chamado também?"

"Vocês me conhecem", diz Mai Manyanga, orgulhosa, ignorando Bertha. "Eu não falo muito. Mas todos me chamam de guerreira de reza. Se tem alguma coisa errada, essa Mako tem que dizer. É isso. Só isso. E meus joelhos vão se dobrar para ela."

Bertha é forte, de uma estatura que fazia qualquer homem pensante fugir se ela estivesse descontente; uma mulher que muitas vezes dizia que era dura demais para ser feminina, devido a tantas coisas que nem era possível comentar. Ela dá uma risada curta.

"Queremos que o Shine saiba que vai ter mais alguém aqui", continua. A próxima risada é ainda mais curta e vazia. "Ele tem que saber. Não queremos nada que você não queira também, Mai Manyanga."

O peito de sua colega de casa sobe e desce. Você se pergunta se deve rir com ela, mas decide que não.

Mai Manyanga segue em frente pelo corredor.

"Ah, agora vamos conhecer a Mako", ela diz ao ouvir a porta de Mako ranger. A viúva sorri, pois tem muita consideração por sua quarta inquilina. Mako é o tipo de moradora que toda pessoa com um contrato deveria ser — paga o aluguel sempre em dia, nunca deixa uma luz ligada ou torneira aberta, e não escuta música alta.

Quando Mako continua sem sair do quarto, a senhoria se pergunta o porquê. Bertha avança, passando pela viúva e sua sobrinha.

Seus lábios estremeceram com desdém quando você conheceu sua colega de casa, Mako. Foi alguns dias depois de sua chegada. Ela devia ter se candidatado para morar na casa da viúva Manyanga em tempos mais prósperos, pois agora até o ar no quarto feria a adversidades e fracassos sem fim.

"Makomborero", a mulher lhe disse ao se apresentar. "Makomborero. Você sabe o que significa, né? Então, pode me chamar de Bênçãos."

"Eu me chamo Tambudzai. Como você vai, Bênção?", você respondeu.

A inquilina quieta balançou a cabeça, enfatizando: "Bênção-ssss!"

"Tambudzai, espero que você e a Mako se entendam bem. A Mako trabalha no Ministério da Justiça como secretária legal", Mai Manyanga informou.

"Contanto que as pessoas não chamem de tola legal, titia", sua colega de casa respondeu, dando de ombros. "Contanto que não falem assim, não reclamo. Não somos todos tolos por permanecer lá, trabalhando naquele ministério?"

Sons de arranhar e roer emergiram de um canto. Pezinhos com garras correram pelo teto.

"Isso se você puder chamar aquilo de trabalho", Mako deu de ombros mais uma vez, os últimos traços de vitalidade sumindo de sua voz, sem prestar atenção aos animais. "O que é trabalho? Se é trabalho, tem que pagar alguma coisa. Então, não é apenas tolice continuar lá, quando a remuneração é a mesma coisa que nada? É por isso que as pessoas falam assim. Uma tola legal. Nós que trabalhamos lá sabemos, mesmo que não digam enquanto a gente está por perto."

Enquanto ela falava, uma ratazana cinza saiu de baixo de um saco plástico que estava num canto. Suas garras deixaram rastros de algodão sujo que ela estava roendo. Ao cair, o saco depositou uma massa vermelha e coagulada no chão. O nojo parou sua respiração quando você percebeu por que o quarto da jovem cheirava ainda pior do que o seu.

"Eu guardo ali para queimar depois", sua colega disse sem nenhuma emoção.

"Sim, isso é outra coisa que você precisa saber", a senhoria assentiu, virando-se para você. "O preço vai subir se um dos meus banheiros ficar entupido."

Após essa apresentação, você ignorou o pedido de Mako para ser chamada de Bênçãos, assim como todo mundo da casa fazia. E ela exalava derrota em ondas sufocantes tão terríveis quanto o odor fétido.

Agora, vários meses depois da apresentação, Mako usa as duas mãos para fechar a porta quando todas entram. No segundo em que se fecha, a secretária legal começa a chorar. Ela cai no chão. Lá, seu corpo curto e magro se curva, testa enterrada na dobra do braço. Seus dedos apertam um chumaço de tecido. Ela parece um *zongororo* sendo cutucado por crianças curiosas.

"Levante!", Bertha exige rudemente, o rosto sem nenhuma expressão. "O que você está fazendo assim, puff-puff, sniff-sniff?", sua colega de casa pergunta, severa. "Já chega disso. Iwe, e levante e diga o que houve."

Sua senhoria respira fundo como se estivesse prestes a começar a cantar. Bertha muda de ideia bem rápido, imperceptivelmente.

"Não se preocupe. Não se preocupe com nada", ela diz, abaixando-se sobre a secretária abalada. Ela puxa a moça e a coloca de pé.

"Não, eu só quero morrer agora. É só o que eu quero", a moça insiste, sem conseguir parar de chorar. "O que eu posso fazer?", ela continua, tentando se desvencilhar das mãos de Bertha e voltar para o chão.

Bertha segura firme.

"Não tenho mais nada", a moça chora.

"Shine!", Bertha exclama. Sua voz voa para além da indignação e paira a meio caminho entre desgosto e entretenimento.

Mako chora ainda mais alto, confirmando as suspeitas de Bertha.

A nova moradora assiste atenta, mas sem dizer nada.

"Shine não está em casa", a senhoria informa. "Ele não veio quando eu chamei."

Depois disso, a senhoria se junta a Bertha para aconselhar que Mako lave o rosto.

Esse bom conselho não serve para nada. Mako segue engasgando-se com muco e lágrimas. A viúva diz a Christine: "Essa é a que se chama Makomborero."

Christine assente sem dizer nada. A viúva dá um tapinha no ombro da recém-chegada para indicar que ela saia. Apesar de andar um pouco mais rápido que o normal, Mai Manyanga parte calmamente como se nada de extraordinário tivesse acontecido.

A porta se fecha novamente. Você, Bertha e Mako estão sozinhas. É uma parte diferente do mês. O manto de podridão que você sentiu em sua primeira visita está um pouco atenuado.

"Shine", Bertha diz novamente numa voz oca.

Mako geme e desliza de volta para o chão.

Bertha a olha de cima e diz para ela parar de cair no chão e se recompor.

Você vai na direção da porta. Bertha se vira para ir também, parecendo enojada com a fragilidade demonstrada por Mako.

"O vaso sanitário", Mako soluça para garantir que vocês não a deixarão sozinha.

Você para, sua mão na maçaneta.

"O barulho da escova é muito alto. Aí você precisa dar a descarga para continuar esfregando, então eu não ouvi nada", Mako suspira. "Eu não ouvi ele entrando."

Bertha volta para a cama e coloca Mako em cima do móvel novamente.

Os ombros da moça estão tremendo. Sua voz fraqueja. Ela quase não consegue contar que Shine saiu de fininho do quarto dele.

"Ah, por que eu sou tão idiota? Por que eu não ouvi nada?", ela geme, violentando-se com autoacusações. "Eu achei que ele estava saindo, só isso. Por que eu não fiz alguma coisa?"

Sua companheira de casa geme que a morte dela começou ali mesmo, com esse erro de julgamento. Enquanto ela se inclinou, esfregando dentro do vaso, Shine a puxou e enfiou o joelho entre suas nádegas. Ela não diz mais do que isso, contando de novo e de novo, variando seu relato angustiado do incidente apenas para adicionar que sabe que essa agonia vai durar para sempre, porque agora que isso aconteceu, ela não sabe como parar a morte ou o homem que causou isso.

Você havia deixado o episódio do mercado para trás quando veio morar com Mai Manyanga. Agora, porém, você pensa em Gertrude. Mako está vestindo um moletom largo e uma camiseta de manga comprida para fazer limpeza. Você nunca a pegou de minissaia ou *leggings* apertadas. Com Gertrude, o motivo do que aconteceu estava claro para todos verem. No entanto, algo semelhante aconteceu com Mako. Seu coração bate mais rápido. Você é uma mulher sozinha. Seu quarto fica ao lado do de Shine. Depois deste ataque a Mako, será que sua idade e falta de atratividade geral o impedirão de vir atrás de você? Com esperança de que sim, você se afasta de sua colega, querendo colocar distância entre você e a jovem lamentável.

"Aconteceu mais alguma coisa?", Bertha pergunta quando Mako está mais calma.

"Já disse o que aconteceu", Mako responde. "Ele se divertiu atrás de mim. E eu pensei, só vou esperar ele terminar. Que termine logo. Que ele vá embora. Então eu fiquei quieta."

"Só isso? Então por que você está chorando?", Bertha quis saber. "Ele não ameaçou você? Não disse que ia atrás de você de novo? Mako, se você perguntar para todas as mulheres no seu trabalho, aliás, para todas as mulheres do mundo, talvez só a Tambudzai não, você vai descobrir que praticamente todas elas têm que aguentar esse tipo de coisa."

A testa de Bertha se enruga, incerta, quando sua companheira de casa soluça mais alto ao ouvir essas palavras. No mesmo momento você percebe que não há nada que possa fazer ou dizer, pois já está feito. Esse escândalo de Mako não desfaz nada. Como nem você nem Bertha querem continuar pensando na causa de sua dor, você se despede, dizendo a Mako que podem conversar quando ela tiver se recomposto. Por uma razão ou outra, no entanto, você não sai dali.

Mako se joga na cama e enfia o rosto no travesseiro fino. Você não fala e agora até Bertha fica em silêncio. Ela estica um braço e puxa a parte de baixo do agasalho de Mako, que deslizou até a metade de suas nádegas.

Naquela noite, quando escurece, depois de ter terminado sua refeição escondida, porque a dor alheia não é motivo para perder o apetite, como diz seu povo, e também porque é melhor estar fora de seu quarto esta noite, longe dos diferentes suspiros e gemidos vindos do quarto de Shine, você busca os vegetais do dia seguinte na horta da viúva.

"Estou com um pacote seu", a sobrinha de sua senhoria diz baixinho da varanda. Ela fica ali sentada tão quieta que você só percebe sua presença quando ela deseja. "Farinha de milho", ela continua. "Sua família na aldeia lembrou de você."

Sua saliva fica amarga.

"Sua mãe andou todo aquele caminho para entregar isso em mãos na nossa propriedade. Ela disse para levar para onde a filha dela estivesse. É uma carta. Que ela escreveu. Eles nunca te veem, mas pensam em você. Sua mãe queria que eu te dissesse isso."

Você fica quieta por um bom tempo. Christine recua, embora sem se mover, a presença dela apenas derretendo de volta para as sombras.

"Sua tia é uma mulher maravilhosa", você diz enfim. "Ela é muito boa, cheia de amor. Ela me deixa colher os vegetais."

"Posso te entregar agora?", Christine pergunta. Ela não parece querer se mover; a pergunta é apenas uma formalidade.

"Não precisa", você responde. "Por que você faria isso? Eu vou buscar de manhã."

Você sai da horta carregando menos folhas de couve do que pretendia.

"Vou dizer para minha tia que você agradeceu", Christine diz.

"Agradeci?"

"Pelos vegetais", Christine responde.

CAPÍTULO 6

No dia seguinte, você decide não pegar o pacote de sua mãe com Christine. Bater na porta de sua senhoria, ser convidada para sentar-se, entrar naquela conversa que é parte de uma visita, seria uma associação muito explícita com a propriedade. E aí você ficaria quieta e séria. Ou você acabaria falando e expondo demais sobre as circunstâncias da sua família. Mai Manyanga descobriria em primeira mão qual é o nível de pobreza deles. Ela juntaria dois com dois e perceberia que apesar de você ter estudado, você, mesmo assim, fracassou. Uma carta de despejo viria logo depois, pois você ainda não tem um emprego.

Você passa a manhã toda escrevendo uma carta para sua prima Nyasha, que agora é uma cineasta na Alemanha, na qual você pede conselhos para ir embora do Zimbábue. A única coisa que você deseja é se libertar do horror implacável de viver todos os dias neste país — onde você não consegue mais pagar nem pela pitada ocasional de pasta de amendoim para dar um gostinho aos vegetais da horta de Mai Manyanga ou pelo conforto insignificante de sabonetes perfumados —, indo embora e tornando-se europeia. Você não envia a carta. Em vez disso, você a rasga e ri amargamente de si mesma: se não consegue ganhar a vida em seu próprio país, como vai fazer isso em outro lugar? Você não recebeu uma chance de escapar da miséria e da dilapidação de sonhos que a acompanha pelos muitos anos de educação oferecidos por seu Babamukuru, seu tio, primeiro na missão, depois num convento altamente respeitado? E você jogou tudo isso para o alto ao se demitir da agência de publicidade Steers et al. Você se pergunta se, no fim das contas, seu destino não é se tornar indigente como

Esse corpo lamentado

seu pai. Para cultivar qualquer estima que sua senhoria possa ter por você, baseada em algumas meias-verdades e muitas pequenas mentiras, você fica longe da casa dela.

Naturalmente, como você se proibiu de ter qualquer contato com ela, a sobrinha de Mai Manyanga torna-se fascinante. A admiração pela determinação que a levou a uma vida mais próspera com a viúva, o desprezo por seu carinho por sua casa — enterrado tão profundamente em seu coração quanto seus cordões umbilicais estão enterrados nas terras de suas aldeias — você sucumbe a uma obsessão inquieta. Você a observa da janela do banheiro. A recém-chegada passa a maior parte do tempo no quintal de sua senhoria, fazendo o trabalho que o jardineiro não faz. Ela para de vez em quando, olha para a janelinha como se pudesse ver você, e então retoma seu trabalho. Às vezes você se permite imaginar um parentesco com essa mulher que enfrentou Mai Manyanga sóbria, um feito antes conquistado apenas por Bertha.

Seu coração bate ansiosamente em suas costelas sempre que você a encontra, mas, para seu alívio, Christine não menciona o pacote novamente. Com o passar do tempo, no entanto, o silêncio dela se transforma numa condenação silenciosa.

Ela se torna uma presença ondulante que entra e sai de sua órbita. Quando você pensa que ela está do seu lado, ela é um sol que emana calor e um sustento estranho e invisível; quando está contra você, ela parece muito brilhante e forte, um relâmpago esperando para atacar. Ela trabalha no pátio com a mesma fluidez com que se move e aparece e desaparece onde deseja. Ela conecta a mangueira e jatos de gotas de arco-íris explodem ao longo de seu comprimento. Sua expressão não muda enquanto procura na garagem. Ela emerge e testa algumas catapultas. Você observa a perícia de seus dedos com inveja ao vê-la tirando os pedaços de borracha preta, consertando a mangueira com seus achados. Habilmente, ela coloca o bico da mangueira no ponto mais alto de um canteiro de mudas enquanto balança uma enxada. Ela rega as ervilhas ao redor da casa da viúva. Ela varre a laje das alunas. Ela replanta um pedaço de grama sob a goiabeira. Ela é uma mulher que é boa no que faz. E isso é intrigante. A nova mulher não transpira, e você nunca a vê sem fôlego. Ela é muito calma ao realizar todas as tarefas, como se seu âmago tivesse fugido para um lugar distante desconectado de seu corpo. Seu olhar, escondido sob uma expressão branda, viaja muito além da casa da viúva. Ela olha para baixo, como se, quando chegasse a hora, ela se fosse se entrelaçar pelo eixo de seu olhar e deslizar para um lugar onde sua visão coincidisse com um desejo profundo. Você já viu esse jeito antes, esse estar onde o corpo está e não estar lá, em sua irmã Netsai, que foi para a guerra, que perdeu uma perna e que lhe disse, quando declararam que havia paz: "Sim, eu fui e eu estou aqui, mas nunca mais voltei. Na maior parte do tempo, ainda estou vagando pela grama e pela areia, procurando minha perna."

Você emagrece e não sabe se deve ou não ficar satisfeita com isso. Sua pele tem uma certa opacidade, como uma membrana fina envolvendo desespero. Isso diz às pessoas que você colidiu com seu limite; você não quer que elas saibam disso. Os vegetais se tornam nojentos demais, pois primeiro o óleo de cozinha, depois o sal, caem da sua lista de compras, e você não tem coragem de usar todos os dias uma porção da garrafa de Bertha ou Mako. Cada minuto das vinte e quatro horas zomba do que você se tornou. Embora não pareça possível, as noites são ainda mais terríveis, já que Shine, seu colega de casa, leva uma mulher diferente para seu quarto praticamente todos os dias da semana.

Os encontros no quarto ao lado ficam mais estridentes a cada noite, como se Shine medisse o nível de ruído de suas mulheres para estabelecer um tipo de padrão. Você se esforça para encontrar o sono e, quando o faz, é acordada novamente quase imediatamente. Você tenta ler ou recorre a cobrir a cabeça com o cobertor. Finalmente, o descanso sendo tão inútil quanto todo o resto, você sai da cama para olhar o quintal, sabendo que não tem coragem para fazer o que deseja — nem para emigrar, nem para seduzir um dos filhos de sua senhoria.

Uma noite, várias semanas após a chegada de Christine, você ouve a porta do quarto de Shine abrir mais cedo do que o normal. Você ouve passos indo em direção à entrada. Satisfeita com a perspectiva de paz, você guarda suas revistas em processo de decomposição e se deita na cama.

"Você me liga?", a mulher pergunta sedutoramente no corredor.

"Ligo", Shine assegura.

"E se não ligar? Posso te procurar aqui? No número que você me deu?", a voz continua num lamento desejoso.

"Está com medo de eu te esquecer?", Shine dá uma risadinha.

"Não faça isso. Tenho certeza que seria impossível depois dessa noite", a voz da mulher insinua um sorriso.

"Não se preocupe." A voz de Shine é escura e lenta como melado. "Você não é do tipo que um homem quer esquecer."

Você amarra o lenço bem apertado sobre as orelhas e enterra a cabeça embaixo do travesseiro.

A porta da frente se fecha. Os pés de Shine voltam para o quarto e vão para o banheiro. Alguns segundos depois, o chuveiro escorre, jorrando ocasionalmente, a pressão irregular oferecida pela prefeitura.

Você finalmente caiu no sono quando a maçaneta começa a virar e chacoalhar.

"Tambudzai! Tambudzai!", seu colega de casa sussurra.

Você prende a respiração e não responde, feliz por a porta estar trancada.

"Tambudzai. Não se preocupe, vamos só matar o tempo conversando", a voz de Shine escorre entre a porta e o batente.

A boca seca e áspera, o coração batendo contra as costelas, você não se mexe.

"Vaca", Shine suspira no silêncio.

Você não responde.

"Perder uma que nem você é a mesma coisa que não perder nada", ele decide.

Ele volta para o quarto. O silêncio retorna como um soco. Então seus passos estão no corredor mais uma vez. Ele sai de casa e volta várias horas depois com uma parceira barulhenta.

É mais tarde ainda quando um som hesitante e inquisitivo arranca você de seu sono.

Tec-tec-tec. Unhas batem na sua janela.

"Você está me ouvindo?", uma voz abafada pergunta.

Um olhar fixo é iluminado pelo luar.

"Quem é que está aí?", a mulher ao redor dos olhos sussurra. Manchada e sombria através das cortinas cor-de-rosa, sua figura curvada vem em direção à janela.

"Você tem uma chave? Eu quero que você abra a porta agora. Você tem que me deixar entrar", ela diz.

Sabendo que ela pode ver pela fenda entre elas, você abre as cortinas, revelando um rosto dividido — um lado prateado, o outro ébano.

"Você sabe quem eu sou, né?", a mulher diz.

Você a encara.

"Foi na semana passada que eu estive aqui", ela explica. "Com o Shine, lembra?"

Ela bate de novo, com mais força. Você abre a janela.

A mulher relaxa um pouco. "São todas assim?", ela pergunta, indicando as grades nas janelas com a cabeça.

Agora é você quem assente, e complementa: "Menos a do banheiro. Mas aquela é minúscula."

"Então abre para mim", ela implora.

"Tente naquelas ali", você gesticula para as janelas de Bertha e Mako. "Porque eu perdi minha chave!", você explica quando ela abre a boca para insistir.

A visitante solta um muxoxo. Ela se arrasta pela parede, pisoteando as capuchinhas que Christine vem regando diligentemente. Logo há mais batidas.

Minutos se passam enquanto você se deita debaixo do cobertor e se pergunta se é melhor as mulheres do seu colega de casa estarem na cama dele ou do lado de fora da sua janela. Você aperta os olhos com força quando uma risadinha do quarto de Shine é rapidamente abafada e você percebe que está lidando com as duas opções. Depois de alguns momentos de silêncio denso do quarto ao lado, há um murmúrio ininteligível, seguido por uma onda de sussurros curtos. Alguns minutos depois, um baque surdo diz que alguém está tentando desajeitadamente abrir a janelinha do banheiro.

Portas tangem pelo corredor quando suas outras colegas saem de seus quartos.

"Chi'i? O que está acontecendo?", a voz de Mako entra por baixo de sua porta.

"Essas aí! Nos enchendo o saco só para serem mordidas pelo que elas mesmo desenterraram", Bertha sussurra.

"Talvez ela tenha ido embora?", Mako sugere timidamente.

"Ah! Ir embora de onde ela mesma veio atrás", Bertha zomba. "Iwe, Mako, que tipo de mulher faz uma coisa dessas? Se você tiver algum, por favor me diga onde você colocou seu bom senso."

"Ela te incomodou?", Mako sussurra, tranquilizando Bertha com sua simpatia. "Ela bateu na minha janela também."

"E por que mais eu sairia do meu quarto?", a mulher alta retruca. "Eu falei para aquela lá, pare de bater como se a janela fosse sua. E eu disse, você não sabe que também não é a janela do seu marido? Agora olha para ela, que não sabe que açúcar se compra no mercado com seu dinheiro, não com os genitais estúpidos do Shine."

"Correndo atrás desse aí", Mako concorda numa vozinha trêmula.

Bertha dá uma risadinha maldosa, como é seu hábito ao saborear os infortúnios alheios.

"Ah, aposto que a mãe dele está chorando, porque está cuidando de meia dúzia, se não de uma dúzia de crianças. Se eu fosse a mãe do Shine, eu teria engolido esse aí. Eu teria defecado ele que nem merda, dado um fim nisso tudo."

"Shh!", Makomborero alerta. "E se ele te ouvir?"

"Aí a gente vai ver!", Bertha dá uma gargalhada.

Enquanto suas colegas conversam, um som de gritos começa no jardim da frente de sua senhoria.

Você pula para fora da cama, os pés tateando em busca dos seus tênis. Embora você não queira ter nada a ver com a comoção, sabe que deve se manter informada para garantir sua própria segurança. Decidindo não ser vista em sua camisola desgastada e com botões faltando, você veste jeans e uma camiseta.

Bertha está abrindo a porta da frente quando você aparece no corredor. Ela sai. Mako corre atrás dela e você as segue.

Lá fora, no quintal, sua senhoria está amarrando um pano Zâmbia na cintura às pressas enquanto avança pela lateral de casa.

Ela, você, Bertha e Mako se reúnem e olham para a grama irregular. No meio dessa tentativa de gramado, num trecho seco, a mulher se debate com as próprias roupas.

Ela está com uma camisa clara com babados na frente, como se estivesse vestida para um jantar. Calças escuras e justas completam seu visual. Ela se atrapalha primeiro com os botões da camisa e depois com os da calça. Horrorizada, você a vê puxando o zíper.

"Olha", a mulher grita. "Agora, olha para mim. Eu vou tirar minhas roupas, Shine, vou tirar. E quero só ver o que você vai fazer."

"É Kachasu", Bertha diz. "Ou Zed. Nunca conheci uma mulher que aguentasse essas bebidas fortes."

Você assiste com olhos lacrimejantes. O desespero da mulher reflete o pânico que você sentiu algumas horas antes, quando Shine estava na sua porta. E se você fosse mais jovem? O que faria se um homem como Shine, um contador com um emprego, lhe desse atenção? As palavras de Bertha soam duras. Seu estômago se contrai ao se lembrar de Gertrude e da pedra em sua mão. Você se afasta de Bertha e de suas memórias, chega mais perto de Mai Manyanga.

A mulher tira a camisa e a joga longe. A roupa cai numa moita pontiaguda de capim-dos-pampas. As mãos dela rastejam pelos ombros para baixar as alças do sutiã. De novo e de novo, seus dedos se confundem. Quando consegue abrir o fecho, nem Bertha bufa, porque a raiva da mulher emana dela como fumaça até sufocar tudo.

Sua senhoria quebra o transe suspirando profundamente com irritação. Ela olha para o quarto de Shine, onde as luzes estão apagadas, e mais uma vez para a mulher enfurecida.

"O Shine já era. Finalmente!", Bertha sorri. Você e Mako concordam, e Bertha continua: "Estou há tempos esperando em silêncio. Tem uma pessoa do meu trabalho que eu quero trazer para cá."

A viúva Manyanga sussurra irritada: "O que essa coisinha está fazendo aqui?"

Sua senhoria usa o prefixo *ka* para descrever a mulher de Shine, querendo dizer que ela é uma coisa pequena e estúpida, que não merece nenhuma atenção.

"Quem disse para ela", sua senhoria grita, "que é aqui que ela tem que vir para fazer esse tipo de coisa? Onde ela ouviu isso? Que o que eu tenho aqui é um bordel?"

Bertha solta um muxoxo que sugere muitas respostas para as perguntas da viúva. Você fica imóvel e Mako está tremendo.

A mulher seminua continua gritando. De repente, ela triunfa sobre o fecho. Ela baixa as calças até debaixo das nádegas, rebolando e pulando como uma dançarina num grupo de rumba.

Bertha ri, interrompendo sua senhoria em meio a uma grande indignação. Usando a interrupção para considerar as opções, a viúva levanta a barra de seu pano Zâmbia, joga os ombros para trás e infla o peito.

"Maria!" Mai Manyanga abre os pulmões e levanta a mão direita. Este gesto a conforta e você fica feliz por estar perto dela.

"*Maria na Marita vakataura naIshe*", a viúva grita, soltando sua voz pela primeira vez desde seu recente período de silêncio num rugido de indignação justificada.

Horrorizada com os eventos da noite, você também levanta a mão direita. Então, levanta os dois braços e os balança no ritmo entoado pela viúva.

"*Vakataura naIshe, dai magara pano, Lazaro haaifa*", Mai Manyanga ruge. "Se você tivesse ficado, Senhor, Lázaro não teria morrido."

Sua senhoria, ambas as mãos acima da cabeça, palmas para a mulher tirando a roupa no gramado, balança em êxtase.

Mako abaixa a cabeça e junta as mãos, os lábios se movendo. Você começa a cantarolar.

Bertha se afasta para pescar a blusa na moita de capim-dos-pampas. Depois de recuperar a peça, ela faz o curto percurso até o gramado.

"Pode se vestir", Bertha diz, jogando a blusa na mulher. "Você está envergonhando todo mundo aqui."

Sua senhoria conclui o hino religioso.

"Sim, pode se cobrir", ela diz, tendo se acalmado com a cantoria. "E depois vá embora!"

A mulher de Shine fica ali parada com as calças ao redor dos tornozelos, olhando para a camisa a seus pés, sem saber o que fazer.

"Garotas idiotas", sua senhoria zomba. "O que aquele menino tem para oferecer? Um par de sapatos? Elas deveriam olhar para nós", a viúva continua. "Elas precisam aprender com suas irmãs mais velhas. Porque fazer um homem se casar com você não é um jogo. É como uma guerra, e você precisa saber como lutar."

Você continua a cantarolar, com os braços levantados, as palmas das mãos se agitando em apoio a sua senhoria.

Isso parece inspirá-la.

"Então por que se entregar?", ela dá as costas para a mulher de Shine. "Por quê? Se você não vai receber nada em troca?"

Voltando atrás na decisão de ir embora, a viúva para ao seu lado. "Fiquem de pé, é isso que eu digo", ela aconselha. "E deixem as coisas bem fechadas. Aí esses homens vão deixar as coisas onde elas devem estar. Não é isso, *vasikana?*"

Cansada agora, você deixa os braços caírem. Lendo sua exaustão como um sinal, Mai Manyanga vira para sua casa e declara: "Vamos trazer o fogo do Espírito Santo contra o que quer que tenha trazido essa coisa estúpida para o meu jardim. Vamos orar pedindo perdão por ela. Lembrem, meninas, o reino de Deus é conquistado com violência. Sejamos violentas esta noite, orando por perdão."

"Estamos com sono", Bertha objeta. "Além disso, essa aí precisa ser observada", ela se apressa, tentando interromper o protesto de Mai Manyanga. "Ela pode começar de novo, amaldiçoar todo mundo, já que foi para isso que veio. Mako e eu vamos ficar de olho pelas nossas cortinas."

"Vamos ajoelhar", sua senhoria sugere para você. "Nós duas juntas, Tambudzai. Vamos rezar por essa mulher."

Tomada pela necessidade de rezar, ela olha para o cascalho, mas decide não cair sobre ele. Em vez disso, a viúva Manyanga enche os pulmões e mais uma vez entoa seu canto.

"E alguém disse que eu vou para outro lugar?", a mulher de Shine grita. Sua voz sobe até cair na noite como uma estrela lamentosa. "Bom, olhem bem para este espaço. Fiquem atentas. Vocês têm o endereço. Eu não vou a lugar nenhum."

Christine está sentada debaixo do jacarandá perto do portão, tão silenciosa e quieta que nem você nem suas companheiras perceberam sua presença.

"Escuta, irmã, qual é o problema?", a sobrinha da senhoria diz.

Mai Manyanga fica tensa. Ignorando a sobrinha, ela cola a boca em sua orelha e diz: "Tambudzai, você não vem?" Com isso, ela dá as costas.

Você vai atrás dela, feliz por deixar aquela cena.

"Vá e diga para a Christine tirar aquela mulher do meu quintal", sua senhoria diz. "E para trancar o portão depois que ela sair. Aquela lá não vai trazer mais nenhum demônio para dentro da minha casa.

"Vir aqui fazer esse tipo de coisa!", a viúva sussurra enquanto caminha. "Isso aqui por acaso é um *shebeen*? Na casa de VaManyanga! Tsc, por que ela acha que pode fazer o que quiser na casa de VaManyanga?"

Christine já está no gramado, tentando convencer a mulher a se vestir, quando você retorna para seguir as instruções de Mai Manyanga. A mulher de Shine permite que a tranquilizem e logo vocês três atravessam o portão.

"Aqui", Christine segura um par de sapatos e se apoia no batente do portão, observando a mulher de Shine colocar os pés dentro deles.

"Agora vai embora e não volte mais", Christine diz quando a mulher termina de se vestir.

A mulher de Shine hesita.

"Vamos, vai", Christine insiste.

Christine guarda o portão silenciosamente enquanto a mulher de Shine se reduz a um ponto escuro, movendo-se contra as manchas prateadas do luar que inundam a estrada esburacada. Você cai numa pedra de granito sob a árvore retorcida, em desacordo consigo mesma mais uma vez, sem entender o porquê, lutando contra as lágrimas.

CAPÍTULO 7

Uma flor de jacarandá rodopia até o chão, sua cor roxa fraca agora, um tom metálico pálido. As sombras da lua têm bordas afiadas como facas. Você ainda está embaixo da grande árvore ao lado do portão, sentada numa pedra. Christine não se senta ao seu lado. Ela fica de pé, os braços cruzados, os punhos enfiados nas axilas, observando a noite como se estivesse examinando um espetáculo que já está cansada de assistir.

Você está prestes a retornar para Mai Manyanga e suas orações quando Kiri se vira para você.

"Vamos correr", ela diz num só fôlego.

A mudança é perturbadora. Num minuto ela está ausente, no seguinte ela está com você, uma mulher que é grande o bastante, convincente o bastante para saltar de lá para cá em apenas um segundo por sua própria força de vontade.

Ela olha na direção da casa onde Mai Manyanga está esperando por você. No momento entre a sugestão de Christine e sua capacidade de responder, a viúva desiste, retornando para sua casa. Você não diz nada agora que são só vocês duas ali. Você quer colocar seu rosto no peito de Christine e chorar.

"Vamos correr", Christine diz novamente.

Você percebe que ela não quer isso, o choro.

Você concorda silenciosamente, como sempre faz, concordando com pessoas que são melhores do que você. Você aceita que nesta noite não haverá choro.

"Correr", você ecoa. Você escuta a própria voz e fica irritada consigo mesma porque a palavra é uma mentira, um dublê para a verdade, que você deseja deitar a cabeça no peito dela e despejar toda a água represada em seu peito.

Christine levanta o lábio superior, desenhando um traço divertido ou desgostoso no espaço entre vocês. Você aceita essa admissão, ainda que velada, de como a mulher a vê. Talvez este seja o momento de esperança em que você possa anunciar: "Estou tão cansada de estar cansada de mim mesma. Acho que você consegue. Kiri, você me ajuda?" Mas os lábios dela se selam novamente antes de você falar.

"Estou só falando", ela encolhe os ombros, permitindo que sua voz se dissipe como fumaça no ar noturno. "Todo mundo vê que você não é desse tipo", ela continua depois de um tempo. "O que é que fez isso com você, cortou suas pernas como alguém que esteve na guerra, a ponto de você não poder nem buscar seu pacote?"

"Sua tia está chamando", você diz para interromper a humilhação. Você se coloca com o que acredita ser um propósito firme, resistindo a ser insultada por esta mulher da aldeia.

"Não foi só a sua mãe", Christine continua. "A Netsai também. Só o seu pai não fez nada. A sua irmã ajudou sua mãe a carregar a farinha, mancou o caminho todo, mas você sabe bem como ela salta com a única perna que tem. Ela também mandou seus cumprimentos. Eu sou praticamente sua mãe mais jovem. Conheço muito bem sua tia Lucia. Nós fomos para a guerra e voltamos juntas."

Você já havia previsto isso. O único motivo para Christine ser tão próxima da sua família, mas uma estranha para você, era que o laço entre eles havia sido formado durante a guerra, quando você estava afastada da aldeia. Aquele período de conflito foi quando a distância entre você e a propriedade aumentou. Como o lar não era seguro, você passava todo o período letivo no Colégio para Moças Sagrado Coração e as férias na missão de seu tio.

"A gente aprendeu a não ser egoísta durante a guerra", Christine continua, sendo que até essa noite ela nunca havia demonstrado muito interesse em conversas. "Porque todo mundo morria. Eu gostava de um rapaz. Eles ficaram mandando ele para o *front* de novo e de novo, até ele morrer. Até naquela época eu pensei, isso é egoísmo. Apesar do que eles nos ensinavam. Mesmo que a gente tenha lutado na guerra, ela estava repleta de mentirosos."

Agora é tarde demais para iniciar a conversa que você deveria ter tido semanas antes, quando Christine chegou, sobre sua família e as necessidades deles, e sobre a impossibilidade de ajudá-los devido a sua pobreza urbana. Christine tem aquela camada debaixo da pele que isola seu exterior de seu interior e não permite nenhuma comunicação entre a pessoa que ela um dia acreditou que poderia ser e a pessoa que ela de fato se tornou. Uma não reconhece a existência da outra. As mulheres da guerra são assim, um novo tipo de ser que ninguém conhecia antes, não exatamente homens, mas não mais mulheres. Diz-se que o sangue parava de jorrar para seus úteros na primeira vez em que matavam alguém. As pessoas sussurravam que aqueles atos indizíveis eram ainda mais perversos quando realizados por mulheres, de modo que os ancestrais amarraram a prosperidade da nação, repugnados por seu horror, assim como fizeram com os ventres das mulheres. Você chega a considerar que é mais parecida com Christine do que com Mai Manyanga: Christine com sua guerra infrutífera que não trouxe nada além de falsas esperanças e uma variedade nova e mais completa de desânimo. Você com sua educação inútil que intensifica sua miséria, tornando tudo mais ridículo.

Christine sai correndo. Frases dos hinos religiosos da viúva flutuam pelo ar silencioso da noite. Você corre atrás dela, não pela companhia, mas para colocar alguma distância entre você e a cantoria. Depois de alguns metros, seus olhos ficam turvos pelo esforço. Quando você consegue olhar para fora novamente, vê apenas a noite. Christine pula de trás de uma árvore. Você quase colide com ela.

"Foi isso que aprendemos", ela diz. "Correr é fácil. Qualquer um consegue. Se não conseguir, você não sobrevive. O que você estava fazendo, se não era correr que você estava fingindo que não conseguia fazer?"

"Depois de tudo isso", você diz, sem fôlego, com uma admiração relutante. "O dia todo. Na horta dela!"

"Eu não suo", ela diz. "Eu corro até a cidade pelo menos três noites por semana."

Ela parece satisfeita com o fato de você estar impressionada com a resistência dela, já que continua: "Eu preciso. É o único jeito. Por causa de todas as coisas que nunca param. Assim como esta noite naquele quintal."

Ela dá as costas, apenas para voltar a falar depois de um momento: "Essa é a parte boa do que a guerra nos ensinou. Só existe um tipo de sangue, não vários como alguns dizem. Nós vimos esse sangue sair de toda ferida. E mesmo aqueles que não conseguiam correr deram um jeito, depois de ver aquilo. É verdade, Tambudzai. Se você viu sangue, você sabe correr."

Christine pula como uma atleta se preparando para uma corrida antes de continuar: "Se eu tivesse a mesma escolha, eu nunca repetiria. Eu aprendi que você tem que correr do sangue. Você não corre na direção do sangue e finge que é água. Que você pode derramar onde for e beber, um rio fluindo para matar sua sede, mentindo que é água."

Sua sombra parece bruta enquanto ela salta. Você se encosta no tronco da árvore. Sua respiração, que começou a se acalmar, apressa-se até seus pulmões, desconfortavelmente rasa.

"Por que você não responde nada?", Christine pergunta, decepção dura invadindo sua voz.

Você quer que ela corra de novo, para longe, sem você, para que você possa ficar ali neste lugar intermediário, nem na cidade nem na casa da viúva. Você não encontrou as palavras para falar da tipoia de Mai Manyanga quando a viu, e não quer mencionar o assunto esta noite.

"Você está me dizendo que não viu o sangue na sala de visitas da Mai Manyanga?", Christine insiste. "Que embora você tenha entrado na casa, você não ouviu nada?"

Agora que ela falou sobre isso, você quer se mover novamente, se afastar da cena que testemunhou muitas semanas atrás, antes de Christine chegar, na sala de Mai Manyanga. Você quer deixar a verdade de Christine, que uma vez que você vê sangue, você está coberta por ele, para trás no coração desta mulher guerreira. No entanto, você está começando a perceber que o sangue não apenas fala, mas segue. Você viu o sangue jorrar da perna de sua irmã durante a guerra, logo depois de se formar na missão de seu tio, e fugiu desde então. Você continuou fugindo daquela visão durante todos os seus anos no Colégio para Moças Sagrado Coração.

"Ninguém ouviu nada", você murmura, na defensiva.

Você quer se sentar, mas ali só há uma cerca.

"E alguém está pensando qualquer coisa disso?", Christine pergunta.

"O *Mwari we tiitire nyasha*. Ah, bom Deus, tenha piedade de nós."

A angústia que a viúva Manyanga não havia demonstrado pela mulher de Shine desliza pela janela para dentro da noite, um desespero distante.

"Uhum", Christine diz. "Depois de ver, é difícil para sempre. Da primeira vez, se você é o tipo de pessoa que tem coração fraco, o sangue pode ser uma armadilha. Ele te prende. Ou você vai querer aquilo tempo todo, ou vai ter medo dele até o fim da sua vida."

Sua respiração continua curta e difícil. A dor suspira debaixo dela, agarrando sua garganta para você não conseguir falar. Você sabe, embora tenha dito pouco sobre aquela noite, que já falou demais, e você não deve se atrever a proferir outra palavra ou então vai se afogar num poço de desgraça.

"Não se preocupe", Christine diz. "Não é sua culpa. Não é culpa de ninguém naquela casa. Todo mundo já avisou minha tia. Mas ela não escuta o que as pessoas dizem."

"*Vanamai, uyai ticheme.* Mulheres, lamentemos juntas", a viúva geme seus hinos. "*Kuna Mwari ati itire nyasha.* A Deus, para pedir Sua misericórdia."

"A família já mandou gente para falar com ela. Mas só o que ela fez foi se gabar. Ela disse que está seguindo os desejos do VaManyanga e por isso ninguém pode dizer nada. Já que ela foi a última a ver ele e então ela sabe o que o marido queria."

"O *Mwari we, tiitire nyasha*", Mai Manyanga geme, sua voz diluída pela distância.

"Um dia eu te conto sobre isso", Christine diz. Essa promessa parece uma ameaça.

A cantoria fica mais alta quando Mai Manyanga retorna para o quintal.

"Ela está atrás de mim", você explica. "Eu disse que ia rezar com ela."

"Vamos", Christine diz. "Podemos pegar uma carona até a cidade."

"Vou pegar um dólar", você diz, mudando de ideia, mesmo sem querer gastar dinheiro indo até a cidade e depois voltando.

Você espera até que Mai Manyanga retorne para dentro de casa antes de voltar correndo pela estrada. Uma vez em seu quarto, você pensa em rastejar para baixo dos lençóis, mas Mai Manyanga começa a orar novamente. Você tira um dólar de seu esconderijo numa gaveta e rapidamente troca sua blusa e os sapatos.

Lá fora mais uma vez, você caminha ao lado de Christine, olhando para sua sombra à luz do luar. É maior do que você. Move partes de seu corpo que você não move. Corre quando você está andando.

"Minha tia está sangrando", Christine diz. "Ela não está bem. Os filhos dela estão apavorados."

Você quer que ela fique quieta, mas ela continua: "Eles todos fingem que não sabem quem é o culpado, mas eu acho que foi o Larky naquela noite. Aqueles lá fazem alguma coisa sem barulho? Então por que estão todos em casa fingindo que não ouviram nada? Você vai me contar alguma coisa, Tambudzai? Por que guardar segredo? Você por acaso é Manyanga? Minha tia não vai viver muito tempo, mas nós da família não quisemos esperar os filhos matarem ela. Por isso decidiram que eu ia vir para cá e ficar de olho naqueles meninos."

Você cheira o ar. Fumaça. Temperos. Havia ocorrido, ou talvez ainda estivesse acontecendo, um *braai* em alguma das casas da rua. Seu nariz se lembra daquela noite há alguns meses. O cheiro de carne marinada estava forte na casa principal.

Você nunca conseguiu descobrir se era a data certa ou não. É o dia que a viúva e os filhos escolheram para celebrar o aniversário de Ignore, o filho mais novo.

A viúva inicia os preparativos no dia anterior. Ela sai duas vezes no Nissan que acaba de voltar do mecânico, e agora a garagem finalmente contém um carro. No entanto, cada vez que ela bombeia gasolina, o cano de escapamento cospe fumaça escura como se estivesse com indigestão.

Você vai para a cozinha no meio da manhã naquele dia, esperando que todos os outros tenham saído. Você quer cozinhar seu mingau, mas abandona suas intenções no minuto em que entra no cômodo. Bertha e Mako estão acomodadas nas cadeiras. É um fim de semana no fim do mês e elas têm suco de laranja, margarina e geleia espalhados sobre a mesinha. Há torradas e ovos mexidos com *bacon*. Você olha para a comida delas sem nenhuma expressão; sua boca nem se dá ao trabalho de se encher de água.

Com uma gargalhada, Bertha propõe uma aposta: será que o carro da viúva voltará do passeio ou vai quebrar, fazendo com que Mai Manyanga tenha que chamar o mecânico novamente? Mako aceita a aposta. Dando outra risada, Bertha opta pela falência da viúva. Quando Bertha finalmente se acalma, Mako insiste que Deus, que é grande e misericordioso, favorecerá a viúva.

À noite, os irmãos Manyanga chegam na hora combinada. Eles vêm equipados com caixas térmicas e cubos de gelo e mulheres que concordaram em se reunir no carro de Praise com seis pacotes de cerveja Castle e uma garrafa de vinho Mukuyu. A inveja floresce em seu coração, pois àquela altura, apesar de sua inação, você ainda nutria um desejo não pelo casamento em si, mas pela segurança que o matrimônio traria. Você não dirige seu rancor às esposas que não viu, mas a essas criaturas fúteis, de olhos vazios e unhas de plástico que estão desfrutando de uma vida de segurança e facilidade, o tipo de vida que você imaginou para si mesma, e pela qual havia se esforçado tanto até aquele dia calamitoso na agência. Como a viúva que não se coloca contra os envolvimentos dos filhos, você perdoa os homens Manyanga por seus casos, e fantasia desesperadamente sobre um encontro com um deles no corredor.

A sala de visitas foi destrancada para a ocasião. Assim que os homens estão sentados com suas bebidas, a senhoria canta *"Mwakanaka, Mambo Jesu"*. Os homens se juntam a ela, afinados, ainda que sem o fervor da mulher. Após o hino, Mai Manyanga os conduz em oração. Depois disso, os filhos voltam para os aperitivos. De tempos em tempos, um deles leva amendoins torrados ou asinhas de frango para as mulheres no carro, que ficam inquietas sempre que os pratos se esvaziam. Mai Manyanga aproveita a presença dos filhos e não se importa nem um pouco com essa situação. Você suspeita que a devassidão dos Manyanga será um desafio quando você fizer sua tentativa, mas diz para si mesma que vai se preocupar com isso quando chegar a hora.

O murmurinho de vozes muda para o tilintar, em grandes intervalos, de copos e louças enquanto os Manyangas fazem bolinhos com o *sadza*, mergulhando-os no molho, mastigando a carne cheirosa. A conversa da família transforma-se num zumbido distante.

Você cai num sono leve, incapaz de encontrar descanso profundo com o cheiro de comida atormentando seu estômago. Não passa muito tempo antes de as ondas de conversa da família aumentarem. As frases chegam até você em marolas de som que crescem até parecer que estão socando a cama, se rebatendo contra as paredes e saltando pelo chão, aqui e ali. O próprio ar parece estremecer e vibrar. A escuridão da noite tremula ao ritmo de uma música antiga e meio esquecida que você ouviu pela última vez há muitos anos na propriedade, e uma rápida nota de cobre pulsa de um canto ao outro do quarto. Shine adiciona um ritmo de baixo sombrio a esta melodia, a voz da mulher com quem ele está num crescendo estridente.

Você escancara olhos ansiosos com o som de gritos angustiados.

"Yowe! Yowe! Yowe!"

Ao emergir de seu meio sonho, você percebe que a voz é de Mako. *"Vasikana,* Shine", sua colega de casa continua. *"Vanhu kani,* venha ver. Venha ver o que aconteceu."

Você não se mexe, saindo da cama apenas depois de ouvir a porta de Bertha se abrindo.

Mako está curvada no corredor entre a cozinha e a sala. Ela se apoia na parede do melhor jeito que consegue. Está tremendo.

Faixas escarlates engrossam e coagulam-se no chão. As manchas na sala de visitas se estendem até a mesa de jantar. Há gotas ressecadas no relógio de pêndulo, no armário, no carpete e em algumas das mesinhas. As canecas de cerveja que brindaram as comemorações da família estão espalhadas em pedaços irregulares pelo chão. Nas prateleiras de madeira, cacos de fotografias de família brilham em poças grossas e endurecidas. Sra. Manyanga e seu marido estão respingados, mas eretos, o olhar com o mesmo orgulho de sempre.

Você quer permanecer suspensa entre uma respiração e outra, mas depois de expirar, você se arrasta atrás de Bertha e Mako e encontra sua senhoria sentada à mesa da sala de jantar. Os restos da refeição estão endurecidos nos pratos espalhados à sua frente. O *doek* colorido da viúva está ao lado de sua cadeira. Sua *ogbada* de mesma estampa está cortada do ombro ao peito, como se um cirurgião bêbado tivesse tentado realizar uma cirurgia reconstrutiva.

Ela sorri e diz num tom monótono, mas triunfante, como uma anfitriã retomando a conversa: "Ele está a salvo. Eu protegi meu Igi dos outros dois. Vão, Bertha, Tambu, Mako. Vão todas atrás dele. E depois de encontrarem ele, quero que cuidem do meu Igi. Cuidem para que nada de ruim aconteça com ele."

Mecanicamente, você se ajoelha no sangue. O cheiro dá vontade de vomitar. Você pega a mão de sua senhoria para acariciá-la até chegar a uma resposta, mas a viúva Manyanga repete na mesma voz: "Vai, *vasikana*, encontre o meu Igi. Eu quero que você cuide dele."

Seus joelhos estão cobertos de sangue. De pé, você pega um guardanapo de papel e os limpa, sentindo como se as cobras em seu ventre tivessem aberto suas mandíbulas e tudo estivesse despencando de você para o chão.

"É isso que acontece quando você dá à luz", a viúva diz.

Bertha, a única que consegue agir, sai do cômodo. Ela retorna alguns minutos depois com uma xícara de chá quente.

"Alguém aqui tem Paracetamol?", ela pergunta.

Todas permanecem em silêncio. Ninguém tem nenhum remédio.

"Eu sei que o Larky quer matar o Igi", sua senhoria retoma seu lamento. "Porque essa casa é o presente de aniversário do Igi. O Larky quer matar meu filho Igi porque ele é o único que está do meu lado. Sim, o Larky e o Praise. Os dois querem me matar." Ela sorri sem nenhuma expressão antes de continuar: "Se não fosse pelo último que saiu de mim, eu seria como uma vira-lata, uma cachorra sem nenhum carinho e que todo mundo chuta, por causa daqueles dois primeiros. Sim, essa casa é um presente de aniversário para o Igi. Meu Igi. Quando meu Igi tiver minhas coisas elas vão permanecer comigo, não vou estar jogando tudo para outra mulher."

"Que lástima. Que pena", Bertha fala mais baixo do que nunca. "Você aí, tem certeza que ninguém tem um Paracetamol?"

Andando cuidadosamente pelo corredor, a mulher de Shine, um rosto novo e desconhecido, para na porta da sala, observando. Ninguém presta atenção nela. Tensa em seu desejo de não ser notada, ela sai furtivamente, pé ante pé, pela varanda. Você e suas colegas de casa não olham uma para a outra. Você respira fundo algumas vezes e solta o ar com estremecimento, sentindo como se fosse o mundo e que ele é oco e vocês três estão caindo nele.

"Aí ela começou a cantar aquele hino de novo", você diz a Christine. "Aquele que ela sempre canta, sobre o Rei Jesus."

"Você estava e ainda está mentindo", Christine diz, gentil. "Quando esse tipo de coisa acontece, tem muito barulho."

Vocês passam debaixo de uma fileira de jacarandás. A lua está mais alta, o vento suave, mais frio. Christine puxa você do cascalho, onde seus pés fazem barulho, para a grama. As luzes da rua principal até a cidade brilham à frente.

"Eu sei por que você não quer dizer que sabia de alguma coisa", ela retoma. "Porque é demais. Você pergunta, como uma mulher pode ser assim? Você não sabe responder, então diz que ela não é." Ela suspira alto e continua, venenosa: "Ignore! A mãe dele fez a mesma coisa, ignorou o que ele estava fazendo. Até agora minha tia está ignorando a doença no ventre dela, que está engolindo ela de dentro para fora", a mulher comenta, irritada.

Seu sangue gela ao considerar onde vai morar se Mai Manyanga morrer antes de você encontrar outra opção de acomodação.

"Medo", sua companheira continua. "Está controlando todos eles. Agora o Ignore roubou a herança dos outros. Então, quando ele contou vantagem sobre seu presente de aniversário, Larky foi lá e deu um soco nele. E aí minha tia se meteu. Disse para o Larky, se você vai matar alguém me mate, não mate meu filho. Foi aí que a porta de Larky se abriu e o bom senso dele saiu por ali. Ele pegou a faca de carne e pulou no Ignore. E o Ignore se escondeu atrás da mãe."

Vocês viram na Rodovia Lomagundi, felizes pois logo estarão numa kombi, onde é impossível continuar esse tipo de conversa.

"A gente viu esse tipo de coisa", sua companheira diz. "Durante as lutas de libertação. Naquela época era no mato, agora é dentro de casa. E mesmo assim ninguém diz nada. Só dizem que aconteceu ou até dizem que não aconteceu, e depois ignoram o assunto.

"Enfim, foi por isso que eu acabei aqui", Christine continua, a voz baixa. "Quando eu estava em casa, lá, tranquila, fingindo que isso é viver, como todo mundo, eles me chamaram e disseram: 'Vai lá ver o que está acontecendo com a sua tia. Aqueles rapazes sabem o tipo de mulher que você é.'" Ela faz um som entre risada e tosse. "Aquelas batalhas foram uma loucura. Talvez eles pensem que por eu ter visto tanto daquilo, eu seria a melhor opção para lidar com o que está acontecendo aqui em Harare."

Vocês chegam a um ponto de ônibus e sentam-se no banco. Você começa a tremer. Levanta-se novamente, porque sentar é mais pesado do que ficar em pé.

"Eu não queria vir", Christine explica, "porque não quero me meter nessa história. Minha tia se casou com o marido quando era uma moça. E agora, olha a que ponto chegamos. Com a gente parece que sempre tem sangue envolvido. Não sei se só a minha família é assim."

As primeiras kombis que passam, longos intervalos entre elas por ser tão tarde da noite, estão abarrotadas de gente. Quando

Esse corpo lamentado

você volta para o espaço ao lado dela no banco, Christine relata em voz desdenhosa assuntos nos quais você não deve se meter. O marido de sua senhoria mudou-se para Harare de Masvingo. Antes da mudança, VaManyanga trabalhava como atendente no posto de gasolina de um homem branco chamado Peacock. Após a Independência, esse Peacock foi embora do país para a Nova Zelândia, deixando para VaManyanga o posto de gasolina e todos os seus bens móveis. Num acordo obscuro com a empresa nacional de ônibus de longa distância, que envolveu descontos em combustível, ações e pacotes de indenização, um gerente foi demitido. VaManyanga candidatou-se para o cargo e teve sucesso, e continuou levando seu negócio ao mesmo tempo. Por meios semelhantes, em poucos anos ele chegou ao cargo de CEO da companhia Zimbabwe People's National Buses. Transferido para a sede da paraestatal na capital, VaManyanga se desfez do posto de gasolina e adquiriu uma propriedade nos subúrbios do sul. A voz de Christine exala desdém ao descrever essa violação de tudo pelo qual ela havia lutado, enquanto você fica tão animada ao saber dessa história que sente seu corpo emitindo um zumbido baixo de admiração pelo homem que se promoveu de forma tão astuta.

Christine faz sinal para outra kombi. Ela para, embora já esteja cheia de mais pessoas do que o permitido. Então, como vocês são viajantes noturnas que estão à mercê dele, o condutor cobra o dobro e vocês entregam o dólar inteiro, sem deixar nenhuma tarifa para voltar no final do passeio. Os outros passageiros rugem com descontentamento, mas tiram maços sujos de notas de baixo valor ou punhados de troco. Você sente que está se dissolvendo pelo assento até o asfalto, onde as rodas a farão invisível.

Você desce depois de Christine quando a kombi para no Copacabana. Ela conduz você para o leste por uma calçada cavernosa, em silêncio pelos primeiros duzentos metros.

"Ele ficou bastante rico", ela diz enfim, quase como um comentário à parte. "Parece que ele era bom no que as pessoas chamam de 'fazer negócios'. Era disso que eles chamavam depois da Independência. Sabe", ela observa, "é melhor chamar de 18 de abril. O que é que a gente sabe de independência? Talvez que ela existiu só para pessoas como meu tio." A voz dela está triste agora, não mais desdenhosa, ao falar de como VaManyanga logo adquiriu uma nova propriedade numa área mais afastada ao norte da cidade, de outra pessoa branca que também estava partindo para a Nova Zelândia, onde não havia, nem nunca haveria — já que todos os povos originários haviam sido dizimados — nenhuma conversa sobre indigenização das coisas. Acontece que, assim como você, todos aplaudiram as conquistas de VaManyanga. Ninguém questionou nada. Parentes e colegas elogiaram a forma como o empresário recém-independente transformou sua herança em dinheiro e depositou tudo com segurança num banco na Ilha de Man.

"O que eles queriam? Claro, pedir dinheiro emprestado para o meu tio", Christine bufa. Você balança a cabeça e solta um muxoxo, genuinamente indignada pelo tio de sua companheira.

"Ele era muito astuto. Admito que ele era esperto", ela dá de ombros. "Então quase ninguém recebeu nada. E aí o que eles começaram a dizer? Que todo aquele dinheiro que ele ganhou não podia ter vindo apenas do trabalho duro, mas que ele tinha uns monstrinhos malvados e sedentos por sangue. Então alguns começaram a tentar descobrir que *muti* meu tio estava usando. Alguns queriam neutralizar a substância com remédios mais fortes, outros queriam descobrir para uso próprio. Mais de uma boca disse que seus encantos continham pedaços de corpos de crianças sequestradas." Ao mencionar isso, Christine confirma que seu tio era o tipo de homem que podia ter chegado a ponto de levar as partes das crianças para a África do Sul para venda ou para serem imbuídas de propriedades mágicas, ou que ele poderia muito bem ter enterrado os órgãos em lugares onde queria estabelecer mais depósitos da ZPNB.

VaManyanga, no entanto, você descobre para sua satisfação, não deixou que os rumores atrapalhassem sua ascensão social. Ele logo comprou mais propriedades e saiu de sua segunda casa para desfrutar de um estilo de vida mais grandioso. As visitas à aldeia onde vivia a sobrinha tornaram-se menos frequentes. Christine diz que estava de acordo com isso, pois havia deixado de gostar ou respeitar seus parentes.

Compreendendo, com alguma impaciência, que Christine está falando não apenas sobre os Manyangas, mas sobre todas as pessoas que alimentam os mesmos desejos intensos de progresso, você diz: "Isso veio com a guerra. Tudo isso. Ninguém nunca fez esse tipo de coisa antes de vocês irem para Moçambique fazer o que sabem que fizeram."

"Não há nada que um guerrilheiro tenha feito", sua companheira responde, "que as pessoas não tenham feito nas aldeias. Você sabe que eles aceitaram fazer esse tipo de coisa com muita facilidade. E todos continuam. Eu, quando a guerra acabou, jurei que encontraria algo para fazer com minhas próprias mãos. Eu prometi que não faria mais aquele tipo de coisa. Não importa o que aconteça."

Com isso Christine vai em frente, apressada, logo trazendo você para a discoteca, cujas vibrações reduzem ainda mais a conversa. Ela negocia sua entrada com os seguranças enormes na porta do estabelecimento, que olham para você, opondo-se com perguntas incisivas a duas mulheres entrando desacompanhadas. Lá embaixo, no porão, com as luzes piscando muito rápido e a música em ritmo alucinado, sua companheira examina o salão, atravessa dançarinos e mesas e apoia os cotovelos no bar. Ela olha de soslaio para o homem solitário ao seu lado, demonstrando como extrair toda a bebida que deseja dos homens sem ter nenhuma parte do seu corpo agarrada. Você descobre que é boa nisso. É maravilhoso ser boa em alguma coisa. Faz muito tempo que você não é boa em nada. Mesmo as coisas em que você era boa, seus estudos, as criações na agência de publicidade — na verdade, era tudo a mesma coisa — no final conspiraram contra você, decretando uma sentença de isolamento.

Logo você está bêbada demais para pensar em outra coisa além de beber mais.

Enquanto você drena copo atrás de copo de vodca, Christine passa a tomar doses de destilado a cada dois ou três copos de cerveja Mazoe.

Você esbarra numa mulher quando está voltando do banheiro. A mulher tem cabelo espetado. A pele dela é branca.

"Opa, presta atenção!", ela diz, largando sua bebida numa mesa, secando os dedos nos fundilhos dos jeans.

Você a encara, tentando colocar seus olhos em foco. Quando a imagem fica tão nítida quanto é possível, você grita: "Tracey!"

"Oi?", a mulher branca diz, sorrindo paciente.

"Eu te conheço", você responde. "Eu trabalhava para você. E a gente estudou juntas. Você vai ficar fingindo?", sua voz se exalta. "Você sabe que me conhece."

Ao proferir as palavras, você está ciente de que essa pessoa não é aquela mulher branca em particular, a executiva da agência de publicidade que conspirou com seus colegas brancos para roubar as ideias que produziu com seu trabalho suado. Com isso em mente, o buraco no universo se abre novamente à sua frente e a mulher que sabe melhor do que aquela que você ouve rugir desaparece em suas profundezas. Empertigando-se o máximo possível, você grita: "Não finja comigo, Tracey!"

"Katrin", a mulher responde, recuando. "Katrin."

"As duas", você insiste. "Você é minha chefe. Na agência de publicidade."

A mulher respira fundo. "Não sou eu", responde, exalando com força.

"Mentirosa!"

Ela se move para a pista de dança, juntando-se a um grupo multirracial, peles variando do ébano ao mármore branco. Você vai atrás dela. Ela ignora sua presença. Você escuta alguém gritando, dizendo que ela não é a mulher que contratou você na agência. Você sabe que essa voz sensata está dentro do seu cérebro. Você não dá ouvidos a ela. "Você está mentindo! É isso que você está fazendo", você grita. Ao gritar, você ataca. A mulher branca vê seus movimentos. Ela desvia e você cai sobre um trio de dançarinas. Sobre seus sapatos de plataforma, jogando seus cabelos, "Sai daqui!", elas gritam, empurrando você de uma para a outra.

Os homens da porta surgem na pista. Eles apertam a carne do seu braço com seus dedos, perguntando o que você prefere, se acalmar e ser racional, ou ser expulsa. Eles, no entanto, não contaram com Christine. Sua companheira coloca as mãos nos quadris e informa aos seguranças que ela é uma ex-combatente da luta pela Independência, treinada em Moscou, e está vendo meia dúzia de outros ainda em forma para a luta ao redor do bar; nem importa se alguns não são ex-alunos soviéticos, mas sim treinados na China; são todos camaradas e combatentes.

Apesar da intervenção de Christine, os seguranças continuam segurando seu braço, dizendo que são contratados para resolver essas coisas; que quando mulheres descontroladas surtam com outras que estão tranquilas, eles precisam dar fim nisso. Então Christine diz que você já se acalmou e a empurra escada acima, saindo na rua. Você se recusa a andar. Christine arrasta você para longe do estabelecimento. Você grita cada vez mais alto para ela te soltar. Quando ela não o faz, você grita que nunca mais na vida vai a qualquer lugar com ela novamente. Enquanto você a insulta, Christine a conduz até o ponto de ônibus mais próximo. Ela coloca você no banco carcomido de cupins, enfia uma nota de um dólar no bolso do seu jeans e diz para você pegar a primeira kombi que esteja indo em direção à casa de Mai Manyanga.

CAPÍTULO 8

"O que aconteceu?"

Suas pálpebras se abrem. A terra gira. Você cerra os olhos contra um amanhecer reluzente. Está deitada na calçada no ponto de ônibus. Olhando para você estão dois homens idosos. Eles usam ternos cáqui e bonés: cozinheiros, a caminho de seus empregos nos subúrbios do norte.

"Vai saber com esse tipo? Pode ser qualquer coisa", um deles diz, após um momento de reflexão.

"E agora? O que pode ser feito?", o outro pergunta.

"Com mulheres", diz o primeiro, "quando é assim, sabe como é. São os ancestrais deixando elas amarradas." Ele se endireita e sua sombra se ergue sobre você.

"Especialistas em poções do amor, essas aí. Ocupada demais apodrecendo as tripas dos maridos e matando um depois do outro. Não encosta nela. Ou você vai acabar metido em alguma coisa. Bruxas, todas elas."

Suor, parafina e muito tempo sem banho. O cheiro paira sobre você.

"Eu disse para não encostar nela. Ela vai pegar o que é seu, nunca mais vai voltar para você."

O odor fica mais brando.

"E tem alguém aqui encostando em qualquer coisa?", diz o homem que foi avisado para deixá-la em paz.

Há um som de farfalhar.

"Ah, o que é isso? Desperdiçando dinheiro", diz o primeiro.

"Já que ela está aqui e não está morta", o outro diz, "eu diria que não é desperdício."

Uma moeda de cinquenta centavos é colocada em sua palma. Você adormece enquanto os passos se afastam.

Mais tarde, você abre os olhos novamente e se inclina para vomitar. A sujeira preenche as rachaduras na calçada. Formigas e pequenas aranhas correm indignadas. Você se levanta, segurando a moeda de cinquenta centavos, o espólio da noite. Formigas e aranhas caminham sobre seu corpo. Regimentos desses animais desafiam a baixa pressão da água no chuveiro da viúva. Você pensa, enquanto os ataca e a sua pele com uma toalhinha: "Eu sou o tipo de pessoa para quem dois cozinheiros deixam uma moeda. Não, eu não sou esse tipo de pessoa. Sim, eu sou. Não, eu não sou. Eu saberia se eu fosse esse tipo de pessoa?"

Quando você era jovem e tinha forças para lutar, cultivando espigas de milho nos campos da família e vendendo-as para arrecadar dinheiro para as mensalidades escolares, você não era a pessoa que se tornou. Quando e como isso aconteceu? Se você estava entre as mais brilhantes, apesar de correr quilômetros até a escola e estudar à luz de uma vela? Não, também não podia ter sido naquela época. Nem foi nos dias que se seguiram, estudando na missão de seu tio, onde você permaneceu focada em ter uma vida melhor e assim continuou a se destacar. A única opção restante são os anos de escola secundária, no Colégio para Moças Sagrado Coração. Deve ter sido lá que sua metamorfose ocorreu. No entanto, como é horrível admitir que a proximidade com os brancos no convento arruinou seu coração, fez seu ventre, a partir do qual você se reproduziu antes de dar à luz qualquer outra coisa, encolher entre os ossos do quadril.

Você desiste de lutar contra essa constatação e finalmente admite uma verdade perversa que encontrou pela primeira vez na universidade. Numa entrevista, uma escritora ganense chamada Ama Ata Aidoo declarou que a princípio não sabia que tinha a

Esse corpo lamentado

cor que acabou descobrindo que tinha, que o termo *preta* não tinha significado para ela até que se viu entre brancos. Você riu ao ler aquilo, pensando, *Ah, como se eles te mergulhassem em tinta.* Agora, as formigas correndo sobre você tão frenéticas como sempre fazem na garoa morna do chuveiro entupido, você entende bem. A história da mulher ganense lembra aquele aspecto de sua prima Nyasha de que você não gostava, mas era obrigada a suportar quando dividia o quarto com ela na missão. Frequentemente havia algo desdenhoso, quase como zombaria, mas ao mesmo tempo insinuando mágoa em suas palavras quando ela falava sobre pessoas brancas. Você ficava assustada, naqueles dias, ao ouvir como sua prima era hostil com os europeus. Agora, esforçando-se para definir o início de seu desvanecimento, a noção de um grupo de pessoas depreciando outro de um jeito tão maligno mais uma vez a desanima.

Christine deu para assobiar. Esta manhã ela está presa na melodia que todos cantavam quando se dizia que a guerra havia acabado e tudo o que precisavam conquistar já o havia sido. "Big Brother chegou com a moral alta. Big Brother chegou com felicidade." Ela deixa escapar uma cadência triste em sua respiração sob o ritmo de celebração. Você decide que vai até a horta fazer o que quer que ela esteja fazendo ao lado dela, seja capinando, plantando ou regando. E você vai cantar, colocando palavras em sua melodia.

Alguns minutos depois, enquanto você seca seus braços e pernas, você descarta a vontade de se juntar a sua companheira da noite anterior, já que isso seria um passo tolo para fora do caminho de redirecionar suas circunstâncias de volta ao curso adequado. Christine mostrou que não vai contribuir para nenhum progresso em sua vida. Você sai do banheiro, resolvendo agora manter distância da ex-combatente como seu próximo passo na direção do progresso. Seus pés deixam marcas molhadas no piso de parquê. Você esqueceu seus chinelos e suja os pés andando.

As formigas seguem com você, passam por seus pés e sobem

em seu corpo quando você abre a porta. Você entra em pânico com esse sintoma que persiste mesmo em relativa sobriedade. Sente que está à beira de um precipício e que o penhasco a atrai; pior, que você tem um desejo secreto de cair no esquecimento e que não há como parar essa queda porque você é o precipício. Apavorada, você atravessa seu quarto. Ao deitar-se em sua cama, você sabe que não tem a intenção de pensar nas coisas que devem ser enfrentadas. Os animais avançam pelas pernas da cama e entram nas cobertas assim que você bate no colchão. Você fecha os olhos e sua mente se revira, pensando em como escapar de sua situação. Peça por peça você elabora um plano. Você irá para algum lugar onde não haja pessoas como a sobrinha da senhoria, que constantemente relembra os dias de guerra e injustiça. Ao mesmo tempo, você deve se isolar dos choques resultantes de envolvimento demais com pessoas brancas. A exaustão a impulsiona para além da fronteira da vigília, para um sono do qual você meio que espera não acordar.

Um sol alaranjado flameja enraivecido no Oeste quando você abre os olhos novamente. As formigas sobem pelas paredes. Elas agora estão tão grandes quanto vespas. A viúva canta um hino estranho em sua casa. Os agudos reluzem como marfim e os graves brilham como ébano. Nota por nota, a melodia pulsa até o teto. Você pisca para afastar a música e os insetos, com medo de pensar em qualquer coisa e igualmente com medo de esvaziar sua mente caso o espaço seja ocupado por alguma coisa mais terrível.

Os únicos objetos que você possui e que apontam para o ser humano que você deveria ser são seus certificados acadêmicos. Levantando-se, você os puxa para fora do saco plástico em que os embrulhou contra a umidade e as traças, espirrando quando o cheiro de mofo faz cócegas nos pelos em suas narinas.

Nos dias que se seguem, você sai furtivamente, quando ninguém está por perto, para comprar o jornal na esquina. Você o

Esse corpo lamentado

estende na cama e passa o dedo pelas letrinhas minúsculas, embarcando mais uma vez na velha rotina de vasculhar os classificados. Toda vez que você se candidata a uma vaga, você ordena a si mesma que não espere nem crie a expectativa de uma resposta. É claro que você faz exatamente isso, passando muitas horas olhando pela janela atrás do carteiro.

Você fica felicíssima nas primeiras vezes em que é chamada para uma entrevista, vestindo-se cuidadosamente em cada ocasião com seus sapatos Lady Di e seu terninho que agora pende largo, o que é encorajador. Os rapazes que a entrevistam invariavelmente sorriem distraídos, reviram canetas entre os dedos e a chamam de titia. Numa das vezes, é uma moça. Você quer arrancar vinte anos de sua idade, gritar: "Aqui estou, nova, refeita; olhem para mim, estou apenas começando!" Pois de muitas maneiras você sente que está começando tudo de novo depois de resolver fazer as coisas funcionarem. Dizendo a si mesma que deve ser forte e perseverar, você, no entanto, assiste com crescente alarme a relatos que aparecem com cada vez mais frequência na mídia sobre pessoas com diplomas como o seu, obtidos até mais recentemente, deixando o país para trabalhar na África do Sul, Namíbia, e até Moçambique e Zâmbia. Você nunca viu o ensino como mais do que um interlúdio temporário, mas, baixando suas expectativas vários níveis, numa manhã você sobe treze lances de escada no Ministério da Educação. Procurando por corredores estreitos e escuros, nariz franzido por causa dos vapores saindo dos banheiros, você finalmente localiza a porta de que precisa.

O funcionário sentado à mesa quebrada parece extremamente contente em vê-la. Você fica sabendo que é a primeira pessoa, em todos os anos dele como funcionário público, a retornar voluntariamente ao magistério.

Após dar-lhe essa informação, o homenzinho esquelético estica um dedo de um punho puído e o passa pelas páginas de um livro amarrotado. Após alguns minutos de procura, ele oferece um cargo como professora de Biologia.

"Não tenho essa qualificação", você protesta. "Você viu bem meus certificados? Sou formada em Sociologia."

O oficial empurra os punhos da camisa braço acima. Ele balança a cadeira para frente e para trás, sorrindo como um aluno veterano instruindo um mais novo.

"Aqui estão seus documentos acadêmicos", ele diz com um tapinha na pasta que está em sua mesa.

Você faz que sim.

"Reconhecemos este diploma, é claro. É da nossa universidade."

Tendo resolvido todas as objeções com essa observação, o funcionário disca um número. Ele discute pelo telefone com a recepcionista da escola que tem em mente. Insultos finamente formulados passam de um lado para o outro, até que ele dá a entender que pode remover a moça de seu cargo quando quiser. Depois de alguns minutos, ele coloca o telefone delicadamente no gancho, mas, uma vez que está lá, ele o pressiona até seus tendões se estenderem do pulso aos dedos.

"Ela não vai ver você hoje", ele diz, aborrecido. "O que eu queria era hoje de manhã. Agora. A diretora conversar com você. Ou hoje de tarde. Enfim, ainda hoje. Para garantir que a situação com essa vaga fosse resolvida. O nome dela é Sra. Samaita. Ela é uma mulher muito boa."

Ele rabisca um número num pedaço de jornal e o desliza sobre a mesa, dizendo: "Em dois dias. Ela disse que tem tempo para falar com você depois de amanhã."

Sra. Samaita, a diretora, no fim das contas é uma alma severa e grande que usa seu carisma para administrar a escola com eficiência, de acordo com seus próprios padrões.

Esse corpo lamentado

"Você tem um diploma. Isso é bom", ela diz quando vocês se encontram, passando a mão por seus certificados e históricos acadêmicos.

A mesa dela é pequena e torta. O resto do cômodo é igualmente desprovido de elegância, fazendo você pensar em seus aposentos decadentes na casa da viúva Manyanga. No entanto, você ignora esses sinais de que está apenas ganhando tempo, de que ainda tem muito a percorrer em seu caminho de ascensão no mundo. Em vez disso, você se deleita com os elogios da diretora, prometendo a si mesma que, com esse ponto de apoio, você seguirá em frente, evitando os erros que até agora interromperam seu progresso.

"Com este seu diploma sólido e dentro da média", continua a diretora, "é bom que você ainda esteja aqui e não na África do Sul ou na Europa. Ou mesmo Botsuana. Imagina," ela diz, "agora os jovens do Zimbábue estão indo para aquele lugarzinho e a outros como a Zâmbia. Alguns estão até optando por Moçambique e Maláui. Tudo isso está acontecendo no presente, algumas décadas depois de nossa Independência. Eu sou uma pessoa, Srta. Sigauke, que não tem medo de afirmar que não estabelecemos as metas corretas no momento certo. É o que eu insisto em fazer aqui na Escola de Ensino Médio Northlea. Bem-vinda à equipe, se for para me ajudar."

Sem ter certeza sobre que apreensões específicas a diretora tem sobre a Independência, nem o que ela quer dizer com "metas corretas", você sorri delicadamente. Quando você não responde, ela olha bem para você e pergunta: "Devemos elogiar seu patriotismo ou criticar uma certa falta de iniciativa?"

O sorriso se espalha por seu rosto de forma mais afável.

"Ainda assim", a diretora continua, pressionando os polegares contra os lábios enquanto toma sua decisão. "Não vou mandar você embora por pessimismo. Nas circunstâncias da escola, estou olhando para o diploma, não para a pessoa. Embora fosse muito melhor se você tivesse passado em Biologia nos exames de nível A."

Em seguida, apesar de suas palavras corajosas, a diretora suspira. A mesa de compensado balança sob sua barriga, quase derrubando uma prateleira ao lado, abarrotada de uma variedade de troféus. "Mas temos uma boa biblioteca com todos os livros didáticos", ela balança a cabeça. "Vou te mostrar onde fica. A bibliotecária vai explicar como o sistema funciona."

Ela conclui dizendo que espera que você tenha se inscrito para o Certificado Nacional de Educação, pois você não possui qualificação profissional necessária e ela tem uma política rígida de credenciais para os professores em seu estabelecimento.

A diretora faz a gentileza de guiá-la até a biblioteca em vez de chamar um aluno. A bibliotecária em seu cubículo apertado lhe entrega os planos de ensino e os exames anteriores. Faltam vários textos, e ela explica, resignada, que os alunos os jogam pelas janelas na hora das provas para buscá-los depois no terreno do lado de fora. Você encara tudo isso como um desafio bem-vindo depois de tanto tempo sem responsabilidades, determinada não apenas a ensinar Biologia aos seus alunos, mas também a transmitir a eles os padrões que você aprendeu primeiro na missão metodista de seu tio e depois no internato católico. Colocando suas prioridades lá em cima, você visita a instituição onde se formou, a Universidade do Zimbábue, atrás de material suplementar. Você passa horas na velha e conhecida biblioteca planejando lições que acha fascinantes.

Todas as suas alunas nasceram livres, ou quase isso, a ponto de não fazer diferença; as mais velhas entre elas eram bebês na Independência. Não há nenhuma semelhança entre elas e seu eu adolescente. A energia com que se portam ao caminhar pelos gramados, percorrer os corredores de ladrilhos vermelhos ou correr pelos campinhos, demonstra que para essas jovens o futuro se estende em horizontes iluminados. A maneira direta como encontram seu olhar, mesmo as menos inteligentes, indica que esperam mais do mundo do que você jamais sonhou que o planeta pudesse oferecer. Você descobre que isso é verdade mesmo para as que não nasceram na cidade, que se mudaram das aldeias para morar com parentes. Desacostumada a lidar com pessoas tão jovens, a cada aula você se vê numa sala com estranhas. A situação acende um ressentimento latente, uma espécie de rancor, que faz você considerar que seria terapêutico para as jovens suportarem, antes de seus caracteres estarem totalmente formados, as mesmas exigências que você teve de suportar. Tudo isso interfere muito na sua tentativa de se reinventar como professora modelo.

Você desconfia especialmente de uma tal de Esmeralda, uma jovem com unhas postiças vários milímetros mais longas do que os regulamentos permitem, que, por meios à sua disposição de que as outras meninas não dispunham, regularmente convencia as monitoras a ignorarem seus deveres. Uma manhã, nos seus primeiros dias, você a pega recolocando uma unha artificial com cola de estoque das aulas de arte. Ao confiscar a unha para que ela tenha que andar por aí com um dedo faltando, você percebe que isso é um começo, não um fim. Depois disso, você a surpreende várias vezes passando brilho labial por trás de livros didáticos, e fica convencida de que sua aluna quer vingança. Enfim, quando você se depara com a menina escrevendo não anotações sobre doenças de veiculação hídrica, mas uma mensagem para um rapaz na gramática capenga das mensagens de texto, num aparelho tipo tijolo que ela contrabandeou furtivamente para a sala de aula, você percebe que mais cedo ou mais tarde vocês terão problemas.

Embora seja a líder de seu grupinho, Esmeralda não é a única garota que se envolve em comportamentos escandalosos. Muitas perfuram suas orelhas e outras partes de seus corpos diversas vezes. De saia verde, blusa bege, um número cada vez maior delas não anda mais pelos corredores — elas desfilam. Enfatizam os

Rs no final das palavras, e as mais ousadas esticam o som. Elas param de abrir a boca, fazendo com que suas vogais subam até seus narizes, querendo soar americanas. O mais espantoso é que nem as lições nem os diagramas de vírus de mutação rápida nem qualquer outra coisa para a qual você chame a atenção diminui o apetite por experimentação de suas alunas. Sua primeira estratégia é ignorá-las. Ser uma boa professora se reduz em páginas de anotações ditadas e exercícios no quadro-negro. Então, depois de algumas semanas, você é colocada na lista para supervisão externa.

Nas rondas, sua estratégia preferida é gritar um cumprimento para um jardineiro ou cantar o refrão de um hino religioso para sinalizar às jovens que a autoridade se aproxima. Quando você detecta um grupinho junto ao redor de uma garrafa ou um cigarro, você espera que elas escondam o contrabando e apaguem o que estiverem fumando. Em vez disso, elas olham para você descaradamente ou dão risadinhas. Você ignora imediatamente uma ideia sem sentido que emana de um lugar débil em seu coração, de que suas alunas estão terrivelmente confusas, precisando ser resgatadas. Você vê seus olhos duros como zombaria, suas risadas como que desdenhando de tudo que você se tornou. Destruindo qualquer empatia, convencida de que a educação pós-independência e repleta de liberdade que elas recebem é muito mais vantajosa do que a sua, você compra um grande livro preto de registros em cujas páginas você anota nomes, turmas e ofensas. Você envia suas listas, junto com as garotas capturadas, para a diretora.

Não demora muito para que suas alunas percebam que há pouco de bom sobre você. No meio do segundo trimestre, elas retaliam, batizando você de Tambudzai, a Frustrada — TAF para abreviar. Durante os períodos em que você confisca vários celulares e manda muitas alunas para a detenção, aumenta para MF — Mega-Frustrada. Esmeralda bufa abertamente: "Ai, a Mega!" quando você passa.

O crime mais grave que uma moça pode cometer é entrar desacompanhada num carro com um homem que não seja confirmadamente um parente. Seu manual do funcionário expõe em vários parágrafos quão hediondo é esse crime e lista uma dúzia de soluções que vão desde sessões com os responsáveis legais até a expulsão. Apesar disso, parece haver uma competição acirrada entre algumas alunas para ver quem desrespeita a regra mais espetacularmente entrando no veículo mais caro.

Sra. Samaita parece impassível quando você a aborda para conversar sobre o assunto durante o chá na sala dos professores. "Eu olhei as listas que você me passou", ela disse. "No geral, nada disso afeta os resultados. Várias dessas meninas tiram notas altas, então o histórico escolar permanece louvável."

Você se indigna imediatamente.

"Mas as do terceiro ano", você insiste, menos escandalizada pelas perspectivas de suas alunas do que pela invalidação de todos os seus esforços. "Eu coloquei todos os nomes lá. Algumas das meninas naqueles carros estão até no segundo ano."

"Deixa estar", diz a diretora. "Não vamos mexer com quem está quieto. Foque no que é necessário. Seria diferente", ela prossegue, dando de ombros, "se a gente pudesse provar algo como estupro de vulnerável. Como isso dificilmente é possível, é só mais um problema."

Energizada por seu descontentamento, numa tarde, depois das aulas, você vai até a delegacia, que de qualquer forma fica no centro de compras por onde você passa no caminho de ida e volta para a escola. Lá, sentada na fila num banco bambo de madeira, levando seu livro preto com os nomes das alunas, as placas dos veículos em que elas entraram, bem como as descrições dos senhores de meia--idade atrás do volante cuidadosamente registrados, você se lembra das palavras de sua diretora, levanta-se e continua o caminho para sua casa. Sua angústia se aprofunda ao caminhar pelas ruas, pegando um atalho até a estrada ao longo da qual há fileiras de kombis que vão na direção de Mai Manyanga. Tentando se distrair, você pensa no que vai comprar com os vinte dólares que economiza todo mês fazendo esta parte do percurso a pé, mas os preços estão aumentando, assim como suas necessidades, então não há alento.

A grama é alta. À noite, cobras e criminosos deslizam por ela. Seu estômago se embrulha de medo, como sempre que você toma esse caminho. Alguns meses antes, houve uma reunião no auditório da escola a que você não compareceu, na qual os pais ameaçaram sair eles mesmos para cortar a grama naquela rua, pois era uma ameaça a suas filhas. Ao entrar em contato com a prefeitura para informá-los da resolução, os pais foram avisados que independentemente de qualquer ação que o governo tomasse ou não, apenas os órgãos oficiais tinham autoridade para retirar qualquer material ou planta do local. O fedor de decomposição sobe em direção ao céu, fluindo para seus pulmões. Então seus olhos lacrimejam e seu nariz e garganta começam a escorrer, impedindo que você sinta o cheiro de qualquer coisa. Espirrando até o ponto da kombi e pelo resto da jornada, você fica quase aliviada ao entrar pelo portão da viúva.

Lá dentro, a porta aberta de Bertha dá para o corredor. A cama está despida, seus pertences guardados. A colega de trabalho a quem ela aludiu uma vez não apareceu. Agora você e Mako devem suportar as consequências dos apetites sexuais descontrolados de Shine por conta própria. Então, o próprio Shine vai embora no mês seguinte. Mako começa a dizer que está pensando em ir também, em escapar da tensão e tristeza que se acumulam sobre Mai Manyanga, intensificadas pelas visitas de seus filhos ressentidos que agora aparecem ali individualmente, nunca em pares ou todos juntos.

Você está cansada demais para mentir para Mako, para si mesma ou para seus colegas de trabalho dizendo que também partirá em breve. Você reconhece que é uma mulher sem opções. Para escapar dessa verdade, você passa horas todas as noites e finais de semana preparando lições cada vez mais detalhadas e aumentando sua complexidade até que mal consegue compreender o que planeja.

As alunas se tornam tão indisciplinadas que você especula que, no final do ano, seus únicos resultados serão fracassos. Você redobra os esforços no planejamento de aulas, leituras extras e instruções. Quando algo dentro de você diz que já chega, você não quer ouvir. Você passa a tomar uma taça de vinho à noite enquanto avalia os exercícios das meninas. Isso aumenta para duas e depois três. Quando você vai para a cama, momentos depois de deitar a cabeça no travesseiro, cai num vazio que antes lhe causava receio, mas pelo qual agora você se sente grata. De manhã você tem dificuldade para acordar.

Ao receber seu salário no final do mês, você pega uma kombi para a cidade. É uma sensação estranha, não totalmente agradável, caminhar pelo Shopping First Street depois de tantos anos, em direção a Edgars. Lá dentro, você se deleita com as cores, texturas e cortes das últimas modas. Enquanto você segura uma peça de roupa e se atrapalha para vestir outra, o espelho do vestiário sugere que nem tudo está perdido ao se aproximar da meia-idade. Caminhar e alimentar-se regularmente, além, você supõe, dos genes de sua família, a resgataram dos sinais de envelhecimento. Quase tremendo de inquietação por gastar tanto dinheiro em bens que não são realmente necessários, mas apenas desejados, você paga por um terninho e uma blusa combinando em verde-garrafa. Ao sair da loja, um impulso leva você a um salão de beleza. Você sai com o cabelo bem trançado, lamentando apenas não ter dinheiro suficiente para uma manicure, como muitas de suas alunas mais velhas têm.

Uma manhã, você acorda mais tarde do que o habitual. Você pretende andar rápido com seu café da manhã e indo ao banheiro, mas seus braços e pernas se arrastam. Você leva mais tempo do que o normal para caminhar até o ponto da kombi e depois pelo atalho. O sinal da assembleia toca enquanto você sobe até a escola. Um atraso assim é uma ofensa pela qual você já puniu dezenas de alunas. Ter o privilégio, na sua opinião, de corrigir, significa que você mesma precisa ser um bom exemplo. Você tem se esforçado para isso desde que começou a trabalhar na Northlea High cerca de oito meses antes. Agora, porém, como tem sido o caso em toda a sua vida adulta, você está falhando miseravelmente.

"Qual é o problema de vocês? Esbarrando em todo mundo no caminho. É por isso que vocês esperam até depois do sinal?"

De sua boca você lança seu receio de outra derrota, direcionando-o a um grupo de alunas do primeiro ano em quem você quase esbarra quando elas correm das salas de aula para o corredor do outro lado da escola.

"Desculpa, Srta. Sigauke", elas exclamam, fazendo reverências respeitosas. O susto ilumina seus olhos. "Estamos correndo para chegar a tempo."

Amolecida pelo impacto de sua intervenção, você abre seu escritório já um pouco mais calma. Após a assembleia, você passa a primeira parte da manhã corrigindo provas. É uma tarefa agradável, pois você sente que demonstra considerável benevolência na atribuição de notas a suas alunas. Completando o trabalho bem antes da hora do chá, você desfruta de uma sensação de controle.

Durante o intervalo na sala dos professores, Sr. Chauke — matemática para os exames de nível A — e Sr. Tiza — física para os exames de nível O —, que se autointitulam Cérebro Um e Cérebro Dois, furam a fila na sua frente para chegar à bacia de água quente. Eles dizem: "Perdão, perdão, Srta. Sigauke!" e seguram suas canecas logo abaixo da torneira. Você se afasta dessa fonte de irritação. Sra. Samaita acena para você ir até a mesa dela.

Depois de aceitar um bolinho da Anexo Shona do Primeiro Ano, cujo nome você não lembra, a diretora empurra alguns recortes de jornal para você.

"Você viu isso?", ela pergunta. "Já teve aula com o terceiro ano?" Cada artigo retrata um cavalheiro, baixo, magro e musculoso, que parece estar completamente satisfeito consigo mesmo, à frente de uma Mercedes longa e baixa. Você sente um gosto de cascalho amargo ao reconhecer o veículo. ADF 3ZW, você recita baixinho o número da placa registrada várias vezes em seu livro. O capô do carro, no qual as nádegas do homem estão apoiadas, contém recipientes gigantes de licores coloridos, potes de geleia, blocos de sabão em pó, sacos de batatas fritas e pacotes enormes de balinhas de frutas. Outros produtos escapam pelas janelas dos fundos. Pessoas de avental azul dançam na frente do veículo. Algumas vestiram por cima de seus uniformes camisetas largas nas quais o rosto do homem está impresso. Outras saltitam ao redor do homem e de seu automóvel. No banco de passageiros, meio escondida pelo motorista e pacotes, está sua aluna do terceiro ano, Esmeralda.

"Todas as meninas estão doidas com isso aqui", Sra. Samaita suspira. "Estão tratando a Esmeralda como se ela fosse uma rainha. Vou ter que falar sobre isso amanhã na assembleia no início do dia. Por que diabos ela está de uniforme? Espero que ninguém no ministério tenha visto isso."

"Diretora", diz Chauke ao passar por ali. "Ele é a cara do presidente do Conselho de Mineração. Agora que o país descobriu isso de diamantes, platina e petróleo, por favor, já sabemos que esse aí é intocável. E tudo que ele deseja também é. Na posição dele, ele não vai ser afetado por nada."

"Mostre a foto para ele e peça uma doação", Tiza sugere.

Você se junta ao resto dos professores, soltando muxoxos, balançando a cabeça e colocando xícaras de volta nos pires. "Esperemos", Sra. Samaita diz, "que essa Esmeralda não acabe como algumas das meninas que já passaram por aqui. Que não apareça na escola depois de duas semanas, com um atestado médico dizendo qualquer coisa sobre o útero dela, magra que nem um pau de virar tripa."

"Vai ser bem-feito", comenta Srta. Moyo, que ensina Costura. "Se ela não sabe se comportar do jeito que a gente tenta ensinar essas meninas. Todo mundo aqui não está ciente que essa aí tem um parafuso a menos?"

Vocês todos soltam grunhidos de concordância. Seu sorriso se agarra ao seu rosto mais e mais forte à medida que sua ansiedade aumenta. *Ele* é intocável, mas essa impunidade não se aplica a pessoas como você. Homens como o da fotografia sempre descobrem. Ele pode conseguir os relatórios da equipe, com sua lista de nomes e placas. Você pode ter sido vista na delegacia. Você reza baixinho em agradecimento por ter sido covarde demais para fazer uma denúncia. Como todos os outros na sala dos professores, você conhece a reputação de Esmeralda e, portanto, pesando os riscos, não se envolve em nenhuma conversa, embora a lei esteja sendo quebrada. Você sente que está sorrindo demais, mostrando muitos dentes. Você pressiona seus lábios um contra o outro.

Quando chega a hora da aula de Biologia do terceiro ano, você descobre que Esmeralda contrabandeou vários exemplares da publicação que traz a maior fotografia, mais detalhada.

Ela está empoleirada em sua mesa, virando um relógio de ouro no pulso, evocando olhares fascinados de seus colegas e aceitando as homenagens como uma deusa.

"A MF está aqui. Já", Esmeralda diz quando você entra.

Sua respiração acelera com irritação. Você engole o sentimento. Avança até sua mesa.

Esse corpo lamentado

"Os últimos trabalhos", você começa, encontrando olhos cobertos de medo ou riso ou tédio.

Sua aluna abre a carteira e esconde diversos jornais.

"Com seus últimos trabalhos", você repete. Você observa com interesse e surpresa, como se estivesse examinando outra pessoa, que, apesar de engolir e segurar suspiros profundos, sua respiração está ficando mais rápida.

"Pelos trabalhos que vocês apresentaram, fica óbvio que teremos que retomar os princípios de difusão", você diz. "Teremos, mais uma vez, que aplicar esses princípios detalhadamente ao caso da respiração humana, que vocês precisam saber para o programa dos exames de nível O."

Sua aluna recebe um exemplar do jornal de uma menina sentada na carteira ao lado e o guarda junto com os outros.

"Difusão. Uma definição, por favor", você exige.

Ninguém responde.

"Vou andar pela sala e contar até cinco", você avisa.

Um.

Você pega sua régua T e dá alguns passos.

Movendo-se lentamente, você se aproxima de Elizabeth. Como Esmeralda, esta aluna Elizabeth é digna de uma bolsa de estudos Rhodes. No entanto, ela é muito tímida. Esta manhã ela tem o bom senso de não olhar na sua direção enquanto você se aproxima dela.

Dois!

A turma está na expectativa.

Três! Quatro!

Você alcança Elizabeth e levanta a régua T.

Cinco.

Seu peito sobe e desce. Suor escorre pelo seu rosto. Escorrega para seus olhos. Jorra de suas axilas misturado com antitranspirante. Você já viu que elas não querem uma lição de Biologia, você diz; nesse caso, suas alunas receberão uma lição de violência.

Duas ou três meninas puxam seu corpo. Não tem efeito. Em vez disso, você escapa de si mesma para um resplendor insuportável. A jovem deusa escapa e corre para a sala de aula ao lado. Srta. Rusike, voltando com Esmeralda, observa silenciosamente e desaparece para informar Sra. Samaita. Alguém ri. Ela morde o lábio até sangrar quando você a encara. Vibrando com seu medo, você volta suas atenções para Elizabeth. Segundos depois, a diretora entra na sala de aula. Ela espera que você pare, mas não acontece. A diretora toca seu ombro gentilmente. Você joga a régua T no quadro negro. Você enrola os braços ao redor da cabeça. Você solta um longo lamento que reverbera por todo o cômodo.

Enfim você segue a diretora até o escritório dela. Ela lhe oferece uma xícara de chá, que você recusa. Sem perguntas, baixando a voz, falando calma e lentamente, a diretora lhe dá vários dias de folga para se recuperar. Dizendo a todos que você recebeu más notícias sobre um parente próximo, ela a acompanha até o carro e a leva até a casa da viúva.

Você passa aquele final de semana mais apavorada do que nunca, acometida de tanto medo que não deixa espaço para remorsos. Sua única preocupação é manter seu emprego, principalmente para poder continuar pagando o aluguel. Christine, que se mudou para o antigo quarto de Bertha, encurrala você na frente do quarto dela e convida para entrar. "Você pode entrar e pegar a farinha de milho", ela lembra. Você inventa uma desculpa para visitá-la no dia seguinte. No domingo você não consegue encará-la, acreditando que ela verá como o resplendor para o qual você escapou na sala de aula diminuiu e se tornou uma esfera roxa pulsante que suga toda a sua energia, de modo que cada palavra pronunciada é um esforço insuportável. Você fica em seu quarto e permanece em silêncio quando ela bate na porta.

No dia seguinte, segunda-feira, você espia por uma fresta na porta, hesitante, esperando que ela tenha depositado o saco de farinha de milho que sua mãe mandou. Você suspira aliviada ao ver nada obstruindo a porta. Na escola mais uma vez, você está inquieta, sentada em seu escritório, mas quando não há menção do incidente na hora do almoço, sente uma onda de esperança se acender dentro de seu peito, onde já estava quase extinta.

Essa luz atrai uma aluna pequena e tímida do segundo ano, que se oferece para carregar suas coisas no caminho de volta da sala dos professores.

Quando você abre o escritório, a menina leva tudo até sua mesa, dando três pulinhos para cada um de seus passos. Chegando ao destino, a aluna coloca sua bolsa delicadamente no chão.

"Em que turma você está?", você pergunta, impressionada com tanta deferência.

"Sra. Muuyu", é a resposta. "Quer dizer, Sra. Muuyu, senhora", ela se corrige, enrolando os dedos ao perceber o erro.

"Está bem", você a dispensa. "Seja sempre assim e faça o que os professores mandam. Se fizer isso, nos encontraremos no terceiro ano."

Ela sai correndo encantada, e você pega seu caderno de registros para anotar algumas observações para seus relatórios de aula.

"Chinembiri, Elizabeth", você é logo confrontada pelo nome. Sentindo-se benevolente por seu novo poder, você elabora vários comentários elogiosos.

Enquanto está concentrada nisso, você ouve uma batida na porta.

"Pode entrar", você anuncia.

A porta se abre e a Anexo Shona do Primeiro Ano está ali parada, parecendo suspeita.

"Srta. Sigauke, a diretora quer conversar com você. Na sala dela", a menina informa.

Você não gosta de ser incomodada durante sua tarefa prazerosa, mas obedece.

Três pessoas estão sentadas na pequena sala da diretora. Quando você toma o lugar da quarta, o cômodo fica cheio demais. Você se senta na única cadeira vazia ao lado da mesa de centro. Sra. Samaita indica um casal sentado no sofá que fica contra a parede oposta.

A mulher cobre os olhos quando vê você. Ela tenta várias vezes, mas é incapaz de engolir o que tem na garganta. Ela se engasga e depois soluça baixinho. O homem ao lado dela toca seu cotovelo e pede que ela pare. Sua voz carrega apenas meia intenção, como se ele estivesse feliz que o sofrimento de sua companheira empurrasse tudo que pode ser visto, respirado ou tocado.

"Sr. e Sra. Chinembiri. Os pais da Elizabeth", a diretora apresenta.

A mulher revela os olhos. Ela aponta um dedo em sua direção. Você fica surpresa quando o dedo trêmulo solta um grito agudo e fino. Não há trégua quando se cala: ele se estica perigosamente em sua direção.

"Ah... ah...", a mulher sofre, sua voz seca e frágil como uma folha acometida pela seca.

"Quem é que podia imaginar que íamos viver para ver esse tipo de coisa?", o homem diz. Seus olhos se enchem de lágrimas ao encarar a esposa. "Esses dias que estamos vivendo cortam mães em pedacinhos."

A diretora pega uma caneta esferográfica. Segurando-a entre o indicador e o polegar, ela a gira de um lado para o outro.

"Já não sofremos todos? Sofremos tanto que deixaria qualquer um satisfeito?", a mãe de sua aluna pergunta. "Quem? Quem quer que as pessoas sofram ainda mais? Você, professora. Você está nos dizendo para sofrer mais. Você quer mostrar para mim e para minha filha o que é a agonia, matando a criança. Hein, me diga, professora da minha filha, você é milho num campo de esterco? É assim que as coisas são aqui, para onde mandamos nossas filhas todos os dias? Você cresce no estrume do nosso sofrimento?"

"A Sra. Chinembiri", Sra. Samaita começa, tentando impedir que a mulher continue falando e fique ainda mais angustiada, "é mãe da Elizabeth, Srta. Sigauke. E o Sr. Chinembiri é pai dela. Eu tinha chamado os dois para falarmos de outras coisas", a diretora continua. "Antes... antes dessa... dessa questão acontecer."

"Sim", Sr. Chinembiri diz em voz baixa. "Nós estamos cientes de que ainda não pagamos as taxas. É porque estamos sofrendo para pagar o aluguel."

"E aí essa situação aconteceu", Sra. Samaita conclui. "E eles já iam vir de qualquer maneira."

A diretora larga a caneta e informa o casal: "Amai e Baba Chinembiri, essa é a professora, a Srta. Sigauke."

"A gente só queria ver ela", o pai da sua aluna diz. "Talvez a Elizabeth tenha feito alguma coisa errada, mas ela está tão machucada que a gente queria ver a professora. Eu sou motorista. Essa aqui do meu lado é cozinheira. A gente tem que voltar loguinho para os nossos europeus lá em Kamfinsa."

Mai Chinembiri se encolhe, mas volta a si imediatamente e faz o sinal da cruz entre vocês duas. Baixinho, ela começa a chorar novamente. O som oprime seus sentidos. Você coloca a mão sobre a boca dela. O pai de sua aluna não ousa tocar em você. Sra. Samaita pega o telefone, espalhando troféus de cobre sobre sua mesa. Algumas alunas no corredor que estão indo de uma aula para outra soltam gargalhadas luminosas como o sol. Você ouve as alunas. Então, ri com elas. Você a ouve, mas não vê essa mulher rindo. Você continua a ouvindo, gorgolejando como uma hiena no fundo da garganta.

Parte 2

SUSPENSA

CAPÍTULO 9

Agora você entende. Você chegou montada numa hiena. A criatura traiçoeira largou você lá de cima bem no chão do deserto. Não há nada aqui além de, nos limites do chão, paredes infinitas. Você é uma pessoa malfeita. Você está sendo desfeita. A hiena ri-uiva observando sua destruição. Ela grita como um espírito tresloucado e o chão se dissolve embaixo dos seus pés.

"Boa noite", a hiena diz.

Você está apavorada: o chão vai desaparecer completamente? Você se esforça para manter todos os seus músculos imóveis.

"Boa noite", a hiena repete.

Você fica em silêncio. Você não confia.

Imediatamente, você percebe que deveria ter pensado em outra resposta. Pois bem no meio do seu silêncio, a maciez abre suas mandíbulas e a engole inteira.

Você enrola os braços ao redor da cabeça. Seus joelhos encostam em seu queixo. Mesmo assim, você não é grande o bastante. A maciez é maior. Você se permite ser engolida.

"Como você está se sentindo, Tambudzai?", a hiena continua.

Você não está ali. Você não está em lugar algum.

"Tambudzai", a voz diz. "Você já devia estar se sentindo melhor. Depois de dormir por tanto tempo, já devia conseguir falar. Vamos, Tambudzai, você deve estar se sentindo bem melhor."

Você tenta voltar. A voz continua falando.

"Você dormiu até enquanto te movíamos. Mas agora já é noite. As outras já estão a caminho. Você não está com fome depois de tanto tempo dormindo?"

Você balança seu corpo para frente e para trás. Você não sabe o que fazer agora. Talvez você devesse ser grata à hiena pelas palavras? Você tenta abrir seus olhos, mas consegue apenas revirá-los. Você tenta sorrir. Sua língua se enrola, sua boca pinga. Saliva escoa até suas orelhas.

"Qual é o seu nome?", a voz pergunta.

Você inspira lentamente, concentrada.

"Nome", você exala.

"Seu. Você não precisa repetir. Isso aqui não é o primário. Quero saber seu nome." A voz da hiena se parte. Ela esconde a fenda.

"Responda", ela diz mais gentilmente.

"Responda", você ecoa. Você se sente orgulhosa. Mais uma vez, você usou sua voz. Sua.

"Não isso."

A voz se parte com mais impaciência, coisas demais para esconder.

"Como você se chama? O que as pessoas dizem quando chamam você?"

Do que sua mãe te chama? E seu pai? Sua mãe dizia alguma coisa quando você estava sobre os joelhos dela. Chamava você de Problema. "Tambudzai," você diz baixinho, contente por ter chegado a essa informação.

"OK", a locutora diz. A voz dela não escuta. "Agora, me diga o seu sobrenome. E que dia é hoje."

"Março... Março...", você começa, com esforço.

"Confusão. Do sobrenome com a data", a locutora conclui lentamente, arranhando um retângulo pálido suspenso no ar com um cilindro.

"Ah!", você exclama, descontente por ter falhado novamente depois de tanto esforço.

A mulher respira fundo e empurra seu joelho. "OK. Quanto ao nome. Já chega", ela diz, desinteressada.

Seus olhos se fixam numa confusão de tons e cores. Você se atrapalha com os redemoinhos e pinceladas em movimento, que dão a impressão de uma tentativa de alguma coisa que nunca será concluída.

No meio há uma forma oval longa e escura. Há escuridão e luz. "Você não sabe?", a forma oval pergunta. "Não está certo. É a data errada."

"Errada?", você repete.

"Tsc!" A forma oval falante exclama exasperada. "Sim. A data."

"Que data?", você pergunta.

"Se você continuar com isso, vou te trazer um calendário", ela diz. "Talvez isso ajude. Mas seria melhor você conseguir sem."

"Calendário?"

A forma oval bufa e se levanta e se transforma numa mulher. Lá longe no novo espaço, um verde pálido ondula como serpente, como o véu que sua mãe amarra na sua cabeça. Ele se encolhe e se abre entre as duas paredes. É uma cortina.

"E que tal um banho?", a mulher sugere. "O banheiro, ele é logo ali." Ela joga o queixo flácido sobre um ombro preso a nada. "Por ali."

"Não", você responde. Você não quer ir por ali.

"Você sabe onde está?", ela pergunta, assistindo a você se encolher novamente.

Você cobre a cabeça com os braços como resposta.

"Ei, ei, não vai dormir de novo, como se fosse uma mulher em trabalho de parto", ela diz, tentando esconder seu rosnado num sussurro.

Ela se afasta e se senta num colchão que flutua alto no ar.

"Hospital!", você exclama, tanto pergunta quanto resposta.

"Já há um dia", ela diz. "Foi ontem que você chegou."

Ela está ávida para falar. As palavras saem muito rápido.

"Você tem sorte de já ter sido liberada. Quando você veio, colocaram você em contenção. Agora que você está quieta, parece impossível que era você gritando daquele jeito, como se alguém estivesse te matando."

Ela volta e se inclina sobre você, cochichando: "Você foi sedada. Ordens da sua médica. Você está confortável? Ou temos que te dar mais algum medicamento?"

"Médica?"

Você conecta a palavra ao hospital. Você sorri.

"Uhum", ela sorri de volta. "Já vieram ver você."

"Ver? Por que querem me ver?"

A mulher cai na risada. Ela olha ao redor. Os olhos dela brilham como facas de cozinha afiadas.

"Você não sabe bem onde está, isso dá para ver", ela exclama. "Que horas são? Você sabe dizer?"

Você fecha os olhos para se afastar dela. Ela chega mais perto.

"Está tudo bem", ela diz. "Eu sou enfermeira. Quero te fazer umas perguntas, por favor."

Ela chega ainda mais perto. Você grita.

Você não sabe, mas já é mais tarde.

"Não parece que ela vai reagir de jeito nenhum. Vamos trazer ela assim mesmo", alguém diz.

"Você acha isso uma boa ideia?", outra pessoa responde. "Hmm, talvez não. Pelo que disseram, ela pode começar outra confusão."

Uma mão agarra seu braço. Você luta contra braços de algodão, e a hiena está no fundo do lago roxo do seu medo, rindo.

Suas calças são arriadas e uma agulha queima suas nádegas.

Você se esforça para tirar os dedos da piscina cujas rachaduras estão endurecendo como a lava de um vulcão.

Pés cobertos se movem. Joelhos rangem quando a dona se agacha diante de você.

É a Voz.

"Olá. Qual é o seu nome?", a Voz começa novamente.
Você gosta disso. Você é boa nisso.

"Nome!", você concorda, satisfeita numa corrente suave de repetições.

Você é elevada. Metal raspa. Borracha reclama.

Pálpebras se abrem. Você não consegue focar.

A mulher fecha as cortinas verdes-pálidas contra a luminosidade vespertina.

O gorro da enfermeira é uma silhueta escura e irregular contra a luz do sol.

"Eu sou uma aluna", ela diz, torcendo os dedos. A ansiedade rasga suas palavras.

"Aluna", você repete. Uma nota estridente de horror cresce em sua mente. Perfura fundo demais, é insuportável. A hiena roxa abre suas mandíbulas e todas as sensações desaparecem.

A aluna de enfermagem não vê o escavador. Ela não acredita que você desapareceu.

"Tenho que ir", ela diz. "Vejo você outra hora. Aí podemos conversar."

"Tira essas mãos malditas de cima de mim!", uma voz reverbera ao seu redor.

Uma forma oval rosa está conduzindo você por uma sala. Há luz de um lado. A luz vem de janelas. Um mundo olha do outro lado. O mundo é um muro. Entre um e outro há sombras à deriva que acreditam ser pessoas.

"Você não me ouviu?", essa nova pessoa berra.

Você está com medo. Você para. Você toca sua boca. Está fechada.

"Vai, anda", a assistente diz e cutuca seu ombro.

Você segue andando, sentindo-se melhor.

"Eu disse para tirar essas mãos malditas de cima de mim!", a nova criatura protesta.

Você anda por um corredor no fim do qual, você descobre mais tarde, está a ala geriátrica, cujos pacientes compartilham a sala de jogos e de jantar com sua ala. Dedos de luz escapam pelas grades de segurança que estrangulam janelas altas e estreitas. A poeira dança nas colunas de luz aquosa. Portas de ferro encaram como olhos condenados nas paredes caiadas.

"Salas de isolamento", a forma oval informa alegremente. "É onde você estava. Não está contente que tenham deixado você sair?"

Vocês chegam a uma porta.

"Dra. Winton", sua guia anuncia, depois de bater. "Sua paciente." Ela toca seu ombro novamente para guiá-la em frente.

Você se senta. A cadeira é de madeira dura numa armação de metal, como a da sala de aula. Você não quer se sentar ali. Dra. Winton observa sua recusa. Alguma coisa lhe diz que você não vai poder continuar com isso enquanto a mulher branca estiver olhando, então você se senta.

A médica se inclina sobre sua mesa de compensado e arranca uma tira de verniz. Ela a enrola entre o indicador e o polegar, deixa cair o fragmento sobre a mesa e estende a mão.

Você não aceita.

Ela se senta novamente e faz perguntas. Onde você nasceu?

Umtali, você responde.

"Umtali?", ela repete.

Mutare, você se corrige, depois de uma pausa. Você está confusa. Qual é a diferença entre Mutare e Umtali? Você sabe que há uma diferença entre as duas, mas não sabe o que é ou o que significa.

Onde você estudou?

Sua mente desliza de um lado para o outro, lentamente pensando no que dizer, porque você está cansada e medicada demais para evitar ouvir as palavras que diz e, portanto, dizer qualquer coisa a ela significa confessar para si mesma, algo que você não quer fazer.

Nascer numa família pobre, você diz. Se esforçar para conseguir sua educação, plantando um campo de milho e vendendo as espigas para se manter na escola quando sua mãe se recusa a vender no mercado para você como fez para o seu irmão. Isso você não diz, por que quem pode falar mal de uma mãe? Isso tornaria pior o crime de ter nascido quem você é e onde nasceu, justificando toda a calamidade que se abate sobre você. É melhor se concentrar nas coisas boas que aconteceram. Seu tio, Babamukuru, irmão mais velho de seu pai e chefe do clã, voltou da Inglaterra para assumir um cargo de diretor não muito longe de sua casa. Depois que seu irmão morreu, ele levou você para receber uma boa educação na missão. "Ah", a médica que não sabe nada exclama. "Culpa. Após um evento que foi visto como um sacrifício. Você se sente culpada pela morte do seu irmão."

Você desvia de sua insistência lançando-se numa história sobre sua prima Nyasha, filha de seu tio.

"Uma companheira, uma irmã", a médica comenta.

"Alguém em quem eu podia me espelhar", você diz. "Que podia me explicar as coisas. Até que ela ficou doente. E aí eu soube que ela não sabia de nada. Eu não precisava de uma irmã. Já tinha muitas."

"Como ela se recuperou?", a médica pergunta depois que você conta sobre a tentativa de suicídio de sua prima com um transtorno alimentar.

Você dá de ombros. Não sabe como sua prima se recuperou, já que as perspectivas estavam tão completamente contra ela. De qualquer maneira, você sente que a médica está se distraindo. A preocupação dela devia ser com a sua recuperação, não com a de sua prima.

"A Nyasha sempre dá um jeito", você diz. "Ela sempre ganha e leva o melhor em tudo. Até com onde nasceu."

"Você acha?", a médica pergunta, levantando uma sobrancelha. "Mesmo depois de ela ter passado a olhar para as consequências de seu nascimento de um jeito complicado?"

Você causa outra distração dizendo a Dra. Winton que, enfim, você não viu muito da doença de sua prima, pois se mudou da missão de seu tio depois de ganhar uma bolsa de estudos para um prestigioso colégio multirracial em Umtali, o Colégio para Moças Sagrado Coração.

Dra. Winton não consegue esconder uma careta ao ouvi-la narrar como se deu bem na instituição, a ponto de conquistar os melhores resultados de nível O na escola.

"O que houve?", ela pergunta quando você fica em silêncio novamente.

Você não tem como dizer a ela que as coisas se repetem, que dessa vez foi como com sua mãe, e que você não foi reconhecida porque era preciso dar preferência a outra, sua colega branca. Em vez disso, você fala sobre a guerra, como ela destruiu o psicológico de todos e os corpos de muitos, sobre como as gêmeas em sua escola perderam os pais, sua irmã a perna e Babamukuru a habilidade de caminhar. Você diz a si mesma que não vai chorar, e não chora.

A médica insiste, cautelosamente, que quer saber o que você fez nesse meio tempo que pode tê-la levado a estar ali sentada no consultório dela. Você relata episódios na agência Steers et al., onde trabalhou. Quer explicar o que aquilo fez com você. As palavras rastejam lentamente até sua garganta, pois as dores da idade adulta não a afetaram tão violentamente quanto as da infância. No entanto, esse ataque menor é demais e, novamente, você não consegue falar de Tracey Stevenson, a eterna favorita da escola, que, você descobriu com resignação, era sua chefe na agência de publicidade.

"Eu vi uma mulher numa festa que parecia a Tracey. Sabe, a Tracey, aquela colega da escola", você diz, enfim, julgando ter oferecido apenas o suficiente para confundir a médica. Você continua no mesmo tom para ver o que ela vai fazer. "Eu quis bater nela".

"Me parece que você não gosta de brancos", a médica sugere.

Esse corpo lamentado

"É claro que eu gosto", você responde. "Enfim, isso não tem nada a ver com nada", você continua, dando de ombros como sempre. "Eles não me enxergam. Não faz diferença quem eles sejam. Ninguém me enxerga."

Você se levanta. Quando está na porta, pensa no corredor do lado de fora.

Dra. Winton a observa cuidadosamente.

"O que será que aconteceria", ela diz, "se você parasse de se esconder atrás da porta que você fechou para o mundo. Se você saísse. Para testar um pouco a realidade?"

"Eu não estou", você diz.

Ela fica quieta.

"Me escondendo", você completa.

"Isso deixa você receosa de si mesma, Tambudzai? Ficar presa atrás da porta com todos esses medos?"

A hiena está cansada. Não ri. Não salta. Tudo o que faz é ficar lá parada. A médica olha para o relógio e informa que você ainda tem quinze minutos.

"As pessoas que têm muitos medos às vezes podem substituir elas mesmas pelo que elas temem", Dra. Winton diz, olhando para você de uma forma que te deixa desconfortável.

"Eu tenho vergonha", você diz.

"Do quê?", a médica pergunta.

"Eu não tenho as coisas que me fariam ser melhor. Eu quero ser melhor. Quero as coisas que me fariam ser melhor."

Você fica nesse assunto por vários minutos até que Dra. Winton pega seus registros. Ela rabisca numa folha de papel carbono de qualidade austera, o tipo de papel que foi introduzido durante a guerra e mantido após a Independência. Ela aperta os lábios como se estivesse satisfeita com a sessão. Reserva outro horário para você.

"Você quer um pouco?"

Há uma mulher atrás da porta. Ela fala com você quando você volta para a sala de jogos. Ela tem formato de pera, com uma cabeleira preta brilhosa na cabeça. Está com um seio para fora da gola de seu roupão de *chiffon*.

"Cecilia, para com isso!" A aluna de enfermagem grita com a pessoa em forma de pera.

A mulher enfia o peito de volta para dentro.

"Amarra", a aluna de enfermagem ordena com uma voz que faz você ficar feliz por estar sendo ignorada.

Cecilia faz uma careta. Ela amarra o roupão.

Assim que a aluna de enfermagem olha para o outro lado, ela puxa o peito para fora de novo.

"Vai, toma um pouco", ela insiste. "Você vai se sentir melhor."

"Sra. Flower!", a aluna de enfermagem grita exasperada enquanto você se afasta até um sofá.

A Sra. Flower se coloca num canto, vira o seio para cima e o chupa. Ela olha por cima do ombro, sorri como um bebê e continua bebendo.

"Já chega", a aluna de enfermagem decreta. Ela chuta os freios da cadeira de rodas que está empurrando para travá-la.

"Tira essas malditas mãos de mim, sua preta vagabunda", chia o velhinho na cadeira de rodas.

"Iwe, Sr. Porter", a aluna de enfermagem retruca. "Não vai criar mais problemas!"

"Você está bem, Sra. Flower?", a aluna de enfermagem pergunta, modificando sua expressão calmamente. "Vem, deixa eu te mostrar uma coisa."

A aluna de enfermagem leva a Sra. Flower até a mesa de centro e coloca uma revista nas mãos da mulher. Sra. Flower folheia páginas rasgadas e manchadas. Um artigo descreve como tricotar o enxoval de um bebê. Sra. Flower cai no choro.

Esse corpo lamentado

A aluna de enfermagem encolhe os ombros. Ela se volta para o vovô blasfemo na cadeira de rodas, cujos insultos ela vem absorvendo. "Ed Porter, o que você fez?", ela repreende. "Alguma coisa te deu um cagaço? Por isso que já está assim de novo!" Ela agarra as alças da cadeira de rodas e a guia em direção à porta pela qual você acabou de entrar.

"Você, ah sua diaba preta, você não me ouviu? Pode me soltar", o ocupante da cadeira grita e geme.

"Fica quieto", a aluna de enfermagem diz entredentes. "Você vai sujar tudo com o seu número dois."

O Sr. Porter ergue a bengala que carrega no colo e tenta prender o cajado no pescoço da mulher que o ataca.

"Sua puta preta maldita", ele ruge para a mulher que o leva embora. Ele ofega como se seus pulmões, como os nós dos dedos, estivessem retorcidos pela artrite.

O velho furioso sobe a bengala. Ele bate no ombro da aluna de enfermagem.

A cadeira vem em sua direção. Ed Porter consegue girar uma roda e pará-la. A aluna de enfermagem dá a volta na cadeira como um satélite, tentando encontrar um caminho até sua presa.

"Sr. Porter, me desculpe", ela diz enfim, de uma distância segura. "Não finge que você não sabe o que fez. Só estou tentando fazer meu trabalho."

Ela se aproxima da cadeira para tirar a bengala das mãos do paciente. Mas Ed gira a bengala e a joga pelas costas, gritando: "Sua preta vagabunda! Vadia imunda!"

"Você", a aluna de enfermagem grita para a assistente que acompanhou você. "Venha aqui. Me ajuda a segurar ele!"

A assistente, que está conversando na recepção, olha em volta e dá de ombros, dizendo que está indo almoçar.

"Nem se atreva a encostar em mim", Ed grita, acenando triunfantemente com sua bengala.

O sinal de refeição toca. Você se move com o resto dos pacientes.

"Sr. Porter! Eu não vou levar você para a mesa do jeito que está. Se você ficar com fome depois, não pense que eu vou fazer qualquer coisa para ajudar."

As mãos do velho agarram as rodas de borracha da cadeira. Seus dedos bulbosos deslizam sobre a armação de metal.

"Ei, dá uma mão aqui, companheiro!" Dor e vergonha aparecem em seu rosto.

Um jovem alto cuja testa se afunda em cavernas azuis onde seus olhos antes ficavam, vira-se muito incerto e muito devagar. O jovem para. Um joelho dobrado, o pé no ar. Tão lentamente quanto, um pensamento rasteja por sua mente até iluminar seus olhos. O tempo se amplia infinitamente para este jovem, Rudolph. Ele sonha o caminho até Sr. Porter.

Sr. Porter olha com ódio para a aluna de enfermagem e a ataca com sua bengala enquanto Rudolph o empurra até uma mesa. Sorrindo, ela desvia do golpe.

"Iwe! Você, hein, Sr. Porter", ela ri. "O que posso fazer se você quer comer desse jeito? E quando terminar, e talvez faça um pouco mais, e aí? Ainda vou lá limpar você."

"E uma boa tarde para você", Ed acaba maravilhosamente com seu tormento.

Você passa por Ed em busca de um assento em meio a uma corrente de sombras a caminho de seus lugares.

"Você está aqui por causa de drogas?", Rudolph diz, afastando-se em sua própria busca.

Você balança a cabeça.

"E já esteve?" A voz de Rudolph flutua como a névoa que se instala nas montanhas.

A tristeza do rapaz faz você parar no meio do caminho, e você o encara.

"Eu te disse, não disse?", ele pergunta.

Esse corpo lamentado

"Você, Rudolph, vá comer. Você também, Tambudzai", grita a aluna de enfermagem.

"Eles... eles colocam buracos", diz Rudolph com pesar. "Com... a fumaça. Então um vento passa... através dele. Isso é o que eles queriam, hein! Que saísse tudo." Parecendo satisfeito, ele se afasta mais. Você encontra um lugar vago em frente ao Sr. e à Sra. van Byl. Ela tem um laço rosa no cabelo; ele está de terno e gravata. Ambos têm nomes reais e diferentes, mas explicam a todos que queiram ouvir que são casados. Eles ficam de mãos dadas e tentam comer conectados um ao outro até que a aluna de enfermagem pede que eles tenham maneiras à mesa.

Quando você se senta, vê Rudolph pausar novamente em meio a um passo. Ele leva muito tempo para colocar o pé no chão.

Ao seu lado, no canto da mesa, uma mulher está de cabeça baixa. Mechas de cabelo branco e macio a cercam como uma auréola.

"Olá, querida", ela diz, levantando a cabeça quando você se senta. Seu rosto é todo pele translúcida, frágil como casca de ovo, enrugando-se sobre maçãs do rosto rachadas quando ela sorri. A alegria que expressa por você sentar-se ao lado dela faz sua boca cair sobre as gengivas.

Ela pega em seus dedos débeis a colher que deixou cair ao cumprimentá-la e começa a fazer o que pode com a sopa, deixando a dentadura postiça no prato. "Você acha que eu deveria colocar de volta na boca, querida?", ela pergunta, tentando mastigar pedaços macios de vegetais. "Eu não sei mesmo se devo ou não."

Ela abaixa a colher novamente e olha para você, esperando uma resposta.

"Depende", você murmura.

"Bom, foi isso que eu pensei", ela diz, revelando suas gengivas mais uma vez em concordância. Ela pega a dentadura. "Eu pensei, será que vou me dar melhor com elas na boca ou fora."

Com um suspiro, ela recoloca a dentadura, dá um gole de teste e pausa para remexê-la até ficar na posição correta.

"Mas eu gosto daqui", continua. "Eu gosto mais desta casa do que da outra. É muito mais seguro aqui e todo mundo é muito bacana. Nunca me senti segura na outra casa depois que perdi meu marido. Eu te disse que perdi meu marido, querida? Foi na guerra."

Você impede sua cabeça de lembrar de algo que não quer lembrar. O esforço faz um estrago no seu apetite. Num minuto, você não quer nem experimentar nada; no próximo, você se sente faminta e engole cada pedacinho.

"E quem é você, então, querida?", a velha pergunta quando sua própria tigela está quase vazia e você já está esperando o prato principal há vários minutos.

"Tambudzai", você responde. A informação sai de sua boca com relutância.

"Eu sou a Mabel", ela responde e leva um longo tempo para engolir um último bocado com dedos incertos. "Meu Frank sempre me chamou de Mabs, mas eu te disse que perdi meu marido durante a guerra? Umas pessoas vieram e levaram ele embora. De noite. Enfiaram uma arma nas costelas dele, como se ele fosse um pedaço de carne, e levaram ele embora. Eu tinha uma mulher competente que cuidava de mim, mas não sei o que aconteceu com o meu cachorro, Fido. Você viu o Fido, por acaso?", ela pergunta em sua voz fina e olha ao redor. "Como você disse que se chama, querida? Você disse que é Edie?", ela incentiva quando você não responde. "Foi isso o que você disse? Tenho certeza de que foi. Sim, a Edie vinha e se sentava comigo. Tenho certeza de que você é minha filha Edie."

Reconhecimento emerge da piscina roxa, como um animal velho e desajeitado.

"Borrowdale." Você balança a cabeça para o mamute em suas lembranças. "Eu conheço a sua casa. Eu vi você lá, em Borrowdale."

"Eu sabia." Sua companheira irradia a iluminação de baixa

potência das pessoas idosas. "O que eles fizeram com o Fido, querida? Atiraram nele também quando eu fui embora? Eu sabia que você era a minha filha Edie."

Sua companheira se atrapalha com a beirada do prato e pega uma garfada de batatas da travessa que acabou de ser colocada em sua frente.

Um sorriso cruel paira sobre seus lábios pelo declínio da viúva no mundo, que igualou você, ela e todos os outros brancos que estavam ali.

"Eu não sou sua filha", você diz. "Meu nome é Tambudzai." Você pausa. "Tambudzai Sigauke."

"Tem certeza?", a viúva pergunta depois de vários segundos. "Não é, querida? Você não é ela? Bom, isso é muito estranho. Você é a cara da minha filha Edie."

Você balança a cabeça novamente. Uma videira se desenrola em suas profundezas. O sorriso maldoso não consegue se equilibrar em suas folhas.

"Bom, se você não for, é muito gentil", a viúva continua. "É muito gentil da sua parte vir aqui me ver."

Gotas transbordam de seus olhos, caem no molho em seu prato. Você não tem força para impedi-las.

"Quero te dar uma coisa, querida", a viúva diz. "É muito gentil da sua parte vir aqui. Eu estava com tanto medo antes, eu não falava com ninguém."

Sua companheira larga a faca e o garfo e puxa um anel enorme de ouro e âmbar, repetindo, enquanto tenta tirá-lo do dedo, que você é a cara da Edie, sua filha.

"Posso te dar uma dose maior", a enfermeira diz quando vem lhe dar sua injeção. "Para o efeito ser mais forte. E mais rápido."

Observando o fluxo de lágrimas que começou na hora do almoço, ela se aproxima e continua: "Quero fazer umas perguntas.

Preciso da sua ajuda. Estou fazendo minha graduação. Tenho que escrever o trabalho final. Precisa ser um assunto interessante. Sabe, falar comigo pode te fazer bem. Somos iguais, você e eu! Não somos como esses médicos europeus. Sabe, então não precisa se preocupar com nada, minha irmã, Tambu. Você pode só responder o que eu perguntar."

Ela pergunta em voz baixa e furtiva se você está satisfeita com seu parceiro, com que frequência vocês têm relações sexuais e se você sente que essa parte da sua vida tem alguma relação com a situação em que se encontra. Ao fazer essas perguntas, ela olha para você como se você fosse um livro no qual ela marcou o capítulo mais importante.

"Você se importa se eu escrever as respostas?", ela pergunta, mais à vontade agora que a entrevista começou.

Você não tem forças para fazer nada além de olhar para esta estudante de enfermagem, a parte da frente do seu roupão de linho toda molhada de lágrimas. A princípio, ela tem uma expressão de expectativa. Isso se transforma num olhar decepcionado. Eventualmente, ela desliza a caneta e o caderninho para dentro do bolso do uniforme e se afasta, deixando você mais uma vez envergonhada por motivos que não consegue entender.

CAPÍTULO 10

Você descobre que você é a piscina. As sombras na sala de jogos são lagoas. Juntas vocês formam o oceano. Este oceano jorra de seus olhos infinitamente. "Ainda está desse jeito?", a estudante de enfermagem diz com um muxoxo. "Você quer que a gente sinta pena de você? A gente não ouviu dizer que alguém morreu nem nada assim."

Cecilia Flower ignora você enquanto perambula pela sala de jogos oferecendo o peito a todo mundo, como se a piscina fosse venenosa. Ed Porter continua xingando a estudante de enfermagem. Seus gritos chegam até você, distantes. Mabs Riley apresenta-se novamente a cada encontro, diz que está surpresa com o quanto você é gentil. Ela tenta tirar o anel do dedo, mas nunca tem sucesso. Os ossos encolhem quando as pessoas morrem, diz, ou eles vão usar sabão mesmo e você vai herdar a joia.

Embora a velha não saiba, essas ocasiões de inocente generosidade lhe deixam um legado eficaz; a repetição vai aos poucos persuadindo você a acreditar que abandonado dentro de você há um núcleo que tem valor. Os esforços para desenterrar esse resquício mais estimado de sua personalidade, no entanto, são sabotados por algum vil fragmento, mais vazio do que você jamais ousa lembrar, que só pode ser afrouxado por novas torrentes de fluido sobre suas bochechas. Você exaspera as auxiliares, que a obrigam a trocar de roupão com frequência. Finalmente, elas insistem que você leve uma toalha sempre consigo, mas você a esquece quando muda de lugar, e elas são obrigadas a ajudá-la.

Um dia, quando você já havia sido promovida da camisola de hospital para suas próprias roupas, há duas pessoas sentadas ao seu lado.

"Somos nós. Como vai, Tambudzai? Você não se lembra?", uma delas pergunta, muito séria. Apesar do tom áspero, você sente sua ansiedade.

Há uma pausa durante a qual suspiros baixos e sincronizados informam que elas olharam uma para a outra.

"Tente", ela diz. "Pense! Sou eu, sua tia Lucia. A Kiri está aqui comigo."

Como pensar é a última coisa que você quer fazer, você se ressente dessas visitas de vozes mascaradas fazendo perguntas preocupantes com as quais você não consegue nem pensar em lidar. Desanimadas e preocupadas com seu silêncio, depois das primeiras vezes elas vão embora balançando a cabeça. Finalmente, quando seu estado já as deixou confusas em várias outras ocasiões, elas começam a fazer piadas.

Na tarde em que elas recorreram a essa tática, a estudante de enfermagem havia colocado você ao lado da viúva Riley no jardim. A mulher passou a juntar vocês duas, a chamá-la de "murungu" quando manda em você, já que agora você é filha de uma mulher branca; e ri cadavérica da perplexidade da viúva. Esse tratamento da estudante de enfermagem, é claro, faz com que suas lágrimas caiam em cascata, o que, por sua vez, a leva a perguntar grosseiramente por que você fica agindo assim, antes de se afastar com alegria mal disfarçada em seu rosto.

"Somos nós de novo!", a mulher com a voz mais alta começa no horário de visita naquela tarde. "Não me diga que você não comeu ou dormiu, Tambudzai. Parece que você está sentada aí desde a última vez que te vimos."

Metal raspa no piso de pedra quando elas aproximam suas cadeiras. O calor de seus corpos irradia sobre você quando elas se inclinam para mais perto e a encaram. Está mais forte do que antes, com um novo pulsar tão cativante quanto uma dança ou uma música. Uma terceira presença as acompanha.

"E agora? Vamos de novo?", diz a mulher barulhenta tão baixo quanto pode. "Ou esperamos mais alguns dias?"

"Pode ser sono?", sua companheira se pergunta. "Isso nunca acaba. Com os olhos bem abertos assim? Eu já vi muitas coisas, mas, hmmm, isso eu nunca vi."

A nova visitante respira fundo. "Ela está morta", diz, quebrando a insistência silenciosa em que estava investindo. "Quer dizer, morrendo!"

"Se você está morrendo, não chore assim", a primeira continua. "Seu espírito está ocupado com outras coisas, você usa todas as suas forças para partir. Mas, enfim, é a primeira vez que você está a vendo. Ela sempre esteve assim, em todas as vezes. Se está indo para casa, está fazendo bem no tempo dela."

O metal arranha novamente as pedras do calçamento. "Chame a enfermeira", a terceira mulher insiste em voz alta. "Enfermeira, enfermeira, a Tambudzai não está se mexendo."

"Senta, Nyasha", diz a segunda mulher, "não vai fazer a gente passar vergonha. Morrer não é assim. Você não ouviu sua tia Lucia?"

"Tem alguma coisa de errado com ela?", a viúva Riley pergunta. "Não achei que tivesse nada de errado com a minha Edie. Ela fica aí o dia todo, boazinha e quieta. Ela é uma menina tão gentil, vindo aqui me ver."

Há um baque quando Nyasha cai de volta em sua cadeira, acalmando a velha com um murmúrio. Um momento depois, lencinhos enxugam seu rosto.

"Lucia, quando foi?" Christine pergunta, para levar a conversa em outra direção. "Quando foi a primeira vez que você viu olhos assim? Não foi quando tudo estava esmagado e rasgado e vermelho era branco e branco era vermelho e flutuando num rio que estava se esgotando, que deveria ter continuado correndo dentro do corpo da nossa irmã?"

As lágrimas fluem mais rápido. A mulher que as enxuga substitui o lenço molhado por um seco.

"OK, Kiri", cede sua tia Lucia, uma parente de ventre, a irmã mais nova de sua mãe. "Sim, vimos nossas irmãs com esse olhar, como se estivessem mortas, embora ainda vivas."

Christine resmunga uma risada rouca. "Então, irmãzinha Nyasha, da próxima vez que você vir um cadáver que chora, me chame para olhar de novo. Se tem uma coisa em que eu e minha irmã Lucia somos doutoras, é saber se um corpo está vivo ou morto."

Elas desembarcaram num território de que raramente se falava com essa discussão. Levam um ou dois segundos de silêncio para deixar para trás as planícies inundadas de homens queimados, pretos e diminutos como bebês, crianças de colo cujo sangue vermelho escorre pulsante por todos os orifícios, as fezes de homens que viram suas filhas cortarem os genitais de seus maridos, e pedaços de mulheres, enfeites escarlates, balançando nos galhos das florestas. Você ouve o clique do cadeado, o respingar distante de um pequeno objeto num grande oceano. Elas dizem uma a outra sem falar, sabendo que mentem: "Agora não vamos encontrar mais essas chaves. Uhum, nunca mais."

Numa rara demonstração de incômodo, a viúva Riley se levanta. No caminho para a sala de jogos, ela esbarra na porta de vidro que deveria estar aberta, mas não está, e cai. A aluna de enfermagem e Nyasha correm de direções diferentes para levantá-la.

"Olha para onde vai! Por que você não presta atenção?", diz a aluna de enfermagem, enquanto a viúva Riley pede desculpas por ter causado problema.

"Vamos", diz tia Lucia, falando em sair de muitos lugares ao mesmo tempo. "Eu tenho que trabalhar, Nyasha, não tenho tempo para ficar sentada aqui. Deixa ela por agora. Talvez ela não queira a gente aqui. Ela vai acordar quando estiver tão molhada que vai ficar desconfortável."

Esse corpo lamentado

"É muito gentil da sua parte me ajudar", diz a viúva Riley, enquanto a aluna de enfermagem a leva para a sala de jogos. "Aonde você está me levando, querida?"

Sua prima não tem mais lencinhos. Ela passa as palmas das mãos pelo seu rosto. Você sente o movimento suave do ar quando ela as afasta. A hiena para de rir. Você pisca e emerge de um lago roxo. "Viu, ela estava nos ouvindo o tempo todo", Christine diz, seca. Ela acena para o seu peito. "Pelo menos você mudou de camisa. Eu vi que você precisava de roupas e então eu trouxe as suas. Quando você estava lá na cama, se comportando como se não tivesse uma pessoa aí dentro."

Você não agradece sua visita; no entanto, naquele momento ela se tornou não uma ex-combatente distante e suspeita, mas uma companhia simpática.

Nyasha vai ao banheiro e volta com um punhado de papel higiênico.

"Svina! Torce isso aí!" A aluna de enfermagem ri quando você olha os lenços de papel em suas mãos. "Haha, quis dizer sua camisa, não esses pedaços de papel."

"Foi a Kiri que veio atrás de mim no mesmo dia que te levaram da sala da diretora", sua tia Lucia explica.

"Eu liguei para a aldeia assim que a Sra. Samaita nos contou", Kiri continua. "Foi Deus que fez sua sobrinha Freedom ter acabado de sair das Casas do Conselho quando eu consegui uma conexão. Eles mandaram alguém chamar ela de volta. Foi ela que disse imediatamente para eu entrar em contato com a Lucia em Harare. Aquela menina já está crescida."

"Foi bom da sua parte ter me encontrado depois de termos perdido contato", Mainini Lucia concorda.

"Tambudzai", sua prima Nyasha diz suavemente, "como você está se sentindo?"

Lágrimas brotam em seus olhos novamente.

Nyasha acena com a cabeça: "Entendo".

"E o que tem para entender?", diz Mainini. "Ela tem que parar logo com isso, não é isso?"

"A Lucia enviou uma mensagem pelas Casas do Conselho. Para sua mãe", Christine continua mais gentilmente.

"Minha irmã está sempre ocupada com muitas coisas", Lucia explica. "Fazendo tudo que pode para cuidar daquela casa. Mas eu disse para ela, vem para Harare, é você que sua filha tem que ver, né? Ela deve estar chegando a qualquer momento. Se ainda não veio, é porque deve ter alguma coisa segurando ela por lá."

"Quando a Lucia estava ocupada, eu me encarregava de tudo", Christine complementa. "Enviando a pequena Freedom de um lado para o outro com mensagens. Ela correu para cima e para baixo, mesmo que tenha dito que não te conhece, Tambudzai. Como você não conhece a sua sobrinha? Eu não acreditei quando fiquei sabendo que você nunca mais visitou sua casa. Nem para comemorar quando sua irmã voltou da guerra! Ou para se apresentar para as sobrinhas que ela trouxe consigo. Coitada da Netsai", Christine diz com um aceno de cabeça. "A situação dela é difícil. Não sei por que tantos de nós que nos envolvemos na luta acabamos assim. Não sei o que eu teria feito se não tivesse encontrado minha companheira aqui, a Lucia, quando tive que dar a notícia para a sua família, Tambudzai."

"Deixa isso para lá agora", Lucia retruca. "Eu só quero que a Tambudzai saiba que a Freedom mandou uma mensagem dizendo que a mãe dela está vindo."

Após essa primeira conversa, suas parentes a visitam várias vezes. Às vezes elas vêm juntas. Com mais frequência, Nyasha aparece sozinha. Antes de ela aparecer, você sempre pensa em agradecer os sapatos Lady Di, mas nunca se lembra. Sua mãe manda mensagens dizendo que está se organizando para viajar na semana seguinte, depois na seguinte e depois na seguinte. Você descobre que Mainini Lucia e Christine estão trabalhando duro com alguma coisa, alguma coisa muito bem-sucedida, e assim Mainini Lucia consegue pagar os custos do seu tratamento com apenas uma pequena ajuda de Nyasha. Sua prima parece precisar de sua companhia. Ela conversa sobre os cursos que fez, os diplomas que conquistou e os lugares onde estudou na Inglaterra e na Europa. Você não pergunta e ela não fala do que está fazendo agora que está de volta ao país. Você se apega às palavras dela sobre estar em outro lugar, infinitamente distante de onde está. Presumindo que ela não aprovaria, você não diz isso a ela. As visitas dela são como quando vocês eram jovens — Nyasha falando e entregando sua energia, enquanto você ouve e absorve em silêncio. Gradualmente, com as visitas de sua prima para esperar, você se sente melhor. Devido ao seu novo progresso, Dra. Winton muda sua medicação de injeções para uma seleção de comprimidos.

Por fim, a conversa nesses encontros se volta para o assunto que pesa na cabeça de todas: o que vai acontecer com você quando receber alta? Suas visitantes fazem o possível para serem delicadas ao mesmo tempo em que não imediatamente oferecem um lugar para você ficar.

"Quando você sair daqui, vai ter que ir para lá", começa sua tia num dia em que as três visitam juntas. "Para a propriedade." Ela indica sua prima com a cabeça. "A Nyasha vai te levar. Então ninguém vai poder dizer que você não tinha uma casa para onde ir. E que você não tinha como chegar lá."

"Se você quiser ir comigo", sua prima complementa. "Não acho que um assunto assim deva ser decidido sem conversa."

"Minha tia Manyanga me disse que está rezando por você desde o primeiro dia", Christine diz. "'Ela também está rezando por aquela menina que você quase assassinou. Ela queria muito que eu te dissesse essa parte.'"

Uma menina foi quase assassinada? Por você? Você sorri, recusando-se a aceitar. Sem intenção de acreditar numa coisa dessas, você luta e vence contra os perigos da contemplação.

"Eu acho", Christine continua, "que ela está feliz de rezar por você. Tem uma pessoa nova no seu quarto. Pagando o dobro de aluguel. Coloquei suas coisas debaixo da minha cama."

Nyasha se levanta da cadeira. "Tenho que ir agora", diz. "Buscar as crianças. Já que estou com o carro." Tia Lucia segura Nyasha. Mais cinco minutos, ela pede. Nyasha se deixar ficar.

Então Mainini Lucia explica sobre a casa dela por meia hora. Fica em Kuwadzana, um dos municípios que fica ao redor da cidade. Ela não acha que você vai gostar de lá, e sugere implicitamente que também não gostaria de ter você lá.

Sua tia encara seu rosto, repassando opções em sua cabeça.

"Eu tenho coisas demais para fazer", ela decide. "Você vai precisar de ajuda e atenção, pelo menos no começo. Se tiver algum outro lugar que você esteja pensando, como a Nyasha diz, talvez você possa pedir para a sua prima e talvez ela possa dar uma olhada por aí."

A energia escorrendo de seu corpo, você observa suas mãos enroladas no colo, sem dizer nada.

Sua prima empurra o lábio inferior por cima do lábio superior e pergunta se pode haver outra opção.

"Qual?", Mainini retruca, tendo usado suas últimas reservas de paciência durante a luta de libertação.

A aluna de enfermagem toca o sino. Sua tia e Kiri se levantam. Você vai com elas até a porta, passando bem longe de Cecilia Flower, que está tirando a xícara de chá da mão da viúva Riley e oferecendo à velha senhora um seio lacrimejante em seu lugar. A aluna de enfermagem desvia da bengala de Ed Porter e a Sra. Riley exclama: "Muito obrigada por virem ver a Edie e eu."

Depois de mais alguns encontros, fica decidido que você vai morar com sua prima.

Nyasha chega pontualmente no dia em que você recebe alta, entra e sai apressada da enfermaria com suas malas. Ela as joga em cima do resto de sua bagagem, que buscou mais cedo na casa da viúva Manyanga. Você se ajoelha ao lado da viúva Riley para se despedir. Ela pergunta quem é você. Você responde, e ela diz que poderia jurar que você era sua filha.

Ed está sacudindo a bengala e gritando obscenidades para a equipe quando você passa, enquanto a aluna de enfermagem levanta um canto da boca quase imperceptivelmente e crava o olhar em suas costas.

"Aquela mulher", você diz para sua prima, a compaixão embargando sua voz. "O marido dela foi morto na guerra."

"Aquela enfermeira também não parece muito feliz com as coisas", sua prima comenta.

Lá fora, o asfalto cintila como uma serpente no sol da tarde. Ou o mundo te enganou, ou você é tola. Você balança a cabeça incrédula ao coletar evidências de que sua prima é exatamente como você. É tudo muito desconcertante e palpavelmente errado. Você não ignora mais os sinais que a circundam, como fez enquanto estava na clínica. Ela foi buscá-la vestindo uma camiseta desbotada e jeans desconfigurados por um amontoado de buracos puídos no meio da coxa, não rasgados no joelho como estava na moda. As chaves de seu carro saem de outro rasgo no bolso de trás. Você fica intrigada com os sapatos Lady Di. Embora você agora entenda por que tudo que chegou de Nyasha durante seus anos na Europa foi um único pacote contendo os sapatos, você não encontra maneira de explicar a si mesma por que ela deu aqueles belos calçados para você, quando ela mesma estava passando por dificuldades; e também não entende como isso é possível: ter um diploma na Inglaterra e na Europa e ainda assim ter que lidar com perspectivas limitadas. É difícil se controlar quando você cruza a pista e vê o carro dela. Seu humor despenca quando você percebe que terá poucas vantagens vivendo com sua prima, que não se deu muito melhor do que você, apesar de todas as vantagens que teve na infância.

"Então, lá vamos nós", você sussurra enquanto examina o veículo, só para dizer alguma coisa. Horrorizada pela minúscula engenhoca arranhada e amassada, você promete a si mesma que de algum jeito, mesmo que seja tarde para você, você vai desenvolver o tino de VaManyanga para a mobilidade ascendente.

"Palitos de fósforo", Nyasha responde. "Lembra? Eu tirei o mais curto."

Ela ignora sua quase risada.

"As crianças também queriam vir", Nyasha diz, remexendo em sua bolsa. "Foi melhor não terem vindo, mas elas não estão se aguentando para ver você. Estão superanimadas. O pai delas é filho único. Você sabe o que aconteceu com a nossa família. Que o meu irmão desapareceu em algum lugar dos Estados Unidos. Então elas nunca pensaram que iam ter uma tia."

Ela encontra as chaves do carro escapando do buraco em seu bolso e as puxa para fora, causando mais rasgos.

"Merda. E essas são basicamente as últimas calças que eu tenho", ela diz, fazendo seu coração cair ainda mais.

Ela abre a porta do motorista, entra e gira a chave na ignição, impaciente. As entranhas do carro arranham como se ele fosse feito para ser pedalado e não movido a combustível.

"Eles não falam de outra coisa desde que eu disse para eles", conta, e continua sem pausa, no mesmo tom de conversa: "Vamos, Gloria. É a prima Tambudzai. Você tem que pegar."

Perto do Instituto de Pesquisa, um grupo de jardineiros cuida de canteiros de rosas amarelas e cor-de-rosa. A aluna de enfermagem é uma silhueta atrás das cortinas verdes da enfermaria.

Como se não fosse ruim o bastante que tantas pessoas tivessem visto o carro velho da sua prima, ele chia como um pavão desesperado toda vez que Nyasha gira a chave na ignição. Depois de algumas tentativas, Nyasha solta o freio de mão e abre a porta novamente. Ela segura o volante com uma mão e empurra o chassi com o peito. Você deixa o queixo cair, e fica ainda mais incrédula ao ver sua prima empurrar o carro sozinha. O veículo pega. Nyasha entra novamente. Seus pés equilibram a embreagem e o acelerador. O motor gira. Os jardineiros do instituto endireitam as costas e batem palmas. Humilhada, você desvia o olhar, apenas para ver a forma sombria da aluna de enfermagem desaparecer em direção à sala de jogos.

"Crianças?", você pergunta, depois de ter obedecido o gesto de sua prima para entrar, a fim de encobrir com civilidade a crescente insatisfação com sua posição social. Pela primeira vez desde a noite com Christine, você pensa nos rapazes Manyanga.

"Anesu e Panashe", sua prima responde orgulhosa, mas interrompe a conversa para manter seu veículo roncando ao parar no sinal. O carro pula buracos do tamanho de continentes e trincheiras que as gangues deixaram abertas como sepulturas à espreita. Quinze minutos depois, o cenário se transforma numa selva em miniatura. Varas de bambu se estendem ao norte, leste e sul. Arame farpado pende delas num desânimo enferrujado. Sua prima sai do carro e vai mexer num cadeado enferrujado. As varas balançam, mas mantêm-se firmes. Nyasha faz um movimento violento, sorri e segura o cadeado e sua corrente no alto, como uma campeã. Envergonhada ao vê-la assim, louca, você imediatamente começa a planejar sua fuga.

Vocês atravessam arbustos que invadem a pista, pedaços de asfalto se desintegrando à espreita sob a grama seca e, finalmente, um caminho de tijolos cinza e preto, que agora se assemelha a uma espiga de milho num ano de colheita miserável. Pedaços de grama ressecada crescem entre os escombros. Arbustos espinhosos rasgam a pintura rachada do carro. Sua prima começa a cantarolar, com o ar de uma imperatriz voltando para seu forte após a batalha.

A gasolina borbulha pelo escapamento quando Nyasha entra na garagem. Ela salta e dá um tapinha no carro, sorrindo: "Aí, garota, Gloria! Esse é meu motor!"

Em seguida, ela se vira, toda irritação anterior esquecida. Abrindo os braços, ela sorri: "Bem-vinda! Acabou. Não se preocupe mais. Você está em casa agora, Tambu!"

Você nunca teve gosto pelo caos, muito menos agora, e há decididamente caos demais ao redor. Sacos de papel derrubam cimento sobre brinquedos velhos e bicicletas abandonadas. Caixas de papelão mofado se rasgam sob montanhas de garrafas de vinho sul-africano. Larvas brancas e fininhas entram e saem de cestas de vime infestadas de cupins.

"Mamãe! A mamãe chegou!", uma criança grita.

A porta vai e vem da cozinha se abre, arrastada. Uma ripa cai. Uma mão pálida se estende, a recolhe do chão e a coloca de volta no lugar. Quando a mão desaparece, uma menina de sete ou oito anos, cuja pele é mais clara do que você esperava que fosse a tez de sua sobrinha, emerge num pulo. Você suspeita de muitas razões, a maioria delas decorrentes de desrespeito, para Nyasha não ter lhe dito que se casou com um homem branco. Escondendo sua apreensão irritada, você organiza seu rosto num sorriso.

Um menino mais novo surge segurando a mão do pai. Uma vez dentro da garagem, ele rapidamente se junta à irmã para empurrar e puxar sua bagagem.

"Deixa que a tia Tambu faz isso", Nyasha sugere. Ela solta dedos determinados de alças e fechos. Sua prima envolve a filha na dobra do braço e segura o filho contra a barriga. Seu primo-cunhado beija suas duas bochechas, algo para o qual você não estava

Esse corpo lamentado

preparada, depois a esposa dele nos lábios, para o que você também não estava pronta. Os quatro se reúnem para examiná-la.

"Esta", Nyasha informa formalmente às crianças, "é sua tia Tambudzai."

"Ela?", sua sobrinha pergunta, duvidosa.

"Podem chamar ela de Maiguru", a mãe responde.

Enquanto sua sobrinha compara a palavra com a pessoa, a empregada da casa, vestida com um uniforme estampado com padrões geométricos, aparece apressada.

"Nos dê uma mão aqui, Leon", Nyasha pede ao marido, enquanto coloca uma bolsa no ombro.

Leon pega algumas malas. Você anda atrás deles até a casa, deixando a empregada trazer o resto.

"Obrigada, Mai T", Nyasha diz, parando.

A empregada insiste em levantar outra sacola.

"Obrigada, Mai Taka", sua prima repete. "Esta é a Maiguru Tambudzai. Nós somos irmãs. Estamos ajudando a carregar a bagagem dela."

Com isso, Mai Taka pega uma malinha e a coloca nas mãos de seu sobrinho. Ela entrega outra para sua sobrinha, depois leva as crianças embora. Nyasha olha para você. Confusa, você pega duas das bolsas restantes.

"Terapia ocupacional", sua prima sorri. "Vai te fazer bem."

Você fica imediatamente ressentida, julgando que isso não é jeito de tratar uma convalescente, que viver na Europa não melhorou sua prima em nada; talvez seja o contrário, a tenha deixado mais mal-educada. Você continua a sorrir com o rosto todo. Por dentro, sua cabeça balança com raiva.

Na cozinha, poças de óleo escorrem pelo chão em frente à pia. Vermes pretos e lustrosos se contorcem na água grossa. As bordas do escorredor parecem macias e podres. Um cheiro azedo paira no ar. Seus dedos coçam por um esfregão e uma escova ao ver tanta umidade e negligência, assim como fizeram, inutilmente, na casa da viúva Manyanga. Sua prima não parece se importar. Ela fica de costas para a imundície enquanto pergunta sobre os eventos do dia.

"Foi tudo certo, Mha-mha", Mai Taka assegura.

"Sem problemas?", Nyasha continua. "Com nada?"

"O único problema é que não tem nenhum problema, Mai Anesu", Mai Taka responde numa tentativa de queixa. "Aquelas participantes da oficina comeram tudo! Esse é o problema", ela continua, orgulhosa. "O que é que elas pensam? Que isso aqui é um hotel? Elas dizem que vêm aqui para aprender, não é o que elas dizem? Aprender alguma coisa que você quer ensinar. Não para comer que nem um político e as pessoas que vão votar nele num dia de campanha. Um dia eu quero fazer uma comida bem ruim para elas não engolirem tudo. Mas elas sempre gostam do que eu cozinho. Quando alguém come daquele jeito, não acho que tenha vindo para aprender."

"Ah, elas ainda vão aprender!" Nyasha ri, contente porque as pessoas que deixou para trás para ir buscá-la tinham sido alimentadas. Ela continua, olhando para você: "É por isso que o nome da Mai Taka é Maravilhosa."

"Mai Taka, tenho que perguntar de novo", ela diz, olhando atentamente para o corpo pequeno e redondo da empregada. "Tem certeza que não tem nada aí dentro?"

"E eu já não tenho meu Taka?", a empregada responde. "Por que vou engravidar, Mha-mha? Quando você sempre tem tanto serviço para mim?"

"O que não é muito maravilhoso é que era para os encanadores terem vindo hoje", Nyasha explica, como se tivesse desistido da prestação de serviços. Assim, mudando de assunto, ela chama você para a sala de estar. "Fica nas rachaduras, a água, no caso, então, quando o piso de tábua se encharca, fica pingando, não importa quanto a gente seque. Enfim", sua prima ri como se estivesse tossindo. "Isso é uma prova. Sempre suspeitei que a cozinha não fosse tudo isso que as pessoas falam. Pobre Mai Taka! Trabalhar na cozinha não devia ser uma pena. Nenhuma mulher deve ser obrigada a trabalhar ali. E eu sou a mulher mais sortuda do mundo por ter alguém que mora aqui para cozinhar."

"Sim", seu primo-cunhado sorri, falando com um sotaque sutil e desconhecido. "O que a gente precisa fazer é assegurar que os homens também se disponham. Então, minha esposa melhor do mundo, pode me dizer o que quer que eu prepare para o jantar?"

Nyasha pede costeletas e pergunta quantas participantes estão ali, para incluí-las, se necessário.

Primo-cunhado diz que vai descer e descobrir antes de entrar na cozinha.

As crianças se aglomeram em volta de Nyasha novamente e ela cai num sofá.

"Anesu, diga oi para sua tia Tambu. Maiguru Tambudzai", ela pede. "Você também, Panashe. Quando estamos aqui, crianças, dizemos boas-vindas lá fora, depois cumprimentamos dentro de casa. Aplaudimos do jeito que eu mostrei. Vocês têm que perguntar como todo mundo está."

"*Nyama chirombowe*, Maiguru." Leon, que ainda não tinha saído, inicia o ritual. Suas mãos bem arredondadas produzem uma ressonância sutil e quente.

Os filhos copiam o pai.

"Você diz *nyama shewe*, porque é menina", Nyasha ensina Anesu, olhando consternada para você.

"Por quê?" Anesu pergunta, e quando não recebe uma resposta, repete: "*Nyama chirombowe*".

"Por que as meninas têm que falar assim? Por que as meninas têm que bater palmas diferente?", a criança insiste.

Nyasha pensa um tempo antes de responder: "Sabe de uma coisa, não tem nenhuma resposta que faça sentido. Então o melhor é você decidir sozinha."

"Já decidi!", Anesu diz.

"Então você vai ter que ver o que acontece", Nyasha responde.

"Já vi", Anesu diz novamente. "Eu já fiz e não aconteceu nada."

"E como você está, Banamunini?", você pergunta, como é alguns meses mais velha que Nyasha. Você pergunta de onde ele é e elogia o modo como fala shona.

"É por causa do pai da Nyasha", primo-cunhado explica.

Voltando à vida, Nyasha assente, satisfeita. "Os falantes de alemão têm uma capacidade fora do comum de enrolar a língua ao redor das constelações consonantais mais desafiadoras do nosso idioma."

"Só o meu sogro para e escuta meu shona", Leon continua, de um jeito que você não consegue entender se ele está com raiva de todos os outros que não prestam atenção nele, ou satisfeito pelo sogro que o faz. "Além disso, quando estou na propriedade", conclui seu primo-cunhado, "mesmo que meu shona seja melhor que o inglês deles, todo mundo fala comigo na língua da colônia."

"Você foi lá!", você exclama. "Babamunini, você foi lá, esteve na aldeia?"

"O meu sogro é um homem muito sábio", seu primo-cunhado diz. "Ele insistiu em estar lá para receber o *lobolo* da Nyasha."

Sua prima coloca um braço ao redor da filha. "Sabe quanto o meu pai pediu?", ela pergunta com uma risada indiferente. "Tudo bem, admito que é difícil decidir a melhor quantia. E ele sempre disse que não podia pedir nada de *lobolo* por mim, caso ele tivesse que acabar devolvendo. Então, ele pediu um valor simbólico, cem marcos alemães."

Você engole uma careta com a menção dessa quantia tão baixa, enquanto Nyasha diz amargamente: "Sim, só por isso você pode imaginar o que eles pensam de mim. E é claro que eles também riem do Leon, dizendo que ele é *murungu asina mari*. Para eles, se você é branco, tem alguma coisa errada com você se você não é rico."

O primo-cunhado estica o braço sobre encosto da cadeira. Os dois dão as mãos. "Sim", diz primo-cunhado. "As pessoas aqui pensam muito em dinheiro. Mas o que significa não ter dinheiro? Nyasha e eu somos felizes."

"Eu prefiro tudo ou nada", diz Nyasha, acariciando as costas da mão do marido com o polegar. "O que quer dizer nada, porque o tudo significa reduzir a vida a dinheiro."

Primo-cunhado segura a mão de Nyasha mais firme. "Eu não podia desapontar meu sogro e nem queria desapontar minha nova família." Primo-cunhado lançou um olhar de súplica para a esposa. "Foi por isso que concordamos com o *token*. Toda cultura tem isso, esses símbolos. E foi bom para nós seguir a cultura no que estivesse ao nosso alcance. Foi aí que aprendi as palmas."

"E algumas outras práticas culturais", Nyasha diz, seca. "Até fizeram ele tirar a pele de um bode."

"Foi terrível. Fiquei enjoado o tempo todo. Mas quis fazer tudo direitinho para a família", primo-cunhado sorriu. "E, enfim, eu gosto da carne. Eu também uso sapatos de couro. Então vi que não faz muita diferença, no fim das contas."

Seu primo-cunhado acredita que suas habilidades com o shona não se devem apenas a ser um europeu do tipo alemão. Ele informa que seu sotaque é resultado de ter passado vários meses mochilando pelo Quênia, onde os sons da língua são semelhantes aos do shona.

"E também", seu primo-cunhado termina esse discurso, "eu tinha uma namorada queniana na época. Então, a cara do meu sogro não me pareceu estranha."

"Que ótimo que você escolheu o Zimbábue, vindo de tão longe, Mwaramu!", você elogia seu novo parente. "Quer dizer que você gosta mais da gente do que daqueles quenianos, aqueles Quicuios e Massais."

Nyasha fica olhando para você por alguns segundos. "Gikuyus", ela diz, enfim. Depois ela pula e coloca a cabeça atrás das cortinas que filtram o sol, que cobrem a grande janela. Há costuras largas subindo e descendo pelo tecido. Mai Taka tentou costurá-las, pois têm muitos rasgos. Nyasha parece alheia a isso enquanto olha para o jardim.

Além da janela, cerca de uma dúzia de moças examinam papéis e pastas. Dois enormes computadores antigos estão sobre a mesa de madeira que elas cercam. Enquanto fica ali, observando seu trabalho, sua prima inspira, expira e relaxa. Ela se vira para anunciar que vai voltar para a oficina. As crianças vão pulando atrás da mãe.

Quando você fica sozinha, Leon tenta puxar uma conversa fiada, contando sobre o trabalho que está fazendo no Arquivo Nacional sobre a representação de grupos de pessoas nos principais meios de notícias, especialmente suas mortes, em diferentes categorias demográficas, e como isso tem evoluído com o tempo. Ele pede sua opinião sobre o assunto. Você sorri, pois não tem uma opinião. Em seguida, ele descreve brevemente como o objetivo da oficina de Nyasha é dar não apenas uma voz, mas uma voz analítica, às jovens, e se oferece para apresentá-la a algumas das moças de sua prima.

CAPÍTULO 11

Você adentrou um novo reino de impossibilidade, pior ainda do que descobrir que sua prima fora colocada no escorregador para a pobreza, apesar de seus diplomas, na Europa. Você não acreditava que existisse na terra algo como um europeu sem meios ou dinheiro. E aí, de sua maneira imprudente, Nyasha se casou com um deles. Fez dele seu parente. Iniciando seu caminho para a recuperação permanente, isso é algo que você primeiro terá que superar, e depois ver o que faz. Como sua prima, que pôde ser identificada quando veio visitá-la no hospital pela primeira vez pelo brilho afetuoso do qual você se lembrava, mostrou-se tão ruim em julgar as possibilidades, é perfeitamente desconcertante. Você quer um ou outro, um brilho poderoso ou um óbvio fracasso, não essa complexidade liminar. Nos velhos tempos da missão, quando vocês dividiam um quarto, você sentia que Nyasha estava sempre à sua frente, vendo as coisas sob uma luz diferente daquela que iluminava seus sentidos, ouvindo num registro diferente os sons que caíam em seus ouvidos. A visão de mundo dela lhe dizia que havia maneiras diferentes de ser humano e a sua não tinha nada a ver com a dela, deixando-a com a nítida crença de que a dela era a maneira preferível. Você sente que ela a decepcionou imensamente, sem ela mesma estar decepcionada. Um batalhão de formigas rasteja em seu pescoço enquanto está sentada na sala de estar de Nyasha. Você finge bocejar e transforma um gesto involuntário para afastá-las num tapinha educado em sua boca.

Deliberadamente, você desvia sua mente do impasse que sua prima representa, grata aos anciãos que dizem que pensar demais desgasta a mente como esfregar uma pedra de amolar contra outra.

Você se conforta com a ideia de que, embora a casa de sua parente esteja num estado de conservação tão pavoroso quanto a dos Manyangas, a pobreza do primo-cunhado é menos devastadora do que a sua, pois ele pelo menos forneceu um lar a Nyasha. Portanto, deve haver mais em Leon do que parece à primeira vista, o que significa que o estado da casa só pode ser devido ao fato de sua prima negligenciar seus afazeres domésticos. Seu parente deve ser vítima do temperamento incorrigível de Nyasha.

Quando Nyasha não retorna, em seu jeito europeu à vontade demais a ponto de ser desconfortável, primo-cunhado Leon mostra o quarto onde você vai ficar. Ele sobe e desce as escadas várias vezes, trazendo suas malas. Você segura o corrimão para se manter firme enquanto vai atrás, já que ainda sente certa fraqueza depois de quase três meses no hospital, principalmente agora, pela ansiedade que a casa de sua prima provocou. O corrimão estremece e balança ao segurá-lo. Primo-cunhado coloca a mão em seu ombro. "Cuidado", ele avisa quando você oscila.

As paredes estão marcadas de mãozinhas de chocolate, lama, tinta e molho de tomate. Pilhas de computadores antigos espreitam como uma fileira de montanhas no patamar. Atrás deles estão caixas de roupas de crianças antigas e sacos de lixo cheios de cortinas velhas. Isso confirma o que você supunha: sua prima cedeu ao caos, está desperdiçando toda a sua educação e as vantagens imensuráveis que teve. A bagunça enfatiza em sua cabeça que estar bem exige fazer escolhas mais astutas do que as de Nyasha.

"Minha esposa queria ela mesma mostrar isso aqui para você", Leon diz, abrindo a porta de um quarto com frente para o norte. "Ela chama de ponto de beleza. A filosofia dela é que toda mulher tem que ter um. No mínimo."

Ele dá uma risada curta e desaparece para buscar mais malas.

Sozinha, você se senta na grande cama de dossel para testar seu conforto. Uma porta leva para a esquerda. Ao abri-la, você descobre um banheiro amarelo e âmbar. Você enche a banheira, usando os sais de banho e óleos de sua prima.

Primo-cunhado juntou todos os seus pertences no patamar. Ele os empurra e os arrasta para dentro. Ignorando a banheira enchendo, ele vai até a varanda, abre as cortinas vermelhas e sai para uma varanda estreita.

"Ela diz que dá para fazer coisas quando se tem espaço", Leon explica. "Que aqui é grande o bastante para fazer a diferença. Sua filosofia é que o espaço promove a cooperação, e a falta de espaço, a luta."

"Que tamanho tem esse terreno?", você pergunta.

"Dois acres e meio", primo-cunhado responde. Um sorriso angustiado aparece em seu rosto.

"Quanto falta para você completar seu doutorado?"

Você continua puxando assunto, imaginando novamente como escavar a parte enterrada de seu primo-cunhado.

"Bom, está indo", primo-cunhado responde à sua pergunta com indiferença. "Olha, a banheira encheu", ele muda de assunto. "Vou fechar a água para você."

A água para e seu primo-cunhado sai cantarolando um *hit afrobeat* nigeriano dos anos 70 sobre mulheres que tentam se transformar em damas sempre pegando o maior pedaço de carne em todas as oportunidades. Ele canta as palavras baixinho enquanto caminha de volta para a varanda.

"Essa eu conheço", você diz. "É *'Lady'*, do Fela Kuti."

"Ela diz que quer construir um lugar onde as mulheres possam estudar as questões das mulheres usando tecnologia moderna. Eu pergunto para ela quem que ela acha que se interessa por essas questões. E tento explicar que ninguém aqui está pensando em nenhuma dessas coisas que ela acha importantes, nem as mulheres. É o que eu digo para ela, muito menos as mulheres."

Você tende a concordar. Não consegue pensar em ninguém que se interesse pelos problemas das mulheres, além da mulher que tenha esses problemas, mas tem medo de que seu primo-cunhado repita isso para Nyasha, o que resultará em problemas. Ainda assim, você fica feliz por você e seu primo-cunhado entenderem os pré-requisitos da autopreservação.

"Estou pensando em mudar minha tese para outra coisa", diz Leon.

"Você pode me ajudar a conseguir uma vaga na sua universidade?", você pergunta.

"Eu mudei de ideia sobre algumas coisas que pensava sobre o seu país", seu primo-cunhado continua. "É verdade, tem muita coisa errada. Ao mesmo tempo, tem muita gente contente demais em continuar falando do que está errado. Mais gente tinha que falar do que é bom também. Estou pensando em olhar para o imaginário na escultura de pedra zimbabuana, em vez de imagens de morte. Você sabia que cinco dos dez maiores escultores de pedra do mundo são do Zimbábue?"

"Onde ficam?", você pergunta.

"Você nunca viu uma?", Leon pergunta. Ele franze a testa sem conseguir compreender. "Tem que ter visto. Estão em tudo que é lugar! Sério. No mundo todo."

"Sua universidade", você corrige. "Onde você estuda? Em qual cidade?"

"Berlim", seu primo-cunhado responde. "Nós nos conhecemos no avião indo para lá. De Nairóbi. Eu vi a Nyasha no aeroporto. Ela não falava alemão na época e a imigração em Frankfurt estava enchendo o saco. Então eu disse que a gente tinha viajado juntos."

"Quanto tempo leva para aprender alemão?"

"É uma língua difícil", seu primo-cunhado adverte. Como se não gostasse de pensar em sua língua materna e suas dificuldades, ele sai da varanda.

Na porta, ele pergunta se você gostaria que ele trouxesse um drinque.

Você diz que não. Quando ele vai embora, você volta a olhar pela janela.

No quintal, Nyasha e a empregada carregam bandejas cheias de comida e bebida. Chegando à mesa de trabalho, elas largam os quitutes. Nyasha puxa uma cadeira e se senta entre as participantes da oficina. A luz dourada pálida do meio da tarde brilha pelo espaço aberto, carregando o aroma quente e adocicado das flores do início de novembro. Risadas animadas podem ser ouvidas. Nyasha se inclina para frente, os cotovelos apoiados na mesa de madeira. Ela fala com muito propósito e ninguém pega os *scones* nem os biscoitos. As participantes olham para sua prima, fazem anotações. E então todas estão rindo novamente. Elas se levantam, empilhando os papéis e enfiando-os em suas mochilas. Elas mexem os braços para lá e para cá, e em volta umas das outras, e Nyasha fica ali, em meio a tudo.

Voltando-se para o quarto, âmbar, laranja, amarelo e ocre misturam-se um ao outro, como se estivessem no primeiro movimento de rodopiar e se afastar. O quarto é três vezes maior do que onde você dormia na casa de Mai Manyanga, reacendendo em você uma convicção tenaz de que, apesar de todas as suas dúvidas, sua prima é seu ponto de passagem, seu trampolim para se tornar a pessoa notável e próspera que deseja ser. Fortalecida por essa ideia, você tira as roupas das sacolas. O guarda-roupas de eucalipto naturalmente manchado reluz tão sofisticado que você quase tem medo de tocá-lo. Recusando-se a sentir-se intimidada pelos móveis, você agarra os puxadores de latão. Recomposta, você se deleita com a beleza lisa e fria do metal. Sim, você insiste consigo enquanto dobra suas roupas e as guarda, essas são as coisas para as quais você foi feita.

Há uma escrivaninha perto da janela. É a mesa que seu tio, pai de Nyasha, usava em seu escritório na casa da missão. Ele deixou de fazê-lo quando sua família resolveu enviar seu irmão da aldeia para morar com o chefe do clã, pois, quando essa decisão foi tomada, seu primo Chido saiu do quarto que dividia com Nyasha e mudou-se para o escritório com seu irmão. Você arruma suas revistas da agência e outros papéis na mesa de seu tio como se a possuísse. Babamukuru só voltou a usar o quarto e a escrivaninha quando Chido foi para a universidade na América. A segunda filha, com um irmão mais velho, Nyasha, no entanto, conseguira convencer o pai a entregar-lhe a bela peça de mobília. Empilhando cartas e periódicos, você tenta entender por que as peculiaridades de Nyasha não a impedem de ascender, enquanto as suas, embora você seja a segunda filha como ela, garantem sua ruína. Uma formiga corre ao longo do veio da madeira. Você a observa, desconfiada de que ela tenha saído da sua imaginação. Suas antenas se mexem. Você fecha os olhos. Quando os abre, ela ainda está lá, apressada, talvez correndo em direção a um prêmio, como um grão de açúcar escondido. Você vai ser como a formiga, decide. Ainda não sabe como, mas aconteça o que acontecer, vai permanecer focada no prêmio até alcançá-lo. Enquanto aproveita a banheira de sua prima, você constrói uma visão fabulosa de seus parentes a visitando em sua própria residência, que será espetacularmente melhor que a deles.

A pequena família circula aqui e ali, em volta da pequena mesa que fica bem no meio da sala de jantar de bom tamanho, e para dentro e para fora da cozinha espaçosa, quando você desce para jantar. A refeição não pode progredir até que uma colher de servir específica, necessária para o molho, seja encontrada. Há também uma lista considerável de outros itens que Mai Taka não pôde realizar, concentrada no turbilhão de atividades resultantes da oficina de Nyasha. Sua sobrinha e seu sobrinho correm com gritos e resmungos de seus quartos e pelo corredor, procurando em várias gavetas os garfos e colheres favoritos que deveriam ter

Esse corpo lamentado

sido — mas não foram — lavados ou — como a empregada confirma — vistos desde a última refeição. Todos encostam uns nos outros e falam ao mesmo tempo enquanto investigam os espaços atrás das portas dos armários e conversam com diferentes níveis de paciência.

"Onde está minha faca, mamãe?", Panashe lamenta, desesperada. Seu sobrinho segue o assunto com mais esperança, dizendo: "Não tenho minha faca! Mamãe, posso comer molho vermelho?"

"Graças a Deus não tem ninguém da oficina aqui", diz Nyasha.

"São batatas. Sem espaguete, sem molho vermelho", ela corrige, apertando o filho contra a barriga. "Aí já seria demais."

"Dum-di-du-u-um. Dum-di-dum, la la la-la-la", seu primo-cunhado cantarola o hit de Fela Kuti quando Nyasha menciona as participantes da oficina. "Quer dizer que os pedaços maiores de carne estão a salvo", ele não se contém. "Talvez eu possa comer um."

"Molho de tomate", Anesu diz ao irmão.

"Molho de tomate", Panashe concorda. "Molho de tomate. Molho vermelho."

Quando eles finalmente se acalmam, você vê costeletas fumegando numa travessa de prata, e um prato de batatas fritas crocantes e saborosas sobre a mesa. Leon dá uma desculpa para o fato de não haver molho de alecrim com vinho branco, já que ele mesmo não o preparou, mas pediu a Mai Taka para fazê-lo depois de passar um tempo conversando com você.

"Eu fui claro", ele explica, encabulado. "Expliquei os ingredientes. E mostrei para ela. É um problema da linguagem."

Sua prima faz que sim com a cabeça.

"Ela ficou dizendo sim o tempo todo", seu primo-cunhado observa com uma expressão de total incompreensão.

Nyasha mexe a cabeça mais devagar.

Seu primo-cunhado se levanta, dizendo que vai cuidar disso agora, já que era responsabilidade dele.

"Eu não entendo. Ela foi tão enfática." Ele balança a cabeça e empurra a cadeira para o lado. "Que ia conseguir fazer tudo. Mas como você pode ver, ela entendeu muito pouco."

"Acontece", diz sua prima.

"Por que dizer sim quando se quer dizer não? Isso é uma coisa que é sempre difícil para eu entender", Leon diz.

"Esse tipo de coisa pode ser difícil mesmo", Nyasha concorda.

"Mas aqui é constante!", seu primo-cunhado exclama antes de sair para a cozinha.

Abrindo uma garrafa de espumante, sua prima serve uma taça para ela e para o marido.

"Não é a melhor maneira de comemorar seu retorno, Tambu, mas, na verdade, peguei isso para mim", ela admite. "Você não tem ideia de como senti sua falta. Por todos esses anos. Poderia ter sido um reencontro mais agradável. Mas e o que você vai beber, para não destruir o equilíbrio que acaba de recuperar? Especialmente porque você já bebeu. Leon disse que ia te levar um drinque."

Você opta por tomar um golinho, explicando que nenhuma bebida alcoólica tinha passado por seus lábios, que a única coisa que você fez foi desfrutar de um banho refrescante.

"Não precisa correr para voltar à ativa", Nyasha aconselha gentilmente. "Vai por mim. Relaxe o máximo que puder."

Vocês bebem até que Leon volta com o molho. Durante a refeição, Nyasha fala sobre suas viagens, como, depois dos exames de nível A, ela ansiava por retornar à Inglaterra, mas achou o país em que passou grande parte de sua infância decepcionante e, portanto, optou pela Europa continental.

Quando terminaram a carne e as batatas e sua prima estava empilhando os pratos: "Sobremesa, mamãe! Não teve!", Anesu gritou. "A mamãe diz que a gente pode comer sobremesa toda vez que temos uma visita muito especial", sua sobrinha explica de forma bastante afável, embora olhe acusadoramente em sua direção. "Mesmo durante a semana. Quando não tem nenhuma visita desse tipo, a mamãe só deixa a gente comer sobremesa no final de semana."

Ao mesmo tempo esperançosa e preocupada, a mocinha exige saber: "Titia Tambudzai, a senhora é especial?"

"Ah, sim, eu sou", você garante à sua sobrinha. "Sou tão especial que estou ficando no ponto de beleza."

"É da mamãe!", a menina exclama como se estivesse falando com uma criança que não entende nada. Ela chega a ficar vesga de tanto que se concentra para examiná-la. "Não, mamãe", ela decide, enfim virando-se para Nyasha. "Titia Tambudzai não é especial. Ela é só... só... só...", sua sobrinha vai falando como se ser "só" fosse um ato tão pérfido quanto sedição.

"Só capital humano", seu primo-cunhado sugere, rindo.

Nyasha se levanta e pega a sobremesa junto com outra garrafa de vinho.

"Chega, Leon!", ela diz, abrindo a garrafa. "O capital é um objeto. Mesmo que seja um conceito. Criado por humanos. Alguns. Para seu próprio benefício."

Sua prima se volta para a filha, sugerindo que, se a criança te abraçasse, você deixaria de ser "só" e se transformaria em "especial".

Sua sobrinha te abraça. Você suporta a proximidade, superando o desejo de se afastar do corpo quente e rechonchudo.

No momento em que os braços de sua sobrinha caem, ela pergunta: "Agora posso tomar o sorvete, mamãe?"

Nyasha enfia uma colher na caixa de plástico de sorvete Devonshire, declarando que até faz sentido os seres humanos cultivarem o amor a partir da despensa, enquanto Leon se preocupa com a síndrome do maior pedaço de carne sobre a qual Fela Kuti canta e que parece estar se espalhando para sua filha.

"Devíamos ter ficado na Alemanha. Temos que ensinar aos nossos filhos que todas as visitas são iguais", ele diz, derramando mel sobre seu sorvete. "Não gosto desse caso 'especial'. Na Alemanha não temos esse tipo de coisa. Vocês têm aqui por causa dos ingleses. Porque eles têm um sistema de classes que é terrível. E o sistema de administração deles é pior que o nosso, que somos alemães."

Nyasha acha que Leon deveria dar uma folga para as crianças, em vez de compará-las a substantivos abstratos e países criados por seres humanos.

"Mas olha as suas alunas", diz primo-cunhado, enchendo seu copo. "O jeito como elas se comportam começa em algum lugar. Começa quando elas são crianças, aqui neste país. E a maioria delas não foi para terras estrangeiras, onde podem ver outra forma de viver que pode mudar seu pensamento. O jeito delas começa neste lugar, neste tempo da história. Por isso são capital humano e nada mais. Tem valor adicionado a elas, mas não foram elas mesmas que adicionaram esse valor. É por isso que você não pode fazer nada por elas, Nyasha. É valor só para outra pessoa, para a pessoa que investiu nelas."

"Hmm!", Anesu exclama, esfregando a barriga com a mão esquerda e correndo a direita ao redor da borda cremosa de sua tigela de sobremesa.

"Pana", ela diz. "Uma mão vai na sua barriga. Viu? A outra dá voltas e voltas na sua tigela. Assim, viu? Você consegue?"

"Ah!" Panashe exclama, angustiado. "Não consigo. Ane, não consigo fazer isso!"

"Primeiro o dedo", Anesu demonstra. "É o mais difícil. Na tigela."

A tigela de plástico do menino rola para fora da mesa. Nyasha a pega no ar, os reflexos intactos mesmo depois de vários copos de vinho.

"Veja, Panashe, é assim", Nyasha diz. De pé atrás do filho, ela coloca as mãos sobre as dele até ele pegar o ritmo. Nyasha sorri e diz a Panashe que ele é maravilhoso.

"Hora da história", Leon ruge, olhando para o relógio. "Vocês dois, o que vocês querem que eu leia para vocês hoje?"

As crianças dão um beijo de boa noite na mãe, um abraço em você, e Leon os leva embora, Panashe exigindo ouvir *Die kleine Raupe Nimmersatt* e Anesu insistindo em *Das doppelte Lottchen.*

"Eu tinha que ler para eles em inglês", Nyasha diz a si mesma, pegando a garrafa de vinho. "Mas não leio. Deveria ler para eles em shona. Mas como vou fazer isso, se ainda estou pagando por aquela maldita educação inglesa? Talvez isso seja uma coisa que você pode fazer, Tambu, quando se sentir um pouco melhor? Isso tudo só vai durar enquanto Leon estiver recebendo a bolsa. Então, não sei. Tenho que encontrar um jeito de ganhar alguma coisa."

Ela não se deixa envolver quando você indaga sobre as oficinas, além de dizer que está ensinando teoria e prática narrativa. Ela inclina a garrafa de vinho novamente. Está vazia. Ela sai para fazer um bule de chá de *rooibos.*

"Você já pensou nas aulas que dava naquela escola?", ela pergunta quando retorna.

Seu semblante está iluminado novamente, não com o brilho suado do álcool, mas de uma forma serena que emana de seu âmago, um lugar que você não sabe se possui e acredita que, se possuísse, não encontraria nele nada parecido com luz. Você luta contra o impulso de se levantar e dar um tapa em sua prima. Concentra-se em adoçar seu chá para não responder.

Ela gostaria de saber sobre a Northlea, ela continua, abordando o assunto muito gentilmente enquanto bebe a infusão de arbusto vermelho. "Eu também tenho meus problemas com algumas das minhas jovens. Não é como se os problemas e as jovens fossem desconhecidos."

"Northlea?", você exclama. "Não, eu não fiquei lá por tempo suficiente. Não me envolvi. Tem coisa acontecendo em tudo que é lugar, mas não, eu não participei de nenhuma dessas questões. Para mim, foi apenas aquela coisa de sempre."

"Eu não contei para ninguém aqui, quero dizer, para o Leon, nada sobre o motivo, bom, vamos dizer os detalhes sobre, bom, a sua experiência", sua prima informa. "Eu ia contar. Mas aí acabei dizendo só que a Mainini Lucia tinha entrado em contato comigo, depois que uma amiga entrou em contato com ela. Não consegui contar. Não tudo."

"OK", você faz que sim com a cabeça.

"Acabei falando só que foi uma briga. Que saiu do controle."

"OK", você repete. Você relaxa em sua cadeira, aliviada.

"Você podia ir visitar a menina", Nyasha sugere. "Kiri nunca descobriu como ela se chama. Qual é o nome dela?"

"Ai, você, viu! Você ainda está com isso na cabeça?", você responde. Sua garganta está apertada, mas você dá uma risada. "Aquela coisa dos jornais. E você está chamando de problema? Não foram só pessoas? Essas coisas acontecem!"

"Problemas precisam ser explorados", sua prima diz. "Esclarecidos."

Você tenta rir novamente. Sua boca fica aberta por um segundo. Você a fecha porque nenhum som sai.

"Que tal esquecer?", você sugere. "Às vezes, esquecer é melhor do que lembrar quando nada pode ser feito."

"Esquecer é mais difícil do que você pensa", Nyasha adverte. "Especialmente quando algo pode, sim, ser feito. E deveria ser. É uma questão de escolhas."

"Eles também querem esquecer", você diz. "Por que o que é que eles podem fazer? Esquecer. Isso é o que eles estão fazendo há três meses. Se eu for lá, eles vão ter que me ver de novo. Vão se lembrar de todas as coisas que pensaram. Para se vingar. Podem encontrar alguém para fazer alguma coisa."

"Vá fazer uma visita", Nyasha insiste. "Pelo seu próprio bem.

Às vezes, o seu próprio bem é o bem de todos. Somos feitos para fazer a coisa certa, que beneficie a todos."

Você dá uma risada irônica que interrompe quando, distante, ouve a gargalhada da hiena. Você pede outro copo de vinho. Nyasha traz outra garrafa, abre e diz que é a última. Leon volta da leitura com as crianças. Ele assegura a Nyasha que eles estão dormindo. Nyasha coloca um braço em volta da cintura do marido e se se apoia nele. Você pede licença assim que esvazia a taça e sobe as escadas. Ao se preparar para dormir, você chuta um pacote ao lado da mesa de cabeceira. Ele cede com o toque do seu pé, emitindo um odor rançoso, de mofo. É o saco de farinha de milho que Christine trouxe da aldeia. Sua prima o resgatou da viúva Manyanga. Você o joga no fundo do armário. Sua mão repousa sobre os puxadores de latão novamente enquanto você pensa num jeito de se livrar do saco na manhã seguinte, sem que ninguém perceba.

CAPÍTULO 12

Você acorda cedo, ainda influenciada pela rotina da enfermaria, em que uma auxiliar passava com o carrinho de remédios ao amanhecer. Espreguiçando-se longamente em sua cama de viúva, você ouve os guarda-rios soltarem seus gorjeios agudos e os estorninhos tagarelarem ansiosamente. Você medita sobre a conversa da noite anterior. O que sua prima queria sugerindo que você pedisse desculpas por aquele incidente triste, louco e tolo com sua aluna? Não vendo sentido em revisitar uma aberração tão impensável, você coloca a situação firmemente para trás.

Você se esforça — acredita sinceramente — para entender sua prima. Primeiro você reflete sobre a hesitação inicial de Nyasha em dividir sua casa com você. Desapontada com isso, você avalia a relutância dela em condenar por você as pessoas cujas ações a derrubaram. Ela mal reprime um bocejo quando você fala sobre as mulheres da diretoria do pensionato, cujas apólices fizeram com que a Sra. May a mandasse para a viúva Riley, onde você encontrou uma empregada mal-humorada. O fato de ela relembrar antigas aventuras missionárias quando você critica os Manyangas, que desperdiçaram todas as suas oportunidades, impossibilitando que você continuasse a hospedar-se na casa deles, aumenta seu desânimo. "Gostaria de poder ajudar" é tudo que ela diz quando você se preocupa que antes de tudo isso teve a Tracey Stevenson e sua equipe na Steers et al., a agência de publicidade que lhe pagava salários miseráveis por roteiros em que os homens brancos colocavam seus nomes. Você a observa quase a morder a língua em várias ocasiões para não gritar impetuosamente sobre uma coisa ou outra que você fez ou omitiu.

Uma nova ideia se desenrola dentro de você. Pela primeira vez desde que conheceu Nyasha décadas atrás, você começa a suspeitar que sua prima não gosta de você. Está convencida de que não pode haver outra razão para ela sugerir uma coisa como se envolver com os Chinembiris no mesmo dia em que a trouxe para sua casa. A ideia desliza sob o edredom leve e se deita ao seu lado quando você vai para a cama; ela acorda com você todas as manhãs. Para se fortalecer contra tudo isso, você se lembra que já decidiu escapar da negligência de Nyasha. Você prometeu alcançar um sucesso maior do que qualquer um de sua família já conseguiu, incluindo seu tio e tia na missão e sua prima, mas você só partirá para essa grande mudança quando estiver pronta. Afinal, você tem o direito de morar na casa dela, pois ela não é apenas sua prima, mas alguém com quem você cresceu como irmã. Mais importante que isso, Mainini Lucia, que está *in loco maternis* já que suas mães estão ausentes, ordenou que vocês duas coabitem.

Você passa muito tempo pensando em como se lançará em sua próxima incursão pela vida quando estiver bem o suficiente. Fica até tarde aproveitando o quarto, planejando a vida incrível que se comprometeu a construir. Você desce para a cozinha depois que a família já comeu e saiu. Nyasha instruiu Mai Taka a se envolver completamente em sua convalescença. Quando você aparece, a empregada prepara alegremente ovos mexidos, torradas e café para você.

Seus parentes comem cedo por causa do horário da escola das crianças. Uma manhã, no entanto, algumas semanas depois de sua chegada, você sai do conforto da cama, veste o roupão que sua prima primeiro lhe emprestou e depois lhe deu, e desce para encontrar Leon e Nyasha à mesa. Já passou da hora de todos estarem envolvidos em suas respectivas tarefas. Você hesita na porta, avaliando a situação, se é boa ou ruim, e, caso seja a última opção, se você quer fazer parte dela. Está prestes a fechar a porta e subir devagarzinho as escadas quando Nyasha, sem olhar para cima, diz: "Bom dia, Tambu. Está tudo bem. Entre se quiser."

Sendo impossível recuar, você devolve o cumprimento e prossegue.

Sua prima está caída para a frente, com o queixo nas mãos. Uma tigela de iogurte de amora caseiro, a especialidade de Leon, permanece ignorada na frente dela. Ela geralmente se senta de um jeito que a impede de ver os anelídeos lustrosos. No ângulo desta manhã, embora possa vê-los claramente, ela não olha nenhuma vez para as formas ondulantes.

Primo-cunhado está recostado na cadeira. Seus braços estão cruzados sobre o peito com um toque de desafio. Sua expressão alterna entre eu-te-disse e o início do desencanto.

Mai Taka se vira quando você entra, colocando o peso em uma perna. Ela esmaga vários vermes ao fazê-lo. Olha de você para sua prima.

Ressentindo-se do apelo silencioso de Mai Taka para intervir, você se senta em sua cadeira habitual.

"Bom dia, Maiguru. O que posso fazer por você?", Mai Taka diz obedientemente, voltando-se para a pia.

"Ovos mexidos", você responde.

Você espera. Mai Taka arruma alguns pratos na pia, respira fundo e manca longa e lentamente até a despensa onde a bandeja de ovos fica guardada.

Nyasha e Leon trocam um olhar. Não há nenhum brilho em sua prima hoje. Parece que toda a sua energia está sendo drenada dela para sustentar uma fornalha distante e furiosa.

"Você espera o melhor. Você acredita", diz Nyasha, em uma voz tão fraca que é praticamente um sussurro. "Mas é tudo conversa, conversa, conversa. Não pode existir um país que odeie as mulheres tanto quanto este aqui."

"Iêmen", Leon sugere. "Paquistão. Arábia Saudita."

Mai Taka retorna com dois ovos em uma tigela. Ela os quebra e mergulha um garfo neles.

"Senta. Descansa", Nyasha diz para a empregada.

Mai Taka continua batendo os ovos, seu rosto duro como sangue coagulado.

Nyasha se aproxima e tira o garfo da mão da mulher.

"Se você estiver se sentindo melhor mais tarde e puder, por favor, volte", diz, segurando o garfo como se não quisesse nada além de devolvê-lo à mulher. "Vai. Está tudo bem", ela encoraja, em uma voz que diz que um dia sem ajuda é mais do que ela consegue lidar.

Recusando-se a se mover, Mai Taka diz: "Não, não, está tudo bem, Mha-mha."

"Vai!" Nyasha repete, abrindo uma garrafa de óleo de cozinha. Ela derrama um fio fino em uma frigideira.

"Pode deixar comigo", Mai Taka diz sem entusiasmo.

A gordura começa a soltar fumaça na frigideira.

Você observa tudo isso, assistindo como faz quando não quer se envolver, mentalmente fazendo apostas consigo mesma sobre o que vai acontecer, pesando as consequências de cada resultado possível mesmo sem querer, porque o que quer neste momento é seu café da manhã.

O mais discretamente possível, você despeja cereal em sua tigela.

Mai Taka, sua lesão muito mais pronunciada agora, volta mancando para a pia e recomeça a lavar os pratos.

"Quer que eu leve você lá para baixo, Mai Taka, se estiver muito difícil para você andar?", diz Leon.

"Está bem, senhor, Ba'Anesu, estou indo agora", Mai Taka concorda, humilde, tendo interpretado a oferta como uma ordem. "Eu consigo. Viu, não está tão ruim!"

Ela passa mancando pela porta vai e vem. Sua cabeça coberta por um lenço passa balançando pela janela da cozinha quando ela se arrasta até o quarto dos empregados.

"Tem que haver alternativas", diz Nyasha.

Apertando os lábios, ela dá uma mexida forte nos ovos.

Você come o resto do cereal de sua tigela e segura seu prato de café da manhã.

"Às vezes acho que se soubesse, não teria voltado para cá!"

Nyasha coloca o resto do seu café da manhã em seu prato, depois afunda de volta em sua cadeira e descansa o queixo sobre as palmas das mãos mais uma vez.

"Podemos voltar para a Alemanha. Se eu não encontrar um emprego. Lá a gente pode viver da assistência governamental, pelo menos", seu primo-cunhado sugere.

"Não voltar é uma coisa", Nyasha diz por entre dedos que escondem seu rosto. "Desistir e ir embora é outra."

"E o que a gente vai fazer com as crianças?", Leon pergunta. "Você acha que eu vou deixar elas aqui? De onde eu venho, o estado paga para você cuidar dos seus filhos. Essa é a única conquista positiva do capital!"

"Que seja", Nyasha responde, recusando-se a se envolver.

"Então é isso", Leon diz. Sua voz está calma, mas seu rosto muda de cor como fazem os rostos dos brancos quando ficam com raiva.

Você se solidariza com seu primo-cunhado, confiante de que Nyasha devia tê-lo arrastado para seu país irremediável em primeiro lugar. A aversão à teimosia de sua prima cresce. Você mastiga seus ovos, o desejo que abriga silenciosamente de sair de casa, do país, do continente florescendo em seu coração como você suspeita que também está acontecendo em primo-cunhado. Você quer fazer parte de uma nação estável e próspera como a dele. Cada bocado de café da manhã demora muito para ser mastigado, porque você não tem saliva suficiente.

"Você quer ficar longe dos seus filhos. Então isso é tudo muito conveniente", Leon diz gentilmente. "Você vai me deixar ir, para não ter que ficar com eles. Vai fingir que está fazendo alguma coisa aqui com esse nada, essas oficinas e essas moças egoístas."

Nyasha tira as mãos dos olhos. Parece que ela vai chorar por causa de um retorno de sua raiva antiga e juvenil, se não for isso, porque sua última energia foi devorada e ela está quebrada.

"O capital é sobre escala", seu primo-cunhado continua. "Mulheres como você simplesmente não entendem isso. Escala. Porque ninguém quer que você entenda. Eles têm que garantir que você nunca vai entender! Não querem mulheres assim. Eles querem as mulheres do jeito que são agora, uma coisa com prazo de validade, que envelhece. Você não vê que não tem nada nas mulheres que interesse ao capital, a menos que sejam soluções para o envelhecimento? Botox, lipoaspiração. Essa é uma das pontas da escala. Na outra ponta, só o que eles têm que fazer é que vocês continuem sendo mulheres. Como a Mai Taka. A escala do bilionário ou a escala dos números. Não a escala da Nyasha ou da Tambudzai", ele diz friamente.

Há um rato com dentes de lâmina roendo seu estômago. É a fome que você sentia quando comia casquinhas de sorvete do vendedor no portão do parque em frente ao pensionato. Ele cava sem parar, fazendo um buraco que, como os dentes do animal, cresce cada vez mais. Por causa disso, de repente você está com uma fome voraz novamente.

"O que quer que digam agora, o capital nunca é humano, são apenas números. O capital é como os políticos. Sabe que essas mulheres não são nada além de quantias! Pensa na sua tia na propriedade, Nyasha! Ela é um número em um cálculo. Um voto aqui, um preço ali por uma dose de alguma coisa. As pessoas aqui se traduzem apenas em cédulas e mercados para OGMs, Depo-Provera e fertilizantes."

Você joga molho de pimenta em seus ovos, pensando em por que tudo, especialmente quando os brancos trazem o assunto, precisa voltar para a aldeia e sua mãe. Você adiciona mais duas colheres de açúcar ao seu café e encontra uma colher limpa para retirar o creme do leite de caixinha.

"É isso que eu quero ouvir. Principalmente agora", Nyasha diz para Leon.

"Se você quisesse vencer sozinha", Leon continua, "então talvez você tivesse uma chance. Talvez alguém ouvisse você, sem se sentir ameaçado. Mas você quer fazer isso junto com outras. Você consegue entender o que isso faz com eles, pensar em dezenas e dezenas de pequenas Nyashas? Todas agindo juntas."

Nyasha enxuga os olhos, embora nenhuma lágrima tenha caído.

"Como eu disse, é uma questão de proporção", Leon continua, voltando a um discurso impessoal. "No seu caso, a proporção é... é..."

"Pequena?", Nyasha sugere. Ela se levanta para limpar a mesa. "Insignificante? Irrelevante?"

Leon se levanta para ajudar, porque sempre ajuda a esposa com as tarefas domésticas. Ele derrama leite e chacoalha os pratos ao levantá-los.

Há uma torrada fria na cesta de vime sobre a mesa. Você pega a fatia de pão e a afoga com a geleia de pêssego caseira do primo-cunhado, feita com frutas colhidas das árvores de sua prima.

"Vai, vai", uma voz chama enquanto você mexe o resto do açúcar no fundo da sua xícara de chá.

"Olá, olá!", Nyasha e Leon recebem os visitantes em uníssono.

"Filha! Sim, minha filha, continue assim. Amanhã e depois e depois", Mainini Lucia diz ao entrar. "Isso é o que uma filha minha faz. Ela continua em frente, não é?"

Nyasha coloca os braços ao redor do pescoço de Mainini, como se nunca fosse soltar. Mainini fica bastante rígida, como todos os veteranos de guerra fazem quando confrontados com contato físico próximo. Nyasha tira os braços da tia para colocar uma mão no ombro de Christine. Leon avança com um sorriso brilhante e beija as duas ex-combatentes nas duas bochechas. Elas ficam ali paradas, aguentando. Você corre para abraçar a irmã de sua mãe e Christine, que se tornou tia por associação. Terminadas as saudações, tia Lucia avança apressada com Christine atrás dela. A escala de tudo aumenta.

"Kiri, ah, que maravilhoso. Estou tão feliz que você veio", Nyasha exclama. Ela segura o braço da Mainini com as duas mãos.

"Alguma vez você nos ligou e não recebeu resposta se era possível dar alguma, Nyasha?", Mainini sorri.

"Temos uma a menos hoje", Nyasha diz, cruzando os braços e encostando-se na pia, desanimada. "Mai Taka não está bem."

"Não importa", diz Mainini Lucia. "Quando você tem duas mulheres que sabem o que deve ser feito como Kiri e eu, é como se você tivesse dez. Não dissemos que sempre vamos te apoiar? E é melhor apoiar uma mulher que está apoiando outras mulheres, não é? Vamos começar agora, para terminar mais rápido. E", Mainini continua com uma risada que parece a da aluna de enfermagem, "a Tambudzai está aqui. Não somos três. Já somos quatro!"

Christine entrega a Leon a caixa de papelão que está segurando. Seu primo-cunhado a equilibra em alguns pratos empilhados ao lado da pia. Ele desaparece na despensa e Nyasha pega a caixa de cima do escorredor. Leon volta carregando sacos de tomates e cebolas, gengibre e alho, enquanto Nyasha abre um espaço na mesa onde ela deposita o recipiente.

"Aquela caixa", primo-cunhado começa, segurando os legumes e olhando para a pia. "Cadê?"

"Aqui, Babamunini", você diz, chegando em seu auxílio.

Sua prima desaparece na copa antes que qualquer conversa possa se desenvolver para atrasar ainda mais o trabalho. Você pega os legumes das mãos de seu primo-cunhado e encontra um lugar para colocá-los.

"Nos conte sobre essa nova oficina, Nyasha", diz Mainini quando Nyasha retorna, três aventais pendurados em seu braço. Mainini aceita uma peça e a coloca nas costas de uma cadeira.

"Um dia vou mandar alguém da minha empresa fazer esses cursos que você dá, filha", ela pensa em voz alta enquanto desabotoa o cinto do uniforme cinza que está usando. "Você vai mostrar para elas como se faz um filme desta vez?"

"Bem que eu queria", Nyasha suspira tristemente. "Estou feliz só por alguma coisa estar acontecendo. Você me conhece, Mainini. Eu tinha tantas esperanças e ambições. Para todo tipo de coisa. Queria começar a contar histórias diferentes. Edificantes. Não só o absurdo da televisão. Nem toda aquela tragédia, como se essa fosse a única história que existe. Tenho sonhado com histórias de coisas e pessoas que podemos admirar e que, a longo prazo, vão nos tornar melhores do que conseguimos ser até agora."

"Deixe as participantes sentarem na frente da câmera", Leon sugere. "Deixe elas contarem suas próprias histórias. Isso é uma coisa que elas iam gostar e admirar. Quer dizer, Nyasha, por que pensar em outras coisas, coisas grandes, quando você pode pensar só no eu?"

"Talvez fosse melhor se você ensinasse algo útil para elas", Mainini pondera. "Como fazer propagandas. Aí a Tambudzai pode ajudar. Espero que ela não tenha esquecido tudo o que aprendeu naquela agência de publicidade."

"Vocês estão certos, vocês dois", Nyasha diz em um tom conciliatório. "Eu só pensei que elas podiam encontrar valor em contar a história de outras pessoas também, olhando para fora de si mesmas", ela continua, colocando o avental e fechando os botões.

"Você espera", seu primo-cunhado diz. Ele contrai as sobrancelhas, esforçando-se para manter uma expressão séria. "Que tal tentar ganhar um Oscar? Com uma comédia. Ou um drama. Ou uma tragicomédia. Vamos criar um novo híbrido, por exemplo, A Grande Ditadora Africana."

Nyasha o ignora.

Seu primo-cunhado cantarola a música nigeriana sobre mulheres e grandes pedaços de carne enquanto sai da cozinha. "Homens", diz Nyasha. "Eles não querem o maior pedaço, né? Só querem um pedaço de carne, só isso."

"Du-du-du", Kiri cantarola a melodia contagiante baixinho.

"Às vezes você pode ouvir o Babamunini, mesmo que ele seja branco", tia Lucia recomenda. "Às vezes não há nada que você possa fazer para mudar as coisas. Se lembre que a Kiri e eu fomos para a guerra. Se você vê que nós que fomos à luta não estamos tentando fazer nada por este nosso país, você tem que entender que tem algum motivo."

"Ele diz que quer voltar para a Alemanha", Nyasha confidencia. "Assim que terminar o doutorado", ela continua, como se a conclusão de sua pesquisa e a partida fossem iminentes. Você percebe que ela não sabe que seu primo-cunhado está considerando outra tese porque não está mais interessado no assunto. Fica surpresa que seu parente esteja se comportando da maneira que você espera que os homens negros se comportem, primeiro por ser tão indeciso e depois por não contar as coisas à esposa. Você começa a suspeitar que o primo-cunhado e Nyasha não estão sendo honestos, que se encontraram porque nenhum dos dois possui a resistência que o sucesso exige, então vestiram o desânimo com o *glamour* do intelecto.

"A tarefa que dei às meninas foi pesquisar uma grande mulher africana. Foi a preparação para a oficina", diz Nyasha. "Apenas três entenderam do que se tratava. E o que todas as outras fizeram? Pode acreditar, dezessete das participantes escreveram apenas sobre si mesmas."

Christine ri e diz: "Zimbábue! Então, Nyasha, Mukwasha Leon já entendeu alguma coisa sobre nós."

"Elas vão entender", Nyasha promete. "É só que ninguém se deu ao trabalho. Não a sério. Eles veem o que veem, certo? E ninguém ensina nada diferente para essas meninas".

Você fica cada vez mais irritada com sua prima e sua suposição de que todos têm o luxo que ela tem de sobreviver sem ser obcecada por si mesma. As três pensam que agora que ela tirou você da instituição sob seus cuidados, tudo está maravilhoso para você. Elas não sabem o que é lutar contra a perspectiva de que a hiena é você, nem como essa luta desagua na tarefa de acabar com o animal, garantindo que você permaneça viva. Você esmaga uma formiga que corre sobre a mesa e levanta o dedo para inspecionar seu corpo preto desfigurado, mas seu dedo está limpo.

"Você também pode ajudar, Tambudzai", Mainini diz.

Cada vez mais inquieta nesta esfera onde as três mulheres encontram seu lugar, você contempla ir atrás de seu primo-cunhado. Além de tudo, você não tem intenção de cozinhar para uma gangue de mulheres jovens que só Nyasha realmente acha que vale o esforço. Afinal, você veio ficar com sua prima não para ser a cozinheira, mas para continuar sua recuperação.

"Comece lavando a louça do café da manhã, Tambu!", Mainini Lucia comanda. "Quando você terminar, diga a sua prima, e ela vai encontrar outra coisa para você ajudar."

Nyasha vira a cabeça para esconder um sorriso.

"Olha isso aqui", Mainini Lucia ordena, colocando a mão no bolso em seu peito. "Tambudzai, lê o que está escrito."

Sua tia não lhe dá a chance de obedecer. "AK Security", ela pronuncia.

Ela puxa o avental pela cabeça e o alisa. O uniforme cinza que ela está tirando cai em torno de seus tornozelos.

"É meu", Mainini se gaba, sua cabeça emergindo pelo buraco

do pescoço. "Eu mesma projetei. O logo, o uniforme, tudo. Para minha própria empresa."

Mainini sai do círculo que o uniforme cor de carvão faz ao redor de seus pés e estende o vestido para você. Você o examina de perto, achando o A e o K vermelho e branco entrelaçados no fundo cinza escuro do logotipo muito impressionantes.

"O que as pessoas querem. Já. É isso que eles deixam você fazer", Nyasha diz. "Servir. O que eles não vão fazer é permitir que você crie algo que eles podem acabar querendo."

"AK Security", Christine concorda. "É onde eu trabalho agora. Eu não te contei, Tambudzai, que quando chegar a hora, vou me mudar da casa da minha tia Manyanga?"

"Parabéns, Mainini", você diz. Seu respeito por sua tia Lucia aumenta tremendamente. Você está feliz por escutá-la e honrá-la como mãe. "E você, também Kiri, parabéns", você sorri. "Mesmo que tenha voltado da guerra, é como se você não tivesse ido. Agora você é como todo mundo que está crescendo."

Christine se afasta de você enquanto fecha os botões do avental. Você começa a lavar a louça com energia renovada, esperança se espalhando por todo eu ser. Mainini Lucia sempre foi uma mulher capaz de fazer o que outras de seu sexo não conseguiam. Christine, no entanto, abandonou o hábito do fracasso que a fazia desprezar a jornada de VaManyanga para a prosperidade e deu um passo em direção à sua própria ascensão. Esses exemplos lhe dão confiança, assegurando-lhe que, quando chegar a hora, você também realizará coisas boas.

"Mesmo ir para a guerra tem sua utilidade. Só que nem sempre você sabe o que vai ser útil e como vai ser enquanto está acontecendo", Mainini diz com convicção, como se em algum momento tivesse tido vergonha de ser uma mulher que viu muito sangue. "Sim, às vezes perguntamos por que fomos para a guerra quando voltamos, e todos ficaram chocados e passaram a nos odiar.

E a guerra havia engolido muita coisa, até o que saía do ventre e fortalecia o coração." Mainini faz uma pausa, lembrando-se do filho pequeno que deixou para lutar, convicta de que esse risco era a parcela de entrada para uma vida melhor para os dois. Você ouviu a história uma vez nos primeiros dias após a guerra, como, quando os soldados rodesianos chegaram, o menino correu para o curral na propriedade para soltar o gado como lhe foi dito que deveria fazer para evitar que os rodesianos massacrassem todo o rebanho. Em vez disso, os soldados atiraram nas costas do menino enquanto ele levantava as toras que fechavam o curral. A força das balas saindo de seu corpo rasgou seu estômago e espalhou seus intestinos na areia misturada com esterco de vaca. Sua mãe colocou os intestinos do filho de sua irmã de volta em seu corpinho. Foi nos dias antes de Babamukuru ficar paralisado. Seu tio levou o menino ao Hospital Geral de Umtali, onde ele morreu.

"Foi tão difícil quando todo mundo estava com medo e começou a dizer que nós, que lutamos, andávamos nuas à noite, bebendo sangue e voando com espíritos malignos", Mainini Lucia diz naquela voz de ex-combatente pela libertação, cortante e perigosa mesmo quando sussurrada. "Eu ignorei todo mundo, disse a mim mesma, olha, eu posso enfrentar qualquer *tsotsi* em qualquer canto, mesmo que o ladrão esteja segurando uma arma. Ele não vai saber o que o atingiu quando eu o pegar. Treinei na China. Somos combatentes, como a Kiri aqui, mesmo que ela tenha sido treinada em Moscou! Eu disse, isso foi uma coisa que você recebeu: você e outras mulheres como você — pode começar com isso."

"Ela criou um lugar para nós, veteranas!", Christine exclama.

"Minha filha, Tambu", Mainini diz. "A guerra apenas encolhe em tempos de paz, não é? Isso é o que eu vi. Só entrei naquele espacinho que ainda está lá. Então, como Kiri e eu podemos ser inúteis?"

Nyasha pega uma faca. Você não tem um avental, mas quando termina de lavar a louça, começa a descascar e cortar legumes, enquanto Nyasha se desculpa novamente porque a equipe está a menos por causa da lesão de Mai Taka. Ela balança a cabeça, admitindo que cada encontro com aquele tipo de abuso a deprime.

"Mas eu ainda acho que toda vez que faço uma oficina com as moças, faz a diferença", ela diz apaixonadamente. "Muda alguma coisa. Eu me obrigo a pensar assim. Preciso. Mas, na verdade, é só a esperança que eu tenho."

Você sorri junto com Mainini e Christine, embora deixe transparecer mais ironia em sua expressão do que as outras duas.

Ao meio-dia, *curry* e ensopados para serem congelados para a próxima oficina estão borbulhando no fogão. Todas agora passam a assar bolos, *scones* e biscoitos para os chás da tarde das participantes da oficina.

Leon traz as crianças de volta da escola com Gloria. Sua sobrinha e seu sobrinho exigem raspar as tigelas depois que a massa é despejada em moldes. Você vê os pelos de sua prima em pé em seus braços. Você se oferece para ajudar levando as crianças para tomar sorvete, e você mesma se anima pensando na sobremesa.

Sua oferta não dá certo, pois Nyasha lhe lança um olhar raivoso e se afasta para pegar sua bolsa. Cuidadosamente ela conta centavos, olhando cada moeda duas vezes para ter certeza de que tem o valor correto. Você deseja, enquanto aceita o punhado de moedas, que Mainini tivesse se mudado de Kuwadzana para uma área razoável como os subúrbios do norte. Então você encontraria um jeito de fazer com que a convidasse para morar com ela e lhe oferecesse um emprego, como ela ofereceu a Christine.

"Se comportem", sua prima ordena a seus filhos. "Se obedecerem, vão ganhar um presentinho", ela promete, em uma demonstração de sua antiga imprudência. "Vamos todos ao cinema no fim de semana."

"Dez dias, duas vezes por dia, são vinte chás para quinze pessoas", sua prima continua, sem esperar seu cérebro passar de uma tarefa para outra, deixando tudo fluir em paralelo.

"Pare na Mai Taka no caminho", ela grita enquanto você sai. "E veja como ela está."

CAPÍTULO 13

A perna de Mai Taka está melhor. Seu fim de semana começa com uma folga na tarde de sábado. No entanto, ela garante a Nyasha que trabalhará o dia todo, pois estava ausente no dia anterior para cozinhar para a oficina. Como a família planejou um passeio, por volta das duas horas ela aparece num vestido turquesa justo em cima e com saia rodada. Animada com a ida ao cinema, seus olhos brilham com a perspectiva de embrulhar a história em sua mente e desfazer o pacote quando voltar, reproduzindo a maravilha para seu próprio pequeno Taka, pois o pai proibiu o menino de acompanhá-la quando está ocupada com seus patrões. Você coloca o terninho verde-garrafa que comprou com o salário de professora. Em seus pés estão os sapatos Lady Di. Você se lembra finalmente de agradecer à sua prima, mas esquece imediatamente.

Primo-cunhado abre o carro. Seus sobrinhos gritam e pulam para cima e para baixo, recitando uma lista de sabores de sorvete.

"Chocolate!"

"Cereja... cereja... marrasquino!"

"Baunilha!"

"O amarelo. Tem gosto de creme!"

"Ah, você quer dizer Devonshire."

Panashe concorda com a irmã mais velha.

"Então, diga", Anesu responde, concisa, parecendo muito com sua mãe.

"Def... Defsha", Panashe repete, triunfante.

"Devonshire, OK. Escuta! De... von... shire", a irmã corrige.

"Dev'shire", seu sobrinho finalmente consegue. A irmã aprova.

O menininho fica mais confiante.

"Mas passa ao rum", ele admite, balançando a cabeça contente. "Ahn-ahn, eu odeio passa ao rum."

"*Passas* ao rum", Anesu corrige o irmão novamente. "Nem é para crianças gostarem, porque tem álcool. Pana, você sabe o que é álcool, né?"

Panashe faz que sim. "É o vinho que a mamãe gosta."

"É, isso é um tipo", Anesu suspira, sem se impressionar com a capacidade de observação do irmão. "É só isso. É por isso que as crianças não gostam", ela continua, cheia de decoro.

Contente, Panashe pula para dentro de Gloria. Mai Taka pega seu sobrinho no colo. Primo-cunhado dá um tapinha na cabeça do menino e diz: "Você pode tomar passas ao rum hoje, se quiser. O sabor do rum é só aromatizante."

"Mas ele disse que não gosta", Anesu aponta. Panashe concorda com a cabeça.

No silêncio que se segue, todos percebem que as crianças estão prontas, e que vocês estão presos esperando por Nyasha.

Um guincho como o grito de uma banshee furiosa atravessa a garagem. Leon dá um soco na buzina.

"Papai!"

Anesu faz uma careta e cobre as orelhas com as mãos. Panashe faz o mesmo.

Mai Taka coloca a cabeça debaixo do ombro de Panashe enquanto o barulho continua.

No andar de cima, ao lado do ponto de beleza, uma janela se abre. Todos esperam que Nyasha coloque a cabeça para fora. Mas, não. A janela se fecha novamente, tão lentamente quanto foi aberta, fazendo você se irritar com os joguinhos de sua prima. Você odeia esses momentos de espera porque prefere estar sempre em movimento, começar sem a ansiedade embutida na chegada.

Finalmente a janela se abre por completo. Nyasha põe a cabeça para fora e grita que vai sair do escritório em dois minutos: está quase terminando o novo conceito para a próxima oficina, em que as jovens descobrirão seu poder não a partir de filmes ou seus namorados, mas dentro delas mesmas, contando suas próprias histórias.

Leon dá um grunhido que insinua "eu avisei", acompanhado de um sorrisinho tenso.

Sem perceber essa reação, Mai Taka endireita o pescoço e relaxa.

"*Toda kuona Maria, Maria, Maria-wo*", ela começa a cantiga.

"Queremos ver a Maria, Maria, Maria-wo."

Seus sobrinhos não sabem a musiquinha. Dois minutos se passam rapidamente, os dois aprendendo. Leon sai do carro e anda pela garagem.

"Quantas vezes? Quantas vezes eu já te disse?", seu primo-cunhado resmunga quando Nyasha finalmente aparece. "Nós somos sua família, Nyasha! Você escolheu nos ter. Você escolheu me ter e ter nossos dois filhos. Eu teria sido feliz só com você, ou com só uma criança. Todos nós sofremos quando você estava grávida. Até quem estava na sua barriga. Eu não sou, e seus filhos também não são, participantes da sua oficina!", ele grita.

As crianças da casa ao lado se aglomeram na cerca perto da garagem. Eles enfiam seus narizes e bocas pela tela de arame. Taka está lá brincando com elas. Com seus olhos grandes, ele acena lentamente para a mãe.

"É uma mãe que eles querem", seu primo-cunhado insiste. "Eles não querem uma organizadora de oficinas."

"Pelo amor de Deus", Nyasha retruca. "Eles querendo ou não, eu estudei para ser outras coisas além de mãe. Então, agora eu organizo oficinas. Apenas aceite isso!"

"*Maria, Maria-wo*", Mai Taka canta mais alto. As crianças se juntam a ela.

Você se lembra de pés plantados em círculos, a areia branca e a menina no meio girando e girando, cantando numa voz aguda e penetrante sobre como ela queria ver Maria; e se algum menino fosse corajoso o suficiente para se juntar ao círculo, a menina podia se aproximar de um e se ajoelhar na frente dele, imitando com a mão na cabeça ou nas costas a doença que acometia Maria, e o menino corajoso encontrava uma doença sobre a qual ninguém nunca havia cantado e tornava-se, ele mesmo, Maria. Chocada e desapontada com o descontrole de seu primo-cunhado, que não é a conduta elevada que você esperaria de um europeu, você se agarra a essa memória, escapando de uma discussão em andamento para uma lembrança empoeirada. Se está decepcionada com seu primo-cunhado, porém, sua raiva é direcionada a Nyasha, que não consegue sentir-se grata pelo fato de que, embora seu marido possa ser desagradável de vez em quando, ela nunca passou pelo abuso que Mai Taka aguenta rotineiramente.

Você cantarola e depois canta junto para tirar sua mente da atmosfera espessa, extraindo um novo conforto dessa inesperada alegria infantil.

Entrando no carro novamente, Leon coloca a chave na ignição. Nyasha aperta a mandíbula. Um momento depois, ela abre a boca como se fosse soltar alguma coisa enorme e perigosamente viva. Por fim, ela respira, inspirando sem parar, como se estivesse puxando o céu por todo seu corpo até o chão. Um momento depois, ela abre a porta.

"Eba!", Panashe e Anesu gritam.

"A mamãe vai junto!", seus sobrinhos gritam. "Eba, eba, a mamãe!"

Nyasha roça os lábios na bochecha do marido. Os dedos tensos de seu primo-cunhado apertam o volante, mas ele não liga o motor até Nyasha estar acomodada e com o cinto de segurança afivelado. De sua parte, você está aliviada que a briga tenha terminado de forma pacífica, mas isso só aumenta o rancor que sente por suas questões pessoais, que não têm uma resolução tão fácil.

Depois de terem se sacudido alguns metros sobre o caminho que parece uma espiga de milho desdentada, Nyasha começa a cantar "Dez Garrafas Verdes". Ela canta muito alto, horrivelmente desafinada, a consequência de fazer muito esforço quando se está cansada demais. "Se de repente uma das garrafas cair", o refrão diz.

As crianças se juntam primeiro, depois o resto, de modo que, quando Gloria para em frente ao portão torto, vocês estão todos gritando a plenos pulmões.

Primo-cunhado, feliz por seu relacionamento consertado, sai do carro para abrir a trava de segurança.

Silence, o vigia que é marido de Mai Taka, aparece de trás dos arbustos sem fazer nenhum som.

"Ele está me esperando", Mai Taka suspira, ficando tensa. "Ele me disse: se você for com eles, você vai se ver comigo. E agora ele está aí."

"Você, Maravilhosa! Mai Taka!", o vigia noturno chama a esposa.

"Meu Deus, meu pai, ai, minha mãe", Mai Taka sussurra. Ela lança um olhar congelado para o marido. "Vou sair", decide depois de um momento tenso, sua mão na maçaneta do carro.

"Fique aí", Nyasha fala baixinho, sem mover os olhos nem mudar de tom, como se ninguém tivesse se aproximado e ela não estivesse vendo nada.

Leon abre o portão enquanto o vigia observa.

"Eu não devia ter vindo." Mai Taka balança a cabeça por cima do assento, olhando para sua prima. "Eu tenho que ir se não quiser que alguém me chute essa noite como se eu fosse uma bola de futebol!"

Mai Taka tira Panashe de seu colo.

"Não ouse abrir essa porta", sua prima sibila.

"Pode ser que não tenha problema ela ir, Nyasha. Deixa ela sair tranquila", você diz à sua prima, apavorada com como Nyasha está sendo tola ao tratar Mai Taka como se fosse uma das participantes de suas oficinas.

"Mai Taka, você não está me ouvindo?", Silence grita. Ele deixa seu tom bem suave porque primo-cunhado está se aproximando. Mai Taka está petrificada entre as duas autoridades.

"Qual é o problema?", primo-cunhado pergunta, levantando a mão para cumprimentar o vigia.

"Boa tarde, senhor!", Silence acena. Ele esfrega as palmas das mãos.

"Por favor, senhora", Mai Taka implora, sua respiração tão curta e rápida que ela mal consegue formar as palavras. "Por favor, Mai Anesu, deixa eu ir. Ou eu não sei o que vai acontecer. Ele está sorrindo, mas você sabe como ele é, você sabe que ele sorri desse jeito quando está com mais raiva!"

"Raiva?", sua prima diz em voz baixa. "Vamos ver quem tem raiva!"

"Silence! Baba Taka!", ela grita, baixando a janela. "Se mexam, gente. Vamos!", ela ordena. "Vamos abrir espaço para mais uma pessoa aqui."

Silence dá alguns passos à frente. "Sim, senhora?"

"Você quer uma carona para ir a algum lugar?", Nyasha pergunta.

"Não, senhora", o vigia responde. "Eu tinha feito planos para tirar meu dia de folga esse final de semana. Essa daí", ele aponta com a testa para a esposa. Sua voz cintila e se arrasta como pele de cobra. "Essa daí sabe bem."

Primo-cunhado termina de abrir o portão e volta para o carro. Mai Taka mastiga os lábios e baixa a cabeça. Nesta posição, ela decide que o dano já é irreversível.

"Sim, eu sei", Mai Taka ataca o marido. Ela se endireita e projeta o queixo. "E se você vai aonde quer na sua folga, Baba waTaka, eu também posso ir aonde eu quiser na minha. Hoje eu sei aonde estou indo na minha folga. Vou ver um filme!"

"Fique quieta, Mai Taka", Nyasha sibila novamente. "Obrigada, Baba waTaka", ela fala mais alto.

"Você vai, senhora?" Silence, cuja presença gela o sangue do mais impiedoso dos bandidos, avança. Dando alguns passos, ele se coloca na frente do veículo.

"Nós estamos indo", Nyasha confirma.

"Está bem", Silence acena com a cabeça, firme. "Então, posso falar com o chefe?"

Leon, que está batendo os dedos no volante e não fala shona bem o suficiente para entender a conversa, quer saber o que está acontecendo.

"Ele quer falar com você", Nyasha explica.

"Sim, Baba waTaka, o que é?", Leon começa, olhando para fora.

"Chefe", Silence diz.

"Está acontecendo algum problema?", Leon pergunta. "Tenho certeza que a gente pode resolver."

"Não sei se é um problema", Silence responde. "Só quero saber, é bom minha esposa pensar que pertence a outra família? Uma família que não é a minha? Mesmo que seja a família dos europeus dela?"

Nyasha revira os olhos. Você deixa cair a quinta garrafa verde. E aí você não consegue mais segurar garrafa nenhuma. Uma após a outra, elas caem. Você reza para que Mai Taka saia do carro.

Leon faz uma pausa para refletir.

"Sim", ele responde enfim. "Eu vejo como uma coisa boa. Uma coisa muito boa por uma tarde, Baba waTaka, se a família também vê assim, e perguntou para ela, e todo mundo concordou."

"Mas é a tarde de folga dela", Silence insiste. "Eu sei que trabalho é trabalho. Eu nunca questiono ou interrompo quando ela vai trabalhar. Mas a tarde de folga não é hora de trabalhar!"

"É trabalho", sua prima interrompe friamente. "Como você pode ver, Panashe está no colo dela. É por isso que a gente precisa que ela vá."

"Chefe", Silence continua, ignorando sua prima, "estou dizendo, se for trabalho, ninguém pode dizer nada contra isso. A Mai Taka não me falou nada de trabalho. É por isso que quando é dia de folga, é melhor perguntar para o marido."

"Acho que a Mai Anesu já disse o que está acontecendo", Leon diz, ligando o carro.

Silence levanta o queixo. Suas pálpebras se juntam até que tudo que se pode ver é uma escuridão brilhante através de fendas estreitas.

"Se ela está trabalhando, ela devia ter dito", ele balança a cabeça em silêncio. "Olha, minha mulher vive mentindo para mim. Ela disse que só queria ver esse filme no cinema. Ela só disse que é o que ela queria fazer. É por isso que ela não está de uniforme."

"E é você que decide se eu vou de uniforme, Silence?" Mai Taka se inflama. "Não, não é você que decide!"

Silence coloca a luz fria de seus olhos em sua esposa.

"Mai Taka", ele avisa. "Alguém te ensinou a mentir para mim. Eu disse para você deixar isso aí, esse vestido que você está usando. Eu te disse para colocar o uniforme. Está tudo bem agora. Vai, a gente se vê quando você voltar."

"Ah, então por que ele não sai do caminho?", Leon murmura.

"Você vai me dizer o que eu quero", Silence promete a Mai Taka. Ele se vira para Nyasha.

"Mai Anesu", pergunta o vigia, cutucando as unhas. "Se eu trabalho para você e você me dá uma casa em sua propriedade, essa casa é para mim e minha família, certo?"

"Sim", Nyasha responde. "Enquanto você estiver empregado aqui."

"Viu!" Silence anda e agarra o capô do carro nos dois lados da janela de sua esposa. Ele abaixa a cabeça entre os braços para poder falar diretamente com ela. "Você ouviu com seus ouvidos. Quero ouvir você repetir essa noite quando voltar. Quando estiver na minha propriedade."

Você não aguenta mais a tensão. Estica-se sobre as crianças e a empregada e abre a porta. Silence a escancara por completo. Mai Taka se inclina e a fecha.

Espantados, todos olham para Mai Taka, que segura a fechadura desafiadoramente.

"Mai Anesu, você disse que ela está trabalhando, né?", Silence recomeça.

"Sim, Baba Taka", a patroa concorda. "Foi isso que eu disse."

"Se é trabalho, é hora extra. Mai Anesu, ela tem que receber por isso", Silence constata, erguendo o queixo.

"Ela vai ser paga", Nyasha confirma friamente. Ela se vira para o marido com um olhar intenso. Depois de um momento, Leon acena com a cabeça e Nyasha relaxa.

"Está bem? Ela vai ser paga", seu primo-cunhado repete.

"Obrigado, chefe", Silence responde. Ele dá um passo para trás e acena.

"Por favor, Mai Taka", Nyasha avisa enquanto vocês partem. "Por favor, tenha cuidado ao falar com o seu marido quando a gente voltar."

"Vamos", Mai Taka responde com determinação.

"Sim", Nyasha diz, parecendo ainda mais exausta. "Vamos."

Você também está cansada pela situação que acaba de testemunhar. Apenas Mai Taka se senta ereta, energia pulsando ao seu redor.

"Nada que acontecer agora vai parar o que está por vir", Mai Taka dá de ombros. "Na verdade, desde que voltei para casa ontem, tudo já estava escrito. Você se lembra, Mai Anesu, eu disse, não, é melhor eu não ir. Ele já tinha chutado minha perna de manhã. Então, o que vai acontecer hoje vai acontecer se eu vir o filme, não se eu não vir. Mai Anesu, agora não pense mais nisso."

Anesu enterra o rosto no encosto do banco da mãe. Nyasha se vira para acariciar a cabeça da filha. Leon passa o carro pelo portão. Silence puxa o poste para fechá-lo.

Você olha pela janela, seu rosto grudado tão perto da vidraça que o vidro embaça.

Sua prima arranjou um mecânico novo e competente. Por isso, o carro ronca ao subir a pequena colina perto do Shopping Kamfinsa e enquanto Leon desvia dos buracos na Avenida Churchill. Mulheres que parecem atordoadas pela existência se arrastam pelo acostamento, bebês nas costas, sacos de sementes e fertilizantes na cabeça, ou estão simplesmente paradas, esperando pelas kombis. Primo-cunhado balança a cabeça enquanto Gloria passa pelos semáforos que funcionam.

"Chegamos, enfim!", sua prima força alegria em sua voz quando vocês finalmente entram no estacionamento do Shopping Avondale. "Agora vamos fazer o que estamos querendo fazer há séculos. Nos divertir."

Primo-cunhado começa a ficar carrancudo novamente ao passar por fileiras e mais fileiras de veículos de quatro rodas, a maioria deles com placas oficiais, BMWs e Mercedes-Benz. Imaginando finais sombrios para esta tarde, você teme que diversão seja a última coisa em sua mente.

"Aqui está a burguesia", Leon resmunga.

"A-nnn-na-nn-si", Anesu soletra, mais ou menos lendo cada letra do jeito que são ensinados no novo sistema fonético. "A-na-n-si", a garotinha repete com mais fluência.

Anesu olha para a mãe. Nyasha acena com um sorriso. "Olha, Panashe", ela diz. "Ali diz Anansi, está vendo?"

O sol brilha no asfalto. Panashe levanta o rosto e aperta os olhos.

"Não, não queremos laranjas, obrigada", sua prima sorri para um vendedor de frutas que sai da sombra de uma árvore e aborda Leon, chamando-o de "baas".

O vendedor implora. Nyasha remexe em sua bolsa e faz uma cara quando não encontra nenhum troco, apenas o dinheiro para os ingressos de cinema. O rosto do homem se abre num sorriso de esperança.

"Na saída", sua prima diz.

"Vão colocar preço de *muzungu*", Leon murmura chateado. Enquanto fala, ele vai em direção ao cinema.

"Mamãe!", Anesu avisa, mas já é tarde.

Panashe elabora a resposta para a pergunta de sua mãe. "A-a-arr-anh-a... aranha", ele triunfa. "Ali diz, *Anansi, a aranha*."

O rosto do seu sobrinho desmorona.

"Eu não gosto de aranhas", o menino treme. "Não quero ver aranhas!"

"Merda!", Nyasha pragueja baixinho.

"Vá ao supermercado para comprar frutas e vegetais", Leon diz quando vocês o encontram na bilheteria.

"O Panashe não quer ver o filme da aranha", Nyasha suspira.

"Eu não gosto de aranha! Não quero ver aranha nenhuma!", o menino chora.

"Aranhas com pipoca?", sua prima sugere, esperançosa. "E chocolate", ela acrescenta timidamente, como se o filho fosse um experimento.

Panashe começa a chorar.

Leon pega o filho no colo, o que faz seu sobrinho encher o peito e uivar a plenos pulmões. As pessoas se voltam para ver o que o homem branco alto está fazendo com a pessoinha escura.

"A dona aranha", Mai Taka canta, enganchando os polegares um no outro e acenando com os dedos na frente do rosto de Panashe. Seu sorriso paira atrás dos dedos dançantes. Em poucos minutos, Panashe está convencido de que a aranha subiu pela parede apenas para ser derrubada pela chuva, e é evidente que seu sobrinho não tem mais medo, desde que seus braços estejam em volta das pernas de Mai Taka.

"Quatro para *Anansi*. Dois para *Uma linda mulher*", Nyasha pede, rebelando-se na bilheteria.

Primo-cunhado olha sério para ela.

"Ai, está bem. Seis para *Anansi*", Nyasha diz.

Quando vocês saem do Elite 100 uma hora e meia depois, Anesu e Panashe se perseguem pelo saguão.

"Aqueles lá! Ah, os africanos ocidentais. Esses nigerianos", Mai Taka ri.

"Ganenses", Leon corrige.

"Ah, esses ganenses", Mai Taka borbulha de prazer. "Estou tão feliz por ter visto esse filme, Mai Anesu! E Panashe aproveitou tudo. Ah, Mha-mha, quando vamos conseguir fazer coisas assim? Como a África Ocidental?"

Nyasha estremece e Leon muda de assunto, comentando que gostaria de abacaxi no café da manhã do dia seguinte. Nyasha tira uma lista de sua bolsa e entrega a você com o troco dos ingressos, dizendo: "Se não for pedir demais, Tambu."

Os outros saem para esperar por você no carro, as crianças exigindo um segundo sorvete.

No supermercado ao lado do cinema, você cutuca abacaxis que parecem sedentos, tentando encontrar um que seja novo. Isso faz com que suas folhas caiam. Uma mulher se aproxima para examinar os mamões. Vocês batem os ombros. Ela se vira para olhar para você e exclama: "Tambu!"

Você a reconhece imediatamente: Tracey Stevenson, sua chefe na agência Steers, D'Arcy e MacPedius e, antes disso, sua rival mais perigosa para o prêmio no Colégio para Moças Sagrado Coração. Ela está na sua frente, sorrindo e estendendo a mão. Sua boca seca enquanto a noite na boate com Christine ri de você de alguma caverna nos fundos de seu coração. Um punhado de formigas marcha sobre seu pescoço e você luta para dissipar a ideia de que sua ex-colega de classe pode ouvir o que você está pensando. Superando a memória mais recente, você estremece enquanto outras se aglomeram. Você está no convento em seu primeiro dia, e seu tio já está desapontado porque seu quarto não é como os das meninas brancas. Seu banheiro está inundado porque vocês não têm permissão para usar os banheiros das meninas brancas, onde ficam os incineradores e, sem um incinerador, você e suas colegas de quarto jogam seus absorventes no vaso sanitário. A diretora faz um anúncio público na assembleia sobre as "meninas africanas", como vocês são sujas e quanto custam para a escola. Então, quando a guerra se intensifica, ela chama vocês até seu escritório para tranquilizá-las, brincando que ninguém será cortada ao meio para cumprir as cotas do governo para estudantes africanas. Apesar disso, a única de seu dormitório, você pega o ônibus até a prefeitura nas noites de sexta-feira para tricotar para os soldados da Rodésia. No fundo, amontoada em seu assento, olhando pela janela para repelir as conversas, você sabe que as coisas deveriam ser diferentes. No corredor, agulhas de tricô estalando dizem: "Erros! Ilógicos!" Chega um momento em que você não consegue mais sorrir. Não, você diz para aquela outra memória, aquela que inclui Tracey e troféus e objetivos inalcançáveis na faculdade; não, eu não vou pensar isso.

Tracey coloca o carrinho de compras ao lado do seu, comentando os preços dos produtos em relação à sua qualidade, que ela julga estarem à beira da extorsão, inteiramente dependentes da corrupção desenfreada. Você muda de assunto, perguntando sobre meninas que vocês duas conheciam e que estavam na sua classe. Tracey ainda está em contato com algumas e lhe dá pedaços de notícias. Nenhuma tem muitas compras a fazer e vocês combinam de conversar.

Depois de entregar o abacaxi de Leon e as compras de Nyasha, você se junta a Tracey para tomar uns drinques no Mediterranean Bakery, ao lado do cinema. É por conta dela. Você se maravilha com a graça e a facilidade com que sua acompanhante conquista a atenção e extrai um cardápio do garçom. Ela se debruça sobre as ofertas do bar por alguns minutos, depois dos quais declara que não está interessada no hambúrguer com batatas fritas, no frango com batatas fritas, na costeleta de porco com batatas fritas. O quiche é uma opção, mas no final ela decide que é melhor não. Você concorda que também não está interessada. No final, decidem que não vão comer, apenas beber.

"Eu me lembro qual é o seu", Tracey sorri. Há um tom de nostalgia em sua voz quando ela pede dois gins-tônicas duplos. No mesmo momento, sem uma palavra, vocês duas caem na gargalhada, lembrando-se das *happy hours* na Agência de Publicidade Steers, D'Arcy e MacPedius nas noites de sexta-feira.

"Mas você parece ter lidado bem com tudo", Tracey diz, espremendo frutas cítricas em seu copo, um velho hábito. "E você emagreceu. Isso é ótimo. Eu estou feliz mesmo. Sua aparência está fantástica."

Você concorda. "Estou indo bem. Você também não parece nada mal."

"Eu estou atrás de você há um tempo", Tracey diz. "Este lugar é um ovo. Achei que ia esbarrar em você em algum momento. Bom, aconteceu, embora tenha demorado um pouco."

Ela olha diretamente para você e diz: "Você não está casada, né?"

Quando você não responde, ela deixa o assunto passar. Você fala da escola novamente, como gostaria de ter mantido contato com outras colegas de classe, e então volta para a conversa sobre como o país está indo pelo ralo. Vocês mantêm o garçom ocupado. Vocês dão risada. O sol se põe.

Horas depois vocês se equilibram sobre paralelepípedos, fazendo muito barulho e se debatendo contra o veludo negro da noite, tentando se despedir. Tracey também acha tudo hilário e a guia pelo cotovelo até sua Pajero vermelha depois que você aceita a oferta de uma carona até em casa.

Ela para num semáforo, dizendo que ficou tão insuportável na agência que ela teve que sair depois de você. Na esquina da Avenida Churchill, a luz robótica vermelha pisca e se apaga, deixando vocês na escuridão. Do outro lado do cruzamento, três ou quatro postes de luz estão queimados, depois vem um aceso. Nos espaços escuros entre as poças de luz amarela fraca, insetos rodopiam e se arremessam contra o para-brisa, seguindo seus instintos em busca de lugares mais claros.

Cri-cri, cri-cri, os grilos gritam quando a caminhonete para no portão de Nyasha. Silence não aparece para destrancar o cadeado. Você passa por cima do arame farpado e desce o caminho cheio de crateras em direção à casa de sua prima.

CAPÍTULO 14

Pela primeira vez desde que deixou o pensionato, ou melhor, desde que saiu da agência de publicidade dizendo que ia se casar, seu coração bate calmo em seu peito. Após um período repleto de problemas, as coisas estão finalmente conspirando a seu favor e não contra você. Esse progresso que você tanto desejava deve-se, acima de tudo, ao seu encontro com Tracey Stevenson. Mal se permitindo ter esperança, você se preparou tão bem quanto pôde para uma espera muito maior, apenas para vê-la ser encurtada por sua ex-colega. Prometendo manter contato, ela anotou seu número e lhe deu o dela. Você está convencida de que, concordando afavelmente com tudo o que ela disse, sem demonstrar grosseria nem ressentimento, você desempenhou seu papel para colocar sua vida de volta nos trilhos. Você credita sua primeira refeição na enfermaria do hospital por essa melhora benéfica de sua disposição. Foi lá que a viúva Riley, confusa como estava, revelou a você como percepções, inclusive sobre alguém como você, podem, de fato, mudar. Isso abriu uma brecha em sua autoestima, através da qual você começou uma escalada letárgica para longe da miséria em que considerava ter nascido e à qual pensava estar condenada. Sozinha em seu quarto, você ri baixinho do jeito como a velha pensou que você era sua filha Edie. Na casa de sua prima, essa nova alegria é ainda mais incentivada por seu relacionamento cada vez mais próximo com seu parente branco e alemão.

Você observa com satisfação que é a única na família que desfruta de tal alegria. Mai Taka entra na cozinha na segunda-feira esforçando-se para parecer grata pelo passeio. A atuação fraca é facilmente percebida, e Nyasha logo extrai da empregada

Esse corpo lamentado

a notícia de que, sim, ela se sentou com o pequeno Taka na noite do cinema para encantar seu filho com as travessuras de Anansi. Silence, no entanto, invadiu o cômodo e proibiu Mai Taka de encher a cabeça do menino com bobagens estrangeiras. No dia seguinte, ele levou Taka consigo. Mai Taka não via nenhum deles desde então e estaria ficando louca se não tivesse recebido uma mensagem de sua cunhada, cujo filho trabalhava algumas ruas para baixo, dizendo que Silence havia deixado o menino com a avó, mas que, como ele não havia deixado nenhum dinheiro para cuidar do menino, Mai Taka precisava enviar o suficiente para a taxa da escola, bem como a certidão de nascimento de Taka, se quisesse que o menino continuasse estudando. Silence não voltou para casa, então ela suspeitava que ele tinha passado o resto do tempo nos braços de sua amante de quatorze anos. Mai Taka anuncia que está aliviada por ter sido poupada de uma surra e observa que o fato de que seu marido parece ter fugido é como uma bênção disfarçada. Concluindo, ela declara que seu único arrependimento é não ter levado o filho para a casa de sua própria mãe, mas filosofa que não há muito o que fazer a respeito, pois a criança, quando o pai é conhecido, pertence à família paterna. A preocupação com Mai Taka aumenta as inquietações de Nyasha sobre suas oficinas e sua família.

De sua parte, animada pela serenidade que sente dentro de si, você se enche de energia. Não há muito em que você possa canalizar essa nova vitalidade. Você passa a observar as estrelas à noite, quando a família já se deitou. Você consulta uma enciclopédia infantil que Nyasha e Leon compraram para seus sobrinhos, esperando encontrar diagramas úteis, mas está em alemão e cobre apenas o Hemisfério Norte. Quando seu primo-cunhado fica sabendo disso, ele se lembra de um antigo livro, *Birds of Africa*, que comprou quando estava no Quênia. Ele demora vários dias para encontrá-lo, mas quando o encontra, você passa muito tempo com o livro e os binóculos de primo-cunhado, sentada em sua pequena sacada, marcando a lápis nas fotografias as espécies que visitam o jardim de seus parentes. Todas as manhãs você acorda muito mais cedo do que costumava, cantarolando baixinho, embora desafinadamente, o canto de um estorninho de peito turquesa que se senta numa das macieiras perto da garagem para tagarelar. Você vai até o jardim para ver se consegue identificar qualquer outra companhia aviária e, depois disso, volta para preparar uma xícara de café.

"*Mangwanani*, Maiguru! Marara está aqui?", Anesu e Panashe perguntam em coro quando você entra, numa manhã um pouco depois do passeio ao cinema.

Você passa por cima dos anelídeos lustrosos no chão e pega uma garrafa de água filtrada, que esvazia na chaleira.

"Panashe, pelo amor de Deus, vamos logo com isso", Nyasha faz uma careta para o filho, parecendo não ter ouvido sua saudação murmurada. Seu sobrinho olha de volta para a mãe, que a cada dia fica mais exausta.

Anesu engole um bocado de mingau, com uma expressão contemplativa.

"Você às vezes tem dor de barriga, certo?", ela pergunta ao irmão, enfim.

Sua sobrinha continua examinando o irmão. Uma gota se equilibra na borda do olho do menino, depois cai.

"Você está com dor agora, né?", Anesu exige saber. "Está doendo, né?"

Uma enxurrada de lágrimas encharca o rosto de Panashe.

Anesu vira-se para a mãe e diz, acusadora: "Sabe, é quando você grita com ele de manhã. É isso. Faz a barriga dele doer."

"Eu não gritei", Nyasha diz secamente. Ela abre um pacote de salsichas vermelhas que pretende embalar para o lanche dos filhos.

"Você gritou, sim, mamãe", Anesu aponta, inflexível. "É por isso que ele ainda não amarrou os cadarços."

"Você, mocinha, e você também, Panashe, vamos logo", Nyasha ordena. "Vou amarrar os cadarços quando ele terminar de comer. Ele tem que colocar alguma coisa no estômago."

Anesu equilibra a colher na borda do prato. "É só porque ele está com medo", ela explica.

Ela engole outro bocado de mingau antes de continuar: "Ele já fez isso antes. Ele só não quer ir para a escola hoje. É por isso que ele não consegue se lembrar de como amarrar os cadarços. Ele não quer que a barriguinha doa. Mamãe, a professora dele também dá dor de barriga nele, porque ela sempre bate nas crianças."

"Como as crianças estudam?", você pergunta. "Como elas aprendem?"

Sua prima, que na adolescência foi brutalmente espancada pelo pai, fecha os olhos.

"Você tem medo da sua professora?", ela pergunta ao filho quando abre os olhos para a cozinha novamente.

O menino balança a cabeça. Uma lágrima presa em seus cílios cai em seu lábio.

"Tem, sim", Anesu insiste, colocando mel em seu leite. "Você chorou no campinho de críquete na terça-feira."

As lágrimas de Panashe escorrem mais rápido.

"Conta para a mamãe!" Anesu ordena. "Fala para a mamãe e para o papai por que você não gosta da sua professora."

Nyasha e Leon trocam olhares.

"Tambudzai, que tipo de sociedade é essa aqui?", seu primo-cunhado pergunta. "Que tipo de país pode ser construído quando as crianças crescem com medo?"

"As pessoas não têm medo", você diz. "O que temos é disciplina. Sabemos como nos comportar do jeito certo na maioria das vezes. Sabemos como ensinar as pessoas a se comportarem."

"Ela briga comigo", Panashe diz à mãe. Mais lágrimas escorrem por suas bochechas. "Se eu não entendo, ela diz, seu menino besta, como que você não entende. E ela bate em todas as crianças."

"Ela bate em você?", sua prima pergunta. "E a informação correta é", ela continua, virando-se para o marido, "temos uma lei contra isso aqui também".

"Bom, se tem uma lei, não parece que isso faz ser ilegal", Leon sorri. Ele tamborila os dedos na mesa ao ritmo de sua música favorita do Fela Kuti.

"Uma vez, sim. Ela bateu uma vez", Anesu revela calmamente. "Uma vez ela bateu nele."

"Um menino fez pipi nas calças, mamãe", seu sobrinho engole seco. "A professora bateu nele. Com a mangueira. O Colin fez pipi. Ele ficou fedido. A professora bateu nele e o Colin fez pipi porque a professora bateu nele!"

Agora lágrimas rolam silenciosamente pelas bochechas de Nyasha. "Este é um país que ama a paz", ela resmunga.

Você acena com a cabeça para seu primo-cunhado.

"Cheio de pessoas que amam a paz", Nyasha continua, ignorando ou não tendo visto o que você estava fazendo. "É isso que a gente lê todos os dias nos jornais. Nem quero pensar no que as pessoas fazem com as crianças num país que não é assim."

Você serve seu café, achando que essa família é muito emotiva em relação a tudo, leva muito a sério os valores ocidentais em vários assuntos, e isso é... bom, um pouco primitivo.

"É melhor esfolar os pequenos assim que eles fizerem alguma coisa errada", Leon diz. "E fazer bolsas de grife com a pele deles para as esposas dos generais. É isso que vão fazer com eles quando deixarem de ser pacíficos."

Nyasha dá uma olhada para Leon, e ele diz: "Sim, estou falando. Eu tenho que falar, porque, como alemão, eu sei. Esse tipo de coisa já foi feita."

"Ele não está falando sério, Panashe", Anesu explode depois de uma pausa. Ela se aproxima do irmão perturbado. "Ele está só brincando, né, papai? Ninguém faz essas coisas com pele de criança."

"Não se preocupe." Nyasha pinga mel no copo de leite morno de Panashe. Ela o coloca na boca dele. O menino aperta os lábios bem firme. "Panashe, eu vou conversar bem sério com o diretor", Nyasha declara. Ela enxuga as lágrimas do menino com as costas da mão. "Essa mulher precisa ser presa."

"Não vai lá", seu sobrinho grita. "Mamãe, por favor, não vai falar com o diretor. Ele vai... ele vai... me *esfolar*!"

"Ele não vai mandar ela para a cadeia", Leon diz. "Sabe, Nyasha, aqui ninguém acaba na cadeia se é o lugar onde deveria estar."

Primo-cunhado puxa o filho para seu colo.

"Não se preocupe mais com essa professora, Panashe", diz. "Eu vou com a sua mãe falar com o diretor. Os cadarços, seu café da manhã, qualquer coisa — não deixe de fazer nada por causa da professora ou do diretor ou de qualquer pessoa", ele aconselha. "Não importa o que seja."

Leon pega mingau com a colher que Nyasha largou. Lentamente, Panashe abre a boca.

Você se concentra em sua xícara para evitar participar da conversa. Está misturando o açúcar no café, preparando-se para sair da cozinha o mais rápido possível, lamentando ter sido arrastada para a conversa da família, quando o telefone toca.

"É para você", Mai Taka informa.

Sentindo-se grata, você sai da cozinha com sua caneca e pega o fone.

"Oi, Tahm-boo", a voz saúda. "É a Tracey Stevenson."

Você lentamente coloca sua xícara na mesinha do telefone, para não acabar sobrecarregada por tudo que desejou e esperou. Ainda está atordoada por sua paciência ter valido a pena.

Tracey é muito educada. Sem mencionar sua saída da agência de publicidade ou seu encontro no supermercado, ela informa que entrou em contato com você para fazer uma oferta. Você pede um momento para pegar papel e caneta.

Ao retornar, tendo corrido até seu quarto, você anota o nome da empresa: Green Jacaranda Getaway Safaris. Não, você não tem um endereço de e-mail. Embora a Internet ainda esteja dando seus primeiros passos, e nem mesmo Nyasha tenha um e-mail, você fica envergonhada. Tracey sugere uma reunião na qual ela lhe dará mais detalhes do cargo que pensou para você. Seus dedos tremem. Você os acalma, forçando-se a esquecer o passado e se concentrar no momento presente. Anota o local e a hora do compromisso. Tracey Stevenson era sua chefe. Provavelmente, será novamente. Para além desses dois fatos, seu futuro a espera. Você deve se agarrar ao amanhã a todo custo.

Primo-cunhado não quer nem ouvir você falar de ir ao seu compromisso em outro café em Avondale de kombi e insiste em levá-la ele mesmo. Você não aprende tanto quanto gostaria sobre a Green Jacaranda, além de que é uma *startup* que trabalha com soluções de empreendedorismo ecologicamente sustentáveis, dentro de uma série de programas. Seu trabalho na administração incluirá gerenciamento de projetos. Além de um salário que você tem certeza de que é várias vezes o que sua prima ganha mesmo com sua formação, o acordo inclui uma acomodação que, Tracey explica, não é uma expressão da bondade de seu coração, mas uma decisão empresarial que lhe permite obter benefícios fiscais. Tracey pede que você se apresente no escritório no primeiro dia do mês seguinte. Auspiciosamente, no último ano do milênio, você volta às fileiras de pessoas empregadas e vê suas perspectivas se abrindo diante de você.

O dia em que Tracey pediu que você se mudasse é o último dia da nova oficina de Nyasha. Sua prima está exausta. Quando chega a hora de você ir embora, Mai Taka ainda não subiu dos aposentos de empregados.

"Elas vão ficar bem ocupadas por algumas horas", Nyasha diz com uma satisfação soturna. "Agora que elas não conseguem pensar no que escrever sobre si mesmas."

Suas roupas estão na mala nova que seus parentes compraram para você. Você não sabe o que pensar disso, se eles são tão humildes a ponto de gastar o pouco que têm em você e, portanto, terem menos para si, ou se é a maneira que eles encontraram de mandá-la embora. Você decide não se preocupar com isso. O resultado do presente deles é que você causará uma impressão melhor em Tracey do que se chegasse com roupas em sacos plásticos e mochilas surradas, e isso é bom. Você agradece a eles pela linda mala pela centésima vez enquanto todos descem as escadas. Eles dizem que não precisa agradecer.

Você escondeu o saco de farinha de milho que Kiri trouxe de sua mãe para Harare num canto do guarda-roupas que você esvaziou de seus pertences. Gostaria de ter jogado o saco fora como pretendia. Mas há tanta bagunça em todos os lugares da casa que você tem certeza de que não será descoberto por meses. A essa altura, ele não será mais comestível e ninguém o associará a você. Abandonar o presente é um ato tão significativo quanto desenterrar seu cordão umbilical e carregá-lo para longe de onde foi enterrado. Você se sente muito aliviada ao entrar na garagem.

Toda a família vai junto se despedir de você. Leon arruma seus pertences no porta-malas de Gloria. Panashe entrega uma caixa de sapatos para o pai e fala sobre uma menina na escola que sempre mata gigantes às sextas-feiras.

"E como ela faz isso?", sua mãe pergunta.

"Ela amarra eles com barbante", Panashe explica enquanto vocês partem. "E aí ela coloca muito, muito algodão-doce na boca deles. Muito, muito algodão-doce."

Anesu, que ficou mais quieta desde o surto do irmão, ouve seu sobrinho explicar cuidadosamente como o gigante é torturado. Enquanto o carro se chacoalha pelo caminho, uma participante da oficina vem correndo pelo gramado.

"Dá uma paradinha", Nyasha pede.

O carro para.

"Não vou escrever sobre mim", a jovem diz. Ela olha para a barriga e diz: "Posso escrever sobre a minha mãe? Ela levou um tiro. A pessoa que atirou nela está livre. Por causa do perdão. Do presidente".

"Sim, escreva sobre isso", Nyasha responde.

"Talvez seja sobre mim, no fim das contas", a garota diz baixinho. "Já que por causa daquele homem, eu sou órfã." Ombros caídos, ela volta para o grupo.

"Ela é uma das três. Que entenderam de primeira", Nyasha explica.

Leon está com as mãos no volante, mas não se lembra de dirigir.

"Vamos", Nyasha diz.

Primo-cunhado abre a boca, depois tira o pé do freio sem dizer uma palavra.

Perto do portão, atrás dos arbustos, a porta dos alojamentos de empregados se abre violentamente. Mai Taka desce os degraus de pedra em frente à casa de paredes sujas. Ela aterrissa num monte na clareira arenosa ao pé da escada. Uma figura sombria paira atrás dela. Ela desce os degraus num salto, girando uma corrente de bicicleta como uma hélice.

Mai Taka está de camisola. A corrente corta o tecido. Ela se levanta num pulo.

Nyasha vira o rosto de Panashe, então salta do carro, gritando para Leon vir com ela.

"Mai Taka! Mai Taka!", Anesu grita.

Mai Taka tropeça nos arbustos. Um pedaço do pano que ela

segura contra o peito fica preso nos galhos. Mai Taka vasculha as folhas e as sacode. Silence está em frente ao alojamento. A corrente balança ao lado de seus pés, na areia.

"Venha ajudar, Silence, venha ajudar", Leon chama, aproximando-se da empregada.

"Leon!", Nyasha avisa.

Primo-cunhado arrasta o olhar de Silence para Mai Taka. Seu rosto empalidece quando compreende. Nyasha enfia um braço sob um ombro de Mai Taka, e primo-cunhado coloca o dele sob o outro. Eles arrastam Mai Taka entre eles.

"Você vai ter que sair do carro", diz Nyasha quando os três chegam, porque você está sentada lá, assistindo a tudo. Ela acrescenta: "Com as crianças!"

Os olhos de Mai Taka se reviram nas órbitas. O carro fede a ferida podre depois que vocês saem e a empregada entra.

Nyasha volta para pegar no mato o pano que Mai Taka deixou cair. Ela fica imóvel por muitos segundos antes de se abaixar. Quando se endireita, ajeita o que recuperou como se fosse um embrulho.

"Eu não sabia," Nyasha sussurra, voltando para o carro. "Mai Taka, eu não sabia. Eu devia ter seguido aquela suspeita que eu tinha, quando perguntei."

Mai Taka abraça o embrulho e chora.

Mai Taka se recusa a deitar na cama de Anesu ou descansar no sofá da sala. Nyasha puxa uma cadeira para a mulher entre a parede e a mesa da cozinha. Mai Taka cai para a frente. Leon e Nyasha discutem o que fazer com a paciente ferida, que precisa de cuidados médicos, e com o embrulho que deve ser incinerado.

"Ele vai matar ela", Nyasha diz. "Estou fazendo minhas pesquisas. Os médicos aqui não gostam de falar, mas quando falam, dizem que costuram as pacientes algumas vezes. Aí, da próxima vez, eles abrem o corpo para a autópsia."

Mai Taka abre os olhos e pergunta: "Mai Anesu, onde está o meu bebê?"

"Está na garagem", diz Nyasha. "Coloquei seu feto num balde com as toalhas em que ele está embrulhado."

Mai Taka tenta se levantar. Segurando-se primeiro na mesa e depois na pia, ela meio que rasteja e meio que caminha em direção à garagem.

"Leon, vamos", Nyasha diz. "Vamos levar ela para o hospital." Você fica com as crianças, que estão abaladas pelo que viram. Quando vocês três ficam sozinhos, porém, Panashe se arrasta para seu colo. Anesu vasculha a estante do quarto dela e vocês ficam no quarto de Panashe, enquanto sua sobrinha lê *Die kleine Raupe Nimmersatt*. Tentando se distrair, mas não conseguindo empurrar a mudança atrasada da casa de sua prima para fora da cabeça, você não presta atenção à linguagem desconhecida.

Quando Nyasha e Leon voltam com Mai Taka, as duas crianças estão dormindo. Encontrando os três na cozinha, a primeira coisa que você nota é que o embrulho sumiu. Mai Taka, vacilante, é levada até a cadeira da cozinha. Seus olhos ficam abrindo e fechando, mostrando muito do branco. Assim que a mulher está acomodada, Leon parte mais uma vez para a farmácia. Eles tentaram várias no caminho, mas não encontraram nenhuma que tivesse a medicação necessária em estoque.

"Quer comer alguma coisa agora, Mai Taka?", Nyasha acalma a mulher, segurando sua mão.

Os olhos de Mai Taka estão fechados. Ela estremece.

"Chá. Alguma coisinha", Nyasha diz. "Mingau. *Sadza*. Tem um monte de molho. Você tem que comer alguma coisa para tomar o remédio, mesmo que seja pouco."

Eles voltaram do Hospital Parirenyatwa com uma lista de hospitais de caridade missionária num raio de cem quilômetros que oferecem serviços imediatos, acessíveis e decentes, pois embora seus parentes estejam cobertos pelo plano de saúde de Leon, a empregada não está. Sua prima se senta no chão do corredor ao lado do telefone e liga para o primeiro da lista. As linhas telefônicas fora da cidade são ruins. Nyasha disca o mesmo número várias vezes. Leon retorna quarenta e cinco minutos depois com fortes antibióticos e barbitúricos.

"Nós temos que ir para o St. Andrew's agora", Nyasha diz, voltando para a cozinha. "Eles conseguem admiti-la e realizar o procedimento hoje, se chegarmos lá antes das quatro."

"É uma viagem longa", Leon diz. "Vou andar até os vizinhos e falar com o Matthew. Talvez ele consiga nos emprestar um dinheiro para a gasolina."

Você chama Nyasha de lado e diz que vai ligar para Tracey para buscá-la na casa de sua prima. Nyasha conseguiu persuadir Mai Taka a se deitar na cama de Anesu quando você está indo embora, tendo dito primeiro à garotinha que ela passaria a noite com o irmão. Leon não conseguiu dinheiro emprestado do vizinho e está ocupado tentando contato com colegas alemães.

Parte 3

CHEGADA

CAPÍTULO 15

No caminho para sua nova casa, você se lembra que, com toda a comoção em torno de Mai Taka e Silence, você se esqueceu de agradecer adequadamente a sua prima pelo tempo que passou na casa dela. Você havia planejado fazê-lo no carro, uma vez que estivessem seguramente a caminho, pois a gratidão prematura poderia facilmente ter se espalhado pelo ar e chegado a espíritos cobiçosos, dando-lhes tempo para, invejosos, sabotarem sua felicidade. Resolvendo ligar para ela assim que estivesse instalada, depois de ela ter tido tempo para lidar com a questão de Mai Taka, você decide usar parte de seu primeiro salário para comprar um presente de agradecimento para Nyasha. Isso resolvido, você responde com mais desenvoltura à conversa fiada de Tracey.

Em Avondale West, não muito longe do Mediterranean Bakery, Tracey vira numa rua fechada. Cada um da meia dúzia de portões dispostos num semicírculo ao redor da estrada leva a um terreno de mil metros quadrados. Esses pedaços de terra foram dissecados de uma extensa fazenda décadas antes, quando notícias sobre a ensolarada Rodésia — chamada de "país de Deus" — foram divulgadas para atrair europeus insatisfeitos com o norte do mundo. A antiga casa grande, situada no centro da rua em U, com terrenos se estendendo para ambos os lados, ainda é o maior e mais imponente edifício. Lotes menores correm pelas laterais da estrada.

Você teve esperança, no dia em que Tracey a trouxe para ver sua casa nova, duas semanas antes, de que a antiga casa grande fosse ser sua. Não foi muito difícil, porém, engolir a decepção quando a Pajero parou no meio do caminho, em frente ao menor edifício. Você encontrou conforto ao observar como a parte externa da casa estava recém-reformada e bonita, e os termos tranquilos: uma quantia modesta subtraída do seu salário com a opção de trocar o aluguel por um contrato de venda em cinco anos. Impaciente para deixar a casa de Nyasha, suas economias de seu período na agência de publicidade — muito pouco incrementadas em seus meses como professora — perigosamente baixas, você assinou rapidamente.

Nesta tarde, você está ainda mais ansiosa para voltar a receber um salário do que estava há quinze dias, quando visitou sua nova residência pela primeira vez. A cena abjeta de Mai Taka e a impossibilidade de transportá-la até o hospital, mesmo que o primo-cunhado branco estivesse ali, foram um lembrete assustador de que as dificuldades de sua origem na aldeia poderiam persegui-la na cidade também.

Tracey desliga o motor. O controle remoto não funciona: não há energia no momento. O jardineiro abre o portão. O veículo vai em direção a um grande bangalô atrás do qual ficam os alojamentos de empregados. Os edifícios são pintados de uma cor pêssego escura que reluz calorosamente, como o pôr do sol, e há uma margem marrom ao longo da parte inferior para evitar que as paredes sejam danificadas por respingos de sujeira. Você acena com a cabeça, sorrindo satisfeita. Você se vê trabalhando duro a partir dali, até chegar em Borrowdale.

Atrás de um arco-íris causado por um irrigador abastecido pelo poço, o jardim da frente e a horta prosperam como um modelo do Ministério da Agricultura. Há apenas uma pitada de história, nada desagradável, nas antigas pedras do calçamento que levam à casa. Quando Tracey e você já estão mais à vontade uma com a outra, sua chefe lhe diz que contratou um amigo artista que fazia os cenários na agência para envelhecer as pedras novas. O jardineiro fecha o portão e fica em posição de sentido ao lado da Pajero.

"Como está, madame?", ele saúda. Seu macacão é limpo e passado, mesmo que velho; o topo de suas botas de borracha brilha, embora a base esteja enlameada. Com a boca sorrindo, ele levanta o queixo. Seus olhos cintilam ao examiná-la.

"Tambu, lembra que você está totalmente segura aqui", Tracey diz quando você sai do carro. Ela pronuncia seu nome com um sotaque melhor, como se tivesse praticado desde o fim de semana em que vocês se encontraram. "Ninguém consegue pular aquilo ali!", ela exclama com satisfação, apontando para um muro de tijolos vermelhos. "Eu pedi para eles colocarem um metro acima do padrão, só para garantir", continua. "Não tem por que dar chance ao acaso quando você pode fazer alguma coisa a respeito. E tem uma tranca lá na entrada que tem um vigia todas as noites. Todos os moradores contribuem. Ninguém vai assaltar você, nem nada assim. Então você não precisa contratar um vigia noturno próprio. O Alfred pode dormir tranquilo, exceto nas noites em que cuida do portão."

A governanta, mulher do jardineiro, sai de baixo de uma treliça coberta de videiras. Como ambos estavam de folga no dia em que você visitou, estão sendo apresentados a você pela primeira vez. Depois de examiná-la por alguns segundos, o homem coloca a mão sobre o coração. A mulher faz uma reverência. Ela bate palmas duas vezes depois que vocês se cumprimentam com um aperto de mãos.

"De onde você é, Mai?", você pergunta educadamente enquanto o casal carrega as suas bagagens em seus braços. "Você é Mai quem?"

"Ma'Tabitha. Sou do Rio Save. Mas me casei. Com um homem de longe, Phiri, do Maláui."

"VaPhiri, como vai?", você diz ao jardineiro. Você relaxa como ele fez e junta as mãos silenciosamente. É bom ter alguém por perto que tenha nascido mais próximo de sua casa do que de Harare. Você conversa brevemente sobre o rio que a mulher mencionou, já que uma vez passou vários dias de férias lá com Babamukuru e sua família, há um quarto de século. "Eles já estavam na propriedade antes de eu comprar o terreno", Tracey explica, "o que deixou tudo muito mais fácil. É como se eles fossem os donos do lugar e você fosse a estranha. Muito conveniente para uma mulher que trabalha."

Mais uma vez você se recusa a sentir qualquer coisa como ressentimento ou ciúmes em relação às diversas vantagens de Tracey, como o salário que ela ganhava na agência de publicidade, muitas vezes mais alto que o seu, porque ela era uma executiva de publicidade, e você era uma mera redatora, embora suas qualificações fossem semelhantes, obtidas nas mesmas instituições — primeiro no Colégio para Moças Sagrado Coração e depois na universidade em Harare. Você engole o passado de seus dias juntas na escola e se lembra de que Tracey tinha um ano a mais de experiência de trabalho do que você, já que você repetiu seus níveis A, em cuja segunda chance você obteve apenas notas médias, enquanto ela se destacou em sua primeira tentativa. Seu sorriso, como os de Ba' e Ma'Tabitha, fica mais encravado em seu rosto. Como eles, você não pode se dar ao luxo do descontentamento. Você deve ficar feliz com o que tem e por ser muito melhor do que onde você esteve. A longa caminhada desde o pensionato terminou. Você assinou o contrato para viver num lindo bangalô, que depois de cinco anos se tornará sua propriedade. Não pode permitir que qualquer outra coisa importe.

Tracey manda Ba' e Ma'Tabitha seguirem em frente, parando sob a videira que leva à entrada dos fundos para admirar a piscina de pedra cintilante ao norte do edifício.

"Você não sabe nadar, né?" ela pergunta. "A menos que tenha aprendido nesse meio tempo. Dizem que essa pedra é bem fria", ela adverte. "Mas seu lugar favorito na escola era atrás do corredor com seus livros e aquele seu cobertor. Não na piscina, que eu lembre."

Vocês riem e seguem em frente. Quando Nyasha vier visitar, Panashe e Anesu vão mergulhar naquela piscina. Assim como o Leon. "Eu amo esse granito preto", Tracey diz quando vocês entram na cozinha. Ela corre um dedo sobre as bancadas.

Você imita o gesto, apreciando a lisura da pedra.

"Eu te disse que é tudo local, né?", ela continua. "Você sabia que cinco dos dez melhores escultores de pedra do mundo são do Zimbábue?"

"Sim", você responde, grata pela lição de seu primo-cunhado. "Eu adoraria ver o trabalho deles."

O sorriso se expandindo em seu rosto, você compara as cores da pedra com a cozinha ocre de Mai Manyanga. Você está transbordando de felicidade. Sua boa sorte quase a leva às lágrimas enquanto está ao lado de sua chefe, digerindo o fato de ter conquistado sua própria cozinha sem ter que se casar com nenhum dos rapazes Manyanga.

"Essa nossa história com a pedra é de séculos. Desde os *dzimbahwe* e os pássaros do Zimbábue", Tracey reflete. "Eu tenho que encontrar uma maneira de colocar isso no itinerário da Green Jacaranda. Eu não consegui até agora; bom, a extração de pedra não é exatamente ecológica. Ainda assim", ela continua, mostrando o caminho, "tem que haver uma solução! Afinal, estamos procurando uma alternativa sustentável."

Você segue sua chefe até a sala de estar, um espaço amplo e arejado que se abre para o jardim da frente. Você passa a palma da mão sobre uma mesa de centro de granito preto emoldurada em madeira de um vagão ferroviário histórico. Em seguida, cai num sofá de couro cor de marfim.

"Ótimo, né?" Tracey acena com um sorriso que reconhece sua apreciação. "É tão óbvio, não sei por que mais pessoas não pensam em valorizar nossa história", ela continua, fazendo-a pensar em sua prima Nyasha, cuja mente, como a de sua chefe, não abandona um assunto quando decide focar nele. Você sorri novamente, pelo entusiasmo de Tracey.

"Mas não é muito provável", ela prossegue, um pouco decepcionada. "Não com os caras que estão no governo. Temos um bom acordo comercial com os fornecedores em Mutoko. Então, espero que sejam só rumores cruéis isso de o governo estar pensando em nacionalizar tudo. Essa coisa de indigenização. O que você acha que eles vão fazer, Tambu?"

Com o sorriso firme, você dá de ombros e balança a cabeça.

Tracey inclina a dela para o lado, uma expressão de surpresa mal disfarçada. "Você deve ter uma opinião", diz, acomodando-se no braço do sofá, que se achata sob seu peso. "Todo mundo tem. Ninguém consegue não ter. Especialmente hoje em dia."

"Eu não acredito em política", você diz, esperando que a resposta seja aceitável, e se perguntando, se não for, que resposta seria preferível.

"É claro que acredita", Tracy responde. "Caso contrário, você não teria abandonado aquele trabalho confortável na agência. E deixado aquele bilhete que escreveu, com aquela baboseira sobre se casar. Eu pensei, hmm, tem alguma coisa errada aí. Bastante político. Bom, isso quer dizer que nós duas percebemos que tínhamos que sair de lá", ela continua, cruzando a sala até uma poltrona. "Na verdade, três", acrescenta depois de pensar um pouco, sentando-se. "Com a Pedzi. Embora não seja exatamente a mesma coisa, já que eu fui atrás dela antes de ela sair por conta própria que nem a gente."

Você fica chocada ao ouvir Tracey chamar um trabalho que era tão absurdamente injusto a ponto de esgotar sua longa paciência de "confortável". Ao mesmo tempo, você nunca em sua vida se preocupou com política. Pensa que pessoas como você, que estão abrindo caminho, não têm tempo para isso. Mais recentemente, esteve tão preocupada com sua situação pessoal que não pensou muito sobre o assunto, deixando isso para Nyasha e Leon. Impressionada com a suposição de Tracey de que você teria considerado essas coisas, pega de surpresa por sua sondagem, que pressagia questões imprevistas e sensíveis em seu trabalho, você ignora o baque que sofre ao ouvir falar de Pedzi.

"Podemos deixar as sacolas aqui?", Ma'Tabitha pergunta do corredor. Ela indica a pilha de bagagens que ela e Ba'Tabitha trouxeram e empilharam.

Tracey se levanta, dizendo que vai deixar você à vontade. Você está prestes a pedir a Ma'Tabitha para levar as malas até seu quarto quando se lembra de sua chegada no outro lado da cidade, na Gloria.

"Leve o resto", você diz quando já pegou o máximo que consegue carregar.

"Não tem problema, madame! Eu posso levar todas!" Ma'Tabitha sorri e insiste que você abandone sua carga.

Pedzi, que era a recepcionista da agência, é recepcionista-datiló-grafa-oficial-de-projetos na Green Jacaranda Safaris. Ela sai de trás da mesa da recepção para te dar um abraço no seu primeiro dia. Está feliz mesmo em vê-la e confidencia que não consegue dar conta da carga de trabalho com a expansão da empresa. Você a abraça de volta. Após esse momento de intimidade, vocês se afastam, olham uma para a outra de cima a baixo e declaram como a outra parece bem, bonita e muito estilosa. Você nega o elogio, enquanto Pedzi, por outro lado, satisfeita, diz: "Obrigada!" Após este momento de reencontro, ela aponta para uma cadeira minimalista de ferro forjado e couro, no estilo pós-colonial Zimbábue-chic. Pedindo-lhe, com muito profissionalismo, que espere para que Tracey lhe apresente as instalações, ela fala baixinho no interfone, numa voz de negócios e grave. Você se lembra de como nenhum dos clientes da Steers et al. esquecia aquela voz, e às vezes ligavam para a agência só para ouvi-la falar.

Tracey aparece imediatamente. Colocando um braço em volta de seus ombros, ela pergunta se você conseguiu se acomodar no fim de semana, então começa um *tour* pelos escritórios.

"Ela veio atrás de mim enquanto eu estava na agência", ela confidencia, levando você para dentro das instalações. "Eu estava numa situação terrível, não conseguindo conciliar o que fazia lá com o que acreditava. Honey Valley, Blue Train", ela diz, listando as contas em que trabalhou. "Afro Sheen. Essa foi a gota d'água. Era como se o objetivo fosse fazer as pessoas pagarem por alguma coisa, não que elas ganhassem algo com o produto. Mas eu adorava o trabalho, a variedade, as pessoas, o movimento, tudo. Então comecei a ler e pensar sobre isso, e foi daí que surgiu a ideia de ecoturismo!"

Sua chefe segura a porta vai e vem da recepção para os escritórios aberta para você.

"Assim, podemos conscientizar as pessoas e lutar contra as mudanças climáticas ao mesmo tempo em que fazemos negócios", explica Tracey, cheia do entusiasmo com que encarava tudo, desde dar choques elétricos nas pernas de rãs no laboratório de Biologia no Sagrado Coração, até assistir a uma gravação de campanha. A empolgação de sua chefe revive seu próprio apetite por aventuras. Saboreando a sensação de que este escritório é o lugar perfeito para você, você fica confiante de que alcançará mais sucesso do que no internato e na agência de publicidade. A empresa é pequena e segura, uma comunidade abrigada na qual você ganhará reconhecimento por um trabalho bem-feito, e com esse reconhecimento, finalmente virá a mobilidade ascendente pela qual você tanto anseia.

"Nós conseguimos mostrar aos nossos clientes o que a mudança climática está fazendo com os mais vulneráveis, enquanto eles desfrutam de um safári normal. A Green Jacaranda Safaris é a primeira ONG com esse conceito", Tracey continua orgulhosamente, conduzindo você por um corredor estreito sem janelas. Você fica desapontada porque seu novo local de trabalho não é tão luxuoso quanto a agência. Sente-se, no entanto, satisfeita por fazer parte de um estabelecimento adequado, sem ser obrigada a improvisar numa casa degradada como sua prima tem que fazer. "Nosso diferencial é que olhamos para o futuro, somos visionários. Não trazemos gente da Europa para qualificar os locais. Nosso produto é único, maximizando o que já temos aqui mesmo. É como agregar valor ao nosso clima. Todo mundo adora. O Zimbábue sempre vai estar aqui. As pessoas sempre vão querer um clima agradável. Em princípio, é nosso único recurso definitivamente sustentável. O turismo climático é a próxima grande fronteira. Haverá dezenas de empreendimentos como o nosso em cinco anos, mas teremos este país, e se as coisas correrem do jeito que pretendo, até mesmo todo o sul da África."

Sua chefe indica uma sala à direita com um aceno de cabeça. Observando: "Essa é a sala de reuniões", ela abre a porta.

O espaço comprido e estreito fica de frente para a Avenida Jason Moyo, ao norte. A prefeitura se esforça para manter esta parte do Distrito Comercial Central, que todos chamam de DCC, apresentável, já que o antigo Thomas Hotel, de cinco estrelas, visível da última janela na sala de reuniões, fica no quarteirão seguinte. O parque central, renomeado de Cecil Square para Africa Unity Square logo após a Independência, com seus caminhos dispostos no padrão da bandeira britânica, que é verde e limpo o suficiente para as pessoas descansarem na grama, fica em frente ao hotel. Olhando para esta vista, você desfruta de uma sensação agradável de segurança.

Tracey está encostada no peitoril da janela. "Os aluguéis aqui não são mais o que eram. Isso é bom", diz. "Tivemos que isolar o som. Agora que fizemos isso, está tudo dentro dos nossos propósitos."

Ao sair, seu coração afunda quando você vê pela outra janela um Zimbábue diferente, cujo centro é o Terminal Rodoviário da Rua Fourth. As pessoas estão se mudando das áreas rurais. A migração incha o terminal, estendendo-o em direção aos escritórios. A prefeitura, habilmente implantando estratégias de evitação em vez de planejamento, está emitindo licenças de transporte para vários proprietários de kombis, numa tentativa, diz-se, de evitar que as pessoas nas filas sinuosas fiquem tão desesperadas por transporte que se revoltem. Com o aumento de viajantes, o terminal e as estradas ao seu redor estão se transformando em mercados. Mulheres e meninos adolescentes vendem cartões de telefone, legumes, frutas *mazhanje* e *matohwe*, que não são vendidas em supermercados, e biscoitos chineses baratos, quase na porta da Green Jacaranda. A prefeitura abandonou os esforços de limpeza para focar em outras atividades. Há mantos de folhas em decomposição, embalagens plásticas e cascas empilhados em todo canto. Tracey conta que paga a um dos pedintes duas vezes por semana para levar o entulho transbordando das lixeiras para o beco mais próximo e queimá-lo. De costas para essa vista, você admira a sala de jantar, que segue o mesmo *design* pós-colonial Zimbábue-chic dos móveis da recepção, também usados na sala de reuniões.

"Vamos nos mudar um dia", Tracey sorri. "Por enquanto, este lugar serve ao seu propósito. Nossos valores corporativos são investir, construir o futuro, não desperdiçar nada. Eu posso investir no programa em vez de dar dinheiro para aqueles caras que gerenciam prédios de luxo. Se eu fosse uma investidora, Tambu, não colocaria um centavo nesses condomínios luxuosos de hoje!" Ela olha com orgulho para a mesa e as cadeiras. "Tudo é cem por cento local. O mobiliário para a sala de reuniões também vai ser adequado, quando conseguirmos comprar."

Vocês voltam para o corredor. Tracey aponta para uma porta e diz: "Esse vai ser o seu escritório."

"Espaço que dá e sobra", você diz com uma risada, olhando para dentro.

Tracey faz uma cara e diz: "Essa é a ideia."

O escritório é separado da sala de reuniões por um espacinho estreito, que você descobre ser um armário extremamente organizado.

"Os banheiros", Tracey indica duas portas à esquerda. "Você leu aquele artigo sobre o sistema de encanamento de água da cidade, no *Clarion* da semana passada? Aparentemente, Harare não tem mais um sistema de encanamento, porque o antigo enferrujou. É isso que está causando os problemas com água. Pelo menos em parte. Sabe, como a cólera que Pedzi disse que tinha em Mabvuku. E Deus sabe onde mais, e eles não nos contam. Em Chitungwiza, aposto! Estamos retrocedendo, Tambu. Camponeses, servos, chefes de guerra, esgotos. Parece a Idade Média! Então eu instalei chuveiros também, para aqueles dias de baixa pressão da água. Assim, todos podem se sentir um pouco mais confortáveis. Então, em princípio, é um bom investimento."

Prevendo que os políticos manteriam o abastecimento de água do Distrito Comercial Central para não prejudicar seus próprios negócios, Tracey pergunta o que você pensa sobre a decadência da prestação de serviços na cidade. Você responde que com a taxa de mudança tão acelerada, é difícil formar uma opinião. Para seu alívio, Tracey deixa isso de lado e continua pelo corredor até um espaço no final, onde uma pia, fogão elétrico, geladeira e armário foram instalados para formar uma cozinha.

"E aqui", ela sorri com orgulho, virando-se depois de apontar todos os eletrodomésticos e indo até uma porta pela qual tinham passado, "é onde faço as coisas que são importantes para minha alma".

Lá dentro, sua chefe se senta atrás de uma mesa de *mukwa* e a convida para se sentar numa cadeira com estofamento de couro que amacia uma estrutura da mesma madeira levemente brilhante.

"Bem-vinda, Tambu, a Green Jacaranda Getaway Safaris, o

único serviço que trabalha exclusivamente com ecoturismo em todo o continente. E que por acaso idealizamos aqui. Há muito que podemos fazer por este país. Neste país." Ela balança a cabeça. "Não sei se algum dia vamos conseguir. As probabilidades parecem contra nós. Sabe de uma coisa, Tambu? Você e eu vamos bolar um plano."

Desviando deste convite para engajamento, você diz à sua chefe como está feliz por ter a oportunidade de trabalhar em seu empreendimento pioneiro.

Quando você termina, ela diz: "Veja", e passa um folheto pela mesa. "Desta vez eu quero uma resposta. Me diz o que você está pensando de verdade."

A demanda de sua chefe por outra opinião é frustrante; é absurdo até que Tracey peça a verdade agora, tão cedo, quando você não teve tempo de considerar nada.

"Pense nisso como uma troca de ideias", Tracey sorri. "Que nem a gente fazia na agência de publicidade."

"Vejo que a empresa tem um *site*", você diz, tentando parecer familiarizada com a tecnologia e esperando soar profissional. "Gostaria de dar uma olhada nele primeiro. Para conectar tudo o que vi e que vou observar e aprender nos próximos dias."

"Não temos *outdoors* aqui", sua chefe lhe diz. "Nossos agentes distribuem os anúncios no exterior. Ainda não começamos a oferecer os passeios localmente. Todo mundo tem um *kumusha*, embora, a princípio, não tem como saber — as pessoas da cidade —, eu tenho pensado em fazer alguma coisa para as crianças. Um dia talvez. Mas nossos clientes são da Suécia, Dinamarca, alguns da Alemanha. Lugares assim. Alguns espanhóis e italianos. O governo está trabalhando com a China, que promete ser um grande mercado, mas é tudo bilateral com os asiáticos, sabe. Estamos olhando para o ocidente. Certamente você já ouviu falar disso e pode falar sobre as implicações?"

Você acena evasivamente, tentando lembrar das frases nos jornais que você folheou ocasionalmente na casa de sua prima. "Os chineses se interessam por governos, não por pessoas", Tracey continua. "Por isso, a gente não consegue chegar neles, especialmente por causa das nossas fontes de financiamento. Então, a princípio, os negócios são com europeus. É um mercado já estabelecido, então, por enquanto, não temos como mudar o 'pensamento único e singular' do nosso continente. A natureza que, claro, também significa clima. Sol. Com o tempo, à medida que as coisas melhorarem ou piorarem, vamos traçar estratégias para a próxima fase."

Você devolve o folheto.

"O negócio é consolidar. Quero chegar ao ponto de funcionar de forma sustentável. Aí, podemos começar a mudar o paradigma."

Tracey revira o folheto em suas mãos.

Quatro mulheres riem olhando para ela como um momento antes sorriam para você. Os corpos sob os rostos estão envoltos em panos Zâmbia com estampas vivas. Uma mulher se ajoelha no chão atrás de um pote de barro. Outra está ao lado da primeira, carregando seu pote nos braços. A terceira tem seu vaso posicionado sobre uma almofada na cabeça. Ela não está usando as mãos, mas o equilibra perfeitamente. A quarta está com a bunda de fora, os braços abertos e uma perna levantada, algum tipo de dança. Atrás delas há um semicírculo de cabanas feitas de varas e *dagga*.

"Os melhores animais de caça orgânicos do mundo", diz o *slogan*. "Coma apenas o que você se atreve a caçar, matar ou pescar... Extremamente eco — em africano." Você sabe que não existe uma língua africana, mas manteve sua expressão firme enquanto lia, e continua a fazê-lo agora.

Sua chefe observa cada uma das mulheres. "Não queríamos usar a almofada na cabeça", ela suspira, lembrando da sessão de fotos. "Mas nosso cabelo é tão liso que tivemos que usar. Você tem que ter um cabelo bem específico para esse tipo de coisa. Então", ela se desculpa, "essas modelos são... bom, como elas são, a princípio, nosso mercado, tivemos que usar a almofada."

Você faz que sim e diz a sua chefe que ela tomou a decisão correta.

CAPÍTULO 16

Você atribui um certo sentimento insistente de angústia a tudo que escapou ao longo de sua vida. É incapaz de sufocar uma ansiedade recorrente que se exaspera durante seus primeiros dias de trabalho na Green Jacaranda. Preocupada em não deixar sua mais nova oportunidade escapar, você está constantemente à procura de apoio, como galhos baixos acima de um rio caudaloso, que você pode agarrar primeiro para se equilibrar e, depois, para se erguer, o que neste caso significa ir para o norte, para os subúrbios abastados que sinalizam sucesso inegável. O ambiente nos escritórios, no entanto, a deprime, não oferecendo muita promessa de que você estaria no caminho certo para encontrar o futuro que está buscando.

A única exceção para a atmosfera geral de desânimo que paira sobre o edifício vem do empreendimento em frente, uma loja que fica — surpreendentemente — no lado leste, do terminal, levada por uma mulher chamada Mai Moetsabi. Você fica surpresa ao descobrir que, embora não seja zimbabuana, ela gerencia seu estabelecimento, chamado Butique Rainha da África, com uma ética admirável. Você chega no trabalho às sete e meia todas as manhãs e encontra as portas da butique de Mai Moetsabi já abertas. Na primeira parte da manhã, ela dá as boas-vindas aos funcionários que chegam para o trabalho e depois acena com a cabeça para todos que entram no prédio a negócios. A mesa dela fica de frente para a entrada da loja, permitindo que ela cumprimente todos que entram durante as muitas horas em que está presente. Exibidas em constelações extravagantes por toda a loja, as roupas de Mai Moetsabi são feitas com os melhores tecidos estampados ganeses e rendas nigerianas, acompanhados de cetins, brilhantes como os diamantes recém-descobertos nas regiões ao leste. Ela reserva assentos no novo voo da Air Zimbabwe para Beijing via Singapura, atrás de sedas e bugigangas. Os compradores ainda estão entrando e saindo com acenos de apreciação quando você vai embora às cinco da tarde. A mulher faz você se sentir tranquila, pois seu sucesso, embora ela se pareça com você a ponto de poder se passar por uma mulher da aldeia, é indiscutível. Suas conquistas indicam que, sim, mulheres como você podem prosperar. Quando você chegou na Green Jacaranda, o ar abastado, competente e ao mesmo tempo simpático de Mai Moetsabi já lhe valia, com reconhecimento relutante que não chega a ser respeito, com uma inflexão que não chega a ser afetuosa, o mesmo nome que ela deu para sua loja — a Rainha da África.

Passando a butique da Rainha Moetsabi, o prédio de escritórios vira uma esquina. Num dos lados dessa rua ficam cubículos apagados, onde toda a ambição individual precisa se compactar em meio metro quadrado. Nesses estandes são desesperadamente estocados, embora raramente comprados, cartões telefônicos, bijuterias de plástico e curas tradicionais com valor agregado na forma de embalagens plásticas e custos de envio do leste asiático.

Em frente às barracas apertadas há um espaço que o misterioso proprietário do seu prédio, que dizem ser um ministro, chama de estúdio. Lá, três jovens aspirantes a costureiras — diplomas de costura da Faculdade Popular do Zimbábue pendurados na parede — discutem e fazem cara feia uma para a outra. Compartilhando meia dúzia de alfaiates e duas máquinas de costura para produzir macacões de operários, enxovais e pijamas de enfermagem em jérsei, suas brigas se transformam em ameaças sempre que um cliente se aproxima e elas discutem quem vai fazer negócio. Você raramente vê o mesmo rosto duas vezes no estabelecimento. Os visitantes precisando dos serviços, que sempre recebem um aceno gracioso de Mai Moetsabi, normalmente são clientes de primeira viagem, ou pessoas que estão ali para devolver itens que compraram com reclamações de que o corte está assimétrico ou que as costuras estão tortas. Brigas de gritos geralmente explodem quando isso acontece, pois, em vez de admitir seus erros, as jovens procuram segmentos de pontos perfeitamente retos nas roupas devolvidas e, quando os encontram, lançam insultos aos seus clientes.

O único outro local de aparência afluente no edifício é a rua em frente à butique da Rainha Moetsabi. Você nunca se aventura por ela, pois sua atmosfera é tão sombria e repulsiva quanto a da Rainha da África é convidativa. Lá, sob o olhar impassível de uma mulher conhecida por todos apenas como Irmã Mai Gamu, duas datilógrafas nervosas transcreviam, quando você chegou, currículos manuscritos para até duas páginas em máquinas de escrever elétricas de segunda mão. "Está funcionando agora?" "Não está!" "Está, sim!" "Foi-se!", as jovens exaustas gritam uma para a outra enquanto a luz cai e volta, os gritos frustrados tão altos que as pessoas no saguão de entrada riem delas.

Você aprende, antes do fim de seu primeiro mês na Green Jacaranda, a manter distância da Irmã Mai Gamu e a ter pena das moças que ela emprega quando as vê através das grandes janelas de vidro, seus rostos virados para a parede, remexendo em plugues para esse e aquele lado para persuadir suas máquinas defeituosas a funcionarem. Um olho azul como pedra e tomado de catarata, embora ainda não tenha chegado aos quarenta, Mai Gamu anota pedidos maiores e cuida do caixa. Há rumores de que ela é a esposa escondida de um político, no quinto ou sexto degrau mais abaixo na escala matrimonial, daí porque ela parece ter sempre a intenção de cometer uma agressão grave. Para evitar tal escândalo, o político comprou o prédio onde fica a Green Jacaranda Safaris e deu à esposa a fachada oeste do estabelecimento.

Você conhece as mulheres que compõem a comunidade do edifício na entrada do prédio, no elevador, e na escada quando o elevador está quebrado. Por meio de fragmentos, ditos tão gentilmente a ponto de não causar nenhum alarme em sua mente a princípio, você descobre que Mai Moetsabi, cuja astúcia comercial você tanto admira, deixou sua casa em Botsuana alguns anos após a independência de seu país em busca de um combatente da libertação que sua igreja em Francistown havia abrigado na década de 1970. Como várias das mulheres que trabalham no prédio eram mães solteiras e frustradas, rolava uma piada de que a estrangeira baixinha só sorria daquele jeito e prosperava porque nunca o encontrara. Com rumores ou sem, as roupas da Butique Rainha da África brilhavam e reluziam como bons presságios da nova vida abastada em que você ingressara recentemente e estava determinada — a qualquer custo — a manter.

No segundo ou terceiro, o mais tardar no quarto mês após começar a trabalhar na Green Jacaranda, há uma comoção na Avenida Jason Moyo, abaixo de seus escritórios. Mai Moetsabi havia trabalhado até tarde na noite anterior, não apenas criando uma nova vitrine atraente para a loja, mas também demonstrando o tema de maneira chamativa por todo o chão do estabelecimento. No meio da manhã seguinte, um grupo de jovens se reúne na calçada do lado de fora da loja. Elas estão entusiasmadas e empolgadas, apontando roupas umas para as outras, pressionando seus rostos nas janelas e olhando como se fossem convidadas numa passarela de Paris. Uma ou duas que têm telefones celulares e crédito neles enviam mensagens para seus "maFace". A multidão continua crescendo sem parar. Na hora do almoço, a janela que Pedzi abre para refrescar a recepção deixa entrar um zumbido da rua para o cômodo.

"O que está atraindo toda essa gente para cá?", Pedzi murmura enquanto vocês se espremem pela multidão de corpos para comprar seu almoço no Eastside Arcade, já que o homem das *samoosas* que vocês costumam comer não apareceu. "Só por causa daquela mulher do Botsuana lá embaixo, que diz que é a Rainha da África?"

Na barraca de comida, você escolhe salada de repolho e um hambúrguer de um menu que inclui linguiças defumadas, *curry* com batatas fritas ou arroz, além de dois tipos de *sadza* acompanhados de pés de porco ou *goulash*. Voltando ao escritório, vocês encontram o homem das *samoosas* por quem tinham esperado em vão. Ele levanta uma mão ansiosa, murmurando: "Ah, eu vim e logo vi que não era um lugar para se estar. Aiwa, é assim mesmo! Vou ver se consigo vir e encontrar vocês, minhas clientes, amanhã."

Virando a esquina para a Jason Moyo, vocês param, vendo que a multidão ficou ainda mais densa. Avaliando que a situação não parece ameaçadora, vocês abrem caminho pelos corpos agitados que bloqueiam a entrada. Os ombros de Pedzi esbarram nos seus. Algumas clientes em potencial agarram suas carteiras quando vocês passam. Vocês chegam ao elevador e apertam o botão, gratas por seus almoços estarem intactos.

"Ei! Ei!", uma voz alta e tímida chama.

Vocês se viram. Não conseguem ver quem está falando. Pedzi fica na ponta dos pés para avaliar o que está acontecendo, embora isso apenas acrescente um ou dois centímetros à sua altura, pois ela já está de salto.

"Vocês estão me ouvindo?", a voz fica mais estridente.

"Está vindo da Rainha Moetsabi. É uma das meninas", Pedzi relata, mastigando uma batata frita e olhando para baixo por um breve momento antes de voltar o olhar para o tumulto. Seus dedos extraem batatas fritas da sacola oleosa e as levam à boca automaticamente.

"Ei, imi!", a voz estremece. "Me mandaram para dizer para vocês não bloquearem o espaço todo assim. Para deixarem as pessoas com dinheiro passarem."

"Ah, pronto", uma voz grosseira responde. "E quem é você para nos dizer onde ficar?"

"É, aquela sua chefe que venha aqui se quiser falar com a gente, nada de mandar uma criança."

"Me diga, irmãzinha", um rapaz diz. "É possível que você tenha brotado testículos?"

Na gargalhada que se segue, outra pessoa grita: "Vai saber que remédios esses estrangeiros trazem para cá, que conseguem mudar o sexo das mulherzinhas".

O elevador não chega. Você aperta o botão novamente e olha para a luz piscando que lhe diz que está preso no quarto andar.

"Tenho certeza que já vi esse aí. O que começou a falar da Mai Moetsabi. Ele está sempre na loja da irmã Mai Gamu", Pedzi sussurra. "O rapaz e a moça que estão com ele também. Os três sempre passam o dia lá."

"Se aquela mulher não quer que a gente veja o que ela está fazendo, por que ela veio para cá de Botsuana para começo de conversa?", mais uma voz ruge.

"Ah, então ela devia voltar para lá. Porque aqui é o Zimbábue!"

Um tamborilar de música vem da calçada.

"Mbuya Nehanda kufa wachitaura, shuwa", um tenor agudo conduz. "Mbuya Nehanda morreu com essas palavras nos lábios."

"Kuti tino tora sei mabasa?", os cantores respondem, adaptando o antigo hino de guerra de reconquista do país à preocupação mais atual com conseguir um emprego. *"Tora gidi uzvitonge.* Pegue em armas e se coloque no comando."

Há uma pequena explosão, seguida pelo som de vidro se estilhaçando no concreto.

"Irmãos, irmãs", uma voz calma se impõe. É a Rainha da África. "Parentes, não se irritem, por favor."

O canto fica mais alto. *"Tino tora sei mabasa?* Como podemos conseguir um emprego?"

"Vamos de escada", Pedzi diz, tirando os sapatos de salto. Tendo vivido em Mabvuku, ela reage rapidamente aos primeiros sinais de qualquer violência da multidão. Parando apenas para pegar os sapatos, ela grita para você ir junto. Você não corre imediatamente, paralisada pela Rainha da África, cuja voz se torna mais gentil e mais firme. "É só essa jovem. Nos desculpe! Por favor, perdoem se ela não soube falar com vocês. É por isso que eu saí agora. Para falar com vocês do jeito certo. Lamentamos muito!" A multidão vai se acalmando aos poucos. Com o pé no primeiro degrau, você se surpreende com a bravura de Mai Moetsabi.

"Peça desculpas", a rainha ordena.

"Desculpa", a menininha guincha.

"Mais alto!", uma voz masculina sai da multidão.

"Desculpa!", a moça diz, esganiçada.

Um murmurinho de riso se espalha pela massa.

"Não, não é sobre tratar as pessoas mal", Mai Moetsabi explica num tom firme que não carrega um pingo de indignação. "Só queria que ela agradecesse seu interesse e pedisse a quem quiser comprar alguma coisa ou ver mais alguma coisa para entrar na loja. Eu vou mostrar tudo, mas vamos abrir um caminho para as pessoas passarem", diz a rainha.

O trio de dois homens e uma jovem dá uma risada vitoriosa e se separa da multidão.

Os boatos começam na mesma semana em que o quase tumulto acontece.

"Gorda daquele jeito, é uma pena que ela tenha chegado tão rápido para acalmar os meninos. Como se ela fosse preta. Ela é amarela, como todos aqueles BaTswana", diz uma mulher que cuida de um *spa* no segundo andar.

"Ela diz que sempre volta para construir salas de aula e um

salão na escola em que estudou naquele paisinho seco dela", diz a cabeleireira, que gerencia outro *spa* naquele andar. "Ah! Isso é o que elas dizem. Mas sabemos que esse tipo de gente só viaja para ir atrás de *muti* para vender. Pedaços de gêmeos e albinos."

Fala-se de como as poções devem estar funcionando bem, porque políticos foram vistos entre os clientes de Mai Moetsabi. Outros sussurros ligam a multidão indisciplinada da tarde à irmã Mai Gamu, argumentando que a esposa do político quer a Butique Rainha da África para ela, porque acha que o feitiço continuará potente.

Os rumores se transformam em descontentamento.

"Me pergunta se ela ainda vai estar aí no fim do ano."

"Não se preocupe. É impossível. Ninguém pode fazer nada se aquela esposa de um sujeito fica contra você."

A atmosfera no edifício fica mais pesada.

As mulheres têm expressões satisfeitas quando Mai Moetsabi parece estar perdendo a batalha que seu bom desempenho precipitou. Antes da revolta, havia às vezes, particularmente no 25 de maio, Dia da África, fotografias no *Clarion* e outros jornais de alguns dos dignitários do país vestindo trajes africanos, supostamente comprados da Rainha da África. Você e Pedzi ocasionalmente faziam um jogo chamado "encontre o líder nacional usando roupa da Rainha da África". Nas semanas que se seguem ao tumulto em frente à loja de Mai Moetsabi, as fotografias sofrem uma transformação quando os líderes e suas esposas substituem Kente e Ankara por Chanel, Pierre Cardin e Gucci. Seja por essa nova preferência entre a elite, ou por outras causas, os negócios da rainha Moetsabi logo entram em declínio. Há risadinhas no elevador e pelos corredores sobre a situação. De sua parte, você fica alarmada ao ver Mai Moetsabi, a quem você tanto respeitava, cair também para um estado que você reconhece com um presságio: um em que o sucesso é impossível.

Porém, a rainha surpreende a você e a todos, recuperando-se. Ela adiciona esmaltes, batons e conjuntinhos de manicure à sua vitrine. Lentamente, ela elimina os tecidos do oeste da África. Ela contrata uma jovem que fez curso profissionalizante para ficar lá sentada com cortadores de cutículas, lixas de unhas e lâminas numa mesa dobrável num canto da loja. Este empreendimento, que você acha tão fascinante, deixa a tez das mulheres do *spa* mais opaca. A vida escorre de seus olhos. No final, elas são substituídas por duas jovens muito motivadas que invadem o território da irmã Mai Gamu com alguns computadores descartados por um empresário local. Observando a Rainha da África, onde os negócios estão diferentes, mas tão rápidos como sempre, com uma admiração ressentida, as costureiras no primeiro andar preveem que as novas datilógrafas não vão durar até a Páscoa. Os comentários são particularmente sarcásticos ao falar da Sra. Ngwenya, que vem de Bulawayo.

Esses eventos fazem seus níveis de ansiedade crescerem mais uma vez. A questão de quem pode e quem não pode, quem consegue e quem não consegue, volta a ecoar sinistramente, trazendo amargura de volta à sua alma. Você duvida que, se fosse submetida a tal teste, teria os recursos internos para triunfar como Mai Moetsabi. Sente-se desencorajada ao considerar que é apenas uma questão de tempo até que seu trabalho coloque mais provações em seu caminho, mesmo que sua energia ainda esteja esgotada pelos eventos que a levaram à casa de Nyasha. Mais uma vez, você ouve a hiena rindo quando está adormecendo. Num esforço final para permanecer focada em seus objetivos, sem se distrair com suas dúvidas ou as da sociedade ao seu redor, você se propõe a imitar a rainha Moetsabi. Enfrenta filas de meio quilômetro de comprimento de manhã cedo para pegar a kombi e chegar ao trabalho às sete horas. Suas preocupações são exacerbadas por aumentos inesperados nos preços depois de já ter calculado seu orçamento mensal. Rangendo os dentes, você adiciona assustadores 10% ao valor alocado para transporte. Praticamente seu único incentivo é enviar seus relatórios antes do previsto, apesar das interrupções de energia aleatórias e cada vez mais frequentes. No trabalho, você fala regularmente com proprietários de hotéis em Harare e CEOs de companhias aéreas para garantir o melhor serviço aos clientes da Green Jacaranda. Você aplica questionários de avaliação aos clientes da empresa em sua última noite no país. Tracey confiou a você a análise estatística desde o início. Depois de algum tempo, você assume a tarefa de desenvolver os questionários mais curtos da empresa, sobre os diferentes locais em que os turistas ficam hospedados, embora Tracey continue responsável pelo principal, que avalia o *tour* como um todo.

Nesse meio tempo, Pedzi passa a guardar segredos. Sua colega chega ao trabalho mais cedo do que você ou a Rainha da África. Passa menos tempo rindo e conversando com você e as outras mulheres no prédio. Fica prostrada na frente do computador na hora do almoço. Quando não há muito movimento, ela faz ligações escondidas.

Um dia, depois de um mês em suas atividades solitárias, Pedzi chega no horário de sempre com dois arquivos que acabara de fotocopiar na loja da Sra. Ngwenya. A recepcionista entrega os documentos a Tracey. Seus olhos brilham em antecipação ao pedir que a chefe os leia de uma vez, e ela se lança num discurso de dois minutos sobre excursões de baixo custo para subúrbios de alta densidade populacional. Tracey ergue as sobrancelhas com interesse e explica que gosta que seus funcionários apresentem ideias, desde que isso represente um progresso. Ela promete examinar a proposta de Pedzi depois de concluir sua rodada matinal de telefonemas e e-mails.

Fiel à sua palavra, Tracey chama Pedzi em seu escritório depois do chá do meio da manhã. A porta se fecha. Elas não saem de lá até o homem que vende *samoosas* aparecer para perguntar se elas querem

Esse corpo lamentado

alguma coisa. Você bate na porta. Elas estão sentadas nas cadeiras de *mukwa* e couro, uma de frente para a outra, debruçadas sobre a mesinha entre as duas, onde os arquivos de Pedzi estão abertos. O cabelo curto e espetado de Tracey se mistura com os apliques roxos de Pedzi. Elas pedem que você traga seu pedido habitual de salada de repolho (grande) e duas *samoosas* cada. Quando você sai, Tracey a chama de volta e pede que você faça um chá para elas.

Você faz o que ela pede, sentindo-se como uma chaleira que leva tempo demais para ferver: as pessoas podem perder o interesse no chá e optar por algo mais forte. Você pondera, enquanto serve o almoço da recepcionista e de sua chefe, como a jovem Pedzi, apesar de seus *piercings* na barriga e unhas postiças, mostrou-se mais proficiente do que você no que importa — oferecer ideias. Você percebe que a nova habilidade de Pedzi é muito superior à sua experiência em redação, que você demonstrou tão habilmente quando ela, Tracey e você trabalhavam na agência de publicidade. Lá lhe entregavam números, declarações e artigos de revistas especializadas. Aqui Pedzi, tão surpreendentemente quanto Mai Moetsabi, criou uma bela possibilidade, do nada. Como tudo já foi criado uma vez, em seu ato de apresentar os documentos, Pedzi se colocou à sua frente como uma co-, ou, no mínimo, quase-criadora. Seu estômago se embrulha amargamente quando você fecha a porta para o par, que está intensamente concentrado. Elas nem sequer têm tempo para agradecer. À medida que seu medo se aprofunda, você o concentra e o nutre em Pedzi.

Alguns dias depois, você é chamada ao escritório da chefe junto com Pedzi para a decisão. O veredito de Tracey é que o programa de sua colega não é original. Tracey baixou vários arquivos da Internet que mostram que há concorrência de vários países na área de turismo em subúrbios de alta densidade populacional. Um arquivo descreve planos para fazer o mesmo em alguns guetos de Nova York e enviar o dinheiro arrecadado para sua região. Outro mostra como uma inquietação na África do Sul eliminou todo o risco ao transformar o gueto numa área de luxo. Suas esperanças aumentam com essas revelações, apenas para serem frustradas quando, após uma apresentação de dez minutos, Tracey conclui que a proposta da recepcionista é sólida e pode ser comercializada. Por ser uma novidade no país, ela e Pedzi vão preparar o plano para apresentá-lo a potenciais investidores, e a própria Pedzi ocupará o cargo de gerente de projetos. Tracey inicia uma sessão de *brainstorming* para encontrar um nome adequado para a iniciativa. Você se vê incapaz de contribuir. Pedzi solta opções como "Excursões Espetaculares" e "Lá. Lá onde? Mabvuku!", cantando o nome de sua cidade de alta densidade numa batida de hip-hop. Tracey diz que, embora pareça bom, não vai funcionar no papel. O debate continua por quase uma hora. Descrença recai sobre você quando as duas mulheres concordam com "Redes de alta densidade neourbanas e pós-modernas em setores de clima vulnerável e desfavorecidos digitalmente". Em pensamento, você coloca em dúvida a possibilidade de Pedzi ser bem-sucedida, ao mesmo tempo em que tem visões horríveis da antiga recepcionista se tornando codiretora com Tracey e demitindo você.

O que de fato acontece é que Pedzi continua como co- ou quase-criadora de seu projeto. Você a observa crescer, considerando-se incapaz de arquitetar qualquer ação que lhe traga vantagens, ou de sabotar a ex-recepcionista que, já que você também é gerente de projetos, ascendeu e se tornou oficialmente igual a você.

Sabendo que a chefe não mudará a Green Jacaranda Safaris para um novo endereço, e precisando de um escritório onde possa se concentrar em sua criação, Pedzi agarra seus objetivos e vai falar com a irmã Mai Gamu. Quando as mulheres no prédio descobrem, os rumores se espalham. Todo mundo prevê que sua colega terá que sair dentro de seis meses, já que Mai Gamu não suporta que ninguém além de si mesma tenha qualquer aspiração, como foi

Esse corpo lamentado

claramente demonstrado durante o drama com a Rainha da África. Ao contrário das previsões, no entanto, poucas semanas após a apresentação de Pedzi, o político concede um cubículo adicional à Green Jacaranda. A área é estreita e escura, iluminada apenas por uma janelinha no alto da parede que se abre para o beco escuro na parte de trás do quarteirão. O fogão de três bocas e a geladeira pequena precisam ser remanejados para garantir acesso à porta do novo escritório. Junto com Tracey e Pedzi, você passa a maior parte da manhã fazendo isso.

Uma pequena mesa e cadeiras chegam, bem como algumas prateleiras, todas no estilo pós-colonial Zimbábue-chic de seus escritórios. Percebendo que não há alternativa, você abraça Pedzi, lhe diz o quanto está feliz e oferece qualquer ajuda que ela possa precisar. Pensando em fazer um comentário sobre como o espaço é pequeno, você reconsidera.

As mulheres dos outros andares, porém, têm muito a dizer sobre os últimos acontecimentos na Green Jacaranda. Depois de parabenizar Pedzi, você passa a descer no final do dia para se juntar à fofoca. O principal assunto é como a concessão do escritório extra para a Green Jacaranda não tem nada a ver com Pedzi, mas que Tracey na verdade fez uma reunião secreta com Mai Gamu, na qual ela, Tracey, alardeou vários *slogans* do partido de situação, o que só serve para mostrar que você nunca pode confiar em pessoas brancas. Durante uma dessas sessões de fofoca, uma ou duas das mulheres começam a dançar *toyi-toyi* e a levantar punhos cerrados. Alguém tem conhaque na bolsa. Bebendo e dançando, as mulheres acabam ameaçando pegar o elevador até a Green Jacaranda para mostrar à sua chefe europeia que ela nunca vai conseguir entoar *slogans* partidários melhor do que elas, nem que viva mil anos. Para evitar o caos, duas mulheres se levantam para conter as dançarinas de guerrilha, e depois disso você percebe que não deve mais se envolver com essas pessoas.

CAPÍTULO 17

Seus sobrinhos a visitam em sua nova casa, talvez duas vezes por mês. Eles gostam da piscina. Ba'Tabitha mostra a Leon como funciona a bomba, para quando ele e Nyasha tiverem a sua própria. Você oferece suntuosos *braais* para sua prima e sua família quando eles aceitam ficar para uma refeição. Isso não é frequente. Nas ocasiões em que o fazem, Ba'Tabitha acende o fogo e Ma'Tabitha marina a carne de vaca, frango, porco e cudo, búfalo ou avestruz, com pimenta e coentro do jardim. Primo-cunhado adora a carne selvagem que você encomenda de um atacadista a grande desconto, uma vantagem de trabalhar na Green Jacaranda. Seu parente diz que adora o tempo que passa na grelha, e vira tanto os cortes de carne que eles demoram mais do que o previsto para assar. Nyasha diz que usa o tempo para se recompor. Você a deixa "se recompondo" ao lado da piscina ou nas poltronas de couro branco na sala de estar, enquanto você conversa com Ma'Tabitha sobre molhos e saladas. Você sorri e dá um tapinha em suas cabeças quando seus sobrinhos correm para a cozinha pedindo sorvete. Anesu lembra com carinho da vez em que você os levou à sorveteria quando a mãe deles estava cozinhando.

Por dentro, porém, o pavor paira em sombras embaralhadas. As vozes malévolas das mulheres do prédio flutuam em cima de você durante o sono. Um clima horrível de violência reprimida desce sobre o edifício da Green Jacaranda. Ele se instala ao seu redor como se a aura fosse sua. Você percebe a presença a envolvendo distintamente. Sente cada vez mais medo que os outros também percebam. Você está sempre com a sensação de que algo impensável está prestes a ocorrer, ou que será você a causa desse acontecimento abominável. Muitas vezes, você chega a acreditar que você *é* a ocorrência indizível.

Você fica tão inquieta que não consegue dormir, apesar dos antidepressivos que Dra. Winton prescreveu. Sua capacidade de concentração vacila. Você comete erros em suas análises e envia os questionários errados aos hotéis. Pedzi paira como uma ameaça crescente, e seu medo de tudo que isso prenuncia causa ainda mais degradação. Não ajuda que a Green Jacaranda esteja pagando por aulas na autoescola, pois Tracey, talvez percebendo sua perturbação, decide que você deverá, no devido tempo, deixar o escritório e supervisionar os passeios de campo. Você está tão aflita pelas estatísticas que falha no teste escrito várias vezes. Suas tentativas de passar no teste prático chegam quase aos dois dígitos.

Fora de si por tanta apreensão, quando seus parentes não estão visitando, você passa cada vez mais tempo enrolada em seu sofá de couro em frente à televisão. As visitas, por sua vez, tornam-se menos frequentes. Como o clima está quente, muitas vezes você cochila e acorda no sofá de manhã cedo. Você se levanta, esforçando-se para pensar nos assuntos de que deve se lembrar, sem considerar o medo que a assombra.

Você chega em casa tarde uma noite depois de ter ficado no escritório por várias horas para ler todas as informações sobre concorrentes que conseguiu encontrar, bem como *sites* asiáticos e latino-americanos para identificar novas atividades para o próximo grupo de turistas. Incapaz de pensar numa única inovação, a confiança que sente em sua capacidade de cuidar dos passeios não apenas de forma adequada, mas excelente, a mais nova condição para acompanhar suas colegas, a abandona. A hiena ri quando você entra pelo portão. Ela está mais uma vez tão perto de você quanto sua pele, pronta para acabar com os últimos fragmentos de certeza que você ainda tem assim que você se distrair.

Mesmo que as coisas já estejam impossíveis, tudo piora quando você entra na cozinha. Um pequeno saco está sobre a mesa. É o saco de farinha de milho que Christine trouxe de sua mãe para a cidade. "Foi a Mai Anesu que trouxe", diz Ma'Tabitha, que está esperando por você, embora você tenha dito a ela que isso não era necessário. Silenciosamente, você se xinga por não ter escondido o saco num lugar melhor e, depois disso, xinga sua prima. Você recusa o jantar que Ma'Tabitha oferece e vai da sala para o quarto, incapaz de se aquietar. Quando ela finalmente vai embora, você fica ao lado da mesa da cozinha, olhando para o saquinho de farinha, que agora está coberto de teias de caruncho e emite um cheiro de mofo mais forte do que nunca. Você deveria ter comido a farinha, você se repreende, cozinhado o amor de sua mãe enquanto estava na casa de Mai Manyanga, trazendo-o para seu corpo. Assim, você teria feito um lar onde quer que estivesse. Pensando nisso, você é tomada por raiva. Você arrasta o saco da mesa e o empurra para a lixeira. Pega uma garrafa de vinho na despensa, liga a TV e se força a ficar absorta numa novela australiana que está passando no canal de satélite. Você preenche as pausas de comerciais com longos goles de sua taça e fica bastante surpresa ao descobrir, algumas horas depois, que bebeu todas as três garrafas que tinha guardadas. Você sorri vagamente, pois o horror que se esconde no fundo de sua mente se dissolveu num borrão escuro de pelo roxo. A TV solta um zunido, sua cabeça apita. Você cai no sono sem perceber. Acorda afastando uma fileira de formigas que ataca seu estômago.

Você abre os olhos. Elas caminham. Você fecha os olhos. Os insetos continuam desfilando. Olhando para elas, a coisa que você prometeu a si mesma que nunca se lembraria volta à memória. Ela é um cadáver, morto há muito tempo, deitado num ponto de ônibus, comido por coisas rastejantes, roído por necrófagos.

Você corre para longe dela, para a cozinha. De uma vez por todas, você precisa enterrar essa mulher. Arranca a tampa da lata de lixo e agarra o saco de farinha de milho. Espalha o conteúdo pelo chão e sobre os móveis. Sentindo a raiva a atingir como um chicote, você pega o saco novamente e corre para o jardim. Lá, você arrasta a enxada da garagem. Você cava um buraco fundo como uma cova e lá despeja o presente de sua mãe. Cães latem ao longe. Aos seus ouvidos, parece que eles estão se aproximando, como se você fosse uma presa. Apavorada, você se arrasta para seu quarto, tirando a blusa e tropeçando. Você quer esconder a cabeça sob as cobertas da cama, enrolar seu corpo sobre o colchão numa bola como um feto. Esticando-se para procurar o pijama, você se afasta da cama, chocada. Você desliga a luz. Você a liga novamente. Não faz diferença. Crescendo como seu horror, uma cabeça repousa sobre o travesseiro. Você mergulha o quarto na escuridão mais uma vez, e o inunda com luz novamente. Características e proporções mudam quando a cabeça se transforma numa pessoa pequena e disforme.

Pernas convulsionam e se partem num exército de alunas vestindo o uniforme verde e bege da Northlea. Investindo com um grito, você segura uma entre o indicador e o polegar para atirá-la para longe. Ela crava os dentes na carne do seu polegar. Você percebe que é sua mãe. Você sacode a mão. Ela se segura. Batendo seu pulso contra a borda, finalmente consegue jogá-la na lixeira perto da porta.

"Um útero", ela soluça. "Igual ao meu. Você quer me afogar nele!"

A cesta é de sisal trançado. Sua mãe se agarra aos fios, esforçando-se, mas incapaz de sair. Você volta pela sala, atrás da próxima aparição diminuta que também se metamorfoseou em sua mãe.

"Um útero! Ah não, como é possível! Como um útero pode me dizer o que é o quê? *Baba wanguwe*, ai, meu pai! Vocês mais velhas, como isso pode acontecer?", sua mãe grita enquanto você descarta a próxima ao lado dela. Ambas tentam sair, agarrando e arranhando uma à outra até acabarem deslizando de volta para o fundo.

Você passa o resto da noite pegando as criaturas de uniforme que são sua mãe e as enterrando na lixeira, prendendo-as e colocando seu roupão por cima da cesta para evitar que escapem enquanto você procura o restante.

Quando acorda, está na cama. Seu roupão ainda está sobre a lixeira. Você pega seus chinelos, como havia pegado uma pedra no mercado há mais de dois anos, com a intenção de arremessá-los, desta vez em sua lixeira, mas não os joga ao perceber que alguém está berrando. Um grito ecoa pelo quarto, estremecendo as vidraças. Você cerra os dentes. O choro continua. É o lamento que você queria que aquela garota Elizabeth soltasse. Era para ser ela, para você não ter que gritar.

Por muitos dias, você vai trabalhar sem ter nem piscado à noite, sentada na cama com um livro que finge ler. Você ousa cochilar apenas em seu escritório, onde está cercada de pessoas. Quando acorda, você se preocupa, apreensiva que suas colegas possam pegá-la cochilando. Leva mais tempo para concluir suas tarefas e comete mais erros. O esforço para corrigi-los é crescente. Você reconhece que tomou um certo rumo, chegou a um lugar que você não sabia que era o destino de sua jornada e se trancou lá. À medida que os dias passam e cada noite se arrasta, você repete para si mesma a conversa que teve com Nyasha na noite em que chegou à sua casa. Finalmente, depois de muitos desses episódios, você resolve ir em busca de sua liberdade.

A princípio, pretende usar o telefone. No final, sai da cama no meio de uma noite de vigília para escrever uma carta. Você se senta com a caneta na mão, esforçando-se para mobilizar seu coração e fazer o que é necessário. Quando começa a anotar algumas frases, passa horas numa escrita angustiada; pois, embora tenha lhe parecido aceitável — até glorioso — no momento, você não encontra agora nenhum motivo que justifique a brutalidade que infligiu a uma jovem cuja educação lhe foi confiada. A cada palavra que escreve, risca e reescreve, você entende que, além da pele dela, você destruiu a capacidade que a moça tinha de acreditar nas pessoas.

Você pensa em descobrir onde Elizabeth mora e lhe enviar dinheiro, colocar as notas num envelope e entregá-lo a alguém do lado de fora da casa dela. Mas então especula que ela está fazendo os exames finais agora e esperando para ir para a universidade, de modo que a quantia que você pode oferecer seria pouco significativa, servindo apenas para deixar a menina e sua família ainda mais irritados com os dólares fúteis jogados em suas caras sem consulta prévia. Como você se arrepende agora, na solidão da noite, por ter desperdiçado a oportunidade que teve na sala da Sra. Samaita, quando poderia ter reparado pelo menos parte da atrocidade que cometeu.

"Ei, ei, ei, madame!"

Alguém está batendo na janela. É Ma'Tabitha. Seu primeiro impulso é ignorar o barulho, mas está com medo de ainda mais solidão, e pensa que pode ser bom ver outro ser humano.

"O que é?", você pergunta.

Ela não consegue escutar. Você abre a cortina e aponta para a porta da frente.

O rosto de Ma'Tabitha aparece na noite. Ela dá um passo à frente, quase sem roupas, de camisola, um pano da Zâmbia e um par de chinelos.

Você abre a porta.

"A luz? Eu vi", ela sussurra, ansiosa. "Eu sempre vejo. Só que hoje foi demais."

Formigas voadoras, despertadas por uma breve tempestade, voejam ao redor da lâmpada da varanda.

"Entre", você responde. "É só isso? Você não está precisando de nada?"

"Quando a luz está acesa o tempo todo e aí a grande acendeu, eu me perguntei", continua o sussurro de Ma'Tabitha. "Eu disse para o Ba'Tabitha. Eu disse para o meu marido, será que está tudo bem, se a luz da madame fica acesa o tempo todo? Ele disse, vai lá ver."

Você espera. Ela não se move.

"Entendo", você acena com a cabeça.

"Você está bem, madame?"

Você se acalma e responde que está ponderando sobre um assunto de negócios, e faz isso há várias noites.

"Sinto muito, madame. Eu não quis atrapalhar", Ma'Tabitha se desculpa. "Ba'Tabitha e eu pensamos que talvez tivesse acontecido alguma coisa."

"Obrigada, Ma'Tabitha, mas está tudo bem!" Você força um sorriso e acrescenta: "Por favor, não me chame de madame." Você para e respira fundo antes de continuar. "Senhora. É Sra. Sigauke."

"Boa noite, madame."

Você segura o olhar dela com o seu.

"Boa noite, Madame Sra. Sigauke", Ma'Tabitha diz.

Você ouve o som de seus chinelos, o tapa de borracha na sola seguido pelo baque mais suave de seu pé batendo no chão. Quando não consegue mais ouvi-la, deixando a janela aberta, um desejo súbito, você volta para sua carta e repensa o rumo que deve tomar. O que vai acontecer se você descobrir o endereço dos Chinembiris? Será que eles vão rir de você aparecer, depois de todo esse tempo, para pedir desculpas: se foi mulher o suficiente para bater na filha deles como fez, o que aconteceu para acordar em você a fraqueza da contrição? Se sentirem o cheiro da fragilidade, o que farão? Qual é o tamanho da família de Elizabeth e quem são? Quantos tios jovens, primos e irmãos de ventre haverá, se decidirem buscar retaliação?

Tendo considerado todas as possibilidades, você compõe duas linhas solicitando uma reunião com a Sra. Samaita. Você

Esse corpo lamentado

leva o envelope para o trabalho e o coloca na bandeja de saída de Pedzi, que ainda faz o trabalho de recepção apesar de ter sido promovida a gerente de projeto. O escritório da Sra. Samaita telefona alguns dias depois e, na tarde seguinte, você está sentada na cadeira de madeira bamba em frente à mesa, o mesmo lugar onde esteve para a entrevista no dia em que a conheceu. Você olha melancolicamente para o que está atrás da diretora, o armário cheio de troféus. Sra. Samaita fica aflita quando você lhe diz que precisa, sem demora, pedir desculpas a Elizabeth e sua família. Você é levada a entender que a jovem está agora permanentemente surda de um ouvido e que perdeu vários meses de aula para reabilitação, então está um ano atrasada. A diretora sugere que você fale com Elizabeth ali mesmo, e depois não pense mais no assunto. Alívio sobe em seu peito com a menção desta opção mais fácil. "Poderia ser uma saída?", você se pergunta. No final, permanece inflexível, pois agora que chegou até ali, está determinada a mostrar seu arrependimento. No final, Elizabeth é chamada. Ela finge que não a vê, apenas respondendo seu "Mhoro, olá, Elizabeth!" Recusando-se a falar diretamente com você, ela concorda que a diretora pode lhe dar o endereço de sua casa.

Sua ex-aluna mora em Highfields, uma área onde o aluguel custava duas libras durante os tempos coloniais, mas que o governo da Independência transformou em grande parte num assentamento de casas próprias. Muitas pessoas eram donas de suas casas agora, e os Chinembiris também haviam conseguido essa vantagem, de modo que, sem um senhorio para despejar ninguém, muitos membros do clã migraram de várias fazendas e propriedades comuns para a pequena construção.

Ao chegar, Mai Chinembiri está curvada sobre o pequeno canteiro que marca o limite da estrada e o início de sua propriedade. Ela construiu, paralelo à rua, um cume de terra, e está plantando algumas mudas de batata-doce. Um bando de rapazes

— que você pensa que devem ser vários parentes de Elizabeth — está fumando perto do portão, enquanto outro grupo de homens mais velhos descansa nos degraus da casinha bebendo Shake-Shake de caixas de papelão.

Você é respeitosa. Apresenta-se como Sra. Tambudzai Sigauke.

"Ah, então é você que sai por aí matando as filhas dos outros", diz o irmão mais velho de Elizabeth quando as apresentações terminam. Ele olha para você de cima do cigarro. "E quebrando as orelhas delas, *haikona!*"

Você baixa a cabeça. Lágrimas caem de seus olhos por vontade própria. Você tensiona sua mandíbula para que eles não vejam essa fraqueza.

"Olha para ela! Ah, talvez tivesse alguma coisa errada. Olha como ela está arrependida", uma voz grita lentamente da varanda. Você sente os olhos da pessoa que falou a observando.

"E você não se arrependeria", o vizinho, que, ao contrário dos outros, está bebendo um Scud, começa secamente. "Se arrependeria, não é mesmo, se alguém estivesse prestes a fazer exatamente a mesma coisa com você, e você soubesse muito bem o que fez com essa outra pessoa?"

"Nunca se sabe", o irmão mais velho concorda com o último Chinembiri. "Talvez ela só queira nos humilhar um pouco mais. Quando é que pessoas que nem ela olham para a gente?"

"Se ela fosse política, eu diria no dia da votação", sugere o que estava bebendo Scud. "Talvez ela esteja praticando para isso, o que você acha?"

Alguns dos rapazes sorriem, mas a curva em seus lábios é tensa, seus olhos duros.

"Tia, sai daqui agora. Já te vimos. Amanhã, vamos saber quem você é. Mas se você for agora, tranquila, sem causar problemas com ninguém aqui, vamos dizer que o assunto está resolvido", o irmão mais velho decide.

Esse corpo lamentado

A atmosfera se alivia um pouco.

"Faça o que ele está dizendo", diz o segundo jovem. "Ele está se segurando, mas nós sabemos como ele é. Você não. Quando ele explode, ninguém consegue segurar."

Mai Chinembiri limpa as mãos em seu xale Zâmbia.

"Já ouvi tudo e não sei por que você ainda está aí", ela lhe diz baixinho. A mãe de sua ex-aluna levanta o queixo. "Por que você não está andando? Por quê? É o seu ouvido que não está ouvindo agora?"

Quando você permanece ali parada, a mulher primeiro estreita e depois fecha os olhos. Os jovens esperam. Mai Chinembiri olha para eles. Finalmente ela avança, um braço estendido.

Você pega a mão dela. Quer segurá-la, mas ela se afasta no primeiro contato.

"Por aqui", ela indica com a cabeça. Você a segue até a varanda dos fundos. Vocês andam pela lateral da casa, pois cada um dos três cômodos está entulhado de colchões, cobertores e roupas amontoadas em caixas de papelão.

Nos fundos, você se senta num banquinho de madeira. Mai Chinembiri se senta no último degrau. Vocês ficam em silêncio por um longo tempo.

"Eu estou aqui", você começa enfim.

"Estou vendo", diz a mãe de Elizabeth. "O pai dela não está aqui. Isso é bom. Ele disse que dessa segunda vez ele não queria ver você."

Você concorda. "Onde ela está? Posso pedir desculpas?"

"O coração dela é como o do pai", responde Mai Chinembiri. "Falei com ela algumas vezes antes de você vir. Ela se comportou como se eu não estivesse falando."

"Devo esperar?"

"Talvez outra hora, se nós nos dermos bem. Mas é difícil para ele. Sabe, agora que a filha dele não consegue mais ouvir tudo.

Quanto a ela!" Mai Chinembiri engole em seco, sua voz molhada de lágrimas que escorrem por seu rosto. "Quanto a ela, quando falo com ela, já disse, é como se ela nem me ouvisse. Ela diz que eu não protegi minha própria filha."

"Não fale assim, Mai", você sussurra, pegando a mão dela.

Desta vez a mãe não tem forças para afastar sua mão. A dor flui de um lado para o outro por seus dedos entrelaçados, e as lágrimas dos dois rostos se misturam de modo que é como se vocês estivessem lavando as mãos. Ah, como você gostaria que as lágrimas pudessem limpar tudo o que as quatro mãos seguram.

Depois de um tempo, Mai Chinembiri se afasta. Ela passa as costas das mãos nos olhos. A umidade marca seu rosto.

"Está feito", ela diz. "Você vir ou não, não faz mais diferença. Talvez a gente pudesse ter salvado aquele ouvido se tivesse dinheiro para pagar o hospital."

A mulher olha para você, acusatória. "A escola mandou o dinheiro depois de duas semanas. A turma dela, elas fizeram isso pela Elizabeth, mas já era tarde demais para o ouvido funcionar."

O arrependimento deixa um gosto amargo em sua boca. Você sabe que condenou a si mesma à prisão perpétua. Ainda assim, repete seu pedido de perdão. Mai Chinembiri permanece em silêncio. Como não há mais nada que possa fazer, você repete suas desculpas baixinho e se prepara para sair, dizendo que fará o que puder por Elizabeth se a família encontrar um especialista. A mãe concorda, embora vocês duas saibam que é longe demais para a Sra. Chinembiri se lançar sobre o cume de batatas-doces ao lado da estrada em busca de um cirurgião otorrinolaringologista.

"Nós temos um plano para você", diz o irmão mais velho quando você passa pela frente do prédio. "Espero que a gente nunca mais te veja, porque vai ser melhor para todo mundo."

Você vigia a estrada furtivamente enquanto caminha, mal se atrevendo a levantar a cabeça, esperando ver a saia verde de

Elizabeth se aproximando pela rua estreita do ponto das kombis, mas apenas o silêncio dos rapazes se torna mais denso atrás de você, e então é agarrado e jogado longe pelos gritos e xingamentos, pelo riso da vida de bairro.

CAPÍTULO 18

O dinheiro que achou que gastaria com Elizabeth, você acaba gastando consigo mesma. Você tem hora toda semana na cabeleireira, em vez de uma vez por mês, como recomendado. Pede os tratamentos mais caros com óleo de rícino e manteigas vegetais, e frequentemente experimenta apliques indianos, brasileiros e coreanos. Você se mima com manicures e pedicures. Rapidamente, passa para massagens tailandesas nos pés. Na mesa da massagista, prefere massagens suecas. Sobrancelhas são arrancadas, cabelos são eletrocutados, você se enrola em lama, e choques elétricos fecham seus poros. Sua pele fica macia e lisa. Seus crediários de roupas nas lojas de departamentos da Jason Moyo beiram o valor disponível em sua conta bancária. As dificuldades dos últimos anos encolheram seu corpo, e os rapazes olham duas vezes na sua direção, enquanto os rostos das moças mostram expressões irritadas que dizem "ah, se eu pudesse ser como ela". Você não vê nada hoje em dia quando se olha no espelho, a não ser o reflexo de seu quarto e lençóis de cetim importados, seus dois celulares, e muito além disso uma silhueta sombria maquiada com *blush*, batom e lápis de sobrancelha, que você não examina de forma alguma.

Ao sair do escritório durante a semana, você não vira para o terminal rodoviário da Rua Fourth, mas caminha até os cinemas na Avenida Robert Mugabe. Lá, depois de negociar com o atendente que quer que você assista a uma exibição e depois retorne ao saguão para comprar outro ingresso, você saboreia a vitória quando recebe permissão para pagar adiantado pelas duas sessões noturnas. Você permanece sentada até a última nota musical vibrar nos créditos finais, não chorando nem uma vez, nunca tomada por alegria. Depois do cinema, vai para um jantar solitário num restaurante próximo, preferível a uma refeição solitária em casa, que a relaxa demais, permitindo que o desconforto à espreita sob seu exterior polido vaze por sua armadura enfraquecida. Quando o garçom traz seu pedido, sem sentir fome, saciedade ou prazer, você limpa seu prato. Depois disso, perambula por várias casas noturnas, atraindo companhias cacofônicas pelo caminho, mas sempre evitando a Ilha, sem querer encontrar Christine. Nos fins de semana, você se senta no parque Harare Gardens. Vê casais abraçados no gramado e tirando fotos de casamento. Nessas horas, arrependimento por não ter investido num dos irmãos Manyanga estremece o vazio em seu peito. Você segura a imagem de Larkey em sua mente por alguns segundos, então respira profundamente, tensiona sua mandíbula e força o anseio vão para fora de sua cabeça.

Você decide procurar um *nganga* experiente. Essa ideia acaba se mostrando impossível, como todas as outras que já teve. Você não pode perguntar a Baba e Ma'Tabitha. Buscar consolo e esse tipo de conselho com seus empregados é impensável. Tracey não sabe nada dessas coisas, e Pedzi é uma garota da cidade que morreria de rir de sua situação. Tia Marsha acredita no horóscopo do *Clarion*. Ela é tola demais para ser consultada. Em vez disso, você visita a Biblioteca Queen Victoria nas manhãs de sábado antes de se sentar no parque, procurando informações sobre tratamentos ocultos e espirituais.

No trabalho, você retorna ao velho padrão da agência de publicidade, em que entrega todas as demandas, mas não começa nada sem antes receber instruções. Mesmo assim, você é um exemplo de decoro, mostrando deferência impecável a todos que encontra na comunidade do edifício. Você cumprimenta irmã Mai Gamu tão afavelmente quanto a Rainha da África. Acena cordialmente para as datilógrafas da esposa do político e, nas poucas manhãs em que se sente excepcionalmente cortês, estende as gentilezas e pergunta como está a questão dos suprimentos de papel e cartuchos de tinta, nas difíceis circunstâncias do país. Você compra duas garrafas de 250 ml de conhaque, que guarda na bolsa, para caso o Clube da Fofoca a aborde nas escadas ou no elevador, mas embora você as veja pelas janelas nas portas do escritório, elas nunca mais a convidam para participar.

Todo dia você faz questão de recolher os pedidos de almoço de Pedzi e Tracey. Você faz isso para antecipá-las por vontade própria, antes que elas solicitem seu serviço, lembrando-a novamente de sua posição em relação à delas, a inadequação intrínseca que impede que você se envolva em sua exuberante irmandade. Depois, você bate na porta e deixa cuidadosamente os pedidos, pelos quais elas agora agradecem, pois não estão mais envolvidas na criação de um novo produto. Você sorri e expressa sua disposição para atendê-las imediatamente, se precisarem de mais alguma coisa. O tempo todo, ressentimento borbulha dentro de você.

O único ponto de luz em sua situação é que, após seis meses de fracasso, você finalmente consegue sua carteira de motorista. Essa conquista coincide com a inauguração do projeto de Pedzi. Você percebe que demorou tempo demais para passar no teste prático quando Tracey olha para sua certificação com um aceno silencioso da cabeça e instrui Pedzi a comprar um livreto do Código de Estrada e marcar a prova para sua licença provisória. Comparando-se a Pedzi, como sempre, e considerando que ela provavelmente conseguirá a carteira de motorista na primeira vez que tentar, o prazer de sua conquista é entorpecido. Sua insatisfação aumenta sempre que você entra no carro e vai para o escritório ou para casa. Assim, o Mazda roxo que a Green Jacaranda comprou para você dá guinadas perigosas por semáforos âmbar, e costura por filas de carros. Furiosa, você buzina duas vezes mais alto para qualquer um que expresse desagrado.

Esse corpo lamentado

No escritório, enquanto Tracey trabalha com as novas contratações, patrocinadores e programas, e cuida das *eco-spin-offs*, que incluem os minérios de granito, você sonha em estar na savana ou escalar montanhas, ao mesmo tempo em que se ocupa do relacionamento com agentes estrangeiros e seus clientes turistas, bem como suas principais responsabilidades — organizar as reservas e realizar as análises estatísticas. Sua chefe construiu o empreendimento de ecoturismo no noroeste da região, na fazenda de seu irmão Nils Stevenson. Você fica sabendo disso várias semanas após sua última prova prática, e é então chamada ao escritório de Tracey, que lhe oferece a cadeira, como em seu primeiro dia. Da forma mais discreta possível, embora ainda fazendo com que você se sinta um membro valioso da equipe, Tracey revela como teve que aceitar o acordo com o irmão quando a velha Sra. Stevenson morreu, seguida um ano e uma semana depois pela partida de seu esposo. Do mesmo jeito teimoso com que a família resistiu a colocar um *e* no nome de Nils, para celebrar suas origens *viking*, Nils resistiu às reivindicações de sua irmã por qualquer parte da propriedade da família. Ao sair da agência Steers, D'Arcy & MacPedius, sua chefe ameaçou processar o irmão. O resultado foi um acordo extrajudicial sancionado pelo Ministério do Turismo do Zimbábue, que lhe permitiu construir uma vila de vários hectares na fazenda. O acordo estabeleceu que a terra deveria ser seccionada no prazo de cinco anos a partir da data de assinatura. No entanto, como Tracey ficou muito ocupada com o sucesso de seu empreendimento, em grande parte devido à localização de seu projeto ser próxima a uma lagoa, o loteamento não foi levado a cabo.

Depois de aceitar felicitações formais por ter passado no teste de direção, você recebe a notícia que tanto ansiava por ouvir. Além das análises estatísticas e reservas, agora, finalmente, você acompanhará os clientes da empresa como supervisora de turismo.

De acordo com este plano, você deve trazer uma capacitação muito necessária para a organização, que até agora foi terceirizada a custos injustificáveis, na opinião da Green Jacaranda e de seus investidores, pois a Green Jacaranda já emprega três funcionárias em tempo integral. Os olhos de Tracey estão vivos, mas evasivos, ao falar disso. O sucesso em sua nova tarefa elevará sua posição de gerente de projetos para gerente de turismo no devido tempo, se tudo correr bem. Tracey lhe deseja boa sorte e informa que você ficará em contrato de experiência por três meses.

Você se entrega a essa nova tarefa, como se seu trabalho fosse o Deus a que foi apresentada pela primeira vez décadas antes, quando chegou à missão metodista de seu tio. Gostava muito de viajar por todo o país quando morava com seus parentes, pois durante as férias seu tio colocava em prática sua crença de que ver fazia parte de se educar. Ele sempre incluía uma lição durante os passeios em família: a usina hidrelétrica Kariba do Sr. Smith e a vila Tonga afundada, cujos espíritos indignados levaram o deus cobra do rio a comer vários engenheiros italianos, isso sem falar dos funcionários. Em seguida, o túmulo de Rhodes nas colinas de Matopo, com vista para Bulawayo, que já foi o santuário mais poderoso de Mwari, o Deus de todos os povos da Zâmbia, passando por seu próprio país e entrando na África do Sul, onde os combatentes da libertação, no escuro da noite, realizavam rituais sagrados de limpeza durante a guerra, e que, você descobriu ao pesquisar para campanhas publicitárias, jovens zimbabuanos do sexo masculino agora marcavam como sua propriedade com urina. A magia desses locais era forte e real para seu eu adolescente. Ela pairava sobre as regiões que você visitou, como as Ruínas do Zimbábue, que você reencontrou na Steers, D'Arcy & MacPedius, reabilitadas e renomeadas como Grande Zimbábue. Sua promoção é como uma abertura no tempo que permite recarregar em sua alma de meia-idade seu eu jovem e determinado. Havia generosidade naquela pessoa, deleitando-se pela exuberância daqueles anos, quando as viagens empreendidas com Babamukuru e sua família levaram à convicção de que você era uma pessoa entre pessoas, como todas as outras, parte de um mundo maravilhoso. Você dá as boas-vindas ao renascimento de sua alegria juvenil e sente-se ansiosa para transmitir sua empolgação a seus clientes durante as visitas a locais que não vê há décadas.

A lagoa que Tracey escolheu como localização da Green Jacaranda Safaris não diminuiu no mesmo ritmo que outras fontes de água bem frequentadas nas planícies arenosas e secas do noroeste. Quando você chega com seu grupo de turistas, ela já recuou cerca de meio metro de onde ficavam suas margens quando os Stevenson adquiriram o terreno; mas elefantes ainda caminham até o meio para sugar a água em suas trombas e soltá-la em suas costas. Búfalos ainda chafurdam satisfeitos nos arredores lamacentos do lago. Você logo se acostuma a ver os cinco X marcados em relação aos itens de visualização animal quando coleta os questionários de satisfação dos clientes.

A propriedade dos Stevensons é imensamente linda. Todas as manhãs, recordando neste momento sereno do passeio sua educação primeiro na missão e depois no convento, você murmura uma breve prece, agradecendo por ter sido surpreendida com tamanha felicidade quando acreditava ter perdido toda a capacidade de renascimento ou crescimento. Há um prazer requintado na ondulação da grama dourada e pálida que cobre a planície. A paz incomensurável habita o pescoço de uma girafa que se curva, marrom e amarelo, contra o céu que brilha azul demais, assim como no modo aveludado como o animal arranca as folhagens. O ronronar de um leão, o arco da presa de um elefante, o movimento calculado das asas de uma ave de rapina reacende sua admiração por fazer parte dessa existência. À noite, longos drinques antecipam peixe fresco grelhado em fogo aberto pelo *chef*, marinado em suco de *mazhanje* ou licor de *marula*. Há *madora* e *matemba*, e cerveja de sorgo para quem se atreve mais tarde na noite, quando os dançarinos entretêm os convidados no pátio central do estabelecimento. Na estação fria, quando até o sol fica branco, as lâminas de grama balançam suavemente na brisa e seus visitantes perdem o fôlego. O cheiro da fumaça da comida dos trabalhadores da propriedade paira sobre as terras do safári e, em algumas noites, uma borda vermelha brilha ao longe como uma lua cheia nascendo, nas aldeias onde as pessoas residem, suas fogueiras crepitando e fumegando destruição. Nessas noites, o céu tem cheiro de casa. O panfleto diz, e você explica ao grupo, que os colonos, maravilhados, nomearam a extensa savana de País de Deus. Os clientes suspiram e questionam uns aos outros sobre cada pegada de animal encontrada, escaravelhos jogados, e lagoas que parecem refrescantes, mas podem abrigar parasitas da esquistossomose. Após discutirem entre si, eles se interessam em ouvir sua opinião.

Assim, a pátina que sua mãe, com desgosto pungente, rotulou de "manias inglesas", que você adquiriu no Colégio para Moças Sagrado Coração, finalmente se transforma numa grande vantagem. Como é restaurador, mesmo já a caminho da meia-idade, colher um resultado positivo do internato que, enquanto a educou, a transformou "neles", "eles", "os africanos". Como supervisora de turismo na Green Jacaranda, você ainda é zimbabuana o bastante, ou seja, africana o bastante, para ser interessante para os turistas, mas não tão estranha a ponto de se tornar ameaçadora. Eles se comunicam confortavelmente com seu sotaque anglicizado, e você o reproduz assiduamente, embora ainda mutile alguns ditongos. A pessoa que você se tornou no final de uma longa e tortuosa estrada é fascinante e enigmática, mas ao mesmo tempo afetuosamente familiar para esses clientes. Não foi num lugar que

Esse corpo lamentado

você pode chamar de lar, mas itinerante, longe da casa e do escritório na Jason Moyo, que você se torna uma estrela. Você passa seu tempo com as mulheres mais velhas nos grupos. Elas trazem presentinhos para demonstrar que apreciam as várias pessoas que encontram. Você é presenteada com chocolates, lenços de *chiffon* longos e finos, e amostras de perfumes. Frau Bachmann, que viaja regularmente com o marido, é particularmente generosa, trazendo bolinhos de Natal alemães, que ela pede que você guarde para compartilhar com sua família. "Encantador!", é seu comentário entusiasmado — "*Entzückend!*", de Frau Bachmann — quando você explica como, em tempos antigos, ter um animal totêmico sagrado, que era cuidado e não abatido para refeições, garantia a fertilidade. Se o animal totêmico fosse comido, os dentes invariavelmente caíam, você continua, rindo. Hoje em dia, no entanto, as pessoas encontram herbalistas que lhes dão remédios para que possam comer o que quiserem. Você explica que a expressão para incesto se traduz literalmente como "totem comido". "Incrível!", seus clientes acenam com a cabeça quando você conclui. De sua parte, você arquiva as palavras em alemão para testá-las com o primo-cunhado.

Na alta temporada, os turistas pegam suas câmeras e gastam rolos de filme quando você mostra a árvore que dá nome aos eco-safáris. Ali sua chefe aparece em muitas fotos, a bondosa, mas astuta, zimbabuana de origem escandinava. Você também está em muitos quadros do outro lado de mares e oceanos. Você sorri um pouco rígida sob a copa púrpura dos jacarandás, ou à sombra de uma acácia na vastidão da savana. E assim você será lembrada.

Voltando ao escritório depois de seu sétimo safári, que foi particularmente satisfatório, e esperando sua promoção ao cargo de gerente de turismo, você percebe uma mudança em Tracey. Ela sai do local para se encontrar com oficiais do governo em seus escritórios com mais frequência. Taciturna após tais reuniões, ela se comunica por frases curtas e abruptas. Raramente fala de princípios. Você se convence de que a mudança no comportamento de sua chefe se deve a uma tensão entre ela e a gerente de projetos recém-nomeada, exacerbada por sua ausência. Esperando que este seja o caso, você mantém um olho fixo, embora dissimulado, em sinais dessa dissidência. No fim das contas, depois de alguns dias que você passa debruçada sobre as estatísticas dos questionários e escrevendo extensos relatórios sobre cada aspecto da excursão — esta última sendo a mais nova distinção que lhe foi concedida —, você é obrigada a admitir que seu sucesso não é a causa dessa nova tensão no escritório. Sua chefe e a ex-recepcionista continuam sendo uma equipe admirável. Para piorar a situação, os resultados de uma pré-pesquisa indicam que as excursões de Pedzi ao gueto e as pontuações de satisfação serão pelo menos tão altas quanto as suas.

Como é impossível dizer o nome oficial, o projeto de Pedzi é chamado de Giro pelo Gueto Green Jacaranda em todo o material publicitário. Tendo se tornado uma opção praticamente sem custo para os clientes incorporarem uma experiência comunitária de alta densidade populacional ao habitual safári da Green Jacaranda, ela consiste num passeio, uma noite numa casa, café da manhã no dia seguinte e algumas atividades selecionadas antes de retomarem o programa padrão.

Pedzi está ciente dos perigos de ter muito sucesso, e age diligentemente de forma a desviar de todos eles. Ela não levanta, no início, um único fio de suas sobrancelhas feitas quando você retorna com muitas histórias de clientes satisfeitos. Navega pela rivalidade das ocupantes do prédio comercial mantendo as portas de vidro do hall de entrada abertas quando está trabalhando na recepção, mesmo que isso seja contra os conselhos da chefe e a política da empresa, a fim de desarmar

Esse corpo lamentado

cada mulher que passa com um sorriso, mesmo aquelas que ela agora, em seu novo papel como empresária, acha frustrantes. Ela até sorri para os jovens que se reúnem para catar qualquer coisa ao redor das lixeiras lotadas da prefeitura. Está tão empenhada em ascender que gasta alguns dólares para remover o lixo fora da programação de Tracey.

Pouco a pouco, porém, Pedzi acaba se afogando no brilho de suas perspectivas. Ela promete às costureiras várias vezes por semana que logo vai mandar fazer uma roupa. Quando não aparece para tirar as medidas e elas chamam sua atenção, diz que mudou de ideia, que a roupa vai ser para sua irmã. Eventualmente, ela está prometendo tudo a todas de todos os andares e não entregando nada. Mesmo assim, Pedzi é a prova de que uma garota dos guetos altamente populosos pode se tornar uma empresária de sucesso. Ela segue imensamente popular. Tracey se preocupa que os investidores apareçam sem avisar e encontrem as funcionárias de níveis mais baixos bebendo café instantâneo e comendo *samoosas* às suas custas. Por sua vez, as outras inquilinas, quando saem para almoçar, começam a perguntar primeiro a Pedzi e, gradualmente, a vocês três, se querem que elas tragam salada de repolho e *samoosas* ou *sadza* e ensopado.

"Ei, alguém quer? Hambúrguer? Salada? *Samoosas?*", Pedzi pergunta calmamente para o escritório a pedido de suas irmãs recém-feitas, que iam até ali para receber os pedidos ou usavam o telefone.

À medida que o lançamento do Giro pelo Gueto se aproxima, Pedzi transmite informações por todo o edifício da Green Jacaranda sobre suas finanças, que em breve estariam melhoradas, e lembra a todas que todas elas se beneficiariam, pois, em princípio, todas participaram de seu avanço como parte de sua comunidade no trabalho.

Foi então que irmã Mai Gamu revelou que era confeiteira de bolos de casamento de oito andares, e também que possuía uma butique de noivas numa região mais abastada das avenidas de Harare. Com os olhos cinzentos fixos, ela pede a Pedzi que anuncie o gueto como uma localização original de casamentos para clientes da Green Jacaranda e outros europeus. Ela confidencia um anseio secreto de que uma das festas de casamento incluirá um padrinho e ela se tornará cidadã alemã, deixando o marido. Pedzi aceita um cartão de visita sem compromisso, com a promessa vaga de repassar a informação; mas quando discute o assunto com as costureiras mais jovens, jura que nunca tirará do bolso o cartão de Mai Gamu, a esposa de direito de um político, quando seus clientes desembarcarem no aeroporto de Harare.

À medida que o burburinho sobre o Giro pelo Gueto cresce, meia dúzia de empresárias nos andares acima e abaixo expressam sua vontade de receber até três clientes do Giro pelo Gueto por noite. A irmã de Pedzi, em preparação, despeja meia dúzia de inquilinos das cabanas que tem em seu quintal.

Todo mundo está tão satisfeito com as habilidades e o caráter de sua colega que a esteticista da Butique Rainha da África e outras jovens começam a perguntar quanto custa passar as férias na fazenda dos Stevenson. Pedzi promete falar com Tracey sobre um especial de Natal, quando a clientela do norte é menos abundante, para que esta temporada seja feita sob medida para os locais.

"Ei, Pedzi!", sua chefe sorri um dia quando o almoço do escritório, de *samoosas* e salada de repolho, mais a *sadza* e o ensopado que Pedzi agora começou a pedir, estão dispostos no pequeno balcão da cozinha e vocês estão oferecendo porções uma à outra. "Quer saber de uma coisa?", sua chefe promete. "Assim que você atingir seu milésimo cliente, você vai ganhar um aumento. Quando você conseguir seu cliente dez mil, vamos falar sobre aquela hipoteca."

Você se torna mais inquieta e pondera como também pode atrair milhares de clientes. Com isso em mente, leva vários outros grupos de turistas para os *tours*. O ano se fecha e outro se abre.

"Tudo está *bho*! Tudo está *bho*!", Pedzi canta a plenos pulmões numa manhã. Você está de volta do acampamento da Green Jacaranda e ainda não conseguiu ter nenhuma nova ideia para seu próprio departamento. "Não é *bho*", você retruca. "É *beau*. Francês." Os jovens que estudavam na missão de seu tio falavam francês uns com os outros tanto por prazer quanto para exibir sua erudição, antes que o governo declarasse que tal erudição, e a interação pan-africana que ela engendrava, era desnecessária para os nativos, banindo a língua de suas salas de aula.

Você pegou o costume de mencionar fatos bastante aleatórios para colegas fora dos passeios porque deseja, como a jovem Mai Gamu, ter um segredo. Você deseja, como os jovens da missão, exibir o que sabe. Agora você comenta com Pedzi sobre como a educação missionária foi dilapidada.

"Temos que ir para a sala de reuniões", a jovem responde, com os olhos brilhando de expectativa, sem se impressionar com sua história. "É o primeiro aniversário da proposta do Giro pelo Gueto", ela continua. "Está incrível! Qual vai ser minha próxima empreitada? Virar presidente do país. A rainha da Inglaterra. Ou o papa. Temos que esperar lá pela Sra. Stevenson. Tudo é *bho*! Tudo é *bho*!", ela sai cantando.

Na sala de reuniões você bate os joelhos no ferro forjado. Uma manchinha de sangue pontilha sua saia.

Pedzi está à sua frente, com os olhos cada vez mais calmos e inescrutáveis.

Sua chefe entra alguns minutos depois.

"Estou feliz que vocês já estejam aqui", ela diz. Vasculhando a bolsa que coloca na mesa, Tracey tira uma caixa de suco de laranja e uma garrafa de espumante.

"Vamos brindar a Pedzi", Tracey diz depois de colocar os produtos na mesa. Com isso, começa a remover o laminado da garrafa de vinho.

Você acena com a cabeça, ciente de uma sensação que teve pela última vez há muitos meses, um esvaziamento na área de seu ventre. Pedzi vai até o canto onde fica a cozinha. Ela volta momentos depois com uma bandeja de xícaras, taças e meia dúzia de *croissants* de chocolate da Mediterranean Bakery, frios da geladeira.

"Obrigada, Pedzi!"

Tracey arruma os copos na mesa e serve o líquido. Seus lábios estão franzidos; há pequenas reentrâncias, como celulite, em seu queixo. Ao redor de sua boca há uma linha branca de rugas de tensão.

Pedzi mantém sua posição atrás da chefe.

"E o meu aumento, senhora?", ela pergunta, fingindo que está fazendo uma piada.

"Ah, sim", Tracey se lembra. Ela continua curvada sobre as taças. O vinho espuma de uma e escorre pela mesa. As pontas das orelhas da chefe ficam vermelhas. Finalmente, ela se endireita. "Mil. Quando ele fez o *check-in*?"

"Ela. Há três semanas", Pedzi responde.

"A prova", diz sua chefe. Ela levanta o copo. Um brilho de satisfação ilumina seus olhos enquanto ela examina você e sua companheira antes de continuar, "do fato que qualquer um pode conseguir qualquer coisa, em princípio, se quiser muito. A Pedzi! À rainha do Giro pelo Gueto."

"À rainha do gueto! E ao Giro pelo Gueto", você brinda sarcasticamente. Com as palavras e sua frustração, o vinho borbulha e escorre de suas narinas. Você inspira e se engasga.

O sorriso de Tracey se transforma em malícia, então se recompõe.

Pedzi distribui guardanapos de papel.

"*Bho*", ela repete, curvando-se. "Você vai dizer alguma coisa sobre a recompensa de Sua Majestade?"

"Isso será discutido em outro momento", Tracey promete. "Não se preocupe, eu já fiz a papelada. Estou em cima de tudo o que concordamos."

Você se recosta em sua cadeira estimando porcentagens e calculando mensalmente, especulando se os ganhos de Pedzi agora superarão sua renda.

Tracey afasta sua taça e endireita as costas com propósito. "Tudo está melhor do que você pensa", ela diz numa voz que carrega muita convicção. Como resultado, suas palavras enchem você de pavor.

"É em momentos assim que você não pode tirar o olho dos seus objetivos. É quando aparece oportunidade para tudo que é lado. Tambu", ela continua, olhando diretamente para você. Ela não pisca, e sua voz continua pesando em você. "Pedzi nos mostrou o caminho", Tracey acena com a cabeça. "É nessa direção que temos que ir."

Pedzi imita o aceno de Tracey.

"Ela está pensando fora da caixa", sua chefe explica. "É o que todas nós temos que fazer se quisermos ter sucesso neste tempo neste país."

Ela faz uma pausa e olha para você um pouco triste.

"Você teve muito tempo para pensar em alguma coisa", ela prossegue. "Temos que agregar valor ao nosso programa. Então pensei, baseada no que Pedzi fez. Acho que seria uma boa ideia você ter sua própria marca também, Tambu."

Você acena com cautela.

"Rainha Tambu", Pedzi diz, cruzando um braço sobre o peito, prendendo a mão sob a axila, batendo na mesa com os dedos da outra. "Hum! Você acha? Enfim, de quê?"

"É para isso que estamos aqui", Tracey diz.

Você junta os dedos em seu colo. Suas axilas suam. Seu coração bate tão alto que você quase não consegue ouvir nada. Você não ousa inspirar ou expirar.

"Na verdade, Pedzi, alguma coisa bem diferente do que você fez, na real", sua chefe está explicando de maneira apaziguadora quando você consegue entender a conversa novamente. "Qualquer competição com o Giro pelo Gueto vai fracassar. Estou pensando em alguma coisa fora da cidade. Como a fazenda, mas não a fazenda. Celebrar as raízes. De onde as pessoas vêm. Eu estava pensando na aldeia", sua chefe continua.

"Rainha da aldeia", Pedzi diz. Ela empurra a cadeira para trás e ri. Seu *piercing* no umbigo sobe e desce sob a camiseta.

Tracey respira fundo e tenta sorrir.

No silêncio, quando o pensamento aparece em sua cabeça, Pedzi exclama: "Ei, mas a gente não tem uma aldeia. Por que você está falando de uma aldeia para ela, quando não temos nada assim?"

As mãos de Tracey se fecham em punhos. Ela os abre com esforço. Um momento depois, os aperta sobre a mesa.

"Qual é o problema, Tracey?", Pedzi resmunga. "Temos uma fazenda. É para lá que ela leva os clientes. Parece que todo mundo gosta."

O rosto de Tracey empalidece.

"Ela vai lá o tempo todo", Pedzi dá de ombros. "Isso não é novidade. Como ela pode ser a rainha da sua fazenda?"

"A Green Jacaranda não tem uma fazenda", a chefe diz finalmente, sua voz firme.

Involuntariamente, você e Pedzi se entreolham. Nenhuma de vocês admite o gesto. Virando os rostos, vocês duas olham para a mesa.

"Não tem outro jeito de atravessarmos essa situação." Tracey levanta o queixo. "Pedzi, basicamente, a fazenda não é minha. Esse é o problema com as leis de herança neste país. Está tudo lá no papel, em princípio. Mas pode ser difícil, caramba!"

"Os clientes estavam lá. Um mês atrás", Pedzi protesta.

Você permanece quieta, antecipando a resposta iminente.

"Eu não posso entrar em detalhes", Tracey diz, destroçando

seu *croissant*. "A fazenda é... Nós vamos... A Green Jacaranda não tem nada daquilo. Nils... o meu irmão e eu, a gente tinha um acordo. Pff, de que adianta um acordo hoje em dia?" A chefe leva o copo aos lábios, não bebe, pega uma garrafa e mistura o vinho com suco de laranja. "Bom, tivemos uns problemas. Alguns desses... bandidos... esses *skellems* que se autodenominam ex-combatentes ou veteranos de guerra... eles ocuparam os *rondavels*. Estão caçando os animais. E estão acampando na vila que é para os nossos turistas! Não é que esteja acontecendo só com a gente. Tem montes dessas... dessas invasões. Estive pensando em como podemos continuar. Outro dia percebi que vamos estar mais seguras numa aldeia de verdade. Se conseguirmos uma." Sua chefe grunhe, desanimada. "Esse era o pensamento deles durante a guerra também, não era? Fazer parte da aldeia. Como estratégia de segurança."

Você engole sem responder. Sua boca está seca, e então saliva amarga inunda sua língua. Como moradora da cidade, Pedzi não conhece os horrores que as pessoas viveram em suas casas durante a guerra, o tipo de violência da qual nem Mainini Lucia e Kiri conseguiram fugir, que salta das entranhas das mulheres para suas línguas de novo e de novo. Você enxerga uma perna rodando contra o azul do céu. Uma mulher cai na areia e grama pontiaguda. É sua irmã que está ferida. Não, é você.

Tracey e Pedzi estão discutindo a situação da Green Jacaranda com muita calma quando sua mente volta para a sala de reuniões. Você percebe que, embora uma hiena esteja rindo, o som está apenas em sua cabeça.

"Você está bem, Tambu?", Tracy pergunta.

"Essas pessoas fizeram alguma coisa?", você sussurra, tentando manter sua voz firme. Sua pele fica tensa como se fosse cair de seus ossos, mas você está apenas sorrindo. "O exército foi chamado?"

"Calma, Tahm-boo", diz sua chefe, seu sotaque rodesiano

retornando inexplicavelmente. Ela coloca a mão em seu braço. "Não, é improvável que eles chamem o exército. Afinal, são todos iguais. Eles e os caras com quem tenho falado sobre a minha licença. Ainda assim, está tudo bem, levando tudo isso em consideração. Nils!", ela suspira, venenosa. "Ele finalmente entendeu como as coisas funcionam aqui. Está falando com eles, não ameaçando com o rifle. Graças a Deus parece que ele parou com o heroísmo dos Stevensons."

Tracey faz uma pausa para colocar seus pensamentos em ordem. "E parece que eles perguntaram no prédio", ela continua. "Sobre quem somos e o que estamos fazendo. Dizem que a Lindiwe Ngwenya é a pessoa deles aqui. Ou que é a mulher Moetsabi. Sabe como é. As pessoas falam sem nem saber! Mas não adianta entrar em pânico. Está tudo bem até agora. Basicamente, o que a gente tinha não era o melhor arranjo. Não tínhamos o controle real de que precisávamos. É que pessoas como o meu irmão não sabem conversar. Se eu estivesse lá, já teria resolvido tudo."

"Não dá. Não dá para falar depois que eles decidem o que querem fazer e já começaram", você diz apática, lembrando-se de muitas coisas que não deseja lembrar. Você acredita que Tracey pode fazer muita coisa e ela provou isso repetidas vezes, mas sabe que ela não tem como levar a melhor sobre os combatentes da guerra de libertação quando eles dizem que sim, estão a caminho.

"Não dá o quê?", Pedzi pergunta, cruzando os braços com mais força e apertando os lábios, pois isso foi antes dos campos de guerra chegarem à cidade. "O que você quer dizer, não dá?"

"Para negociar", Tracey retruca. "Conversar. Obviamente é isso que ela está dizendo. Taahmboodzahee, você tem que parar com isso. A Pedzi está certa. Você está começando a parecer meu irmão, do jeito que fala."

A chefe se acalma antes de continuar bruscamente: "Se o Nils tiver bom senso para agir do jeito certo, pode não acontecer o

Esse corpo lamentado

pior. Estou falando da fazenda. Mas isso não tem nada a ver com a gente agora. A parte que nos afeta é que temos que encontrar um lugar novo. E rápido. A tempo para o próximo grupo de clientes." Pedzi coloca a cabeça entre as mãos, entendendo antes de você. "Está tudo bem", Tracey diz. "Já discuti tudo com os investidores e eles gostaram do que eu sugeri. Você nasceu no campo, Tambu. Você é a encarnação disso. Por isso você pode, se tiver vontade, assumir a marca que criamos lá na fazenda. Mas, dessa vez, numa aldeia."

"Rainha da aldeia!", Pedzi ri com um ronco.

Tracey pega sua taça de champanhe num brinde à Green Jacaranda.

"Green Jacaranda. Sempre verde. Aconteça o que acontecer!"

"Green Jacaranda", você responde.

"E à rainha da aldeia", Pedzi completa.

A reunião termina logo depois disso. Enquanto todas limpam as coisas, você arranja coragem de dizer à sua chefe que não pode dar uma resposta já. Você informa que precisa de tempo para considerar assumir essa nova responsabilidade. Tracey acena com a cabeça mais enfaticamente do que de costume. Há alívio em sua voz quando avisa que essa ponderação não deve demorar muito tempo. Quando a sala de reuniões está arrumada, Tracey chama Pedzi para seu escritório. Pedzi emerge com uma expressão presunçosa. Seu rosto a empurra em direção à sua decisão.

A chefe solicita sua presença assim que Pedzi sai. Ela lhe diz que espera que você tenha tido tempo suficiente para refletir e pergunta se você chegou a uma decisão.

Você não responde.

Sua chefe suspira impacientemente.

"Acho que isso significa que você está de acordo", diz. "Temos que pensar num nome", ela insiste. "Ar livre, safári, terra. É tudo a mesma coisa. Seja como for, porém, a aldeia não vai ser como a fazenda. É menos *glamour*. A gente tem que encontrar algum outro atrativo. Esse nome tem que ser uma coisa... tem que ter o tom de um movimento para mais autenticidade. Alguma coisa que diga para os clientes que eles estão indo mais fundo na África, em tudo, mas com a mesma segurança."

"Verde", você suspira.

Sua chefe parece irritada.

Você quase nem percebe. Um minuto depois, sua mente zumbindo, você continua: "Eco".

"*Verde* e *eco* são tautológicos", Tracey repreende. "E, bom, já temos essas palavras, em todos os lugares. Tudo é eco na Green Jacaranda! E você não pode dizer aldeia", diz. "Esse tipo de promessa também não funciona mais hoje em dia. Tem que evocar diversão, não subdesenvolvimento, erosão do solo e microfinanças. Essa é a sua tarefa, então, Tambudzai", ela conclui, seu sotaque melhorando. "Você sempre foi boa em literatura. Não é à toa que era nossa redatora prodígio."

Você promete apresentar uma ideia na manhã seguinte.

"Ótimo", Tracey conclui. Ela pega uma pasta.

"Esse é o conceito. Eu digitei quando não consegui dormir na noite passada. Dá uma lida e vamos conversar. Se você tiver alguma dúvida, pode perguntar agora. Me diz o que você achou antes de ir embora hoje."

"Depois do almoço", você promete, ainda nervosa, mas determinada a agarrar com força essa nova possibilidade de vitória.

"OK", sua chefe acena com a cabeça. "Temos que definir isso para o próximo trimestre."

Você folheia as páginas enquanto caminha até a porta. Totalmente por iniciativa própria, como se estivesse viva, uma frase se forma em sua mente. Você a considera em três etapas.

"Mobilidade", você diz na porta.

"O quê?", sua chefe pergunta distraída, abrindo sua agenda.

Esse corpo lamentado

"Ah, *mobilidade*", ela repete, levantando os olhos por um momento. "Sim, *mobilidade*. Parece bem o que estamos procurando." "Green Jacaranda Viagens, como sempre. Isso a gente mantém para o material promocional", você mergulha, cada vez mais animada. "Mas vai ser a Aldeia em Mobilidade Eco! As montanhas Chimanimani, as Cataratas do Pungoé, o Vale Honde — as frutas, eles vão amar! E A-M-E, funciona muito bem! 'Esperamos que você AME'! Imagina nos panfletos."

"Só que vai estar em Alemão. Sueco. Dinamarquês e Italiano", sua chefe diz. Ela considera a questão por um momento, e decide: "Bom, acho que podemos deixar o *slogan* no original."

A chefe folheia sua agenda e coloca o telefone no alto-falante. Você sai, tomada por uma emoção que não sentia há muito tempo — a alegria surpreendente de saber que é boa no que faz.

CAPÍTULO 19

Alguns dias depois, você está sentada em sua picape roxa de cabine dupla, que você terá direito — de acordo com os regulamentos da empresa — a comprar a 10% de seu valor atual em três anos. Você aprecia o fato de que, com sua promoção a gerente de turismo da aldeia, Pedzi agora não é mais sua igual como segunda-comandante da empresa. Melhor ainda, foi você e não a ex-recepcionista — como você ainda pensa nela — quem recebeu o veículo.

Você se admira no espelho retrovisor, ansiosa pela entrada esplendorosa que fará ao chegar na aldeia. Passa pela Avenida Samora Machel apreciando os olhares nos rostos dos pedestres e as expressões dos motoristas abaixo de você em seus veículos usados. É uma época em que tudo está em movimento, de ex--combatentes ao capital, quando o embalo é a dignidade, quando carros como o seu têm prioridade automática sobre todo o resto, exceto um motor mais potente e superior. Veículos menores, ciclistas e pessoas fogem do perigo. Seu coração sorri de um jeito duro antes de você pressionar com o pé para acelerar, alimentando o motor com gasolina.

Um trio de alunos puxa uns aos outros para fora de seu caminho. Eles levam as mãos à boca e as seguram ali. Um homem no acostamento sai da calçada para o cascalho da estrada. Ele estica a mão tarde demais e não pega nada além de ar. A velha que desejava salvar já está saltando, a salvo. Ela fica pulando na ilha no meio da estrada, como uma competidora se aquecendo para um campeonato mundial de idosos. Ao som de sua buzina, ela abraça um poste de semáforo. Balançando a cabeça com a estupidez da mulher, você faz questão de passar sobre o lenço de cabeça dela, que caiu no asfalto.

O fluxo de tráfego escorre pelas vias laterais. A seta do velocímetro balança no mostrador. A estrada Mutare se estreita numa única pista. Faixas de terras agrícolas se estendem na direção do horizonte. A antecipação coloca seu pé no acelerador como se fosse uma nova motorista imprudente. Você está numa corrida contra sua própria existência. Uma hora depois, montanhas se aglomeram em ambos os lados. Em duas, em vez das três horas usuais, você passa por cima das rochas e sulcos que ficam no caminho para a propriedade.

De um lado, aparições miseráveis, que na verdade são pés de milho, sobem da terra. Na frente e atrás de você, o solo brilha como rainhas do pop, com mica, silício e cristais. As montanhas ao redor, nos anos desde que você visitou pela última vez, ficaram carecas como avós desnutridos. Mais adiante, o granito cinza da cordilheira de Nyanga se curva como sobrancelhas franzidas. Sua respiração para ao cumprimentar essas sentinelas do seu passado, suprimindo cada pontada de arrependimento pelos eventos que a levaram até ali ou pelo ato que estava prestes a cometer. Você gira o volante para evitar uma vala e se força a prestar atenção. Alimentos embalados na parte de trás da picape deslizam de um lado para o outro. Aproveitando desde já o impacto que causará com esses presentes, você se recompõe para o reencontro próximo.

Há mais propriedades na aldeia do que você se lembrava. Crianças de nariz ranhento levantam-se num pulo de cima de pedaços de amendoim e abóboras esqueléticas quando você passa. Elas aplaudem, levantando as solas calejadas e correndo em seu rastro.

"*Mauya, Mauya! Mauya ne-Ma-zi-da!*", elas cantam. "Você veio! Bem-vinda, você veio num Mazda."

O sol bate em seus tufinhos de cabelos. As crianças dançam, suas pernas ficando cinzentas na poeira que se levanta das rodas de seu veículo. As partículas flutuam como um material cintilante acima do solo e ao redor dos pés das crianças. Seus dedos vibram. Suas mãos se enrolam. Seus pés pequenos batem atrás de você.

Mais perto da propriedade, numa torneira comunitária ao lado do poço de uma família, outras crianças batem umas nas outras com latas de óleo de cozinha e baldes de pesticidas, e esfregam os cotovelos na pele das outras. Seu Mazda passa roncando por essa briga.

"Quem é aquela?", uma menina grita, distraída de sua batalha.

"É uma *murungu*", outra responde.

"Não é, não. É uma pessoa", a menina diz, virando-se para continuar olhando para o carro. "E, olha, dá para ver que é uma mulher."

"Isso não importa. Vamos, dinheiro, nos dê um dinheiro!", um menino magricela grita, jogando seu balde de água no chão e correndo para a estrada. Os outros de seu grupo se juntam a ele, incrementando seu séquito de crianças.

Você sonhou muitas vezes com este momento. Está preparada. Um pacote gigante de docinhos sortidos está no banco do passageiro ao seu lado. Você comeu um ou dois para se animar no caminho. Agora você pega um punhado. Balas, bombons de chocolate e pastilhas de frutas voam pela janela, e a luta recomeça atrás de seu veículo.

Alguns cachorros estão dormindo dentro da casa de sua família. Suas línguas inchadas se derramam sobre a terra. Eles ofegam, suas respirações superficiais, costelas se expandindo como capuzes de najas; o movimento suave, no entanto, não perturba as moscas que zumbem sobre as feridas dos animais. Nenhum deles late para as rodas do Mazda, nem uiva para alertar um membro da família. Seu veículo para sob a velha mangueira, retorcida e caída agora, que vigiou as chegadas e partidas dos membros da família por décadas.

Um cachorro abre um olho brevemente quando a porta do

Esse corpo lamentado

carro bate. Ele estremece uma orelha, bate o rabo na areia uma ou duas vezes e volta a dormir. Quando ninguém aparece, você abre a porta novamente e aperta a buzina. Com isso, os cães se aproximam e cheiram as rodas do Mazda.

Por fim, uma mulher estica o pescoço pelo lado do celeiro. "Ei! Svikai!", ela convida, sem sinal de tê-la reconhecido. Você pisca forte.

"Mai", você diz, tão chocada que se esquece de ir na direção dela.

Ela é muito menor do que você lembrava, e sua pele parece ter encolhido com ela, ao mesmo tempo retendo sua extensão total, de modo que, onde não fica pendurada, está grossa como a de um paquiderme.

"Mai", você repete.

Você sente um tom de crítica em sua falta de reconhecimento. Avança rapidamente para evitar qualquer julgamento sobre o que quer que seja.

"Mai, estou de volta. Estou aqui."

Dizendo isso, você cai de joelhos ao seu lado.

Ela está arrancando grãos de milho de uma espiga em preparação para a moagem. Apenas uma ou duas espigas estão limpas de sementes. A que está em sua mão está cheia, exceto por algumas fileiras vazias. O plástico ao lado dela está cheio de espigas intocadas. A bandeja de vime em seu colo está quase vazia. Ela está pensando em outras coisas, não no que está fazendo. Você a ajuda a colocar a bandeja no chão. Seu gesto é desnecessário, mas ela permite que você a auxilie e deita a cabeça pesadamente contra seu pescoço por um momento. Quando se endireita, é mais uma vez a mulher que a criou.

"Ewo, Tambu", ela cumprimenta. "Você, de anos. Não é isso, tantos anos? Se esse meu útero concordasse, essa boca diria que você é de longe, só uma estrangeira visitando. Mas o útero sabe que não."

Você engole a frustração, sorri e a abraça novamente. Paciência é a arma e a vitória. E quanto você já implementou em sua vida? Aconteça o que acontecer, e em breve, quer as pessoas aqui saibam ou não, você será a rainha da aldeia.

"Vamos entrar, minha filha", sua mãe fala mais suave, percebendo a dureza em suas palavras. Ela se vira cuidadosamente sobre os joelhos, equilibrando-se nas palmas das mãos. Seus dedos seguram a terra como garras. As juntas são grossas como bulbos prontos para serem plantados. Sua mãe estremece ao apoiar-se numa tábua do celeiro e se erguer.

"Não tem alguém para te ajudar, Mai?", você pergunta, segurando-a pelo ombro.

"Ajudar? E você não é alguém?", ela retruca.

Você desliza a mão sob a axila dela. Seu peso relaxa.

"De qualquer forma, cozinhar *sadza*, isso eu consigo", Mai concede quando a dor mais forte saiu de suas articulações. "São coisas assim, o milho e a ordenha, que são dolorosas. E a horta. Então agradeço a Deus porque sua irmã Netsai me deu suas duas filhas. Elas cozinham e limpam a casa. Elas pegam água do poço na estrada e lavam as roupas no rio."

"Concept, Freedom", ela levanta a voz quando duas meninas aparecem no quintal, feixes grandes e desajeitados de galhos equilibrados em suas cabeças.

As meninas jogam suas trouxas na prateleira da cozinha. Olhando para você e, ao mesmo tempo, fingindo que não, elas se aproximam, entrelaçando seus dedinhos e batendo uma na outra.

"Por que vocês estão andando desse jeito?", Mai repreende. "Vocês deviam estar correndo por aí. Essa aqui é sua mãe. A com duas pernas, que ficou tanto tempo em Harare que a gente pensou que ela tinha sido destruída. Essa é a sua maiguru, Tambudzai, a que veio antes da sua mãe."

As meninas riem e aceleram o passo. Vocês se abraçam. Quando dá um passo para trás para olhar para elas, a semelhança familiar a abala, e você quer abraçá-las firme e prometer-lhes muitas coisas, que a vida delas nunca será como a sua, nem haverá necessidade de ir à guerra, como sua mãe fez. Você não se move, sabendo que somente permanecendo resoluta em seu próprio progresso você terá alguma chance de transformar seus desejos em promessas que pode cumprir. As meninas sorriem para você, tímidas.

"As moçambicanas", Mai ironiza com desprezo.

Suas sobrinhas abaixam a cabeça.

"Aprendemos que durante a guerra", sua mãe continua, indiferente, "enquanto algumas lutavam, outras tinham filhos. Não é, moçambicanas?"

As meninas se juntam mais.

"Sua mãe não teve vocês do outro lado da fronteira?", Mai continua. "Na época que devia estar lutando? Mas, também, lutar com uma perna só. Que luta é essa? Não é à toa que ainda estamos vivendo desse jeito, se as pessoas faziam por lá as mesmas coisas que faziam aqui antes, apesar do que diziam para a gente."

"Sim, nascemos em Moçambique", Concept, a menina mais velha, concorda. Ela fala com a leveza que as crianças que se tornaram adolescentes recentemente usam quando um ritual ofensivo se repete. "Falar sobre isso é perda de tempo. As pessoas nascidas em Moçambique estão de volta agora, como todo mundo."

"Se eu soubesse", sua mãe ameaça a história de seu país com vigor. "Se eu soubesse o que acontecia em Moçambique, minha filha não tinha perdido uma perna. Para quê? Por isso aqui? Por nada!"

"Você chamou, Mbuya?", a neta continua, dando um jeito de mudar de assunto.

"Não chamei ninguém. Não é nada", Mai dá de ombros e se vira para a cozinha. "Vou entrar. Meninas, mostrem para a sua tia onde ela pode ir."

Sua voz fica mais fina. Uma ansiedade que ela não consegue esconder pulsa em suas palavras.

"Se tiver alguma coisa para carregar que foi trazida, sua tia vai dizer onde colocar."

Assim dizendo, sua mãe entra na cozinha.

Você leva suas sobrinhas de volta para a picape e puxa a lona da parte de trás. A poeira revoa. Você permite que ela se instale em seus pulmões. A alegria sumiu de tudo ao redor. As meninas levam os pacotes até a casa principal, parecendo tristes e vazias.

"Então, os pacotes foram guardados?", Mai pergunta quando você se junta a ela na cozinha.

"Sim, Mbuya", a menina mais velha, Concept, acena com a cabeça cautelosamente, sentando-se no tapete de sisal à esquerda da entrada do local onde vocês, como mulheres, ficam.

"Onde está o Baba? Como ele está?", você pergunta.

"Ele está bem. Óleo de cozinha?", Mai pergunta.

"Óleo de cozinha!", as netas ecoam.

"Velas?"

"Também", as meninas confirmam.

"E vocês carregaram a margarina direitinho?"

Quando não consegue pensar em mais nada de que precise, mas que pode não ter sido trazido, seus olhos se iluminam por um momento, mas a luz se extingue imediatamente.

"Finalmente, Tambudzai", ela bufa suavemente. "Agora você parou de comer tudo que conquista sozinha. Você se lembrou que tem uma família. A gente quase morreu de fome esperando isso acontecer."

"E o Dambudzo?", você pergunta.

A raiva que sente de sua mãe por causa desse comentário é tão silenciosa que você mesma não a escuta e continua sorrindo.

"Você teve notícias do seu filho mais novo? Seu filho está mandando alguma coisa da América para casa?"

"Irlanda, agora ele está na Irlanda", sua mãe responde, como se isso explicasse tudo, deixando claro que não se pode esperar que seu irmão ajude, pois os irlandeses não são abençoados tão abundantemente quanto os americanos. "Então é hora de agradecer a minha chefe", você continua, abordando, assim, o assunto que a trouxe para casa. "Ela é uma boa chefe, essa para quem eu trabalho", você continua.

Mai parece não ouvir.

"Concept, Freedom", ela repreende. "Por que vocês estão aí sentadas? Não é hora de cozinhar alguma coisa para a visita? Vocês estão pensando em comer tudo sozinhas? Vão até a casa e tragam alguma coisa para fazer para a sua tia aqui."

As meninas saem correndo para buscar arroz e legumes para um ensopado que é a guloseima rica em carboidratos que está na moda nas propriedades de mulheres.

"Sra. Stevenson", você prossegue rapidamente quando suas sobrinhas saem. "Esse é o nome dela. Foi ela que me colocou onde estou, enfim. Depois de tanto tempo, Mai, estou empoderada. É por isso que posso vir agora, depois de tanto tempo. Não tinha nada a ver com não reconhecer o útero, mas com não saber como voltar para ele."

"Então não é verdade", Mai bufa com desdém.

"O que não é verdade, Mai?"

"O que nós ouvimos tanto falar, que você não estava trabalhando. É isso que diziam, que aquele seu diploma era só um pedaço de papel lá parado, apodrecendo. E eu pensava, aquilo é um papel. E a minha filha? Tambudzai, mesmo quando a Lucia me mandava mensagens até piores sobre você, eu só ficava pensando, com certeza a minha filha não está lá parada que nem um texto que já foi escrito e terminado. Eu dizia, minha filha não pode estar lá parada, apodrecendo."

Concept e Freedom entram silenciosas pela porta baixa, segurando cestinhas de vime nas dobras de seus braços.

"Quem é aquela amiga da sua mãe?", Mai olha para as meninas quando elas começam suas tarefas. "Aquela mulher que lutou na guerra com a sua mãe? A que disse que ia ajudar a sua mãe a encontrar uma perna? Uma aí que desapareceu e foi morar em Harare com um parente que é empresário, uma coisa assim? Me digam", Mai exige saber. "Ela é de alguma outra aldeia, senão eu lembraria. Ela lutou na guerra, Concept e Freedom, com a sua mãe e minha irmã Lucia."

"Ah, sim! A maiguru Kiri", Concept sorri, arrancando a casca de uma cebola.

Freedom tira do caminho um prato esmaltado cheio de tomates. Ela abre um pacote de arroz com uma faca quebrada e despeja os grãos numa travessa.

"Sim, titia Kiri", ela concorda, olhando de Mai para o arroz que está escolhendo. "A maiguru Kiri vem de Jenya, sabe, logo ali embaixo da montanha sagrada. Ela vinha sempre aqui quando a gente era pequena. Agora já nem tanto."

"Aquela lá", Mai diz. "Eu mandei um pouco de farinha de milho para você por ela. Mas quando soube o que estava acontecendo, eu disse, ah, agora é que a Tambu nunca vai comer. É melhor a Christine fazer logo essa farinha, ela mesma."

Você sente o cheiro de fumaça da lenha no fogo da cozinha com mais intensidade no silêncio que se segue. Odores esquecidos, agarrados aos anos, misturam-se com a fumaça — o mosto do esterco do chão, pessoas uma vez conhecidas, seu suor, pedaços de resíduos, cascas úmidas de cebola e tomate carbonizando lentamente.

"Vamos logo, meninas", Mai pede. Ela estremece ao se puxar para cima. "Tambudzai, você vem comigo. Apesar de ele nunca mais vir aqui", ela resmunga, seu rosto se contorcendo mais uma vez. "Mesmo que o seu tio nunca saia daquela missão desde o acidente, ele só nos dá um quarto na casa nova que construiu aqui na propriedade. Então você vai ter que dormir na casa velha. Com as suas sobrinhas."

"Não tem problema. Quando tivermos terminado, vamos ter construído nossas próprias casas", você promete, seguindo Mai para fora da cozinha. Pela primeira vez, você acredita em suas palavras. "E você é homem?", sua mãe descarta qualquer chance de isso acontecer. "Não é seu pai que deveria estar fazendo isso, construindo casas? Se ele não consegue, por que você acha que é mais do que ele? Enfim", ela continua no mesmo tom monótono e sem parar para respirar, "vamos ver se ainda temos um colchão no quarto dos fundos naquele lugar velho e todo quebrado. Você colocou os pacotes na frente, né? E quem que entra naquele quartinho dos fundos desde que você deixou as suas coisas lá? As meninas dormem no quarto do lado, então, se acontecer algum problema, elas podem me chamar ou chamar o seu pai. Vamos ver se os ratos deixaram alguma coisa."

Sua mãe se move lentamente, o que lhe dá mais tempo para falar. "Quem é essa Stevenson?", pergunta, apreciando o choque que causa por se mostrar tão alerta. "Conhecemos essa família? São um dos nossos brancos, que plantam nas nossas partes do país?"

Você hesita.

Mai fica parada.

"Os brancos são um problema", ela observa. "Você só pode trabalhar com eles se conhecer eles muito bem. É por isso que a gente prefere trabalhar com os nossos. Você tem que conhecer bem essa Stevenson para trabalhar com ela, minha filha. Seja astuta. Se a família dela não é dessas partes, como vocês se conhecem? E ela, o que ela quer com você se ela não te conhece?"

"Mai, eu não diria isso", você objeta, enquanto sua mãe sobe as escadas que levam à casa velha. "Não é assim com todos eles."

"Entendi", ela bufa, desdenhosa. "Desembucha, fala de uma vez."

"A gente conviveu por seis anos", você responde, julgando ser melhor não liberar toda a verdade.

"Ah, ela era uma daquelas brancas da missão do seu tio", Mai conclui. "Uma daquelas missionárias."

"Na verdade, não", você explica. "Nós nos conhecemos no Colégio para Moças Sagrado Coração. Nós estudávamos juntas."

"Opa", Mai suspira. "Agora eu me lembrei quando e onde eu ouvi esse nome", continua. "Então é como eu pensei. Você veio aqui para começar com suas doideiras de gente branca de novo, Tambudzai. Não é por isso que você ficou sendo nada esse tempo todo, por causa deles? Deixa eles para lá. Vai, vai atrás da sua própria vida. É isso que eu tenho para te dizer."

Mai abre caminho entre os pacotes no quarto da frente da casa velha. Ela se move lentamente, examinando tudo com satisfação.

O colchão no quarto dos fundos está em condições suportáveis, sem sinais de pulgas ou larvas. Quando Mai conclui que o quarto está habitável, ela sai, prometendo enviar Freedom para limpar a poeira das superfícies e os excrementos de roedores debaixo da mesa de cabeceira. Ela entra no quarto lateral que as meninas dividem e volta depois de um minuto com um cobertor.

Sozinha, você se senta na cama de aço, com cuidado a princípio, relaxando seu peso aos poucos. A luz muda de cinza claro para cinza escuro. Você acende a chama bruxuleante de uma das velas. Algum dos produtos químicos na cera é pungente e irritante, embora o pacote garanta que as velas não fazem fumaça. Na luz crepitante, o bordô de um tapete puído que cobre uma pilha de entulhos num canto se encolhe e engrossa no caminho de um espírito que chega. Seu cheiro rançoso escorre por suas narinas de modo implacável, como uma memória indesejada.

O tecido é oleoso entre seu polegar e dedo indicador. Um cheiro azedo, pelos anos, não por corpos mal lavados, sobe dos restos que os ratos pouparam. Você está prestes a largar a massa em decomposição quando um brilho opaco chama sua atenção. A linha identifica um padrão desgastado no que antes era um bordado azul brilhante. Levantando-o, você reconhece o escudo no bolso do peito e, um momento depois, seu *blazer* do Colégio para Moças Sagrado Coração. A peça de roupa estava caída sobre um par de sandálias Sandak. São do tamanho da sua mãe. Quase incrédula, você se lembra disso também: um presente enviado para casa por um parente quando você começou na agência de publicidade. Os sapatos de plástico, endurecidos e rachados, estão em seu antigo baú da escola. A tinta branca, como pele de cobra aberta, aparece lascada sobre esmalte preto surrado. Aproximando-se, você lê as palavras TAMBUDZAI SIGAUKE. Embaixo, há um endereço: Colégio para Moças Sagrado Coração, P Bag 7765, Umtali. Seu corpo congela e sua mente salta para fora dele. Você quer correr pelo quintal e pular em seu carro. Mas se comprometeu a seguir em frente. Parece que o baú está vibrando com a gravidade de um buraco negro que puxa tudo para dentro de si. A força rasteja pelo chão, escorre pelo ar e sobe pelas paredes e para dentro, de modo que depois de um minuto você não consegue dizer se é a caixa ou a caixa é você. Está lhe chamando para entregar algo que você tem certeza que não tem.

Os cadeados antigos abrem sem exigir muita força. Dentro do antigo baú, uma raquete de tênis sem corda repousa sobre outro *blazer* bordô que está em melhor estado que o primeiro, e é maior. Por baixo, as línguas descoloridas de um par de tênis pendem como se saíssem de uma garganta. Bem no fundo, muito organizados, protegidos por várias saias e blusas, cuidadosamente embrulhados em sacos plásticos velhos e rasgados, mas limpos, há uma dúzia ou mais de cadernos de aulas.

Você vasculha a pilha, tirando cadernos ao acaso e não os colocando de volta. A pungência das décadas passadas sobe, difundindo-se: meninas com luvas de renda e véus para a missa dominical, jantando em pesadas mesas de madeira postas com guardanapos de pano branco em anéis de prata, a tensão constante de não saber se você era ou não como tinha que ser, a batalha brutal para responder a essa pergunta com uma afirmação, e os danos que causou.

Quando Freedom aparece, é para chamá-la para jantar, não para limpar. As meninas estão ansiosas para comer uma refeição perfumada com especiarias como pasta de tomate e alho. Elas empurram a tigela de água na sua direção assim que você entra.

Você não bebeu nem meia dúzia de goles ainda quando uma canção folclórica brota da ravina.

"*Chemutengure! Chemutengure!*", o cantor diz em sua voz rouca.

Sua mãe, Concept e Freedom ignoram o barulho.

"*Chemutengure! Chemutengure!*", o cantor começa novamente, num esforço determinado.

"Baba", você suspira apavorada. "É ele."

As meninas olham de soslaio para a avó. Mai continua comendo como se ninguém tivesse cantado ou falado, como se nada tivesse acontecido.

Você não consegue engolir nem mais um bocado.

"Vamos. Continue comendo", Mai dá de ombros. "É ele. Alguém deve ter contado que tem visita aqui. Ele nem sabe quem é. Mas sentiu a fome apertando e sabia que ia ter alguma coisa para comer."

Há um baque no quintal. Ninguém se move. Você também continua comendo.

"Seria bom", Mai diz depois de um tempo, "se essa tal de Stevenson para quem você trabalha pudesse nos ajudar a conseguir uma perna para a sua irmã." Ela para e chupa, com um som sibilante, um pedaço de cartilagem que se alojou entre seus dentes.

Enquanto Mai escolhia outro pedaço de carne, como se quisesse exemplificar o que seu povo diz, que não adianta perder o apetite pelas dificuldades de outras pessoas, as meninas ficam bastante perturbadas ao serem lembradas da situação de sua mãe. Ficam ali imóveis, mal respirando, as mãos gordurosas em cima das coxas, as palmas para cima.

Você planeja prometer à sua mãe a perna que ela quer para sua irmã como uma espécie de troca pelo programa que veio montar. À espera de uma chance de fazê-lo, você pega um punhado de arroz e legumes, abaixa os olhos e faz o possível para parecer estar gostando da refeição.

"Minha filha acabou com uma perna, mas começou com duas." Mai se abaixa e esfrega a própria canela. "Uma perna e duas filhas, Tambudzai. Os números não fecham. É por isso que essas meninas não estudam. Os números não fecham. A Netsai não funcionava. Você nunca nos mandou nada. As pessoas por quem aquelas moças lutaram na guerra desprezam e odeiam a mãe dessas meninas aqui. Ela não é só mais uma puta de Moçambique, que dizem que até bebiam sangue e comiam carne humana enquanto se prostituíam? Mesmo que o governo tenha isentado as taxas escolares, como a gente ia comprar livros e uniformes? E agora eles chamam de impostos as taxas escolares, como se a gente fosse criança. É isso que essa mulher branca deve fazer. Estamos comendo o que ela mandou. Mas não temos como sobreviver com isso. Ela tem que nos ajudar a conseguir uma perna para a sua irmã."

"Onde você vai conseguir uma perna para a minha mãe, Maiguru?", Freedom pergunta, emotiva.

"Iwe, Freedom. A Mai nunca vai ter outra perna", Concept responde. "Por que se envolver com isso? Minha mãe se dá bem com a perna de pau. Se alguém fosse trazer uma perna melhor para ela, já teria aparecido. Então, por que só agora as pessoas estão pensando nisso?" Ela pega um pedaço de *sadza*, mas não o mergulha no molho, nem o coloca na boca.

Concept pega a tigela de água. Passando a língua sobre os dentes para remover partículas, ela a coloca na frente de Mai, que enxagua as mãos.

As meninas esvaziam os restos de um prato em outro. Quando terminam, e os pratos estão empilhados para serem lavados na manhã seguinte, elas se ajoelham na porta da cozinha e juntam as mãos num gesto respeitoso e silencioso.

"Boa noite, Mbuya. Boa noite, Maiguru Tambu. Obrigada, Maiguru. Nós comemos. Estamos cheias. Mbuya, vamos ver Sekuru?"

"Se você quiser", Mai dá de ombros.

Você avalia a situação. "Ah, é hora de dormir", diz, decidindo ganhar tempo para pensar sobre as coisas.

Depois de atravessar o quintal até a casa, você se vira para dizer boa noite para suas sobrinhas mais uma vez. Uma pilha está ao lado do Mazda. Ignorando-a, como fazem suas sobrinhas, você se convence de que é uma sombra.

"Acho que seu avô voltou para onde estava", você observa.

"Sim, ele às vezes faz isso", Concept concorda, baixinho.

Após esta conversa, o melhor a ser feito é adormecer imediatamente. Você não se atreve a sair para limpar os dentes, mas enxagua a boca com água de uma garrafa, que você cospe pela janela dos fundos.

A lua em quarto crescente atinge seu brilho total nas primeiras horas da manhã. Sua luz se espalha pelas cestas e caixas no quartinho de hóspedes, distorcendo as sombras nos espectros das serpentes deslizantes e hienas à espreita da infância.

"*Chemutengure! Chemutengure!*", seu pai lamenta como se tivesse passado a noite toda chorando.

Apenas meio adormecida, você fica tensa na cama.

"*Chave chemutengure vhiri rengoro. Mukadzi wemutsvayiri hashayi dovi!* É a roda de uma carroça. A esposa de um motorista sempre tem manteiga de amendoim!", o homem ruge, truculento, como se carregasse um rancor pessoal contra qualquer marido que mantivesse sua esposa abastecida com essa iguaria.

"Dovi! Manteiga de amendoim!", seu pai grita.

Passos se arrastam pelo cômodo principal.

"Esqueci de colocar o *sadza* dele do lado da cama", Freedom sussurra — sendo a mais nova, ela deve se lembrar dessas tarefas.

"Bem-feito se ele bater em você. Você estava se divertindo muito mastigando a carne da Maiguru", Concept retorna baixinho.

"Vai lá, fala com ele. Eu vou colocar agora", Freedom sussurra de volta.

O ferrolho da porta da frente desliza. As dobradiças rangem, a borda da madeira arranhando o chão.

Concept dá uma risada dura, esquecendo-se de sussurrar. "Espero que você tenha deixado pelo menos alguma coisa. Vai lá pegar, não se preocupe. Diz para a Mbuya que ele ainda está dormindo e você acabou de lembrar. Mas dá uma olhada." A voz da menina pulsa de contentamento. "Aonde ele queria ir? Ele caiu de cara no Mazda da Maiguru."

Quando você sai apressada, amarrando seu pano Zâmbia na cintura e ajustando uma camiseta vestida às pressas, seu pai já se afastou do carro e está se balançando sob a árvore que fica na beira do pátio central.

Mai sai correndo, envolta em suas roupas de dormir também, o pano Zâmbia já em torno de sua cintura por cima de uma anágua descolorida, sua touca amarrada descuidadamente na cabeça. Freedom segue à distância, cabeça baixa, culpada.

"Vhi-vhi-vhiri. O que eu disse? Ah, vhiri, eu disse, vhiri, por favor, vhiri, vhiri", seu pai geme, sua fúria já esgotada quando todas se reúnem diante dele.

Ele olha para trás e indica o carro. "Mulher de um motorista? Isso não pode ser. Não, não é a esposa. Não, é o pai do motorista que nunca fica sem manteiga de amendoim. Manteiga de amendoim! O pai sempre tem manteiga de amendoim."

Mai fala, implacável.

"Rodas", ela ferve. "Que vhiri são essas? A única coisa que está rodando, seu idiota, é a sua cabeça."

Seu pai cambaleia em sua direção.

"É você, minha filha. É você, a que veio com essas rodas."

Antes que ele chegue até você, ele se vira e tateia o caminho de volta até o carro, com os braços esticados. Mai o encara. Baba acaricia a capota do Mazda. Mai respira fundo e balança a cabeça. Baba continua acariciando as portas, para-choques e capô do veículo. Quando termina, começa a chorar.

"Ah", as palavras saem de seu peito, engasgadas. "Ah, é uma filha minha? Não, não pode ser. Uma filha minha, conseguiu essas coisas? Ai, ai, ai. Uma filha minha, pode isso? Não, nunca. Não pode ser minha filha!"

"Não, não, não encosta em mim", ele geme, embora ninguém esteja se movendo. "Hoje eu vi uma coisa que remenda todas as costuras e todas as bainhas rasgadas. Me deixa ficar aqui e ver o que essa *murungu* fez. Me deixa ver o que a minha filha me trouxe."

Ele continua gemendo quando você enfim o pega pelos braços e o leva até a casa que o irmão dele construiu.

"Sou eu, Baba. É a Tambudzai", você diz na cara dele. Mas seu interesse está em outro lugar.

"Vhiri", seu pai canta suavemente, sonhador, enquanto você anda com ele. "Ah, *vakomana*, ah homens e mulheres, vhiri, vhiri."

Seu pé chuta os pratos que Freedom deixou ali quando vocês entram no quarto. *Sadza*, carne fria, molho e pedaços de vegetais se espalham pelo chão.

"Vhiri, ah, vhiri", Baba suspira. Sem dizer nada uma a outra, você e suas sobrinhas o deitam em seu colchão koya.

A noite se estende para o oeste. O cinza delineia a montanha atrás da propriedade. Você nem pensa em dormir. A conversa no quarto ao lado diminui em pouco tempo quando as meninas voltam aos sonhos. Você acende uma vela. Finalmente, pega o caderno que descartou horas antes. Um exercício no final do livro se chama Mantra. O título está escrito no meio da linha em maiúsculas enfeitadas. Abaixo dele, a professora pediu, em letras pequenas e achando graça: "Por favor, use letras normais."

Você se lembra de compor o poema, mas não do que ele diz. Curiosa, lê mais uma vez pensamentos colocados no papel por sua mão adolescente.

Mantra

> Eu não
> não me lembro, não
> não me lembro jamais
> dessa seriedade que ela fala, cada
> concentração vinda de seu humor ao
> ficar lá sentada
> pressionando os dedos em
> espigas de milho
> desdentadas;
> não me lembro
> da densidade de pavor que considera
> ser mais grossa
> do que a nuvem lívida
> pingando gotas vermelhas de
> pôr do sol na montanha,
> mais profunda
> do que o roxo

de suco de fruta hute
do que a sombra da mangueira ondulando
sobre ela; uma penumbra
que ela sabe que com medo desintegra
mulheres inteiras
eu, que inteira
não
carrego nem seu
erro ou
o igual de seu julgamento

Sem paciência para as frases enigmáticas, você joga o caderno de volta no baú e começa novamente a contemplar opções para alcançar seu objetivo. Ainda não chegou a nenhuma conclusão quando a voz de sua mãe grita.

"*Mai-we, mai-we. Yuwi, yuwi*, ah, Pai*", sua mãe clama, esganiçada. "Estão me matando. Estou sendo assassinada aqui. Filha. Concept, Freedom. Todo mundo, estão arrancando a minha vida."

Você vai até a porta. Espera ali, de cabeça baixa. Volta para a cama e não sai de lá.

"Yuwi! Yuwi! Ele está me matando, ele está me matando", sua mãe lamenta. "Ah, minha filha, minhas netas. Quem vai me salvar desse homem?"

Você continua escutando, até que, depois de algum tempo, os gritos diminuem. Quando tudo está quieto novamente, você se deita na cama e vira para a parede como se estivesse dormindo.

CAPÍTULO 20

De manhã cedo, você retira um pequeno embrulho de sua mala e o coloca sobre a mesa entre os outros pacotes. Contém uma blusa e uma saia para sua mãe e uma camisa de manga curta para seu pai, que você pretendia oferecer a eles como uma espécie de "molha-mão" em sua apresentação oficial da Aldeia em Mobilidade Eco, já que você havia imaginado uma reunião formal. Você está deixando o pacote como uma garantia, um intermediário ambíguo para, por assim dizer, manter a mão de sua mãe molhada. Claramente é hora de ir embora no Mazda da Green Jacaranda, mas você pretende voltar para continuar a conversa. Você acha um local para o presente onde ele será facilmente encontrado e segue para a porta da frente.

"Ndiwe aqui, Maggie? É você, Maggie?"

Concept e Freedom estão cantando enquanto limpam o pátio com vassouras feitas de galhos. "*Wakatora mukunda*. Quem levou a minha filha?" Suas vozes felizes espalham música pelo quintal.

Sua mãe está lavando o rosto. Uma bacia esmaltada contendo água morna se equilibra na parede da varanda. Uma pedra de sabão verde Sunlight está ao lado dela. Ela toca o rosto cuidadosamente com uma toalha surrada e acinzentada.

Você se lembra que trouxe comida, necessidades, mas nenhum sabonete perfumado, Lux, Gueixa ou Palmolive para adicionar alguma fragrância aos rituais de higiene de sua mãe.

"Bom dia, Tambudzai", sua mãe cumprimenta. Ela não olha para você. "Achei que seria melhor deixar ele em paz e não me lavar lá onde ele está", ela explica.

Você toma cuidado para permanecer neutra e calma.

"Bom dia, Mai", você responde. "Como você passou a noite?"

"Do jeito que você está vendo. E talvez tenha ouvido", ela responde. "E você, dormiu bem?"

Você assegura que conseguiu descansar.

"Que bom", sua mãe comenta. Ela acaricia as bochechas e o pescoço para secá-los. Amarra o lenço cautelosamente na cabeça e passa alguns momentos puxando a frente sobre os inchaços na testa. Feito isso, abaixa mais o lenço para cobrir uma estrela vermelha estourada no branco do olho. Então, empurra o *doek* para cima novamente, porque não consegue ver nada.

"O que aquela mulher, sua chefe, deu, enfim, vamos usar. Vamos sobreviver por um tempo", sua mãe diz. "O que eu estou pensando é, por que ela decidiu querer que a gente sobreviva assim? É nisso que eu tenho pensado por todas essas horas. Mesmo quando eu levantei minhas mãos assim, quando a cerveja evaporou e a mira dele melhorou, mesmo assim, eu estava pensando que essa Stevenson quer alguma coisa, e talvez eu possa dar. É por isso que eu decidi que, aconteça o que acontecer, vou ouvir o que você veio falar sobre seu trabalho com a... aquela..."

"Tracey", você completa. "Tracey Stevenson."

"Ah, Maggie, *uchandiurayisa*, Maggie. Ah, você vai ser meu fim, Maggie", suas sobrinhas cantam.

"Essa aí", Mai concorda. "Vou ouvir a mensagem que você disse que trouxe."

As meninas terminaram de varrer o pátio. Estão recolhendo lixo num pedaço de telha de alumínio do outro lado da propriedade. Suas vozes estão mais baixas.

Mai grita o mais alto que pode com os hematomas e contusões em seu rosto, para suas netas virem pegar a bacia de água suja. Passando pela porta da casa velha, ela acena com a mão para você segui-la. Colocando duas cadeiras empoeiradas frente a frente entre os pacotes, ela se senta na primeira e indica que você pegue a outra. Ela ouve você descrever o plano, interrompendo apenas ocasionalmente para esclarecimentos.

"É para a aldeia inteira?", Mai confirma quando você termina.

"Não só por aqui, por causa das suas razões que vão incomodar o lugar todo?"

"Sim! É para todos. Vai ser feito do jeito certo", você garante.

"Mas vai ser construído aqui", você explica quando a expressão dela se transforma em dúvida.

"É mais fácil assim", sua mãe concorda. "Assim a gente pode dizer ao nosso mambo que o projeto é nosso. Se for para toda a aldeia, o projeto teria que ser do mambo, e isso não seria muito bom. Por outro lado", reflete, depois de ponderar a situação, "se o projeto for só nosso, também não vai ser bom. Nunca vamos ter sucesso com uma coisa assim. As pessoas vão nos matar por inveja."

"É uma nova vida para ser compartilhada", você explica. "A aldeia toda vai ter sua parte. Vai trazer alguma coisa para todo mundo."

"A aldeia toda? Todo mundo?" A expressão no rosto de sua mãe fica nebulosa novamente. "Achei que você tinha dito que as mulheres iam fazer o trabalho. Tudo que tem que ser feito? Como a gente vai conseguir fazer qualquer coisa com esses homens no caminho?"

Você garante a Mai que, como você estará no comando, vai trabalhar em estreita colaboração com todas as mulheres da aldeia.

"E a gente vai receber por isso? Cada uma, por fazer o trabalho? Todas nós, certinho?", sua mãe pergunta, cautelosa. "Esses brancos, eles dizem uma coisa e até fazem mesmo, mas do jeito que eles fazem, não dá para saber o que era a primeira coisa que eles tinham prometido."

"Estou te dizendo, Mai, eu conheço essas pessoas", você garante. Depois de tanta tensão, não consegue resistir a se gabar um pouco. "Você esquece que eu passei todos aqueles anos no Colégio para Moças Sagrado Coração? Conheço esses brancos. E eu trabalho com ela há tanto tempo que posso dizer que conheço melhor minha chefe, e sei do que ela está falando."

"Sou eu que você tinha que conhecer melhor", sua mãe retruca. Levantando o queixo, ela tenta balançar a cabeça, mas acaba estremecendo. "Desde que passei na sétima série, o Clube de Mulheres me elegeu tesoureira para o comitê aqui na aldeia. Sim, eu sou muito boa com os números. Então, posso fazer isso por você. Posso falar com o Clube de Mulheres e a presidente vai levar nossas palavras para o nosso mambo. Agora, espero que você esteja preparada, que venha pronta para terminar o que começar", finaliza. "Ele vai querer que a gente molhe a mão dele com alguma coisa. Mas não adianta molhar a mão e esquecer do coração. Então, vai precisar de outra coisa."

Você está preparada. Abre sua bolsa.

"E vão nos pagar assim?", sua mãe quer saber, examinando as notas. "Dinheiro que eu posso amarrar eu mesma no meu próprio lenço?"

"Vai ser com dinheiro que qualquer um que trabalha com a gente pode amarrar onde quiser."

Sua mãe sorri.

"Vamos comer primeiro", ela decide. "Aí vamos lá ver a presidente do Clube de Mulheres."

"Tesoureira! Makorokoto! Meus parabéns, tesoureira", você responde, cheia de orgulho.

"Agora", Mai começa novamente, levantando-se. "Aja como se nada tivesse sido dito, escutou, Tambudzai. Vai se lavar. Faz um chá para o seu pai, mingau, o que ele quiser. Mas quando você falar com ele, não dê uma palavra. Não vai contar nada sobre o que a gente conversou. E nem pense em dizer para ele que conversamos e chegamos a uma decisão."

"Entendo, Mai", você responde, com o coração pulsando ao ver a distância até sua próxima promoção diminuindo rapidamente.

"Então eu vou me vestir", sua mãe responde. "Vai chegar a hora que você vai fazer seu pai pensar que foi o primeiro a saber, e o primeiro a levar a mensagem até o nosso mambo", ela insiste, da porta.

"Mai", você chama.

"Que é, filha?"

Lembrando disso apenas naquele momento, você vasculha sua bolsa mais uma vez e lhe entrega um pacote de paracetamol. Sua mãe pega os comprimidos e pede água às netas.

"E isso", você se lembra em seguida, pegando e entregando o pequeno embrulho contendo a blusa e a saia.

"Vamos guardar isso aqui e dar para a presidente", Mai decide. "Ela também vai querer a mão molhada."

No fim das contas, a presidente é a vizinha de sua família, que mora do outro lado da ravina, a Sra. Samhungu. Sua mãe confirma que ela foi democraticamente eleita por todas as participantes do grupo.

Depois de ter comido e levado o café da manhã de Baba, e indicado que precisava ir embora, Mai informa que irá com você até as lojas. No carro, sua mãe lhe dá mais instruções. Você ouve e concorda com tudo, ou seja, se Tracey se opuser, vai mudar mais tarde o que ela gostaria que fosse alterado.

"Tisvikewo! Chegamos com uma pessoa que não conhecíamos mais", sua mãe grita quando vocês saem de seu veículo na propriedade dos Samhungus.

"Entre, entre, Mai Sigauke", Mai Samhungu chama da penumbra de sua cozinha. "Você dormiu bem? Sim, deve ter dormido. E as pessoas com quem você está, porque, sim, as crianças nos disseram que apareceu alguém que você estava aproveitando."

"Aiwa, acordamos com tudo certo na nossa casa", sua mãe garante à presidente, curvando-se na porta. Vocês tomam lugares no tapete de sisal à esquerda. Mai Samhungu oferece que uma de suas netas faça chá para vocês, mas vocês recusam, dizendo que acabaram de tomar o seu em casa.

No entanto, a presidente ainda não tomou seu café da manhã, de modo que logo aparece um bule fumegante de chá espesso e leitoso com muito açúcar e um prato de batata-doce. Mai Samhungu pega uma para si e usa o polegar para tirar a pele.

"Não tem nada melhor do que chá com leite e açúcar e um prato de batata-doce", ela sorri. "E essas aqui são as melhores. Não colocamos nada de adubo nelas como fazem lá na cidade, então elas são muito boas. Coma, Tambudzai", ela pede. "Você vai gostar."

"São deliciosas, as mais deliciosas", Mai concorda. "Parece açúcar e manteiga."

"E quando você for embora, minha filha", Mai Samhungu lhe diz, entusiasmada, "vou te dar uma sacola das minhas laranjas. Vocês viram o pomar, né, quando estavam chegando? Aquele bem verde, com limões e laranjas, e bananeiras com as folhas largas que nem tapete, que nem esse onde vocês estão sentadas."

Você fica confusa. Não se lembra de ter visto um pomar.

"A presidente é muito boa", sua mãe concorda, engolindo batata-doce com muito apetite. "Fomos abençoadas com ela, porque ela é boa em tudo. Viemos até aqui porque ela é a presidente, Tambudzai. Mas é verdade, você tem que ver as laranjas dela. São do tamanho de uma cabeça de bebê. Mesmo aquelas fazendas comerciais, com tudo que elas têm, não cultivam laranjas que nem a nossa presidente. Não dá bola para ela, Mai Samhungu", diz, virando-se para a outra mulher. "Nem vale a pena perguntar se ela viu, porque quando é que essa gente da cidade vê qualquer coisa?"

A presidente coloca os restos de seu café da manhã de lado e pergunta quais são as novidades da capital.

"Ah, novidades de Harare, é por isso que viemos aqui", Mai anuncia, e continua se gabando. "Ela está igualzinha a quando

Esse corpo lamentado

corria de um lado para o outro por aqui, mas essa minha filha agora é alguém."

"Você, Mai Sigauke", a presidente interrompe irritada.

"Como? Quando as pessoas vêm de Harare, outras pessoas deixam de ser alguém?"

Sua mãe apenas espera e tenta rir do assunto. No entanto, a presidente faz questão que Mai entenda seu ponto de vista, afirmando em voz alta que ela, a Sra. Samhungu, é e sempre foi alguém; e foi sendo alguém que usou suas habilidades e, pouco a pouco, introduziu novas ideias, novos caminhos, novas misturas e novas colheitas ao pálido solo da aldeia, até que ele desistiu de lhe negar o que pedia, e sua horta prosperou, e por causa de sua destreza, que todas esperavam compartilhar, ela foi eleita presidente.

Você fica ali em silêncio, acenando com a cabeça de pouco em pouco, enquanto Mai Samhungu lista muitas boas qualidades sobre si mesma e seus empreendimentos.

Habilmente, quando a presidente do Clube de Mulheres faz uma pausa para decidir qual de seus excelentes atributos apresentar a seguir, sua mãe intervém.

"Essa alguém aqui, minha presidente", Mai começa, descansando a mão em sua coxa por um instante. "Essa alguém que ninguém vê está aqui não por causa dela mesma, mas por causa de outra pessoa."

Mai Samhungu naturalmente pergunta quem é esse outro alguém e por que esse outro alguém enviou outra pessoa para a aldeia.

Sua mãe responde que está falando de chefes e outras pessoas de alto escalão, então o melhor é ouvir primeiro e depois decidir o que pensar ou fazer; que essa alguém estava lá por causa da chefe, e a chefe estava esperando alguém em breve, de modo que alguém estava correndo um grande risco ao se desviar do acordo que havia sido feito em Harare para vir e prestar homenagem aos mais velhos desse alguém, sem insistência além do sábio conselho de sua mãe.

Mai Samhungu entende tudo imediatamente. Sem muitas palavras, ela e sua mãe concordam que discutirão o assunto depois que você for embora.

Os pequenos Samhungus se reúnem para olhar, depois de carregar o prometido saco de laranjas na parte de trás da sua picape. Você joga doces para eles enquanto se afasta da casa da presidente, com a mão na buzina.

"Tchau-tchaaaau", gritam outras crianças da aldeia à beira da estrada.

No poço comunitário, os cachorros passam a língua sob a bica e nos tijolos onde a água pinga. Você segue o fio da torneira sem muito interesse. O fino fluxo de águas residuais desce por um bosque de pequenas árvores musasa até o pomar de Mai Samhungu. As plantas são saudáveis e frutíferas. Pensar em como você não percebeu o jardim enquanto dirigia causa uma onda de culpa que se recusa a ir embora. Pensando melhor antes de deixar cair os últimos doces pela janela para o deleite das crianças que correm atrás do carro, você mesma os come enquanto viaja de volta para a cidade.

Você vira na Avenida Jason Moyo pouco antes da hora do almoço, escrevendo mentalmente seu relatório. A Rainha da África sorri em saudação. Você sorri de volta sem vê-la e levanta a mão distraidamente para a irmã Mai Gamu. Enquanto espera pelo elevador no saguão de entrada sujo, você se parabeniza por muitos indicadores de sucesso:

* Sua mãe, uma mulher-chave na comunidade, foi convencida a seguir em frente com o projeto.

* Sua mãe é a tesoureira do Clube de Mulheres, o que não era sabido no momento em que pensaram no projeto, então este é um resultado positivo adicional e inesperado.

* O dinheiro para o mambo foi colocado em mãos confiáveis.

Esse corpo lamentado

* A presidente do Clube de Mulheres, outra mulher poderosa na comunidade, mostrou-se honrada com sua visita.

Você entra no elevador, compondo sua apresentação. As portas não fecham. Você as chacoalha algumas vezes sem nenhum efeito. Decide ir pelas escadas, apressada.

"Ela está esperando você", Pedzi informa quando você entra.

"Venha por aqui", a gerente do projeto Giro pelo Gueto acena da recepção. "Ela me pediu para sentar aqui, para avisar você imediatamente."

"Vinte minutos. Para anotar algumas coisas", você implora, lembrando-se de que ela é uma ex-recepcionista.

Pedzi remexe as unhas pretas decoradas com pequenas flores douradas. Ela puxa um lenço de papel de uma caixa na mesa.

"O elevador", você explica. "Nunca funciona." Você estende a mão.

Pedzi caminha até você e toca levemente no seu couro cabeludo.

"Você tem que ir agora", ela diz quando termina. "Ela disse imediatamente."

Você entra pela passagem estreita e anda. No meio do caminho até a sala da chefe, para e checa suas axilas. Contanto que a mancha de suor não se espalhe, não haverá problema. Você chega à porta da chefe, bate e recebe ordens para entrar.

Sua atenção gravita até a mesa de Tracey no momento em que olha para a sala. Sua cadeira giratória está vazia. Apreensiva, você se aproxima.

Sua chefe está na frente da janela que dá para a via sanitária, construída para os vagões que transportavam dejetos nos primeiros dias da cidade. Ela tem uma cópia amassada do *Clarion* nas mãos. Virando-se quando você se aproxima, ela está prestes a jogar o jornal na lixeira, mas percebe que você o viu. Segura as páginas suspensas sobre o receptáculo por um segundo antes de mudar de ideia.

305

"Isso aqui", diz sua chefe, "não entra mais neste escritório. Em princípio, é uma publicação racista. Não podemos valorizar chamando de jornal."

"Bom", você tenta apaziguar a situação, "não dá para produzir um artigo se não tiver nada para escrever. Pessoas que têm alguma coisa para dizer não escrevem para o *Clarion*."

Sua observação não a acalma. Suas bochechas ficam vermelhas.

"É absolutamente inacreditável", Tracey diz, deixando cair o jornal sobre a mesa, onde ele se desenrola, mostrando uma fotografia de vários altos funcionários do governo em ternos bem cortados ao lado de outra fotografia de alguns homens e mulheres desgrenhados, ainda que triunfantes, que estão assando carne no fogo em frente a uma casa de fazenda.

"É como a... aquela... aquela merda de guerra", diz sua chefe, virando o jornal para que a página de esportes, que mostra dois jogadores de críquete, fique visível. "Eles estão cantando. Estão triunfantes? Invadiram muito mais lugares. Porque aquele pedaço de fóssil mandou. Foi parte do plano dele esse tempo todo. As pessoas diziam isso lá na agência, mas eu defendia este país. Não acreditava nisso. Você acredita que mandaram eles fazerem isso, sair e destruir as casas de pessoas honestas e trabalhadoras?"

Ela fica ali de braços cruzados e maxilar tenso, enquanto você pensa naqueles momentos na agência de publicidade e na *happy hour* com bebidas grátis no *pub* da empresa em noites de sexta-feira. Você não se lembra de ocasiões como as de que sua chefe está falando. Na verdade, você se lembra do contrário — sua chefe liderando a cerimônia para entregar seu prêmio a outro redator. Você sente como se seu útero estivesse escorrendo entre os ossos de seu quadril e caindo numa poça no chão.

"Não liga para eles. Esses jornais só escrevem o que os políticos querem. Tenho boas notícias", você diz baixinho, sem fôlego.

"A cada cinco anos", Tracey murmura. "Vamos todos ser

ameaçados a cada cinco anos, pessoas como eu. Nossas casas vão ser arrasadas. Sabe, o Império Romano fazia isso com escravos e pessoas. Por votos."

"Eu posso ir e escrever o relatório", você sugere.

"Não, pode falar", ela diz. "A Green Jacaranda vai ficar bem. Contanto que a gente ainda consiga ter acesso ao ministro do Turismo."

Você fala por mais tempo do que pretendia. Após as primeiras frases, sua chefe lhe dá atenção. "Ótimo", Tracey diz quando você termina. "Você falou da presidente do Clube de Mulheres? Não esquece de colocar isso no seu relatório, Tambu. É uma fórmula para o impacto. As duas partes ganham. Todo mundo conhece esses clubes femininos. Nossos investidores vão adorar."

Sua chefe solicita estimativas de custo para sua família e outros moradores que desejem participar do projeto construindo *rondavels* para os turistas em suas propriedades e fornecendo entretenimento, alimentação e outros serviços. Você promete à sua chefe que ela receberá o relatório antes até do prazo solicitado, com recomendações, talvez na noite seguinte.

CAPÍTULO 21

Você trabalha em seu escritório até tarde da noite. O relatório está pronto na hora do almoço no dia seguinte. Tracey lê tudo, dá sua aprovação e a chama para a sala de reuniões, onde você finaliza as projeções até o último fardo de palha necessário para cobrir os *rondavels* do AME.

Duas semanas depois, você está de volta de uma segunda visita à propriedade. Você reluz de prazer. A rainha da África, pela primeira vez, está preocupada demais com os clientes em sua loja para notá-la, e a irmã Mai Gamu parece mais pronta para cometer uma agressão do que nunca. Você pressiona os botões do elevador uma vez e as portas se abrem.

Assim que você chega, Pedzi é chamada à sala de reuniões para conversar com você e Tracey.

"Suponho que tudo correu como planejado?", sua chefe pergunta, rolando uma caneta esferográfica entre o indicador e o polegar.

"Está em movimento", você garante a suas colegas.

"Excelente. Você vai nos levar até o fim", Tracey balança a cabeça.

"É manuscrito", você avisa, puxando um arquivo de sua pasta.

São dez páginas em letra cursiva compiladas durante o almoço, na pensão perto de Rusape.

"O que eu fiz foi o seguinte", você começa, dobrando uma folha impressa. "Eu levei nossa lista de requisitos comigo e adicionei à lista aqui quem está responsável por cada uma das tarefas, e na terceira coluna eu indiquei se algum dos provedores é membro da minha família. Eu posso apresentar todos os participantes", você garante à sua chefe. "Assim, consigo registrar cada ação em graus de parentesco."

Sua chefe examina o arquivo entregue a ela.

"Eram três *rondavels* grandes e quatro individuais, construção e aluguel", ela relembra.

"Eles sabem", você concorda. "Vamos invadir a floresta um pouco, mas quando percebemos isso, paguei um pequeno adicional ao mambo, bom, vamos dizer que "sequei a mão dele."

Você ri, achando graça de sua piadinha. Ninguém mais ri. Tracey rola a caneta na palma da mão com os quatro dedos.

"Também os poços de água", você continua, um pouco envergonhada. "Abastecidos pelo córrego da montanha, como falamos, pelo menos um a cada duas estruturas. Banheiros, masculinos e femininos, com chuveiro. Alguns dos clientes podem preferir não ir até o rio."

"Será que vão conseguir dar conta?", sua chefe pergunta.

"De tudo", você garante. "Eles confiam em mim agora. Minha mãe e a presidente concordaram com tudo."

"Tem certeza?", sua chefe pergunta.

"Tenho certeza", você responde.

"Excelente." Tracy se levanta. "Pedzi, fique aqui com Tambo-dzai. Veja uma ideia de qual serviço de bufê vamos precisar e comece as requisições."

"Para que data?", Pedzi pergunta.

"Diga que a data é pendente", Tracey instrui.

Sua chefe oferece sua mão. Ao andar na direção dela, uma brasa vermelha brilha pela janela que dá para o Thomas Hotel. Uma jovem segura fones de ouvido na cabeça. Ela olha para cima como se alguém a chamasse, e se afasta.

"Acho melhor garantirmos o mambo com um adiantamento", Tracey delibera lentamente. "É o melhor a ser feito."

Você garante a Tracey que ela terá todos os acordos necessários em mãos pela manhã, redigidos e prontos para serem assinados pelos beneficiários da aldeia.

"Com relação aos contratos", Tracey começa com muito cuidado. "Você acha que podemos fazer isso por menos do que pensávamos, do que falamos? Um especial de abertura. Digamos, um Especial de Abertura Eco?"

Você a encara sem nenhuma expressão.

"Sei que você já iniciou as negociações", ela continua. "Esse *feedback* veio logo depois que você saiu. Dos nossos parceiros."

Um apelo no olhar dela vira de barriga para cima, submisso. Você nunca viu isso antes. Pensando, você a olha diretamente nos olhos. Sua ousadia dura alguns segundos. Também nunca tinha feito isso antes. Você desvia o olhar antes que sua chefe o faça.

"O investidor de Amsterdã diz que a princípio está tudo bem, mas estão pedindo um desconto. Devido ao atraso. Além disso, eles mencionaram o novo local. Eles veem a aldeia como um risco maior. É a percepção deles. Eu garanti que o que temos agora é perfeitamente seguro. Foi quando eles começaram a falar sobre o que agrega valor."

"Valor", você repete incerta. "Você estava certa, Tracey. A aldeia é de grande valor. Especialmente agora, que Mai está cuidando de tudo. Ela quer te conhecer."

"África", Tracey amplifica. "Como vamos agregar valor a esse maldito continente? Ah, por que eles tiveram que invadir aquelas fazendas? Mas não vamos falar disso de novo. Mas é que eles viam valor nas fazendas. Eles esperam que a aldeia supere isso."

"É o que eu estou fazendo", você aponta, esforçando-se muito para parecer calma, embora suas axilas estejam suando. "Estou dando duro e fazendo muita coisa que não é nada fácil para garantir que tudo vai acontecer, porque acredito em você. Você tem que acreditar que estou agregando valor, Tracey."

Por um momento, sua chefe pensa no que você acabou de dizer. Enfim, ela continua: "Bom, eu sei. Você se envolve com a sua aldeia. Esse é o seu lado. Eu falo com Amsterdã. É o que eu faço deste lado. Bom, para Amsterdã, obviamente, a fazenda é a fazenda. A aldeia, bom, significa, para eles, uma coisa diferente, talvez não tão interessante."

"Diferente?", você repete. "Interessante. É isso que estamos trabalhando para conseguir."

"Do nosso ponto de vista, sim", Tracey garante. "Sem dúvidas. Estamos falando, a princípio, de valores ecológicos verdadeiros, autenticidade, como milho e palha, leite direto da teta. Nunca fizemos isso antes, é um valor que desbloqueamos. Eles estão falando do resto, sabe, todas essas coisas que eles dizem que combinam com aldeias... ahn, na nossa terra, como danças tradicionais.... ahn, trajes... mínimos... torsos... nus."

À medida que você começa a entender, o ar na sala desce até o chão. Lá fora, os pássaros no ar pousam em seus poleiros. As folhas param de absorver dióxido de carbono e produzir oxigênio. Peitos masculinos nus são normais em danças tradicionais. Tracey só pode estar falando sobre as mulheres.

"Hmm, Tracey", Pedzi protesta. "Esse tipo de assunto é sensível demais agora. Aquelas pessoas nas fazendas. Nós temos que fazer alguma coisa. Todo mundo sabe. Mas acho que é melhor se encontrarmos um caminho. É melhor se ninguém mostrar nada."

Pontos corados emergem pelo rosto de Tracey. Ela não olha nem você nem Pedzi nos olhos.

"Miçangas", ela sugere. "As pessoas estão sempre cheias delas."

Pedzi ri e se vira para você, sussurrando: "Ewo, rainha da aldeia."

Tracey está aborrecida com a rainha do gueto. "Você não entendeu?", ela retruca: "Isso não é motivo de riso, nenhuma de vocês. Por favor, coloquem isso na cabeça. Não temos escolha. Temos que fazer isso."

Você indica que entendeu e vai dar um jeito de adaptar a proposta. Proibindo-se de cair em desespero, você encontra dificuldades para realizar as mudanças e manter sua euforia.

Ba'Tabitha está esperando para abrir o portão e trancá-lo quando você chega em casa várias horas depois.

Ma'Tabitha está esperando na cozinha em frente ao fogão.

"Ma'Tabitha", você começa, pois não pediu que ela cozinhasse e deseja ficar sozinha.

"Tem pessoas esperando por você", diz Ma'Tabitha.

Ela para de mexer uma panela, parecendo cautelosa.

"Pessoas? Quem?", você quer saber.

"Elas quiseram esperar quando eu disse que você tinha viajado para Mutare. Eu disse que você não estava aqui, mas elas disseram que sabiam. Então eu disse, bom, vou colocar alguma coisa no fogo porque vi que elas não estavam me ouvindo e indo embora." A voz dela fica tão baixa que você mal pode ouvi-la.

"Conheço esse tipo de mulher. Pensei, essas não são do tipo que vem aqui para ouvir não, então vou cozinhar para todo mundo."

"Tambudzai", uma voz animada exige da sala de estar. "Venha aqui nos cumprimentar. Por que você está falando com a Mama aí na cozinha? Se quer saber, venha aqui."

A euforia que você sentiu enquanto escrevia a proposta, que conseguiu guardar por tanto tempo, se esvai de você. Uma formiga rasteja sobre sua nuca. Dezenas mais rastejam em seu crânio. Você respira fundo, resistindo ao desejo de afastar qualquer um dos insetos. Eles a visitam com tanta frequência que você sabe que não estão mesmo ali. Dizendo a Ma'Tabitha que está tudo bem, você se prepara e entra na sala.

Você abraça sua tia.

"Mauya, Mainini! Bem-vinda, Kiri", você recita automaticamente. "É tão bom ver vocês, bem-vindas. Como estão Nyasha e meu primo-cunhado, Mainini? Kiri, como está sua tia, Mai Manyanga?"

Uma formiga desce por seu braço e se dissolve na dobra de

seu cotovelo. Você se senta em sua cadeira de couro favorita. "Ah, vocês, Mainini Lucia e Mainini Kiri, nunca pensei que isso fosse acontecer. Nunca pensei que receberia vocês duas aqui na minha sala. É verdade, nunca pensei mesmo", você se ouve tagarelando. Sente que está indo bem, então coloca mais animação em sua voz: "Mas agora aqui estou, e vocês estão aqui. Me digam, como estão todos?"

"Ofereça condolências", Mainini ordena.

Christine pigarreia com a parte de trás do nariz. Depois disso, permanece impassível.

"Ah, que pena, que pena", você murmura. "Sinto muito. O que aconteceu, *vasikana?*"

"Minha tia. A história dela sempre tem a ver com sangue", Christine responde.

"Não pode ser", você exclama. Começa a querer ouvir a história, para gostar de não ter se casado com aqueles Manyangas. "Os rapazes. Filhos de seu pai. Foram tão longe, sem nada conseguir segurar aqueles lá, nada."

Lucia e Christine se entreolham.

"Ah, aqueles meninos são uma história, mas não o motivo da nossa visita", Christine explica.

"Mas você não disse sangue?", você repete, consciente de que derrotou as formigas. Você está tensa, mas não as sente rastejando.

Lucia diz: "Fala logo para acabarmos com isso."

Christine recomeça e verifica-se que o sangue de que ela fala, que por tanto tempo fluiu quando não deveria, é de fato da viúva Manyanga, embora não seja de fora da viúva, mas de dentro dela.

"Você se lembra, eu te disse, Tambudzai", Kiri diz. "Mesmo da primeira vez, que o sangue não era só o sangue das veias da minha tia. Esses meninos sabiam que também era do ventre dela quando começaram a se atacar com garrafas."

Ma'Tabitha entra e pergunta se pode colocar a comida na mesa. Você pergunta se as panelas podem ficar no fogão por mais dez minutos.

Generosamente, sem calcular quanto tempo a lavagem da louça vai levar além de suas horas de trabalho, ela concorda que a refeição pode esperar.

"É por isso que eles estavam sempre brigando", Christine continua, encolhendo os ombros sob as orelhas e enfiando as mãos nas axilas. "Eles sabiam que com aquele sangramento, não havia mais vida para a minha tia.

"Ignore até fingiu que estava ajudando a mãe, para tirar a casa dos outros e ficar com tudo para ele. Às vezes eu me pergunto se as pessoas esqueceram que muita gente foi para a guerra. Porque se não esqueceram, essas pessoas neste país, o que está acontecendo com elas? Por que são todas tão estúpidas? Elas acham que lutamos para isso? Tsc!", ela continua amargamente, num muxoxo. "Não foi para isso que lutamos e ficamos sem comida e cobertores, até roupas, sem nossos pais ou parentes. Alguns de nós sem pernas. Mas agora estamos desamparados e não tem nada que possa ser feito para acabar com as coisas que vemos e pelas quais não lutamos."

Mainini também solta um muxoxo solidário e franze os lábios.

"Esses meninos, eles são os piores", Christine acena com a cabeça, tratando você como se fosse uma parente, pois essas coisas não podem ser admitidas a estranhos que se afastam e dão risada. "Piores até do que o marido da minha tia. E ele era só um velho pai bobo", ela continua severamente.

Mai Tabitha coloca um prato de água na mesa de jantar e dobra uma toalha ao lado. Você calcula o tempo que suas convidadas ficarão. Mas é como se Kiri estivesse enfiando um espinho num furúnculo.

"Aqueles Manyangas pensam que são gente da cidade", Christine bufa. "Eles são agricultores, assim como os pais deles.

Assim como todos nós. São só pessoas normais que encontraram um velho branco gentil, que deu um emprego para o Manyanga e colocou ele como gerente."

"Fala mesmo. Tem que ser dito", Mainini Lucia concorda.

"São pessoas como a Tambudzai aqui que têm que ouvir você." Christine continua, com uma satisfação sombria, a história que começou na noite da mulher de Shine e ida à Ilha. Um dia, sob a influência de animação desenfreada e várias bebidas importadas, com as quais ele havia comemorado naquela noite seu crescente sucesso, o carro de VaManyanga colidiu com uma kombi na esquina da Jason Moyo com a Second Street. Após o acidente, muitos dos membros que estavam originalmente amontoados dentro da van na ordem que os assentos lotados impunham, foram vistos por pedestres chocados e por pessoas deitadas no gramado, espalhados por toda a avenida e pela calçada ao lado da Praça Africa Unity. Foi sangue por toda parte. VaManyanga, no entanto, levantou-se daquela balbúrdia de mutilação e colocou uma perna trêmula na frente da outra. Todos que o viram se afastar lembram que ele parecia perfeitamente saudável, apesar de estar um pouco instável. O maior golpe foi o que aconteceu com seu BMW, e o rebaixamento temporário para um humilde Datsun Sunny. As pessoas admiravam o estoicismo com que Manyanga aguentou o que aconteceu.

Mas aí seu corpo começou a inchar.

Foi, quem viu diz, a riqueza obtida desonestamente, entregando seu carma, represando os líquidos em seu corpo, assim como ele represou os ganhos da empresa. Se não, foi a ira de uma alma raivosa pertencente a um dos passageiros da kombi ou a uma vítima de seus *muti*. Todos se voltaram contra Manyanga. Seus amigos pararam de felicitá-lo pela rápida recuperação, pela elegância de sua casa e pelo tamanho de seus carros, vendo que sua circunferência aumentada era resultado não do bem-estar, mas do pecado. Todos concordaram que sempre suspeitaram que ele era um enganador desprezível.

O próprio VaManyanga estava furioso com seus ancestrais por não fazerem recair sua vingança sobre o motorista da kombi. Ele não tinha perdido um BMW como resultado daquele veículo público dirigindo de forma imprudente em alta velocidade no centro da cidade? Ele, Manyanga, agora deveria ser atacado em vez de lamentado? Essa ruminação elevou sua pressão sanguínea e aumentou ainda mais seu inchaço. Então, como se tudo o que aconteceu não bastasse, uma noite, enquanto estava deitado na cama, um espírito irado entrou no quarto que se tornou o de Shine. Sentado no peito do homem, recusou-se a ouvir as orações de sua esposa, ou os hinos que ela cantava, e zombando de cada um dos ancestrais de seu marido a quem ela recorreu, atacou-o impiedosamente.

Ofegando, suando e tremendo, tudo ao mesmo tempo, tanto pela necessidade de oxigênio quanto pelo medo, o que exacerbou ainda mais a primeira necessidade, as dificuldades respiratórias de VaManyanga se tornaram críticas, muito além dos abanos e outros cuidados de Mai Manyanga para aplacá-las. Logo Mai Manyanga estava ao telefone. Estava funcionando naquela noite. A ambulância também estava disponível, tendo retornado da oficina mais cedo. Ela veio gritando até a casa dos Manyanga bastante rápido. A equipe de emergência tinha uma máscara de oxigênio sobre a boca do gerente em questão de segundos. Havia oxigênio no tanque, mas mesmo esse admirável profissionalismo não pôde deter o espírito vingativo. Ele se enterrou mais fundo nos pulmões de VaManyanga e continuou apertando. Quando VaManyanga parou de ofegar, os homens da ambulância se recusaram a levar o corpo e informaram a Mai Manyanga que o procedimento correto era pagar adiantado, já que a assistência médica a VaManyanga havia expirado devido à longa duração de seu tratamento.

Mai Manyanga não conseguiu apresentar o dinheiro, pois caiu no chão em luto. Também não conseguiu discar 999 e chamar a polícia. Seus filhos, mais sóbrios então do que seriam depois, uniram forças para resolver tudo. Esta foi a última vez que VaManyanga, cujo estilo de vida sempre causou tanto alvoroço quando retratado nas colunas sociais, foi mencionado no *Clarion*. Foi também a última vez que seus filhos trabalharam bem juntos.

"Foi assim que começou, e acabou virando outra coisa", Christine conclui. "Tudo destruído, desmoronado. Aquele Ignore tomou a casa, e a minha tia morreu uma indigente. O que de bom a gente pode esperar de tipos que nem o Ignore? E quem espera alguma coisa, como a minha própria tia, não está apenas sendo tolo?"

"Sinto muito", você diz quando ela termina, levantando-se para apertar sua mão, um gesto que você deveria ter feito quando soube da morte da viúva Manyanga. Oferecendo suas condolências com a seriedade apropriada, você reza para que suas boas maneiras acalmem suas duas tias e acelerem a visita indesejada.

"Tambudzai, você tem certeza? Você sabe com o que está se metendo?", Mainini pergunta, irritada.

Você volta ao seu lugar, entalhando um sorrisinho em seu rosto, que você espera, mas duvida, possa transmitir compreensão. Longe de se desanimar com a história que acabou de ser contada, você está mais indignada do que nunca por suas maininis não admirarem sua iniciativa e desenvoltura. Esse, você reflete, é o problema do seu povo: eles não têm ambição.

"O que você está pensando?", Christine exige saber. "Primeiro são nossos pais, nossos tios e nossos irmãos. Aí nossas irmãzinhas e nossas filhas. Tambudzai, você está deixando algumas pessoas muito aborrecidas com o que você está planejando. Você quer que as pessoas joguem moedas para a sua mãe, a irmã da sua tia Lucia aqui, que então é como minha irmã de útero."

Você desiste de prestar atenção e ouve apenas pela metade, enquanto Lucia e sua companheira tentam dissuadi-la de seguir com o empreendimento da Aldeia em Mobilidade Eco. Todo mundo já ouviu falar de ex-combatentes que se colocam como os guardiões do desenvolvimento da nação, apesar de não demonstrarem nenhum entendimento de negócios que não esteja relacionado de uma forma ou de outra ao combate. Sim, foi a própria ignorância deles sobre como fazer o país avançar que fez com que os *tours* pela fazenda de Nils Stevenson tivessem que ser interrompidos. Se não fosse por esses veteranos de guerra, você estaria ganhando a vida nas terras de caça do noroeste. Nem teria aparecido na propriedade. Dali a um tempo, quando Christine não estiver mais de luto, você vai divulgar detalhes sobre o AME. Mesmo naquela data futura, no entanto, assim como você está deixando isso de fora de sua mente agora, você não vai mencionar a questão dos torsos nus e miçangas.

"Não faça isso, Tambudzai", Mainini adverte, furiosa pela humilhação. "Esse seu novo comportamento é tão ruim quanto todo o resto que já vimos você fazer. Aliás, nem é tão ruim. É pior, né? Com certeza você sabe no que está se metendo. É você que tem uma irmã com só uma perna. Você sabe o que pode acontecer quando as pessoas ficam furiosas, você sabe. Não são mais bombas no solo como foi com a Netsai. Hoje em dia, os braços das pessoas ficam curtos que nem mangas por muito menos do que você está fazendo."

"Você está abrindo a porta", Christine concorda. "Meu tio abriu a porta e coisas indizíveis passaram por ela. Agora, olha o que aconteceu com a família dele que ficou para trás. Não vai me dizer que é isso que você quer para as pessoas da sua propriedade."

"Entendo o que vocês estão dizendo", você responde formalmente. "Agradeço por terem vindo. Sei que tenho vocês, minhas mães, que foram para a guerra, para me proteger. Por favor, digam a essas pessoas que elas não precisam se preocupar. Digam para os seus colegas que vou dar alguma coisa para eles. A aldeia quer este projeto", você continua. "Todo mundo lá está feliz porque tem alguma coisa nova chegando, que vai trazer benefícios."

Você tira várias notas da bolsa. Você as oferece a Christine respeitosamente, com as duas mãos, dizendo: "Mas, primeiro, aqui está meu *chema*."

Christine não se move para pegá-las.

Você não sabe o que fazer, então se abaixa mais na direção da mulher. Christine permanece imóvel. Você cai de joelhos.

"Pode dar para mim", Mainini Lucia diz.

Você vai até sua tia.

"Aqui", Mainini diz para Christine. "A criança diz que são as lágrimas dela."

"Obrigada", Christine responde e aceita o dinheiro.

"Ela não queria vir", Mainini responde, enquanto o alívio faz você afundar de volta em seu assento.

"Eu disse, para quê?", Christine concorda, sua raiva crescendo mais uma vez. "Eu disse a Lucia, falar com você, Tambudzai, é desperdiçar nosso tempo."

"Mainini", você interrompe. Você fala rápido, para que a ideia que acabou de encontrar continue clara em seus pensamentos. "Mainini Lucia, eu sei que os ex-combatentes estão agora nas fazendas. Mas eu vim de casa hoje de manhã e não vi ninguém. Onde você ouviu?"

"E não tem gente na aldeia?", Mainini responde. "Tem gente. E os filhos dessa gente."

"Netsai", você conclui.

Nem Mainini nem Christine respondem.

"Não a Netsai", você continua. "As meninas. Tem que ser a Concept."

"Você está começando a ver." Mainini sorri ao menos um pouco pela primeira vez na noite.

"Concept", você repete, pega de surpresa pela ideia de suas sobrinhas serem informantes. "E Freedom."

"Sra. Sigauke, madame, vou colocar a comida agora", Ma'Tabitha avisa pacientemente da cozinha.

Quando a cozinheira terminou de colocar o espaguete à bolonhesa com uma salada em seus lugares, você conduz suas convidadas à mesa. Ex-combatentes geralmente não se envolvem em conversa fiada. Kiri e Mainini resmungam em resposta aos seus esforços para falar sobre o trabalho delas na AK Security, todos os outros assuntos sendo muito controversos. Elas enrolam alguns fios de espaguete em seus garfos apenas por educação e partem quando ainda há muita comida na mesa.

CAPÍTULO 22

As construções na aldeia estão prontas, cheirando a palha fresca, piso de esterco de vaca e madeira nova, todas as vigas tratadas com ácido bórico e não com creosoto, seguindo a identidade corporativa de sua empresa. Os vistos estão esperando na imigração. Todos os seus preparativos funcionaram de forma excelente. Os clientes voaram para Amsterdã pela KLM, depois para Harare pela Kenya Airways. Você fica no saguão de desembarque do aeroporto. Lá está você no chão de linóleo, orgulhosa de si mesma. Você está no mesmo lugar onde seu irmão e seu pai estiveram para receber Babamukuru chegando da Inglaterra há tantos anos, quando lhe disseram que você não podia viajar até o aeroporto e todos concordaram que você deveria ficar na aldeia. Em um ano ou dois, você acredita, se desenvolver bem seu empreendimento AME, você, e não Tracey, fará *check-in* e viajará para atender clientes na Europa.

Nesta manhã, você segura uma placa presa a um bastão de um metro de comprimento. Ele balança no ar. Você desliza uma mão mais alto para apoiá-lo. Gosta desse método. É como a bandeira do seu reino, cujo domínio você vê se expandindo magnificamente. No topo do bastão, uma pequena faixa branca ondula na leve brisa, branca porque é a cor mais barata. Sobre o fundo claro está um jacarandá verde e roxo. Abaixo da árvore, impresso em letras maiúsculas verdes, o *banner* promete: "Os Passeios Eco Mais Inspiradores da África".

Já se passaram três semanas desde sua discussão com Christine e Lucia. Você voltou para a propriedade duas vezes em cada uma dessas semanas, mantendo-se ocupada e antecipando prazos, determinada a não considerar o que suas maininis lhe disseram. Em várias ocasiões, a presidente do Comitê de Dança lhe pediu dinheiro para fantasias. Você manteve-se em silêncio, como uma rainha. No escritório, por outro lado, garantiu a Tracey que tudo estava organizado; os dançarinos se apresentariam com as vestimentas — ou melhor, com a falta de vestimentas — necessárias. Você disse a si mesma que acredita nisso e agora, enquanto espera o primeiro grupo de clientes a Green Jacaranda para entrar na Aldeia em Mobilidade Eco, você acredita de fato. Sua convicção a tornou imensamente confiante. Você está perfeitamente convencida de que merece ser tida em alta conta. Afinal, além de desempenhar a tarefa com excelência, você trouxe empregos, atividade e inovação para sua aldeia após décadas de devastante campesinato.

Pedzi é sua assistente para o lançamento do Aldeia em Mobilidade Eco. Turistas pálidos, cansados mas animados, emergem como aparições dos vapores de calor que sobem do asfalto. Logo você e a rainha do gueto estão contando cabeças e verificando listas. Você se comporta como se estivessem todos ali por sua causa, fazendo um censo de seu povo.

"Voltamos", grita o corpulento Herr Bachmann. Ele gostou tanto do safári Green Jacaranda original na fazenda de Nils Stevenson e, quando foi lançado, do giro pelo gueto com Pedzi, que visitou os dois por três anos seguidos.

"Não, não!", Herr Bachmann acena com a mão para um carregador de malas que estava ao eu redor. "Não há necessidade. Isso eu consigo fazer sozinho", ele explica ao homem desapontado, que queria ganhar um euro ou um dólar. Herr Bachmann sorri para ele e o carregador se afasta.

Agora Herr Bachmann se vira para Pedzi com os braços abertos.

"Pedzi", ele ruge jovialmente. Pedzi dá um sorriso. Herr Bachmann a envolve num abraço. "Você está linda. É sempre bom ver você. Parabéns a você e a Tambudzai!" Seu cliente joga um braço em volta de seus ombros e aperta. "Sim, vocês sempre conseguem arranjar uma atividade nova." Foi isso que eu disse para a Claudia."

Com isso, Herr Bachmann se aproxima da mulher ao seu lado. "Eu disse, já tivemos um feriado no Zimbábue este ano, mas Claudia, temos que ver isso!" Herr Bachmann solta o braço de você e o joga em volta da esposa.

"Sim", Frau Bachmann concorda. "Estamos muito animados. Tambudzai, na brochura diz que este novo programa é Aldeia... Alde... Não me lembro. Aldeia alguma coisa."

"Aldeia em Mobilidade Eco", diz Herr Bachmann, com sotaque.

"Sim, Aldeia em Mobilidade Eco", Frau Bachmann concorda de novo. "Tambudzai, ali diz que é onde você mora... ah, não mais, mas diz que é onde você nasceu e sua família mora lá."

Pedzi ri.

"É de onde eu venho. Agoro moro em Avondale", você explica com um sorriso.

"Ah, sim, Avondale", Herr Bachmann concorda calorosamente. "É onde eles têm aquele restaurante maravilhoso, com aqueles bolos. *Lekker*! Ouvi algumas pessoas dizerem essa palavra aqui. Eu sei que vocês no Zimbábue também dizem *lekker*."

Você conduz os turistas pelo deslumbrante calor de agosto. Seus rostos se abrem como flores ao sol.

"E o sorvete também é *lekker*", concorda Frau Bachmann. "Aquele francês... não, é na Mediterranean Bakery."

"Sim, temos que ir lá quando voltarmos da aldeia de Tambudzai", o marido promete.

Assim dizendo, o corpulento visitante se vira para dar as boas--vindas a outro casal. Os dois recém-chegados caminham atrás dos Bachmanns, ajustando seus óculos escuros.

"Trouxemos alguns amigos para vocês. Ingrid e Karl. Contamos sobre o giro pelo gueto. E aquelas lagartas, como é que é, aquelas que a gente come?"

"Eca", Ingrid estremece.

"Lagartas Mopani", Frau Bachmann diz.

"Sim, ma-dora", o marido sorri, satisfeito por lembrar da palavra local. "E tem uma outra palavra com esse som. Qual é mesmo, Pedzi?

"*Macimbi*", Pedzi responde.

Ela sorri para o *d* suave que a língua de Herr Bachmann tenta, mas não consegue implodir quando diz *madora*.

"Ah, eu não consegui comer", Claudia diz. "Elas cheiravam a peixe, mas não pareciam peixe. Eu não sabia o que era."

Você conduz o grupo até a van que os aguarda.

O ônibus enche-se rapidamente com turistas de meia dúzia de agências. Pois Tracey foi astuta ao oferecer um serviço de transporte para várias empresas, para que você possa conhecer seus clientes e, eventualmente, roubá-los. Meticulosamente, você marca o nome de cada cliente da Green Jacaranda em sua prancheta.

Pedzi segue o grupo de Herr Bachmann até o ônibus, bloqueando o corredor para os outros turistas, embora ela esteja de uniforme de turismo e devesse se comportar de forma mais graciosa.

"*Vi guetos dia?*", ela diz.

"*Wie*", Herr Bachmann corrige. "*Wie geht es dir.*"

Pedzi ri: "*Vim gues dia?*"

"Com licença, Pedzi", você chama com muita relutância. Você não quer nenhum problema nos últimos minutos antes do que é, essencialmente, sua coroação.

Pedzi olha para você, uma faísca de malícia piscando em seu rosto. Você abaixa a cabeça, contrita. Pedzi muda de ideia sobre um confronto. A pretexto de guardar a bagagem de mão dos Bachmanns nos compartimentos superiores, ela se espreme contra os assentos, para que a fila possa passar. Você sorri, mantendo a cabeça baixa para garantir que sua colega não pense que você está se sentindo triunfante. É bem o contrário. Agora que você provou a todos que é a pessoa que disse ser, você pensa em maneiras de trabalhar melhor com a ex-recepcionista que se tornou gerente de projeto, quando você voltar da aldeia.

Quando o registro está completo, você os cumprimenta oficialmente.

"Bem-vindos, todos os nossos hóspedes!" Você adora conversar com seus clientes. Sua voz cintila pelo interfone.

"É um prazer apresentá-los a este país incrivelmente lindo, nosso Zimbábue, um mundo de maravilhas para vocês experimentarem e, claro, desfrutarem. Para vocês que estão voltando, oi de novo! Bem-vindos! Mauya! Sibuyile!" você repete nos três idiomas oficiais, pois Tracey se preocupa em não marginalizar ninguém e enfatiza que a saudação da Green Jacaranda deve estar alinhada com a política linguística nacional.

"Vocês que estão com a Green Jacaranda estão agora a caminho do mais luxuoso Thomas Hotel. Fica ao virar da esquina dos nossos escritórios, por isso não há perigo de se perder. Vou indicar nossos escritórios quando chegarmos ao Thomas Hotel. Vocês vão ficar lá por duas noites, contando esta noite. Por favor, fiquem todos juntos e me encontrem no saguão para fazer o *check-in* imediatamente depois de chegarmos, mesmo que já estejam familiarizados com Harare e o Thomas. Entendido?"

"Sim, é claro", dizem os recém-chegados, empolgados, mas você repete as informações mesmo assim, com grande precisão, e gosta dessa versão tanto quanto da primeira.

"Todos os hóspedes de outras agências, por favor, encontrem seus guias turísticos ao mesmo tempo no mesmo lugar", você continua. "Cada agência terá funcionários disponíveis com placas com o nome do guia e o logotipo da empresa."

Ao concluir essas instruções, você pergunta se alguém tem alguma dúvida. Você espera mãos incertas que se levantem. Não acontece. Você sinaliza para o motorista.

É importante não sobrecarregar os clientes de informações agora, quando estão cansados após suas longas jornadas. Então você e Pedzi andam de um lado para o outro no corredor, sorrindo e perguntando se todos estão bem, murmurando saudações em Shona: *"Mauya, makadini? Mafamba zvakanaka aqui?"* para aqueles que já visitaram antes, e comentando sobre pontos de referência específicos apenas se um novo cliente estiver especialmente interessado.

Você vai começar as atividades na nova localização com uns poucos turistas, os Bachmanns e Ingrid e Karl, além de uma dupla de dinamarqueses, algumas mulheres suecas e um belga. No dia seguinte, o plano é uma viagem de um dia para as cavernas de Chinhoyi para ambientar o grupo, após a qual, na manhã seguinte, todos irão para sua aldeia nos Planaltos Orientais. Os novos rostos pertencem a pessoas agradáveis, e o bom Herr Bachmann sempre deixa qualquer situação alegre.

Dá tudo certo na viagem para as cavernas Chinhoyi. Durante todo esse dia, há muitas perguntas gentis e interessadas sobre sua casa, deixando-a ainda mais segura de que tudo correrá maravilhosamente bem.

Na manhã de sua partida para a aldeia, o ânimo de todos está borbulhante. Você, é claro, está espumando. Você apareceu cedo, permitindo muito tempo para que todos devorem o café da manhã do Thomas, com *croissants* franceses, doces dinamarqueses, tortas portuguesas, carnes frias e um café inglês completo, com ovos feitos de três maneiras, polvilhados com salsinha, e rins, arenque e fígado, ao lado de salsichas, *bacon* e *bubble and squeak*. Satisfeita e ansiosa, você está enormemente orgulhosa de tudo:

o Thomas Hotel, a Green Jacaranda Viagens, Tracey Stevenson, você mesma, sua aldeia, e até Pedzi.

Poucos minutos depois, você acompanha os convidados da Green Jacaranda para fora do restaurante e garante que eles não precisam fazer nada correndo, mas que devem se lembrar que a van está saindo em quarenta e cinco minutos. Um belga intrigado, pertencente a outro *tour*, se aproxima, pois seu guia ainda não chegou.

"Você pode me dizer onde fica o outro café da manhã?", ele pergunta.

"Aconteceu algum problema?", você responde, ansiosa para ajudar.

O homem balança a cabeça. "Não encontrei a mesa", ele explica, "com a outra comida."

"A outra comida?" você repete.

O homem a encara sem expressão.

"Essa é a comida", você explica e indica o bufê. "Se precisar de mais alguma coisa, pode perguntar para o garçom."

"Como posso perguntar para o garçom", o homem diz, "se não sei o que pedir? Se eu vir a comida, aí posso perguntar para ele, e depois posso provar e ver se o gosto é bom. Esse café da manhã aí eu posso tomar em qualquer outro lugar."

O visitante olha para as mesas do bufê como uma criança cujo balão estourou. Algumas mulheres suecas, igualmente desapontadas, se cutucam e acenam com a cabeça.

"Mesmo ontem à noite, foi esse tipo de refeição", um sueco concorda. "Alguém já viu a comida local?"

Você explica com prazer que em seu país todo mundo se orgulha de ser tão bom quanto qualquer outro lugar ao fazer qualquer coisa.

"Bem, acho que algumas pessoas preferem assim", a sueca encolhe os ombros. Após esse gesto, ela conclui: "Então acho que é por isso que tem essa opção de todo mundo ir para a aldeia".

Concluindo suas observações sobre o café da manhã, os turistas se apresentam uns aos outros, e logo descobrem que os suecos falam holandês, e que o belga também fala. Eles iniciam uma conversa rápida e você não consegue mais entendê-los.

Meia hora depois, todos estão reunidos sob as árvores-de-fogo, cujas copas rubras espalham flores pelo estacionamento.

"Po-po-o-oh", o motorista na van Coaster grita seu primeiro aviso.

Herr Bachmann tira uma última foto das flores escarlates. Guardando cuidadosamente a câmera na bolsa pendurada no pescoço, ele tira a mala das mãos do carregador e a guarda no bagageiro. Então ele entra no ônibus, dizendo em voz alta: "Todo mundo tem certeza que pegou suas bagagens?"

"Sim", todos respondem.

Você faz a última verificação no papel, guarda sua prancheta e fecha a porta do micro-ônibus. Você sinaliza para o motorista. O ônibus sai de baixo das árvores e entra na Avenida Robert Mugabe.

Vocês fazem um bom progresso, viajando pela manhã. O governo está ciente de que seu país é um destino turístico. Há mais bloqueios nas estradas por causa das perturbações nas fazendas e fazendeiros irritados, mas os policiais são corteses e ficam contentes quando vocês apresentam todos os documentos.

A propriedade já está lotada quando vocês chegam, com vizinhos e parentes, inclusive muitos distantes.

Babamukuru e Maiguru estão lá da missão, tendo sido trazidos por Chido, que conseguiu tirar férias — coincidindo com a abertura — de sua universidade nos Estados Unidos, onde dá aulas de agronomia tropical. Ele trouxe uma cadeira de rodas motorizada e dobrável para Babamukuru. Seu tio está sentado nela agora, orgulhosamente alongando a coluna e alargando os ombros, encontrando toda ocasião para mencionar a cadeira de rodas da América em conversa com os anciãos da aldeia.

Mainini Lucia e Kiri se uniram a Nyasha para descer em Gloria, embora seu primo-cunhado tenha decidido ficar em casa com as crianças. Agora que o evento está acontecendo, todos estão a favor, ou desejando o melhor a todos ou esperando para ver o que acontece.

Concept e Freedom olham com orgulho para sua mãe, a veterana de guerra que é sua irmã Netsai, que viajou de volta da cooperativa em que trabalha mais ao norte. Sua irmã está pulando de um lado para o outro, saltitando numa perna só, dizendo que não se importa com quem a ouvir, e falando alto sobre a briga que está travando com os funcionários do partido de situação para conseguir um lugar na lista do partido, o que resultará numa perna marrom-escura sendo importada para ela de Moçambique.

"Como se eu nunca tivesse participado da guerra", sua irmã proclama indignada, para quem quiser ouvir. "Fui eu que arranquei essa perna? Ela foi explodida porque eu estava lutando. Eu estava lutando pelo que é meu. Minha perna é minha, e agora eu quero ela de volta."

Babamunini Thomas desceu com sua família do nordeste. O primo distante Takesure se materializou de uma vila próxima com sua nova família. Muitos dos parentes que se reuniram décadas atrás para receber Babamukuru estão reunidos novamente, para ver o que sua filha, a filha da aldeia que está longe há tanto tempo, trouxe, e para ver o próprio velho, lembrando-se de como era uma bela figura antes de seu acidente.

Além da multidão de parentes, todos os moradores que ajudaram a limpar a savana ou cortar troncos ou misturar lama ou de qualquer outra forma estão reunidos para a festa de boas-vindas. Aqueles que não têm nada a ver com a propriedade encontram pontos em rochas e galhos na encosta da montanha para assistir. E na magrosa, Mambo Mutasa posiciona os tocadores de gaita de fole na estrada em seus *kilts*, para que vocês sejam obrigados a parar e ouvir a serenata.

Tracey, que desceu com Pedzi no dia anterior em sua Pajero vermelha, dá as boas-vindas aos convidados novamente. Houve acordos para permitir o prosseguimento do projeto, de modo que dois dos novos edifícios foram construídos do outro lado da ravina, na casa de Mai Samhungu.

Tudo está meticulosamente organizado. Cada casa redonda tem um número pintado na parede em argila vermelha, sobre os padrões coloridos dos Ndebele. Logo o *check-in* está completo. Freedom, rindo, encabeça um bando de moças que mostram aos recém-chegados os seus aposentos, enquanto um grupo de rapazes transporta a bagagem. Concept, no entanto, fica perto de sua mãe.

"Sabe", Tracey diz aos Bachmanns enquanto os convidados são escoltados de volta para os tapetes de sisal e bancos baixos de madeira sob a mangueira para receber refrigerantes, deliciosos *tii hobvu*, uma cabaça de *mahewu* ou um copo de espumante gelado. "Aquela mulher lá", Tracey aponta para a velha casa. Sua mãe está em seus degraus, numa conversa sobre os preparativos finais com Mai Samhungu. "Aquela é a mãe da Tambudzai nos degraus", Tracey continua. "A família dela é maravilhosa. Até o coitado do tio dela, o homem ali com a mulher baixinha ao lado dele. Ele está paralisado, ferido no dia da Independência, mas as pessoas ainda respeitam o homem. Tenho certeza que a Tambudzai vai apresentar o tio dela para vocês. E vou garantir que vocês conheçam a mãe dela."

Os Bachmanns sorriem para sua mãe.

"Quinze minutos? Então nós temos que começar", Tracey insiste com você ansiosamente, falando baixinho.

Você garante que a grande inauguração está acontecendo exatamente de acordo com o cronograma. Você caminha até a casa velha.

Sua mãe e Mai Samhungu entraram. Você chama as duas mulheres. Decidiu explicar a questão dos trajes para elas e deixá-las conversar com o resto do grupo. No entanto, elas não escutam, e quando você coloca a cabeça na porta para sinalizar, todas acenam e você é obrigada a entrar.

Saias e lenços com estampa Java, chocalhos de perna, além de chocalhos de mão e tambores estão espalhados pelo cômodo da frente. Tias e primas, cunhadas e mulheres da sua idade, com quem você corria até a escola primária há tantos anos, estão amarrando tiras, ajustando os lenços e arrumando os panos Zâmbia. Elas ensaiam as músicas baixinho enquanto entram e saem dos quartos laterais e dos fundos, para trocar peças mais íntimas.

Você coloca uma mão no bolso. Na outra, está carregando uma sacola com notas de cinco dólares, direto do caixa do banco, para passar de mão em mão. Você abre a boca.

Lhe parece que a cada movimento, as mulheres estão se vestindo mais devagar em protesto. Você não consegue mais olhar para ninguém. Você fecha a boca.

Há uma mala em cima da mesa. Ela contém fios extras de contas e correntes feitas de baobá e jacarandá. Elas têm conchas grandes. Colocadas do jeito certo, esconderiam muita coisa.

Longe de confortá-la, a mala e o dinheiro a fazem se sentir biliosa. Você se afasta. Deixará tudo na conta do destino ou do acaso, seja o que for quando não interfere. Se Tracey quer as mulheres com os seios nus, ela mesma terá que vir aqui e pedir.

Você fica parada na porta da frente. Você olha para os degraus. Desce, desce, desce, desce. A descida até o fim é interminável. Você se vê descendo cada degrau, alcançando o pedaço irregular de grama na base, descendo cada vez mais, até as canelas, até o peito, até que a terra se feche sobre você.

Quando você chega ao final dos degraus, no entanto, se vira, bate palmas e grita: *"Vanamai, Vasikana, com licença!"*

As mulheres vêm correndo dos quartos amarrando cintos e lenços e cordas de chocalhos, esfregando nas bochechas o rubor das pedras vermelhas e pintando triângulos brancos em seus rostos, pernas e braços.

"Tem certeza que vamos receber por isso?", a secretária do Clube de Mulheres pergunta, ansiosa.

Usando a cabeça e os ombros, você acena vigorosamente.

"A gente confia em você, Tambudzai. Não vai nos decepcionar. Não vai também começar a mentir."

Você enfia a mão na bolsa que tem nas mãos e tira um punhado de notas de cinco dólares.

Há um aplauso. "Dar à luz é uma coisa boa", cantam as mulheres mais velhas.

"A Tambudzai não ia mentir", Nyari diz. Ela foi sua colega de classe na escola da aldeia desde a primeira série. Ela se orgulha de poder ser associada a você.

"Estão todas prontas?", você diz. "Está tudo acontecendo? Feito?"

Tendo visto o dinheiro, e agora tranquilizadas, ninguém presta atenção.

Sua língua está seca, mas você se tornou a rainha da aldeia. Você abre a boca mais uma vez e entrega a mensagem sobre os peitos das mulheres. Há um clamor de ira. Sua mãe diz a todas para ficarem quietas e leva as dançarinas de volta escada acima. Você sai dali rapidamente.

Os jovens da marimba estão se instalando debaixo das árvores. Um coro de vozes masculinas está se harmonizando como um grupo de grandes felinos ronronando.

O coro finaliza, com gritos e aplausos.

Ta-tah-tata, Ta-tah-tata, as marimbas começam.

De dentro da casa e descendo as escadas vem sua mãe. Ela está à frente de duas dúzias de mulheres. Elas se reúnem num semicírculo na frente da casa. Balançam os braços e pisam a areia com pés descalços no ritmo da música. Jovens e velhas, todas as suas irmãs, tias e primas usam pedaços de tecido Zâmbia por baixo de blusas coloridas.

Herr Bachmann abre o zíper da bolsa da câmera. Mai faz uma pausa e encara o aparelho com olhos arregalados. "Vou tirar uma da sua mãe", Herr Bachmann explode em sua voz alegre. "Vou chamar de "A Mãe da Jornada". Todo mundo vai adorar." Frau Bachmann bate no ombro do marido para adverti-lo quanto a usar muito filme.

Sua mãe bate os pés. A poeira sobe. Ela levanta e abaixa os cotovelos no ritmo da marimba. Para lá e para cá, Mai vira a cabeça, primeiro para um e depois para o outro ombro.

Tracey mexe a cabeça com a música, parecendo aliviada que as mulheres tenham se rebelado.

Você não aproveita nada, embora dançar sempre tenha sido seu forte desde pequena. Você se enche de vergonha. Quer apenas fechar os olhos e não os abrir até que seja o dia do pagamento. Não importa agora se as mulheres se rebelaram ou não. A traição foi cometida.

A cantoria se eleva. Bastões de marimba cortam o ar e os jogadores se superam. As mãos por cima dos tambores vão cada vez mais rápido. As jovens cantoras abrem cada vez mais a boca.

As dançarinas avançam. Sua mãe leva as mãos ao peito. Seus dedos pairam diante de seu coração. Então, com um movimento, ela tira a blusa e a joga no pó. Este é o sinal. Todas as mulheres se despem.

Um suspiro horrorizado emerge de seus parentes. Os foliões que não são parentes dão dez passos à frente para se maravilhar com as mães e irmãs nuas.

Clap clap! É o belga aplaudindo sem muita certeza. A convidada sueca bate os dedos.

A música termina. As mulheres da aldeia se amontoam, instintivamente curvando os ombros para que as contas do pescoço e as conchas cubram seus seios.

"Obrigada!" Você dá um passo em direção às dançarinas. "Obrigada. Vamos agradecer essas mulheres. Com um grande pam-pam. Um grande aplauso", você pede a todos. "Vamos agradecer essas mulheres por isso. Assim elas podem ir descansar".

Você abre os dedos para bater as palmas na frente do nariz, à maneira extravagante de um mestre de cerimônias.

Você bate palmas uma vez. As mulheres não se movem. A multidão prende a respiração e assiste em silêncio.

Você aplaude novamente.

O único som é da sua pele encontrando sua pele. Lucia dá passos à frente, parecendo furiosa.

"U-u-u! U-u-u!" O som cresce. A língua de sua prima entra e sai da boca ao ulular, quebrando a tensão cada vez mais profunda.

Tata-tah-tah-ta, Tata-tah-tah-ta, as marimbas recomeçam. Uma moça se vira, bate os pés e balança as nádegas para os visitantes. Herr Bachmann tira a mão do bolso e joga uma nota de dez marcos alemães no pátio. Os hóspedes ficam felizes de poder fazer alguma coisa. Várias notas de valor baixo caem na areia. Sra. Samhungu salta sobre uma nota e a guarda habilmente dentro de seu xale.

Tata-tah-tah-ta as marimbas continuam.

"U-u-u! U-u-u!", sua mãe e as outras mulheres se juntam à ululação de Nyasha.

Poeira branca revoa sob as solas dos pés de sua mãe. Ela os planta no chão como troncos de árvore. A cada um de seus passos, é como se uma árvore viva fosse desalojada da terra.

Então sua mãe dança. As pontas dos dedos dos pés batem no chão, causando mais nuvens de poeira, e ela desliza o pé de trás para a frente para plantá-lo novamente.

Herr Bachmann tira várias fotos e depois empurra você para a frente.

"Com a sua mãe. Com a mulher que é sua mãe", Herr Bachmann grita, focando a câmera.

"Mãe", o cliente continua a gritar. "Senhora Mãe, venha aqui, por favor. Aqui, por favor, com a sua filha."

Frau Bachmann coloca uma mão gentil em seu ombro e a empurra para frente.

Sua mãe não perde um instante ao plantar os pés e arrancá-los da terra enquanto reúne suas forças em suas panturrilhas e coxas, mede a distância com olhos ardentes e se aproxima.

Pego de surpresa, Herr Bachmann continua sorrindo e ajustando seu foco por alguns segundos. Tracey empalidece.

"Faz isso por mim, Tambu, por favor", sua chefe sussurra.

Você assume a posição para a fotografia. Sua mãe salta no mesmo momento.

"Eu sou a foto, eu!", sua mãe grita, passando o cabo da câmera sobre a cabeça de um atônito Herr Bachmann.

"Eu, é o que você pensa que eu sou. Não uma pessoa, mas que eu sou o que você quiser colocar na sua foto."

Quando aqueles que querem conter Mai começam a fazê-lo, já é tarde demais. Aqueles que preferem deixar as coisas acontecerem estão balançando a cabeça e ao mesmo tempo rindo. Christine, Lucia e Netsai cruzam os braços e conversam.

"Bom, aqui estou!", Mai exclama. "Eu sou sua foto. Olha o que a sua foto está fazendo."

Segurando o aparelho pelo cordão com a cabeça, Mai o gira sem parar.

Com um grunhido, ela abre a mão. A câmera navega para longe, com todos olhando para cima, seguindo o arco e depois olhando para baixo, para ver onde ela pousaria.

Herr Bachmann é educado demais para agarrar uma mulher descontrolada e seminua.

"Ah! E o que minha câmera fez para você?", ele grita tristemente.

"Ela tem que sair daqui", Tracey bufa em seu ouvido. "Desculpa, Tambu, mas ela tem."

Sua mãe olha exultante para a câmera pendurada na mangueira. Impulsionada pela satisfação com o dano que causou, Mai salta em direção a Herr e Frau Bachmann. "Como vocês se atrevem", ela grita, embora os visitantes não possam entendê-la. "Vocês querem rir da minha filha quando voltarem para casa porque a mãe dela é uma velha pelada!" "Ela tem que sair daqui", sua chefe repete. Babamukuru sai de sua cadeira de rodas e cambaleia, segurando-se no apoio de braço. Maiguru começa a chorar, pois Babamukuru não se levanta desde o dia da Independência. Seu pai, que não se interessa por nada, permanece sentado na escada da nova casa de Babamukuru.

"Não pensem que ela é igual a mim. Não, não pensem que ela é igual à mãe dela", Mai lamenta e cai na areia, mordendo as pedrinhas.

Você acha que vai obedecer às instruções de sua chefe. Você se aproxima de sua mãe para levá-la embora. Quando chega até ela, a dor transborda das margens de uma poça púrpura pálida e corre para sua garganta. Você tenta fazê-la voltar. Ela envolve seu coração e o contrai para pará-lo. Seu coração se recusa a parar. Ele cresce e cresce. Você não tem forças para levantá-la, porque suas lágrimas estão caindo na pele de sua mãe. Seu coração explode. Você explode com ele e cai ao lado de sua mãe.

Herr Bachmann olha para a mangueira. A câmera balança de um lado para o outro. Ela cai do galho fino e é pega, alojando-se numa bifurcação entre dois outros.

Você cai primeiro de joelhos, depois amontoada, sobre o torso nu de Mai. Você acaricia a bochecha dela com as costas da mão e sussurra para ela que está tudo errado, mas logo estará certo, como se estivesse falando com um bebê. Mai não responde. Isso não importa agora. Você não espera uma resposta. Ela é a criança e você é a mãe.

Herr Bachmann descobre uma longa vara. Um garotinho é colocado nos ombros do primo distante Takesure. Com uma ou duas cutucadas, a câmera é recuperada e devolvida ao seu dono. Você tenta levantar Mai. Ela resiste. Mai Samhungu a chama para se levantar e sair do quintal. Quando ela não o faz, a presidente ordena que uma jovem pegue a blusa de Mai e cubra seus ombros com ela.

"Agora você encontrou um pano para mim, agora, Tambudzai", Mai lamenta ao ser enrolada na blusa. Ela cai para trás, desmaiando novamente.

Tracey se aproxima. Raiva, decepção e constrangimento pulsam de cada um de seus poros.

"Resolva isso, Tambudzai."

Você se levanta e bate a poeira dos joelhos.

O Clube de Mulheres, vestindo blusas e panos verdes e roxos, se enxameia ao redor de sua mãe, empurrando você para fora do círculo. A vice-tesoureira e a secretária vêm ajudar Mai a se levantar. Você para no caminho até os Bachmanns e volta correndo. Você estende a mão. Sua mãe recua.

"Deixa ela", a secretária lhe diz. "Espera o choque passar e ela estar se sentindo melhor."

Você assiste às duas mulheres levando Mai até a casa velha. Mai desaparece pela porta. Você volta para suas tarefas.

Você pede desculpas a Herr Bachmann em nome de Mai, e em seu próprio nome, por não a ter avisado sobre a fotografia. Você sorri enquanto fala e garante aos Bachmanns, que estão se sentindo muito mal, que sua mãe tem tendências histéricas e logo vai se recuperar.

"Eu também sinto muito. Achei que seria legal. Por que eu não pensei nisso? Por que eu não pensei nisso?", Herr Bachmann diz.

Christine, Lucia e Netsai, com a ajuda de vários dos homens mais sóbrios, conduzem os moradores para longe. O

Clube de Mulheres se junta a eles. Você fica à margem dos grupos, mantendo-se longe de estranhos e acenando para os membros da família, sem ousar falar. Uma vez que o pátio está bastante vazio, Lucia conversa com Tracey. Quando elas terminam de balançar suas cabeças e sacudi-las e acariciar seus queixos, elas apertam as mãos. Com isso, Lucia e Tracey fazem um anúncio conjunto de que as festividades na propriedade terminaram por hoje. No entanto, aqueles turistas que desejarem serão transportados para a magrosa. Mai Samhungu conseguiu em muito pouco tempo organizar para um *boombox* ser montado nas lojas para tocar Chiwoniso Maraire e Oliver Mutukudzi. Uma discoteca improvisada aconteceria enquanto o jantar estava sendo preparado.

Enquanto esses arranjos são feitos, Chido leva Babamukuru para o Hospital Geral Mutare para determinar se o problema nas pernas do chefe do clã Sigauke é permanente.

Pedzi é enviada para acompanhar os turistas, e Tracey supervisiona o jantar. Você se retira das atividades da Green Jacaranda e se senta na cozinha. Depois de duas ou três horas, os turistas voltam e comem. Baldes de água são levados para os banheiros recém-construídos. Lâmpadas a gás são acesas nas casas redondas e inseticida é pulverizado. Pedzi lê para os visitantes, numa folha impressa, as opções de atividades do dia seguinte. Os convidados sentam-se ao redor de uma fogueira no pátio e contemplam o trabalho árduo do dia seguinte, ou a diversão, dependendo de sua disposição, nos campos e no rio. Lucia, Kiri e Nyasha divertem-se com os convidados. Mais tarde, elas enviam Concept para buscá-la. Ninguém se refere ao assunto da câmera, mas até o final da noite a cota de dois dias do vinho armazenado no *trailer* de despensa foi consumida.

De manhã há uma reunião com Tracey no micro-ônibus da Green Jacaranda. Você prometeu a si mesma que vai olhá-la nos olhos, mas ela fica olhando em frente durante toda a conversa, de

Esse corpo lamentado

modo que você vê uma veia na lateral do pescoço dela pulsando. Tracey faz muitas perguntas sobre o quanto Mai é confiável, se é adequado ela ser a anfitriã do Aldeia em Mobilidade Eco e por que você não avisou à organização sobre como sua mãe era instável. Você escuta e não responde. Quando sua chefe termina, você entra na casa velha, passa pelo quarto lateral onde suas sobrinhas dormem e vai para os fundos. Você coloca suas coisas em sua mala. Nyasha se oferece para levá-la, mas você prefere caminhar até o ponto de ônibus na magrosa. Você caminha sobre a ravina e passa pela residência de Mai Samhungu, longe da aldeia. Suas tias e sua irmã observam você ir em silêncio.

Ao passar pelos campos e pela bica de água, e pelo pomar de Mai Samhungu, um grupo de jovens que participaram da reunião do dia anterior a aborda. Eles querem descobrir o motivo de Mai ter jogado longe a câmera de Herr Bachmann, por que ela queria estragar o projeto, e se você está saindo para garantir que o programa seja um desastre, privando-os de seus empregos. Ameaçam lhe dar uma surra, mas aceitam algumas notas de cinco dólares e são convencidos a desistir. Seu cordão umbilical está enterrado na propriedade; no espaço vazio que se alarga a cada passo, você o sente puxá-la.

Oito horas depois de sair da propriedade, você chega à cidade. No bangalô, você diz a Ma'Tabitha que está indo embora.

Você escreve uma carta de demissão. Você a entrega pessoalmente. Tracey agradece sua educação e graciosamente dispensa o aviso prévio. Ela lhe oferece um acordo para continuar no bangalô. Você recusa e encontra uma hospedagem nas Avenidas.

Quando sua vergonha está curada o suficiente para você conseguir falar com as pessoas sem chorar, você pega uma kombi para Greendale para ver Nyasha. Sua prima a escuta por quase uma hora e depois a convida para se juntar a ela em sua organização não governamental. Mas, ela diz, sempre sincera, ela ainda não encontrou ninguém para patrocinar seu programa para moças.

A empresa de segurança de Mainini Lucia, por outro lado, está indo muito bem, pois há mais guerra no caminho da paz de seu país do que qualquer um poderia esperar. Nyasha pergunta se deve comunicar a Mainini Lucia que pode haver alguém em algum lugar que está pensando em ingressar na AK Security. Agradecida e sem esperar nada, pois sabe que todo mundo já a viu em seu pior momento, você dá seu consentimento à sua prima. Quando você finalmente visita sua tia Lucia em Kuwadzana, fica surpresa, mas ao mesmo tempo esperançosa, pois sua tia se tornou bastante rica. No trabalho, ela é dura como sempre. Ela lhe oferece pequenas tarefas. Entregar um pacote ou uma carta, buscar formulários no escritório contábil — esse tipo de coisa. Ao longo de vários meses, ela passa vários sermões quando se junta a você na cozinha do local ou em ocasiões em que lhe dá carona para casa em seu carro — sobre o *unhu*, a qualidade de um ser humano, que é esperado de uma mulher do Zimbábue, e um Sigauke que tem muitos parentes que serviram ou morreram na guerra. Logo você não consegue fazer nada além de manter a cabeça baixa enquanto a ouve, e ver suas lágrimas pingando em seus polegares. Depois de muitas dessas sessões, Mainini se rende. De mensageira, você é promovida ao cargo de secretária. Sua tia faz você varrer o chão e preparar chá para todos, incluindo os datilógrafos em seu escritório e os zeladores. Você leva os copos até eles e os recolhe e lava a louça. Dentro de dois anos, no entanto, você é entrevistada e selecionada de um grupo forte, por mérito, sua tia garante, para se tornar gerente assistente geral.

Christine está bem empregada na AK Security. Ela está estudando administração e também está de olho numa posição de gerente. Diz que não se importa de ser preterida para promoção desta vez, pois haverá outras oportunidades; e, continua, sua educação não está mais apenas na sua cabeça: como a dela, agora seu conhecimento está também em seu corpo, cada pedacinho dele, inclusive seu coração. Você frequentemente se oferece para ajudá-la com seus estudos. Este é um primeiro passo para prender seu conhecimento onde Christine falou.

AGRADECIMENTOS

Sou imensamente grata a Julia Mundawarara, que leu o manuscrito inicial e me encorajou a continuar. Meus sinceros agradecimentos a Spiwe N Harper e David Mungoshi, por lerem os primeiros capítulos e me darem conselhos inestimáveis. Eu não teria concluído este trabalho sem o apoio incansável de Madeleine Thien e Reginald Gibbons, a quem sou verdadeiramente grata. Sou profundamente grata a Ellah Wakatama Allfrey, cujo interesse pelo livro, seguido de uma edição primorosa, levou à publicação deste volume. Muito obrigada também a Fiona McCrae e todos os funcionários da Graywolf que acreditaram na história contada aqui. Não tenho certeza do que minha família passou enquanto eu escrevia este romance, e eles graciosamente não me contaram. Devo muito a meu marido, Olaf, e meus filhos, Tonderai, Chadamoyo e Masimba, por ignorarem algumas coisas e me apoiarem em outras. Agradecimentos especiais são devidos a Tonderai por ser meu primeiro leitor e fornecer comentários perspicazes, a Chadamoyo por um ouvido sempre atento e a Masimba por digitalizar pacientemente centenas de páginas.

Finalmente, sou grata a Teju Cole e seu ensaio publicado em 2015, "Unmournable Bodies", que colocou muitos assuntos em perspectiva para mim e inspirou o título deste romance.

A AUTORA

TSITSI DANGAREMBGA nasceu na Rodésia, hoje Zimbábue. É escritora, cineasta, dramaturga, poeta, professora e mentora. Atualmente vive em Harare, capital do Zimbábue.

Tsitsi é feminista e ativista. É idealizadora e diretora de diversos projetos e programas que dão suporte financeiro e técnico para mulheres que atuam como artistas e cineastas no Zimbábue e na África como um todo.

Tsitsi Dangarembga foi a primeira mulher negra do Zimbábue a publicar um livro em inglês: *Nervous conditions* (1988), publicado no Brasil, pela Kapulana, como *Condições nervosas*.

A TRILOGIA

É autora da trilogia de ficção cuja protagonista é Tambudzai:

- *Condições nervosas* (*Nervous conditions*, 1988). Tradução: Carolina Kuhn Facchin. São Paulo: Kapulana, 2019.
- *O livro do Não* (*The book of Not*, 2006). Tradução: Carolina Kuhn Facchin. São Paulo: Kapulana, 2022.
- *Esse corpo lamentado* (*This mournable body*, 2018). Tradução: Carolina Kuhn Facchin. São Paulo: Kapulana, 2022.

OBRA (literatura, cinema e teatro):

1983 — *The lost of the soil*. Harare: University of Zimbabwe.

1985 — "*The letter*" (conto), em Whispering Land: *An Anthology of Stories by African Women*. Stockholm: SIDA, Office of Women in Development.

1987 — *She no longer weeps* (peça). Harare: College Press Publishers.

1988 — *Nervous conditions*. London: The Women's Press Ltd.; Oxfordshire: Ayebia Clarke Publishing Ltd., 2004; São Paulo: Kapulana, 2019; Minneapolis: Graywolf Press, 2021; London: Faber & Faber Ltd., 2021.

1993 — *Neria* (autoria).

1996 — *Everyone's child* (coautoria e direção).

2000 — *Hard earth: land rights in Zimbabwe*. Nyerai Films.

2004 — *Mother's day* (curta-metragem). Melhor Curta Africano, Cinema Africano, Milão, em 2005; Melhor Curta no Festival Internacional de Cinema do Zanzibar, 2005; Melhor Curta no Festival de Cinema do Zimbábue, 2004).

2006 — *The book of Not*. Oxfordshire: Ayebia Clarke Publishing Ltd.; Minneapolis: Graywolf Press, 2021; London: Faber & Faber Ltd., 2021; São Paulo: Kapulana, 2022.

2010 — *I want a wedding dress* (longa-metragem).

2011 — *Nyami Nyami and the evil eggs* (curta-metragem musical).

2012 — *Kuyambuka (Going Over): cross boarder traders*. (documentário; produção).

2018 — *This mournable body*. Minneapolis: Graywolf Press; London: Faber & Faber Ltd., 2020.

2022 — *Black and female*. London: Faber & Faber Ltd. (e-book); Minneapolis: Graywolf Press, 2023 (brochura); São Paulo: Kapulana (2023, em edição).

PRÊMIOS e DESTAQUES

1989 – *Nervous conditions* (*Condições nervosas*): vencedor do The Commonwealth Writers' Prize.

2007 – National Arts Merits Awards Arts Personality of the Year.

2008 – National Arts Merit Award for Service to the Arts.

2008 – Zimbabwe Institute of Management Award for National Contribution.

2012 – Zimbabwe International Film Festival Trust Safirio Madzikatire for Distinguished Contribution to Film.

2018 – *Nervous conditions* (*Condições nervosas*): Um dos 100 livros que moldaram o mundo (BBC).

2020 – *This mournable body* (*Esse corpo lamentado*): 2020 Booker Prize for Fiction (finalista).

2021 –The PEN Award for Freedom of Expression".

2021 – Prêmio da Paz na Feira do Livro de Frankfurt (Peace Prize of the German Book Trade).

2021 – Honorary Fellowship of Sidney Sussex College, Cambridge.

2021 –PEN Pinter Prize from English PEN.

2022 – Windham-Campbell Literature Prize (fiction).

fontes	Quicksand (Andrew Paglinawan)
	Josefin Sans (Santiago Orozco)
	Crimson (Sebastian Kosch)
papel	miolo: Pólen Natural LD 80g/m
	capa: Cartão Supremo 250g/m2
impressão	BMF Gráfica